Rachel Harris • Und er steht doch auf dich

Foto: © IAl Torres Photography

DIE AUTORIN

Bestsellerautorin Rachel Harris schreibt humorvolle Liebesgeschichten, die jeden zum Dahinschmelzen bringen. Große Emotionen und überzeugende Beziehungen bilden die Grundlage für ihre Bücher … und Küsse. Viele Küsse. Rachel schreibt Bücher für Jugendliche und Erwachsene und liebt es, mit ihren Lesern im Gespräch zu sein!

3,– JH
W 36

Rachel Harris

Und er steht doch auf Dich

Aus dem Englischen
von Eva Hierteis

cbt

cbt Kinder- und Jugendbuchverlag
in der Verlagsgruppe Random House

MIX
Papier aus verantwortungsvollen Quellen
FSC® C014496

Verlagsgruppe Random House FSC® N001967
Das für dieses Buch verwendete
FSC®-zertifizierte Papier *Salzer Alpin* wird
produziert von UPM, Schongau und geliefert
von Salzer Papier, St. Pölten, Austria.

1. Auflage
Deutsche Erstausgabe Februar 2016

Die Originalausgabe erschien 2014 unter dem Titel
»The Fine Art of Pretending«
bei Spencer Hill Press, USA.

Aus dem Englischen von Eva Hierteis
Lektorat: Ivana Marinović
Umschlaggestaltung: Isabelle Hirtz, Inkcraft
unter Verwendung des Originalumschlags
jb · Herstellung: kw
Satz: KompetenzCenter, Mönchengladbach
Druck und Bindung: GGP Media GmbH, Pößneck
ISBN: 978-3-570-31015-1
Printed in Germany

www.cbt-buecher.de

Für alle, die je einen Traum hatten,
sich getraut haben, etwas Neues auszuprobieren,
oder ihre innere Schönheit entdeckt haben –
dies ist für euch.

Samstag, der 7. August

Genau 8 Wochen bis zum Homecoming-Ball

ALY

Fairwood City Einkaufszentrum, 12:20 Uhr

Das Dekolleté, das fast aus meinem skandalös tief ausgeschnittenen Neckholder-Top herausfällt, läutet den Beginn der *Operation Sexappeal* ein. Ich drehe mich zur Seite, um den Träger am Hals zurechtzurücken, stelle mich abwechselnd krumm hin und strecke mich wieder so weit, wie meine 1,53 m es hergeben, aber das Gehampel macht es auch nicht besser. Nachdem ich meine entsetzlich überproportionierten Brüste dreieinhalb Jahre lang so gut es ging versteckt habe, lassen sich die Mädels jetzt nicht mehr verbergen.

Ich atme tief durch und wiederhole im Stillen mein neues Mantra, die weisen Worte, die Kara zitiert hat, als ich dieser Umstylingaktion zugestimmt habe.

Wenn man sich neu erfinden und in frischem Glanz erstrahlen will, muss man zuerst seine innere Göttin annehmen.

Doch während meine Zähne meine Unterlippe bearbeiten und ich den Haufen Tops, Miniröcke, Hotpants, Push-up-BHs und Bikinis betrachte, die mir in der Umkleide den Angstschweiß auf die Stirn treiben, stelle ich mir die Millionen-Dollar-Frage: *Habe ich überhaupt eine innere Göttin?*

Ich widerstehe dem Drang, mir mein zeltartiges Volleyball-Trainingslager-T-Shirt zu schnappen, schließe die Augen und versuche, mir die Reaktion der Männerwelt auf das Mädchen vorzustellen, das mich da anstarrt – Alyssa Reed, Version 2.0. Eine Vision des brechend vollen Gemeinschaftsraums am Cypress-Lake-Campingplatz nimmt in der Dunkelheit Form an. Auf der gegenüberliegenden Seite des Raums dreht sich die verschwommene Gestalt eines Typen mit wuscheligen dunklen Haaren zu mir, auf dessen Gesicht sich Sprachlosigkeit abzeichnet, als er mich zum ersten Mal *richtig* zur Kenntnis nimmt. Auch der restliche Saal verstummt, als er wie in Zeitlupe durch die Menschenmenge auf mich zukommt, um mich in seine Arme zu schließen, mit den Fingern in meine Haare zu greifen und …

»Ich komm jetzt rein!«

Das Herz schlägt mir bis zum Hals, und als ich herumwirbele und in Karas allzu begeisterte haselnussbraune Augen blicke, die über die halbhohe Lamellentür spähen, schießt mir beidseitig das Blut in die Wangen.

»Bei diesem Schwung sind Jeans und Shorts fürs Camping nächste Woche dabei und auch für die Back-to-school-Party habe ich massenhaft Kleider zur Auswahl.« Auf den Zehenspitzen stehend inspiziert sie mein Outfit und lächelt anerkennend. »Ziemlich verschärft. Wer hätte gedacht, dass du so einen geilen Body unter all diesen Schlabbershirts und Baggy-Pants versteckst?«

Ich verdrehe die Augen und zupfe wieder an dem Träger des Tops herum. Als selbsternannter Fashion-Guru der Fairfield Academy betrachtet Kara meinen lässigen Look als persönlichen Affront, und als meine beste Freundin hat sie es sich zum obersten Ziel gesetzt, mich »umzumodeln«. Durch Willensstärke oder pure Sturheit ist es mir die letzten drei Jahre gelungen, ihre zwanghaften Umstylingversuche abzubiegen, bis ich mich gestern Abend in einem Moment blanker, tiefer Verzweiflung doch geschlagen gab.

Ihre Euphorie mit der eines Kleinkindes vor dem Weihnachtsbaum zu vergleichen, wäre die Untertreibung des Jahrhunderts.

Und als würde sie meinem Sinneswandel nicht ganz trauen, hat Kara sich den Erfolg ihrer Mission gesichert, indem sie mich vor über einer Stunde höchstpersönlich beim Training abgeholt und mich erst unter die Dusche und dann in ihr Todesmobil gescheucht hat. Danach hielt sie nur noch einmal kurz an, um unsere Freundin Gabi aus dem Bett zu klingeln, bevor sie uns im Affentempo zum trendigsten Einkaufscenter der Stadt karrte.

»Dir ist aber schon klar, dass diese Baggy-Pants rein zufällig von *Juicy Couture* sind.« Zugegeben, das ist schon das Höchste der Gefühle, was mein Kleiderschrank zurzeit hergibt, aber ich finde trotzdem, dass das etwas Respekt verdient.

Karas Schnauben nach zu urteilen, wohl nicht.

»Genau, Aly, weil du voll die Markenfetischistin bist.« Sie wirft mir eine Kusshand zu, zieht die Tür auf und wuchtet sechs Jeans und mindestens ein Dutzend Kleider auf einen überfrachteten Ständer. Sie fährt sich mit der Hand durch die Ponyfransen und lässt den Blick konzentriert über die diversen Optionen an den Kleiderbügeln schweifen. »Ein Jammer, dass Brandon heute arbeitet. Die Meinung eines Mannes wäre wirklich nicht schlecht.« Mit einem kurzen Blick in die andere Ecke der Kabine fügt sie hinzu: »Und ein bisschen Hilfe, weil *jemand* hier keinen Finger krumm macht.«

Aus ihrer gemütlichen Liegeposition auf dem schmuddeligen, abgewetzten Teppichboden hebt das dritte Mitglied unseres glorreichen Trios die Hand und zeigt Kara den Mittelfinger.

»Ich bin für den seelischen Beistand zuständig«, meint Gabi trocken. Sie schnappt sich eine rot gefärbte Strähne ihrer langen schwarzen Haare und studiert eingehend den Spliss an den Spitzen. »Außerdem bin ich mir nicht ganz sicher, ob ich wirklich hinter dem Projekt *Pimp die Aly* stehe.«

Mit einem Stöhnen wende ich mich wieder meinem Spiegelbild zu. Meine zwei besten Freundinnen könnten nicht unterschiedlicher sein, wie man an dem emotionalen Tauziehen erkennen kann, dem ich ausgesetzt bin, seit wir *Forever 21* betreten haben. Ich weiß, dass Gabi kein Problem mit den Klamotten an sich hat – sie ändert ihren Style wie andere ihren Facebook-Status. Und während ich normalerweise glücklich und zufrieden bin, wenn ich in Jeans und T-Shirt rumlaufen kann, pendelt sie fröhlich zwischen allem Möglichen hin und her. Düsterer Gothicstyle, wallende Hippiegewänder, Domina-mäßiges Leder, lässige Jeans … sie kann einfach alles tragen. Was wiederum bedeutet, dass es sich um etwas Tiefgründigeres handeln muss, was ihr nicht passt, und wie ich Gabi kenne, kann das so ziemlich alles sein.

»Es heißt *Operation Sexappeal*«, stelle ich klar. »Bei *Pimp die Aly* komme ich mir vor wie ein Rennwagen.« Ich ziehe das freizügige Neckholder-Top über den Kopf, schlüpfe in ein geblümtes Kleid mit gestuftem Ballonrock und staune, wie zart sich der Stoff anfühlt. Das ist definitiv was anderes als die ausgeleierte Baumwolle meines Lieblings-T-Shirts, so viel ist sicher. »Und du musst auch nicht unterstützen, *was* ich hier tue – aber *mich* solltest du unterstützen. Ich finde, das habe ich mir verdient, nachdem ich mit dir auch schon allen möglichen Quatsch mitgemacht habe.«

Bevor Kara in unsere Stadt nach Texas gezogen ist, waren Gabi und ich ein Zweiergespann – und Gabi sogar der introvertiertere Teil unseres Duos. Das änderte sich erst in der siebten Klasse, als ihr Dad wegging und Gabi ihrer Mom die komplette Schuld daran gab. Doch als ihr Sinneswandel dann kam, kam er gewaltig.

Mit ihren dunkel umrandeten Augen fixiert sie mich im Spiegel und macht ein finsteres Gesicht. »Ich kapiere einfach nicht, warum du das Kara erlaubst und was das Ganze überhaupt soll. Du legst viel zu viel Wert auf die Meinung anderer.«

Meine Hände klammern sich an das ungewohnte Material. Auch wenn es stimmt, was sie sagt, kränkt es mich. Ich atme tief durch und halte ihrem Blick im Spiegel stand, während ich versuche, etwas zu erklären, was ich selbst noch nicht so ganz verstehe.

»Gabi, ich mache das nicht, damit Kara aufhört, mich wegen meiner Klamotten zu nerven, oder endlich die Klappe hält. Ich tue das für mich.« Ich betrachte den ungewohnten Anblick von mir in einem Kleid. »Das hier ist etwas, was ich tun *muss.* Die letzten drei Jahre bin ich mir vorgekommen, als würde ich dem Leben vom Spielfeldrand aus zusehen. Versteh mich nicht falsch … Ihr zwei seid toll, ich hab gute Noten und eine superliebe Familie, aber heißt es nicht, die Highschool sollte die beste Zeit unseres Lebens sein? Ich habe mir immer vorgestellt, ich hätte Tagebücher voll mit Fotos von Jungs und mit Erinnerungen an Verabredungen und wildes Rumgeknutsche. Aber Fehlanzeige. Was ich habe, sind Volleyballpokale und Andenken an Trainingscamps und Gruppenfotos von Schulbällen mit Mädchen.«

Gabis Augenbrauen rücken enger zusammen. Es wundert mich nicht, dass sie es nicht versteht. Gabi kümmert sich nicht darum, was andere von ihr halten. Aber das ist auch nicht nötig, weil ich mir genug Gedanken für uns beide mache. Eine Zeitlang hat es mir gereicht, mit den süßen Jungs *befreundet* zu sein, dass sie mir auf dem Schulflur zulächeln und winken. Aber im letzten Jahr hat sich das geändert. Jetzt wünsche ich mir, dass eben jene Jungs mehr in mir sehen, mich als jemanden betrachten, mit dem man sich verabreden könnte. Und gestern Abend, als ich meine guten alten, gemütlichen Schlabberklamotten für den Campingausflug der Zwölftklässler eingepackt habe, ist mir klar geworden, dass der Zeitpunkt gekommen ist, etwas zu ändern. Jetzt oder nie.

Aber eine Rebellin wie Gabi davon zu überzeugen, erfordert ein wenig Finesse.

Ich zwirbele das Ende meines langen kastanienbraunen Pferdeschwanzes zu einem Knoten und entscheide mich für die witzige Tour. »Außerdem – könnt ihr euch ernsthaft jemand Besseren vorstellen als zwei so heiße Bräute wie euch, um diese Mission impossible zu stemmen und *das hier* …«, wie ein abgehalfteter Gameshow-Moderator deute ich mit einer übertriebenen Handbewegung auf mein trotteliges Ich, »… in ein sexy Wesen zu verwandeln?« Um den dramatischen Effekt zu steigern, nehme ich eine überzogen schmollende Pose ein.

Kara kichert, während Gabi wiederholt den Kopf gegen die wackelige Kabinenwand schlägt. Sie war schon immer sehr direkt. Subtil ist nicht ihr Stil.

»Ich will hier echt nicht die Spaßbremse sein«, sagt Gabi, hebt den Kopf und sieht mich fest an. »Du kannst dir gar nicht vorstellen, was für Qualen es mir bereitet, die Stimme der Vernunft zu spielen, Aly, aber du hast immer versucht, möglichst nicht aufzufallen – und ich muss dir sagen, einen auf sexy zu machen … das bringt definitiv ein gewisses Maß an Aufmerksamkeit mit sich.«

»In unserem Alter ist es ganz natürlich zu experimentieren«, unterbricht Kara sie und klingt eins a wie ihre

Psychiater-Mutter. »Außerdem bin ich ja auch noch da, um sie sicher durch das überschäumende Testosteron-Chaos zu geleiten. Ach, Gabi, verstehst du nicht?« Sie legt sich die Hand aufs Herz, neigt ihr Kinn und tut so, als würde sie die Tränen zurückhalten. »Unsere kleine Aly wird erwachsen.«

»Vielen Dank auch«, brumme ich und werfe ihr mit gespielter Entrüstung ein Oberteil an den Kopf, das es nicht in die engere Auswahl geschafft hat.

Kara streckt mir die Zunge raus und schleudert das Shirt zurück. Ich ducke mich, doch bevor ich mir das nächste Teil schnappen kann, ertönt helles Glöckchengebimmel aus ihrer Tasche und sie stößt ein Quieken aus. Gabi und ich werfen uns einen Blick zu, während Kara ihr Handy herauszieht, die Schultern strafft und mit entschieden tieferer Stimme »Hey, Babe« sagt.

»Daniel«, formt Gabi mit den Lippen. Karas aktueller Lover. Hätte uns das Quieken nicht schon alles verraten, so wüssten wir spätestens bei ihrer sexy Schnurrkatzenstimme Bescheid.

Da meine persönliche Shoppingberaterin nun anderweitig beschäftigt ist, lasse ich mich neben Gabi fallen und drücke ihre Hand. »Bitte versuch doch, mich zu verstehen. Das ist mir wirklich wichtig.«

Sie mustert mich einen Moment lang und seufzt dann. »Weißt du, du bist meine beste Freundin. Und egal was kommt, ich bin immer für dich da. Wenn du sagst, dass es das ist, was du willst, dann bin ich dabei. Auch wenn ich es nicht nachvollziehen kann.« Sie hebt das Oberteil vom

Boden auf, macht sich daran, es zusammenzulegen, und hält kurz inne, um mich anzulächeln. »Dann schätze ich mal, ich halte jetzt lieber die Klappe und mache mich nützlich.«

Mit einem dankbaren Grinsen und frischem Eifer für meine Mission stehe ich auf und ziehe mich aus, bereit, mich in den nächsten provokanten Fummel zu zwängen, den Kara für mich ausgewählt hat. Das Farbenmeer in der Umkleide vermittelt mir das Gefühl, als würde ich in einem Osterei Verkleiden spielen und das alles wäre gar nicht *ich*. Aber ich denke mal, genau das ist Sinn und Zweck der Übung. Mich zu verändern, frischen Schwung in mein Leben zu bringen. Momentan kann es jedenfalls nicht schaden.

Mein Blick fällt auf das Kleidungsstück ganz oben: ein Rock, der kaum lang genug ist, um meinen Po zu bedecken. Meine Augen weiten sich vor Schreck.

Die will mich doch auf den Arm nehmen.

Und wie würde dieses Ding bei jemandem aussehen, der nicht so kurz geraten ist wie ich? Ich halte den besseren Gürtel an mich und starre Kara an, um mich zu vergewissern, ob das wirklich ihr Ernst ist, aber sie ist zu beschäftigt damit, kokett an einer Strähne ihres kurzen braunen Bobs herumzuzupfen, um mich zu bemerken.

»Klingt gut. Dann bis um sechs.« Pause. »Vielleicht. Wenn du Glück hast.« Vielsagendes Kichern. »Okay. Bye, Süßer.« Kara legt auf und lässt sich in einem gekünstelten Schwindelanfall gegen die Tür sinken. »Daniel ist ja sooo süß! Er wird eine ziemlich gute Figur abgeben auf dem

Foto des diesjährigen Homecoming-Balls, meint ihr nicht?«

Der Möchtegern-Rock flattert zu Boden. »Homecoming-Ball?« Als mir auffällt, dass meine Stimme leicht hysterisch klingt, presse ich hastig die Lippen zusammen und lächle in dem Versuch, den Eindruck von Geisteskrankheit etwas abzumildern. »Ist das dein Ernst? Bist du nicht diejenige, die immer gesagt hat, jede Beziehung, die länger als einen Monat geht, wäre eine Verschwendung bester Dating-Zeit. Und der Ball ist erst in ungefähr zwei Monaten.«

In sechsundfünfzig Tagen, um genau zu sein, aber wer zählt das schon?

Kara bückt sich, um den Rock aufzuheben, zuckt mit den Schultern, als wäre das nicht der Rede wert, und ich gebe mir Mühe, meine zu Fäusten geballten Hände wieder zu lockern. Ich darf nicht vergessen, dass nicht jeder so fixiert auf diesen Schulball ist wie ich. Ich nehme das Kleidungsstück von ihr entgegen und versuche, meine geheime Obsession zu verdrängen und mich wieder auf den gemeinsamen – und jetzt auch von der kompletten Truppe akzeptierten – Plan zu konzentrieren.

Eins nach dem anderen.

Ich steige in den Rock, der keinen Deut weniger schlimm ist, als ich ihn mir vorgestellt habe, und ziehe dann das weiße Top an, das Kara dazu rausgesucht hat. Angesichts der dünnen, geflochtenen Träger braucht man dafür einen trägerlosen BH, wie ich ihn gerade trage, bei dem ich jedoch schon die ganze Zeit das Gefühl habe, als würde er jeden Moment zu meiner Taille hinunterrutschen. Unauffällig fahre ich mir mit den Händen über den Po, um sicherzugehen, dass der Stofffetzen ihn auch wirklich bedeckt, ziehe die Cups meines BHs hoch und atme langsam durch. Aus dem Spiegel blickt mir eine Fremde entgegen und ich komme mir wie eine Betrügerin vor. Offenbar wird das hier nicht so leicht, wie ich ursprünglich dachte.

Als plötzlich mein Handy summt, gebe ich Gabi mit einer Geste zu verstehen, dass sie nachschauen soll, wer mir geschrieben hat. Sie kramt in meiner Tasche herum und murmelt: »Man kommt sich in diesem Laden ja vor wie in einem Bahnhof.«

Lächelnd beuge ich mich vor, um »die Mädels« noch einmal zu richten, und warte darauf, dass Gabi mir die SMS vorliest. Das völlige Nichtvorhandensein von Privatsphäre ist mit das Schönste an allerbesten Freundinnen. Ich weiß alles über Gabi und Kara und sie kennen auch alle meine schmutzigen Geheimnisse.

Na ja, zumindest wären sie die Ersten, die es erfahren würden, wenn ich irgendetwas halbwegs Pikantes zu vermelden hätte.

»Morgen um halb sechs bei dir«, liest Gabi mit monotoner Stimme. »Danach könnten wir einen Happen essen gehen. *La Cantina* oder *Carmela's* – such's dir aus.«

Sie reicht mir das Handy und ich schreibe zurück: *Brandon, erinnerst du dich noch an das letzte Mal, als wir im Cantina waren? Definitiv Carmela's. Bis dann.*

»Klingt nach einem heißen Date.«

Ich fahre herum und knalle gegen Gabis Stirn, weil sie anscheinend über meine Schulter mitgelesen hat. »Au!«

Gabi ignoriert den Zusammenprall und reißt erwartungsvoll die Augen auf.

»Genau«, seufze ich. »Ein superheißes Date.«

Kara stemmt die Hand in die Hüfte, und ich kneife mir in die Nasenwurzel, um die herannahenden Kopfschmerzen aufzuhalten. »Im Ernst, Leute. Brandon will sich mit mir treffen, um unsere Strategie zu besprechen. Coach Connelly hat uns aufgebrummt, das Volleyballteam der Junior High zu trainieren, wo unsere Schwestern jetzt mitspielen. Ihr wisst schon, auf der städtischen Sportanlage. Scheint, dass mein Wahnsinnskönnen auf dem Platz in Kombination mit Brandons Trainer-Erfahrung … na ja, plus die Tatsache, dass ich es nicht alleine machen will, uns dieses Jahr zur idealen – und einzigen – Besetzung machen.«

Kara verengt die Augen. »Und was glaubst du, wie er auf deinen neuen Look reagieren wird?«

»Coach Connelly?«, frage ich unschuldig. Kara lächelt geduldig und ich ziehe seufzend den Gürtel alias Rock wieder aus. »Wahrscheinlich merkt er es nicht mal. Oder es ist ihm egal.«

Gabi schnaubt. »Aly, dir ist aber schon klar, dass Brandon ein Mann ist, oder?«

»Ein sehr beliebter und ausgesprochen attraktiver noch dazu«, ergänzt Kara mit merkwürdigem Tonfall.

Mit einem Bein in einer neuen Sevens-Jeans hebe ich den Kopf, und mein Blick springt zwischen meinen beiden plötzlich argwöhnischen besten Freundinnen hin und her, während ich mich vom Boden aufrapple. »Warum seht ihr mich so an?«

Kara verschränkt die Arme. »Nicht, dass ich nicht vollauf begeistert wäre, dass du endlich gewillt bist, dir helfen zu lassen, aber geht es bei diesem Umstylingprojekt in Wahrheit um Brandon?«

War ja klar.

Während ich die Jeans meine kurzen Beine hinaufzerre, verfluche ich im Stillen die Designer, die anscheinend nicht in der Lage sind zu schnallen, dass Frauen mit einem Hintern durchaus auch eine schmale Taille haben können, und sage laut: »Zum hunderttausendsten Mal: Für Brandon bin ich wie eine Schwester.« Was Kara in ihrem Verdacht natürlich nur noch bestärkt, sodass ich schnell hinzufüge: »Nicht dass das was zur Sache tut, weil ich nämlich sowieso nichts von ihm will. Wir sind *Freunde.*«

Um Karas Mundwinkel zuckt ein Schmunzeln und ich gebe mich mit einem frustrierten Stöhnen geschlagen. Wir haben dieses Thema so oft durchgekaut, dass ich genauso gut die Klappe halten und mir den Atem sparen kann. Eine platonische Freundschaft mit einem Jungen ist etwas, was über Karas Vorstellungsvermögen hinausgeht, dabei habe ich mir wirklich Mühe gegeben, es ihr zu erklären. Sie versteht nicht, dass es manchmal einfacher ist, bestimmte Dinge mit einem Jungen zu besprechen, oder dass ich mit Brandon einfach über alles reden kann. Ausgenommen vielleicht, dass ich vor Jahren mal sehr für ihn geschwärmt habe, aber das gehört schon lange der Vergangenheit an.

Gabi greift sich ein Top, das aus mehr als drei Zentimetern Stoff zu bestehen scheint. »Hey, ist doch okay, wenn es bei Operation Sexappeal nicht um Brandon geht und du sagst, dass du nicht in ihn verknallt bist«, meint sie. »Also ich glaube dir.«

»Danke«, erwidere ich und greife nach dem Oberteil. Wenigstens eine von ihnen scheint es zu kapieren. Doch da hält Gabi den Stoff fest, sodass ich gezwungen bin, sie anzusehen.

»Aber ich verspreche dir, am kommenden Montag, wenn der Zeltausflug losgeht und den Jungs die Augen übergehen, *wird* er es merken.« Sie lächelt zuckersüß. »Und es wird ihm definitiv nicht egal sein.«

Ich reiße ihr das Teil aus der Hand, wende mich ab, ziehe es über und schüttele meine Haare auf, während ich das Resultat begutachte.

Egal, was sie denken – ich bezweifle, dass Brandon mich je mit anderen Augen betrachten wird. Aber andere Leute schon. Das niedliche, witzige Mädchen, das mit all den beliebten Jungs »nur gut befreundet« ist, gibt es nicht mehr. Das Mädchen, das den Jungs einfällt, wenn sie eine Runde Basketball spielen wollen oder jemanden brauchen, der ihnen zuhört, aber nie, wenn sie ein Date wollen, hat den Laden verlassen. Die Aly, die mir entgegenblickt, hat nagelneue Klamotten an, die ihre Figur so richtig zur Geltung bringen, und ein entschlossenes Lächeln im Gesicht.

Das wird funktionieren. Es muss. Ich mache das nicht für Brandon oder für Kara oder sonst jemanden. Ich mache das für mich. Am Montag geht der Campingtrip der Zwölftklässler los – der Auftakt zu meinem letzten Jahr an der Fairfield Academy. Und dieses Jahr wird alles anders werden.

In zwei Monaten, beim großen Ball, wird eine neue und verbesserte Alyssa Reed den von Lichterketten erleuchteten Festsaal betreten. Eine mit einem neuen Look, einem neuen Image und einem neuen *Mann.*

BRANDON

Texas Springs Autowäscherei, 12:45 Uhr

»Wer kommt heute Abend mit?«, ruft Justin uns aus dem Innenraum des Minivans zu.

Ich sehe zu ihm hinüber und schrubbe in der Hocke am linken Hinterreifen herum. »Ich glaub, ich kann nicht. Mom hat frei und will mit der Familie zu Abend essen.« Ich werfe die Bürste in einen Eimer und nehme mir ein sauberes Handtuch. »Aber wahrscheinlich geht sie früh schlafen, also ruft einfach bei mir durch, bevor ihr loszieht.«

Carlos und Drew befinden sich unter dem roten Vordach neben unserem und saugen unter lautem Radiogeplärr einen Lexus aus. Carlos hört kurz damit auf, falsch mitzusingen, um mitzuteilen, dass er auf jeden Fall dabei ist.

Drew wirft mir einen Blick zu, während er die Achseln zuckt. »Sorry, Jungs.«

Ich schüttele den Kopf, als er sich wieder bückt, um den

Innenraum zu wischen. Er hat sich den kompletten Sommer rar gemacht, weil seine Freundin zum Studieren nach Austin zieht. Und jetzt, wo es tatsächlich ernst wird, kann ich mir schon vorstellen, was für eine Stimmungskanone er beim Zelten nächste Woche sein wird.

Wenn mich Dads Tod etwas gelehrt hat, dann, dass das Leben kurz ist. In unserem letzten Highschooljahr sollten wir Spaß haben und möglichst viel um die Häuser ziehen, aber das will nicht in Drews Kopf. Ständig nervt er damit rum, dass ich mit einer von Sarahs Freundinnen ausgehen soll – als müsste ich mich ebenso fest binden, ja geradezu an jemanden ketten, wie er. Ich habe so schon alle Hände voll zu tun mit Schule, Baseball, der Arbeit, damit, mich um Mom und Bailee zu kümmern und jetzt auch noch mit Aly zusammen die Kleinen zu trainieren. Da ist eine feste Beziehung das Letzte, was ich brauchen kann. Das würde nur noch mehr Stress bedeuten und davon hab ich mehr als genug.

Mein Handy piepst in meiner Hosentasche, und ich ziehe es heraus und lache, als ich Alys SMS über *La Cantina* lese. Ich hatte ganz vergessen, was das letzte Mal los war, als wir dort waren – und vor allem, was sich als mysteriöse »geheime Zutat« im Käse-Dip befand.

Dann eben *Carmela's.*

»Ey, Brandon.« Ich stecke mein Handy wieder ein und sehe, wie Carlos grinst. »Kundschaft! Dein Typ wird vorne verlangt.«

Na toll. Mit dem Handrücken wische ich mir den Schweiß von der Stirn und schlendere zum Eingang der

Autowäscherei. Auf in den Kampf. Das halbe Fairfield-Baseballteam arbeitet hier und als Mannschaftskapitän bin ich der inoffizielle diensthabende Manager. Der Titel klingt allerdings prestigeträchtiger, als es ist, weil der Job in erster Linie darin besteht, sich mit Problemen genervter Kunden rumzuärgern.

Ich blinzele durch die Hitzewellen, die vom Gehsteig aufsteigen, und sehe einen metallicblauen BMW, der im Leerlauf schnurrt.

Shit.

Schon den ganzen Sommer über bringt Lauren Hays ihren brandneuen Wagen mehrmals die Woche vorbei, um bei dieser Gelegenheit äußerst eindeutige Andeutungen zu machen und ihren schlanken Tänzerinnen-Body zur Schau zu stellen. Drew ist bereits vergeben, Carlos ist ein Ex von ihr, der sich standhaft weigert, wieder was mit ihr anzufangen, und Justin ist ein Aufreißer vor dem Herrn, der mit jeder rummacht, die keinen allzu großen Aufwand erfordert. Bleibe ich. Und das Mädchen reagiert nicht auf meine subtilen Abwehrversuche.

Im Wesentlichen ist Lauren die weibliche Version von Justin. Sie will ihren Spaß – und am besten sollen es auch ja alle mitbekommen. Ständig hängt sie an jemand Neuem dran. Und wie es aussieht, bin ich ihr neuestes Opfer. Nur habe ich kein Interesse an verwöhnten Gören, die mit Daddys Kohle um sich werfen. Mom schuftet zu hart, und ich reiße mir zu sehr den Arsch auf, um Geduld für solche Prinzesschen zu haben. Lauren geht mir echt auf die Nerven.

Aber eine scharfe Nummer ist sie allemal – das muss man ihr lassen.

Als ich mich ihrem Wagen nähere, geht die Fahrertür auf und Lauren steigt in einem engen weißen T-Shirt aus, das über einem schwarzen Stringbikinioberteil spannt. Dazu trägt sie eine abgeschnittene Jeans, die dermaßen kurz ist, dass sie quasi keinerlei Nutzen erfüllt, und hohe Schuhe, die ihre gebräunten Beine wirken lassen, als würden sie ewig so weitergehen. Sie schiebt sich ihre dunkle Sonnenbrille in die hellblonden Haare, und als sie auf mich zukommt, weht ein Hauch Kokosnussduft von ihrer Haut zu mir.

»Kannst du mich rannehmen, Brandon?«, fragt sie. »Ich war gerade auf dem Weg, mir einen neuen Bikini für den Campingausflug zu kaufen, aber dann hab ich gemerkt, wie dreckig mein Wagen ist.« Ihr Mund verzieht sich zu einem lasziven Lächeln, weil sie genau weiß, dass sie erst vor zwei Tagen da war. Das Auto ist so blitzblank, dass man von der Motorhaube essen könnte. Ich nehme die Schlüssel aus ihrer ausgestreckten Hand und sie hält meine Finger fest. »Mach mir einfach das Taylor-Spezial. Du weißt ja, wie ich es mag.«

Auf dem Weg zum Ausgang schwebt sie an mir vorbei und hält an der Tür inne, um mir eine Kusshand zuzuwerfen. In dem Augenblick, als die Tür sich schließt, bricht schon das Gelächter los.

»Brandon, diese Chica ist echt scharf auf dich.«

Ich drehe mich um und sehe, wie Carlos, der mir offenbar nach vorne gefolgt ist, den Kopf schüttelt. Mit einem

Blick auf die Tür, durch die Lauren entschwunden ist, legt er mir den Arm um die Schulter und meint: »Glaub mir, das war erst der Anfang. Warte nur, bis der Zeltausflug losgeht. Vier Tage lang solche Spielchen am Stück? Am besten nimmst du Knoblauch, ein Kruzifix und Weihwasser mit, denn dieses Weib ist gefährlich.«

ALY
Fairwood City Einkaufszentrum, Fressmeile, 14:40 Uhr

Schwer beladen mit Tüten von *Charlotte Russe, Forever 21, Rack Room Shoes* und *Sephora* lasse ich mich in der überfüllten Fressmeile auf einen Stuhl fallen. Frisch aus Karas Frisörsalon wippen meine Haare um meine Schultern wie in einem bescheuerten Shampoo-Werbespot. Zum Glück gebe ich selten viel aus, sondern spare kräftig für meinen Roadtrip durch die ganze USA nächsten Sommer, denn mein armes Girokonto hat heute definitiv einen herben Schlag erlitten.

Gabi lässt sich mit unseren Essenstabletts mir gegenüber auf einen Stuhl plumpsen und schiebt mir meine Hühnchen-Fajita-Nachos rüber. Vom Geruch der Jalapeño-Chilis wird mein müdes Gehirn ein wenig wiederbelebt.

Wer hätte gedacht, dass Shoppen so anstrengend ist?

»In zwanzig Minuten ist unser Termin im Nagelstudio«, verkündet Kara und stellt ihr Tablett mit hochgradig ballaststoffreichem und geschmacksbefreitem Salat ab. »Also haut rein, Mädels.«

Ich lasse einen Finger über ihrem Tablett kreisen. »Ich sag's dir ja nur ungern, Kara, aber *das da* ist kein Essen. Das ist Nahrung für die Nahrung.«

Sie wirft einen Blick auf die rosafarbene Cartier-Uhr an ihrem schmalen Handgelenk. »Neunzehn Minuten«, sagt sie und sieht mit einem diabolischen Grinsen wieder auf.

Ich hebe die Hände, als wolle ich mich ergeben. »Hey, als Tochter einer Mutter, die in der Cateringbranche arbeitet, und als Mensch mit einem gesunden Appetit versuche ich nur, meiner Bürgerpflicht nachzukommen.«

Sie verdreht die Augen, während ich mir einen mit Käse überbackenen Hühnchenbruststreifen in den Mund stecke.

Shopping macht mich nicht nur fix und fertig, sondern auch hungrig – und diese Nachos höre ich geradezu nach mir rufen. Gierig stürze ich mich darauf. Nachdem ich mehrere Minuten lang selig in mich hineingefuttert und dabei tapfere Powerwalker beobachtet habe, wie sie einen weiten Bogen um den Gastrobereich mit seinen köstlichen Verlockungen machen, fällt mir auf, dass Gabi ein finsteres Gesicht zieht.

Ich hatte gedacht, das Drama wäre für heute vorüber.

Während ich mir die Hände an einer zerknitterten Serviette abwische, frage ich: »Na, Gabi, was geht dir durch deinen hübschen bunten Kopf?« Verwirrt guckt sie zu mir rüber. »Ich sehe es dir an der Nasenspitze an. Ist es immer noch wegen meiner Umstylingaktion?«

»Nein.« Sie zupft eine Peperoni von ihrer Pizza und steckt sie sich in den Mund, und ich folge ihrem Blick und entdecke die Mannschaftsführerin des Tanzteams, die auf ihrem Handy herumtippt. Lauren Hays ist die Meisterin des falschen Lächelns, wenn sie etwas will, und die Meisterin des bösen Blicks, wenn mal was nicht nach ihrem Kopf geht. Von Anfang an hat sie mich an der Highschool ziemlich ignoriert, aber sie und Gabi verbindet eine Art Zwangsgemeinschaft. Da sie beide im Tanzteam sind, tolerieren sie sich. Das Problem ist nur, dass Gabi sich weigert, sich jeder Laune der großen Chefin zu beugen, und Lauren null mit jemandem klarkommt, der ihr Kontra gibt.

Ich zupfe an den Spitzen meiner frisch mit Highlights versehenen Haare und schrumpfe auf meinem Stuhl. Dieser neue Look ist kaum eine Stunde alt, und ich bin noch nicht bereit, ihn jetzt schon vor der Königin der Abschlussklasse zu präsentieren.

Was ist, wenn sie es ätzend findet?

Was ist, wenn es ihr nicht mal auffällt?

Ehrlich gesagt, weiß ich nicht, was davon momentan schlimmer wäre.

Kara verengt die Augen zu Schlitzen, als sie merkt, was ich da mache, aber das ist mir egal. Ich habe nie behauptet, ich wäre mutig. Oder sexy. Die Operation Sexappeal funktioniert von außen nach innen.

Ich werfe einen Blick zu Lauren hinüber und entspanne

mich ein klein wenig. Lauren läuft zwar in unsere Richtung, reckt jedoch zum Glück die Nase hoch in die Luft, was bedeuten könnte, dass ich aus dem Schneider bin. Langsam atme ich aus und achte darauf, keine abrupten Bewegungen zu machen – doch dann piepst ihr verflixtes Handy. Sie senkt den Kopf, um es aus der Tasche zu ziehen, und als sie wieder aufsieht, landet ihr Blick direkt auf mir.

»Oh, wie niedlich.« Bei dem verächtlichen Tonfall beiße ich die Zähne zusammen, während Lauren sich auf meiner Seite des Tisches aufbaut. »Hat da jemand Verkleiden gespielt?«

Das Blut weicht mir aus dem Gesicht, und ich registriere, wie Gabi sich mir gegenüber aufrichtet. »Halt die Klappe, Lauren.«

»Ach, Gabriella, ich mach doch nur Spaß.« Laurens spöttisches Grinsen verwandelt sich in dieses unechte Plastiklächeln, das ich schon hundertmal an ihr gesehen habe. Während sie sich eine Fritte von Gabis Tablett klaut, sagt sie: »Ist doch süß, dass unser kleiner Wildfang aus seiner jungenhaften Schale ausbrechen will.«

Ihr mit Glitzersteinchen besetztes Handy piepst erneut und sie wirft einen Blick darauf. Währenddessen versuche ich, mich zu beruhigen, aber die Hoffnung und Vorfreude auf den morgigen Tag sind futsch. Jetzt komme ich mir nur noch albern vor. Als würde ich wirklich Verkleiden spielen, obwohl ich doch wissen müsste, dass ich selbst in einer Million Jahren nicht aus meiner Haut kann – also warum es überhaupt versuchen?

Lauren stößt ein Seufzen aus. »So sehr es mich auch interessieren würde, wie es *dazu* gekommen ist – ich muss weiter. Als Jahrgangssprecherin habe ich vor dem Campingtrip noch alle Hände voll zu tun.« Sie winkt uns zum Abschied zu, indem sie nur die Finger leicht bewegt, und zupft den Riemen ihrer Tasche über der Schulter zurecht. »Tschüssi!«

Kara sieht ihr nach, wie sie abrauscht, und spießt dann mit ihrer Gabel ein Salatblatt auf. »Hat die gerade *Tschüssi* gesagt?«

Gabi kichert, aber ich bin zu beschäftigt damit, alles noch mal zu überdenken, um zu reagieren. Ich bin zu weit gegangen, um jetzt einen Rückzieher zu machen, aber Lauren hat meine Verwandlung als *niedlich* und *süß* bezeichnet. Genau jene zwei Worte, die mich schon mein ganzes Leben lang verfolgen. Ich will nicht dieselbe alte Aly in einer neuen Designerverpackung sein. Ich will eine echte Veränderung.

Offenbar reicht Umstyling allein nicht. Wenn ich möchte, dass die anderen mich ernst nehmen, muss ich mir was einfallen lassen, um Operation Sexappeal mehr Glaubwürdigkeit zu verleihen.

Nur was?

Sonntag, der 8. August

7 Wochen und 6 Tage bis zum Homecoming-Ball

ALY
Alys Haus, 17:45 Uhr

Ich sitze an meiner Frisierkommode, starre auf die Gratis-Tüte voller Kosmetikpröbchen und versuche, mich daran zu erinnern, welche Produkte Kara gestern benutzt hat. Das Konzept einer umfassenden Beautybehandlung ist mir ungefähr so fremd, wie ein Volleyballspiel zu verlieren. Aber drastische Situationen erfordern drastische Maßnahmen. Nachdem ich also das korallenrote Rouge aufgetragen habe, um meine Wangenknochen zu betonen, schnappe ich mir den beerenfarbenen Lipgloss. Ich drehe die Kappe auf, rühre ein bisschen mit dem Applikatorstäbchen (ein weiterer neuer Begriff in meinem Vokabular) darin herum und hebe es an den Mund.

Plötzlich pocht es an der Tür und der Applikator flitscht über meine Wange und hinterlässt dort einen Streifen Blackberry Bloom.

»Sehr hübsch«, murmele ich und rupfe eine Handvoll Kosmetiktücher aus einer umhäkelten Box. Egal wie oft ich Gabi und Kara schon dabei zugesehen habe – es scheint, als könne man die hohe Kunst des Schminkens nicht durch Gedankenübertragung erwerben. Ich werfe das zusammengeknüllte Kleenex in den Papierkorb und brülle: »Komm rein, Kaitie!«

Statt meiner kleinen Schwester erscheint Brandon in der Tür, unter dem Arm einen Notizblock mit Skizzen von Spielplänen. Als er mich erblickt, bleibt ihm die Spucke weg und die Brauen über seinen jadefarbenen Augen schnellen in die Höhe. »Wie ich sehe, hat Kara dich rumgekriegt. Sollte ich fragen, warum?«

Na ja, zumindest ist es ihm aufgefallen.

Als Reaktion darauf gehe ich stumm zu dem riesigen Spiegel über meiner Kommode hinüber, der gleichzeitig als großer Bilderrahmen fungiert und meine persönliche »Wand der Schmach« darstellt, eine Dokumentation meines bisherigen jämmerlichen Teenager-Lebens. Ich steige auf mein Bett daneben, wobei meine Füße in der gelben Plüschkuscheldecke versinken, und deute auf das letzte Foto.

»Beweisstück A«, sage ich. »Abschlussball letztes Schuljahr.«

Brandon tritt neben mich und beugt sich vor, um das Bild zu inspizieren. »Versteh ich nicht.«

Ich atme aus und starre auf das Foto, das vor drei Monaten aufgenommen wurde – zwei Wochen nachdem Adam und ich uns getrennt hatten. Adam war mein erster

Freund. Und mein einziger. Bis Schluss war, dachte ich, alles würde super laufen. Wir waren vier Monate zusammen, und in meiner Naivität hatte ich geglaubt, er könnte *der Eine* sein. Vielleicht nicht für immer, aber wenigstens für eine ganze Weile. Der Eine, der mich als begehrenswert betrachtete.

Der Eine, der meinen Bann brechen würde.

»Als ich neulich Abend dieses Foto aufgehängt habe«, erkläre ich, »hatte ich eine Erleuchtung.«

Brandon kratzt sich im Nacken und blinzelt. »Eine Erleuchtung?«

»Genau, eine Erleuchtung. Schau noch mal hin. Fällt dir nicht ein zutiefst deprimierendes, wiederkehrendes Element an meinen Ball- und Partyfotos auf?« Ich mache eine Pause, damit er die Beweisaufnahmen begutachten kann, und seufze, als er mit den Schultern zuckt. »Meine Tanzpartner sind immer nur gute Freunde, Brandon. Alle Fotos vom Homecoming-Ball und den anderen Schulpartys zeigen mich mit einer Truppe Freundinnen, einem Exfreund-Mitleids-Date oder einem Kumpel-Date. Mit dir angefangen.«

In unserem ersten Jahr an der Highschool waren Brandon und ich zusammen zum Homecoming-Ball gegangen. Seit ich denken kann, habe ich schon immer ein bisschen für ihn geschwärmt. Ich gebe also zu, dass ich auf diesen Abend einige Hoffnungen gesetzt hatte. In meinem liebesvernebelten Hirn gaben wir das perfekte Paar ab: Unsere Mütter waren schon seit der Highschool befreundet, unsere kleinen Schwestern quasi von Geburt an, und in der

Kirche saßen unsere Familien zusammen. In der Schule belegten wir dieselben Leistungskurse und wir waren beide begeisterte Sportskanonen. Durch die schwere Krankheit seines Dads waren wir noch enger zusammengewachsen, und ich war fest davon überzeugt, dass wir füreinander bestimmt waren. Doch obwohl wir uns an diesem Abend super verstanden, über dieselben albernen Witze lachten und uns gegenseitig unsere Liebe zu Monty Python gestanden, beschlossen wir – na ja, eigentlich war es eher er, der das beschloss –, dass es besser wäre, wenn wir nur Freunde bleiben würden. Und von diesem Tag an waren wir *beste* Freunde. Erst viel später fand ich heraus, dass unsere Mütter ihn mehr oder minder gezwungen hatten, mich zum Ball einzuladen, weil mich sonst keiner gefragt hatte.

Wenn ich jetzt so darüber nachdenke, war Brandon also streng genommen gar nicht mein erstes Wir-sind-nur-gute-Freunde-Date an meiner Wand der Schmach, sondern eine von unseren Müttern zwangsverpflichtete Aufsichtsperson, was sogar noch schlimmer ist.

Brandon lehnt sich an die Wand und legt den Kopf schief. Dunkelbraune Strähnen fallen ihm in die Augen. »Okay. Und das hängt jetzt wie genau *damit* zusammen?«, fragt er und deutet mit einer vagen Handbewegung auf meinen neuen durchgestuften Haarschnitt, die Klamotten, die vor Karas gestrengem Auge Gnade gefunden haben, und mein halb angemaltes Gesicht.

Ich lasse mich in meinen Kissenberg fallen und versuche, in dem Gürtel von einem Rock so damenhaft wie möglich zu sitzen. »Als mir aufgefallen ist, wie schmachvoll meine Highschool-Laufbahn bislang war, hab ich schleunigst Kara angerufen. Und wie du dir vorstellen kannst, war sie sofort Feuer und Flamme und hat ihre Dienste angeboten.«

Er lässt sich mir gegenüber auf das Bett plumpsen und wirft mir meinen geliebten Plüschpinguin Mr Sniffles zu. Kopfschüttelnd betrachtet er mich mit seinen grasgrünen Augen. »Aly, du musst dich doch für nichts schämen. Du bist der Star des Mädchen-Volleyballteams. Du bist klug, und man kann echt Spaß mit dir haben. Und …«, fügt er hinzu und lässt seine Augenbrauen auf- und abzucken, »… du bist meine beste Freundin.« Ich verdrehe die Augen und er lächelt. »Also, wo liegt das Problem? Es ist ja nicht so, als hättest du noch nie einen Freund gehabt.«

Ich drücke meinen Pinguin fest an mich und atme tief den Vanilleduft ein, mit dem ich ihn wöchentlich einsprühe. Natürlich versteht Brandon es nicht. Er ist ein Junge *und* er ist Mr Beliebt höchstpersönlich. Andererseits – wenn es jemanden gibt, der bei dieser Sache ganz offen und ehrlich mit mir sein kann, dann er.

Ich beiße mir auf die Lippe und starre auf den weißblauen Bommel oben auf Mr Sniffles Mütze. »Aber warum habe ich jetzt keinen?«

Ich blicke kurz auf. Brandon stützt sich auf einen Ellbogen und verzieht den Mund.

»Ich meine, du hast recht. Ich hatte schon mal einen Freund. Und es lief super mit Adam – bis er mich abserviert hat, um mit Chelsea zu gehen.« Chelsea, die wunderschön und hip und superbeliebt und all das ist, was ich nicht bin. Ich schlucke den Kloß von Schmerz und Enttäuschung hinunter, der nicht so recht weggehen will, und fahre mir mit der Zunge über die Lippen. »Also muss es an mir liegen, oder? Irgendwas stimmt mit mir nicht. Ich bin ein einziger großer Männerschreck.«

Die Matratze gibt nach, als Brandon näher zu mir rüberrutscht. Er hebt mein Kinn mit dem Finger an, streicht mir die Haare zurück und sieht mir in die Augen. Ich kann seinen Gesichtsausdruck nicht deuten, aber sein durchdringender Blick macht mich unruhig. Brandon kennt mich besser als jeder andere – einschließlich Gabi und Kara. Er hat mich glücklich erlebt, er hat mich – wenn auch selten –, übellaunig erlebt, er hat mich gesehen, wenn ich verletzt war, und er hat all die peinlichen Stadien meiner Pubertät mitbekommen. Aber so wie er mich jetzt ansieht, habe ich das Gefühl, als würde er sogar das sehen, was ich zu verbergen versuche … meine Unsicherheit, meine Ängste … dass es meinen Magen in Aufruhr versetzt, wenn wir so eng beieinander sitzen.

Brandon stößt einen Seufzer aus. »Okay, ich verrate dir ein Geheimnis. Ich gestatte dir hiermit einen Einblick in bescheuerte Männergehirne. Aber was ich dir jetzt erzähle, darf dieses Zimmer nie verlassen.« Mit großen Augen tut er so, als würde er sich umblicken, und beugt sich dann verschwörerisch zu mir vor.

Ich kann nicht anders als lachen, und das bringt mir sein ganz spezielles Grinsen ein, bei dem sich sein Mund zu einer Seite verzieht und seine Augen ganz schmal werden.

Er nimmt meine Hand und sagt: »Aly, mit dir ist *nichts* verkehrt. Du bist perfekt. Wirklich. Dass du nicht öfter um eine Verabredung gebeten wirst, liegt einzig und allein an einem dummen Spiel, das wir Jungs vor Jahren mal gespielt haben.«

Verwirrt runzle ich die Stirn. »Äh … was?«

Brandon stößt die Luft aus. »Ein Spiel. Und bevor ich es dir erkläre, muss ich noch mal betonen, dass es total dämlich war.« Er starrt mich an, bis ich nicke und sich mir vor lauter Nervosität der Magen zusammenzieht. Dann schluckt er und weicht meinem Blick aus. »Vor ein paar Jahren saß ich mit den anderen Jungs herum. Wir haben uns gelangweilt und mussten die Zeit irgendwie totschlagen, also zog jemand ein Jahrbuch aus dem Regal. Wirklich, es war keine große Sache.«

Ich rücke näher an ihn ran. »Erzähl weiter.«

»Wir – na ja …« Er fährt sich mit der Hand durchs Haar und wirft mir einen verlegenen Blick zu. »Im Grunde genommen haben wir die Mädchen aus unserem Jahrgang in zwei Gruppen eingeteilt: die *Coolen* und die *Beziehungstypen*.«

Er verstummt und wartet auf eine Reaktion von mir. Da ich nicht mehr zustande bringe als ein verwirrtes Blinzeln, fährt er fort. »Eine *Coole* ist eine, die einfach ihren Spaß will. Ein Mädchen, mit dem man eine Weile rummachen kann, völlig unverbindlich. Einfach eine gute Zeit haben, keine Verpflichtungen, keine Gefühle.«

»Rumkriegen und sitzen lassen?«, frage ich mit gerümpfter Nase.

Er zuckt bei meiner Wortwahl zusammen, nickt aber. »Na ja, so ungefähr. Manchmal zieht man mit jemandem ein paar Wochen lang um die Häuser, obwohl es nichts Ernstes ist, verstehst du? Aber diesen Mädchen macht das nichts aus, weil sie selbst gar nichts Festes wollen, sondern auch nur ein bisschen Spaß.«

Ich nicke und kapiere so langsam, wovon er spricht … und wo das hinführt.

»*Beziehungstypen*«, fährt er fort, »sind das Gegenteil. Das sind diejenigen, die eine richtige Beziehung verdienen und sich auch *wünschen.* Solche, die man offiziell fragt, ob sie mit einem gehen wollen, und die man seinen Eltern vorstellt.«

»Und zu welcher dieser beiden Gruppen gehöre ich?«, frage ich, obwohl es mir bereits klar ist.

»Nun ja …« Er räuspert sich und reibt sich mit der Hand über den Nacken. »Als wir dieses Spiel gemacht haben, waren wir uns alle einig, dass du ein *Beziehungstyp* bist.«

Natürlich bin ich das.

Schon klar, nennt mich eine Verräterin an der Frauenwelt, aber auch wenn dieses chauvinistische Klassifizierungssystem voll beknackt ist, ist es doch nicht das, was mich so sehr daran ärgert. Mir stinkt am meisten, dass sie mich in die *Beziehungstypen*-Gruppe gesteckt haben.

Auf einer gewissen Ebene – irgendwo tief in mir drin – ist mir klar, dass das eigentlich was Gutes ist. Wenn ein richtig toller Typ auftauchen würde, der mich fragen würde, ob ich seine feste Freundin sein will, wäre ich total dafür. Und es ist ja nett, dass die Jungs anscheinend denken, ich verdiene eine echte Beziehung – was auch immer das genau heißen soll –, aber was ich in erster Linie aus Brandons Worten heraushöre, ist, dass sie mich alle langweilig finden … unattraktiv … nicht der Mühe wert.

Die Coolen sind offenkundig die selbstbewussten, aufregenden, sexy Mädchen. Die Art Mädchen, die ich auch gern wäre.

Brandon tippt mit dem Finger auf meine geschürzten Lippen. »Bist du jetzt enttäuscht von mir?«

»Nein, nicht von dir.« Angesichts seines verwirrten Blicks, versuche ich, es zu erklären. »Wenn ich ehrlich sein soll, bin ich wütend auf mich selbst. Ich weiß, dass du vermutlich irgendwie denkst, es wäre ein Kompliment, wenn man zu der *Beziehungstypen*-Gruppe gehört …«

»Ist es wirklich!«

»… aber alles, was bei mir hängen bleibt, ist, dass die *Coolen* die Interessanten sind, die Spannenden, die, auf die die Jungs wirklich abfahren.« Ich hole Luft und senke die Stimme, wobei ich rot werde. »Die Art Mädchen, als das ich ausnahmsweise auch mal betrachtet werden möchte.«

»Darum geht's doch überhaupt nicht, Aly. Diese Gruppeneinteilung ist … bescheuert. Das ist Schwachsinn, den wir mal einen Abend lang gemacht haben und der sich dann irgendwie verselbstständigt hat. Das ist nicht real.« Brandon schweigt einen Augenblick, dann verlagert er das Gewicht und setzt hinzu: »Aly, ob ein Mädchen attraktiv ist oder nicht, hatte nichts damit zu tun, in welche Gruppe wir diejenige gesteckt haben.«

Diesen Mist nehme ich ihm keinen Moment lang ab.

Ich verdrehe die Augen und gehe im Geiste die Liste der Zwölftklässlerinnen durch. Die *Coolen* sind leicht zu identifizieren: Mädchen wie Lauren Hays und sogar Kara. Die Mädchen, die die soziale Hackordnung an der Fairfield Academy nicht nur aufgestellt, sondern sie auch fest im Griff haben. Diejenigen, die, wenn sie irgendwann mal auf ihre Highschoolzeit zurückblicken, nicht eine Wand voller Kumpel-Dates und einen einzigen Exfreund sehen, sondern eine ganze Reihe von Flirts, Affären und Abenteuern. Die selbstbewussten Mädchen. Mitglieder der Cheerleader, des Tanzteams, vielleicht sogar ein paar von den Sportskanonen.

Aber eben keine langweilige Turniervolleyballerin wie ich.

»Alles okay mit dir?« Brandon legt die Hand um meine Schulter und schüttelt mich sanft. »Aly, glaub mir, das Ding mit den Gruppen ist total daneben, aber dass du ein *Beziehungstyp* bist, ist eine gute Sache. Ehrlich.«

Ich reagiere mit einem abwesenden Nicken, als sich langsam eine neue Dimension von Operation Sexappeal vor meinem inneren Auge auftut. Dank meiner zufälligen Begegnung mit Lauren beim Mittagessen weiß ich jetzt, dass eine rein äußerliche Typveränderung nicht reicht. Wenn ich aus der ewigen Kumpel-Ecke raus will und rausfinden möchte, was für ein Leben die andere Hälfte der Mädchenwelt so führt, brauche ich eine Generalüberholung meines kompletten Lebens. Ich muss die Jungs dazu bringen, mich mit anderen Augen zu sehen – als jemand Selbstbewussten, Aufregenden … *Coolen*.

Aber ich benötige einen Beweis.

Das letzte Puzzleteilchen taucht in Gestalt eines markanten, attraktiven Gesichts vor meinem inneren Auge auf. Der einzige Typ an der Fairfield Academy, der Brandon in puncto Beliebtheit übertrifft, und der größte Aufreißer weit und breit. Wenn ich ihn dazu bringen kann, sich für mich zu interessieren und mich zum Homecoming-Ball einzuladen, dann werde ich sicher wissen, dass ich erfolgreich die Grenze ins Reich der *Coolen* überschritten habe – und dass der Bann meiner Wand der Schmach gebrochen ist.

Langsam breitet sich ein Lächeln auf meinem Gesicht aus. Schon möglich, dass das noch nicht bis in alle Einzelheiten ausgefeilt ist, aber Operation Sexappeal hat ab jetzt ein neues Ziel: Mit schicken Klamotten hat es angefangen und enden wird es mit … Justin Carter.

BRANDON
Alys Haus, 19:05 Uhr

Als Aly und ich über den schmalen Gehsteig zu meinem Pickup laufen, betrachte ich sie aus dem Augenwinkel. Sie hat noch immer dieses verstohlene, leicht trotzige Lächeln aufgesetzt, das mir verrät, dass sie etwas ausheckt. Das macht mich immer nervös. Die gesamte letzte Stunde war sie nicht so richtig bei der Sache und auffallend ruhig, was an einem normalen Tag schon nichts Gutes bedeutet, aber wenn es um Volleyball geht, ist es regelrecht beängstigend.

Wie es aussieht, war es nicht meine beste Idee, ihr das mit den beiden Gruppen zu erzählen. Aber es ging nicht anders. Als sie mit ihren blauen, verdächtig glänzenden Augen zu mir hochsah, musste ich einfach versuchen, es ihr zu erklären. Wenn es nach mir ginge, sollte Aly nie wieder einen Grund haben, traurig oder böse zu schauen.

Vor der Beifahrertür bleibt sie stehen, und ich stelle mich daneben, um ihr in den Wagen zu helfen. Die extragroßen Geländereifen meines Ford F-150 mögen ja ganz nützlich sein, wenn man durch Schlamm fährt, aber sie machen es ihr unmöglich, alleine einzusteigen. Aly ist winzig, selbst mit den komischen neuen Schuhen, in denen sie rumstöckelt.

Ich lege meine Hände um ihre schmale Taille, hebe sie hoch und ein Hauch des vertrauten Sugar-Cookie-Dufts, der ihrer Haut stets anhaftet, weht zu mir. Als sie über die Ledersitzbank rutscht, sehe ich, wie der schwarze Rock sich ein Stück hochschiebt und mehr von ihren straffen, durchtrainierten Oberschenkeln entblößt.

Ich weiß nicht, wo ich hinschauen soll. Oder wie ich es vermeiden soll zu gaffen. Als ich vorhin in ihr Zimmer gekommen bin, habe ich buchstäblich zweimal hinsehen müssen. Ich kenne Aly nur in schlabbrigen Klamotten und mit wirrem Pferdeschwanz und beim Schminken ist ein zartrosa getönter Labello normalerweise das Höchste der Gefühle. Bei dieser Aly weiß ich, wie ich mich verhalten soll. Aber *die jetzt*, in einem kurzen Rock und mit einem engen Top, das einen eindrucksvollen Vorbau enthüllt? Diese Aly bringt mich ernsthaft durcheinander.

Ich räuspere mich und reiße den Blick von ihren nackten Beinen los. »Wenn du es auf mehr Aufmerksamkeit abgesehen hast, ist dieser Rock jedenfalls ein guter erster Schritt dazu.«

Ihre weißen Zähne graben sich in ihre Unterlippe und sie sieht hinunter. »Ist das zu viel des Guten? Zu *sexy*?«

Die Art, wie sie es ausspricht, ja, überhaupt das Wort aus ihrem Mund zu hören, ist total seltsam.

»Nein, nein, du siehst gut aus«, erkläre ich und muss über ihren typischen Anfall von Unsicherheit lächeln.

Ich zwinkere ihr zu, schließe die Tür und kann nicht aufhören zu lachen, während ich um die Motorhaube herumlaufe. Die Klamotten haben mich umgehauen, aber das grüblerische Mädchen im Pickup, das sich ständig einen Kopf macht, ist definitiv die Aly, die ich kenne.

Das Lachen vergeht mir allerdings, als ich die Tür aufreiße und Aly mir einen finsteren Blick zuwirft. »Es könnte durchaus passieren, dass jemand mich sexy findet, weißt du. Vielleicht nicht die Leute, die wir kennen, aber es ist keine total abwegige Vorstellung.« Mit verschränkten Armen lässt sie sich tiefer in den Sitz rutschen, und ich huste in meine Hand, um zu vermeiden, dass ich wieder lospruste. Sie ist so verdammt süß. Dieser mürrische Gesichtsausdruck passt so wenig zu ihr wie zu einem süßen kleinen Kätzchen. Ich bin gerne mit Aly befreundet, und das aus vielen Gründen, aber ihre entspannte Art steht eindeutig ganz oben auf der Liste. Sie ist witzig und sie zieht keine Dramen ab – also, wenn ich nicht gerade aus Versehen voll in ein Fettnäpfchen trete.

Ich bringe den Motor auf Touren und werfe ihr einen Blick zu. »Aly, natürlich kannst du sexy sein.« *Beweisstück A: diese Beine.* »Das habe ich damit nicht gemeint. Ich denke einfach nicht in solchen Kategorien an dich.«

Oder habe es zumindest nicht, bis du mit diesem Rock aufgetaucht bist.

Sie gibt einen Laut von sich, der eine Mischung aus Stöhnen und Seufzen ist, und schüttelt den Kopf. »Genau deshalb mache ich das.«

Ich halte mit meiner Hand auf dem Schalthebel inne.

Als Aly meinen Gesichtsausdruck sieht, wirft sie den Kopf nach hinten gegen die Lehne. »So habe ich das nicht gemeint. Ich mache das nicht, weil *du* nicht auf diese Weise an mich denkst, sondern *keiner* der Jungs in der Schule.«

Während ich aus der Einfahrt zurücksetze und auf nähere Erläuterungen warte, dreht sie sich zu mir und zieht die Beine unter sich. »Also, als mich diese Erleuchtung überkam, da hatte ich eine Idee. Du wirst vermutlich sagen, dass es totaler Schwachsinn ist, aber egal. Ich hab es einfach satt, unsichtbar zu sein, Brandon. Satt, dass die Jungs immer nur eine gute Freundin in mir sehen. Das ist die Abschlussklasse, meine letzte Chance. Und wenn ich möchte, dass die männliche Spezies endlich mehr von mir will, muss ich was ändern, und zwar drastisch.«

»Drastisch?«, frage ich und wedle mit der Hand in ihre Richtung. »So was wie, dass du dich von Kara zu ihrer persönlichen Barbiepuppe in Lebensgröße verwandeln lässt?«

Aly boxt mir spielerisch gegen den Arm, nickt jedoch. »Exakt. Ich nenne es Operation Sexappeal.«

Ich hüstle und sehe zu ihr hinüber.

Oh, sie meint es ernst. Okay.

»Und dann kommst du daher und erzählst mir von diesem Klassifikationssystem, das mein Schicksal für alle Ewigkeiten besiegelt hat«, fährt sie fort. »Die Jungs betrachten mich als *Beziehungstyp*. Ich bin zu anstrengend, zu ernst. Ich möchte ausnahmsweise mal wissen, wie es ist, eine von den *Coolen* zu sein.«

Vor Aufregung kaut Aly auf ihrer Lippe und ich stöhne. Jap, sie hat das komplett in den falschen Hals gekriegt. Sie sollte verstehen, dass ihr Mangel an Verflossenen nichts Schlechtes ist. Es geht hier im Grunde um Respekt. Manche der Jungs wissen eben, dass Aly mehr verdient, als sie bereit sind zu investieren.

Aber wie es scheint, hat mein Geständnis alles nur noch schlimmer gemacht.

Zeit, Schadensbegrenzung zu betreiben. »Und hat deine Mission irgendein großes ultimatives Ziel?« Weil ich auf einmal so ein Gefühl habe, dass es hier um mehr geht als nur eine Änderung des Kleidungsstils, umklammere ich das Lenkrad fester. Irgendwie habe ich bei Aly über die Jahre einen Beschützerinstinkt entwickelt, da kann ich nicht aus meiner Haut. Wir sind mehr oder weniger zusammen aufgewachsen. Und bei einem Arbeitstitel wie »Operation Sexappeal« kann ich mir schon vorstellen, welche Sorte Jungs sie damit anlocken wird. Aber Aly ist klug. Ich bin mir sicher, sie hat nichts *zu* Verrücktes vor.

»Na ja«, sagt sie und zieht die Nase kraus. »Vorher war der Plan, mir bis zum Homecoming-Ball einen neuen Look und einen neuen Freund zuzulegen. Aber jetzt glaube ich, die einzige Möglichkeit zu zeigen, dass ich mich *wirklich* verändert habe, besteht darin, dass dieser Freund Justin ist.«

Plötzlich steigt mein Fuß voll auf die Bremse, und ich muss gegenlenken, um nicht über den Bordstein zu rumpeln. Ich mache dem verärgerten Fahrer hinter mir ein entschuldigendes Handzeichen, schüttle den Kopf und halte das Lenkrad nun so fest, dass meine Fingerknöchel weiß hervortreten. »Aly, du hast verdammt noch mal was Besseres verdient als Justin.«

»Aber ich dachte, er wäre dein Freund!«, ruft sie verwundert.

»Ist er auch.« Ich hole Luft und wechsle die Spur. »Und genau deshalb weiß ich, dass er nichts für dich ist.«

Aus irgendeinem Grund scheint Aly überrascht, aber ich habe keine Ahnung, warum. Sie hat doch die Mädchen gesehen, mit denen Justin normalerweise um die Häuser zieht. Nie im Leben kann sie was mit ihm anfangen, ohne dass es damit endet, dass er ihr das Herz bricht. Und dann werde ich *ihm* irgendwas brechen müssen.

So weit darf es auf keinen Fall kommen. Ich muss sie von ihm abbringen und ihr eine Alternative bieten.

»Ist sowieso egal«, sagt sie und versucht, ihren Rock hinunterzuziehen. Bei all dem Gezappel ist er sogar noch höher über ihre gebräunten Oberschenkel gerutscht. Wenn sie sich weiterhin so anzieht, wird sie mehr als nur Aufmerksamkeit von Justin bekommen. »Mir ist klar geworden, dass die Klamotten allein nicht reichen. Wenn ich nicht alle davon überzeugen kann, mir meine Verwandlung abzunehmen, bin ich dazu verdammt, für den Rest meines Lebens unsichtbar und solo zu bleiben. Ich muss was tun, damit die Leute mich endlich mit anderen Augen sehen …«

Aly verstummt und hört auf zu zappeln. Sie legt den Kopf schief, um mich anzusehen, und an dem Kribbeln in meinem Nacken spüre ich, dass das nichts Gutes bedeutet. Ich fange kurz ihren Blick auf, ehe ich mich wieder auf die Straße konzentriere. »Was?«

Sie öffnet den Mund und macht ihn wieder zu. Mehrmals hintereinander. Dann schüttelt sie den Kopf und meint: »Nichts. Das ist Quatsch.« Nach wenigen Sekunden fährt sie trotzdem fort. »Also, ich hab doch gesagt, dass ich die anderen dazu bringen muss, mich mit anderen Augen zu betrachten. Und das hat mich an diese dämlichen Hollywoodfilme erinnert – du weißt schon, die, wo der Imagewechsel tatsächlich funktioniert. Aber in diesen Filmen braucht es normalerweise immer so einen beliebten Typen, der mit dem Mädchen ausgeht, damit der Rest der Schule kapiert, wie toll sie in Wirklichkeit ist.«

Ich blicke schnell zu ihr, doch sie starrt stur geradeaus. Sie beugt sich vor, macht an den Belüftungsschlitzen der Klimaanlage herum und weigert sich, mich anzusehen. »Ich hab nur überlegt, rein hypothetisch, also wenn du mir helfen und so tun könntest, als hätten wir was miteinander – nur zum Schein natürlich –, dann würden mir die Jungs viel eher abnehmen, dass ich doch eine von den *Coolen* bin. Und dann wollen sie vielleicht auch mehr von mir.« Sobald sie die Worte ausgesprochen hat, schlägt sie sich die Hände vors Gesicht. »Gott, klingt das bescheuert … Vergiss, was ich gesagt habe. Ich bin echt doof, das wird aus dem Protokoll gestrichen, okay?«

Aly windet sich auf dem Sitz neben mir und zupft mit den Fingern in ihren Haaren, an ihrem Rock und dem Nackenträger ihres Tops herum. Ich gucke immer wieder zu ihr rüber und hoffe, dass sie sich zu mir dreht, damit ich ihr Gesicht sehen kann, aber sie schaut überall hin, bloß nicht zu mir.

Ich habe diese albernen Filme, von denen sie gesprochen hat, auch gesehen – vor allem zusammen mit ihr, wenn sie damit an der Reihe war, einen Film auszusuchen. Sie sind albern, weil die Storys kompletter Schwachsinn sind … genau wie ihre Idee. Aber ich kenne Aly. Sie glaubt ernsthaft, dass ihr verrückter Plan funktionieren könnte. Und auch wenn sie es im Moment nie und nimmer zugeben würde, war es doch ihr voller Ernst.

Aly befindet sich auf einer Mission, und ich weiß aus Erfahrung, dass sie nicht ruhen wird, ehe sie kriegt, was sie sich in den Kopf gesetzt hat. Ihr starker Wille ist das, was ich am meisten an ihr bewundere. Sie ist fest entschlossen, eine von den *Coolen* zu werden, und nichts, was ich sage, wird sie davon abbringen. Was für ein riesengroßer Mist, dass ich ihr diesen Floh überhaupt erst ins Ohr gesetzt habe. Aber wenn ich mitspiele und sie bei diesem Irrsinn unterstütze, kann ich vielleicht die schlimmsten Typen von ihr fernhalten, allen voran Justin.

»Was genau würde dieses Täuschungsspiel denn beinhalten?«, frage ich.

Sie reißt den Kopf hoch und starrt mich mit offenem Mund an. »Ähm, ich ... ich denke mal, es wäre nicht so viel anders als jetzt auch. Wir würden dem Ganzen nur ein anderes Etikett aufkleben. Und vielleicht zusätzlich ein bisschen Händchenhalten in der Öffentlichkeit oder so?«

Ich parke vor dem *Carmela's* und schalte den Motor aus. Wahrscheinlich hat sie recht. Sogar wenn ich mit einer was habe, sehe ich Aly normalerweise öfter als das jeweilige Mädchen. Da haben schon viele Leute falsche Schlüsse draus gezogen und gedacht, wir würden nebenher noch was am Laufen haben. Also dürfte es nicht weiter schwer sein, die anderen davon zu überzeugen, dass wir richtig zusammen sind. Und weil morgen der Zeltausflug losgeht, würde es sich auch rasend schnell herumsprechen.

Oh Mann, der Zeltausflug.

Ich reibe mir mit der Hand übers Gesicht und sehe vor meinem inneren Auge vier Tage lang einen Lauren-förmigen Schatten an mir kleben.

»Es ist total albern, oder?«, sagt Aly und wird rot. »Vergiss es einfach.« Mit einem Ruck befreit sie sich von ihrem Gurt und reißt die Tür auf. Ich lege ihr die Hand auf den Arm, um sie zurückzuhalten.

»Ich habe gerade gedacht, dass es eigentlich gar nicht

so übel wäre, mir mal eine Weile keinen Kopf um Mädchen machen zu müssen.«

In ihren blauen Augen flammt Hoffnung auf und ich springe aus meiner Seite des Pickups. Ich bin noch nicht so weit, ihrem irrwitzigen Plan zuzustimmen, aber zumindest knapp davor. Ich umrunde die Motorhaube, und als ich Aly aus dem Wagen helfe, kann ich förmlich hören, wie sich die Rädchen in ihrem Kopf drehen. Die Tür des Restaurants geht auf und der Sound der Mariachi-Band dringt heraus. Einer der Kerle, die gerade am Gehen sind, bleibt stehen, checkt Aly ab und verschlingt mit gierigen Blicken ihre Beine, woraufhin sie einen Schritt zurückmacht, in ihren neuen Schuhen stolpert und sich an meinem Arm festhält.

Nie und nimmer darf ich sie das alleine durchziehen lassen.

Warum will sie es einfach nicht verstehen? Sie ist ein *Beziehungstyp* und das ist keine schlechte Sache. Das muss ich ihr nur irgendwie verklickern. Ich werfe dem Typen einen Blick zu, der ihm klarmacht, dass er sich verziehen soll, und lotse sie zurück zu meinem Pickup.

»Pass auf, wenn das dein Ernst ist und du wirklich glaubst, dass dir das helfen wird, dann werde ich es tun. Von mir aus können wir gleich morgen damit anfangen, überall rumzuerzählen, dass wir was miteinander haben.«

Ihr bleibt vor Schreck der Mund offen stehen und ich strecke die Hand aus und schiebe sanft ihr Kinn hoch.

Aly blinzelt und schüttelt den Kopf, als müsse sie zu sich kommen. »Dein Wort drauf?«

Dein Wort drauf ist ein Spruch, den sich Aly vor Jahren

angewöhnt hat und den sie normalerweise zum Einsatz bringt, wenn sie weiß, dass mich etwas belastet und ich nicht darüber reden will. Ich musste ihn noch nie anwenden, weil Aly mir immer ausführlich erzählt, was ihr im Kopf rumspukt. Sogar wenn ich es gar nicht wissen will.

»Mein Wort drauf«, verspreche ich und senke den Kopf, um ihr in die Augen zu sehen. »Wenn dir das so wichtig ist, dann bin ich dabei.« Ich drücke ihre Hand. »Aber wenn dieser Plan von dir aufgeht und die Jungs dich umschwirren wie die Motten das Licht, dann musst du mir versprechen, dass du mich nicht ganz vergisst, okay?«, ziehe ich sie auf.

Lachend springt Aly an mir hoch und schlingt ihre Arme um meinen Hals. Sie drückt mir einen Kuss auf die Wange und mir wird ein bisschen schwindelig von ihrem betörenden Sugar-Cookie-Duft.

»Brandon, du bist der Beste!« Sie hüpft wieder hinunter, taumelt kurz und strahlt zu mir hoch. »Es wird auch nicht lange sein, versprochen. Sobald die anderen es geschluckt haben und mich nicht mehr als *Beziehungstyp* betrachten, sagen wir einfach, dass wir doch lieber nur Freunde sein wollen, und kehren wieder zum normalen, fahrplanmäßigen Programm zurück. Nur dass ich dann die neue, coole Aly sein werde.« Ihr Lächeln wird breiter, als sie mit den Augenbrauen wackelt. »Und Justin Carter wird der lebende Beweis sein.«

Das Lächeln vergeht mir.

Nur über meine Leiche.

Montag, der 9. August

7 Wochen und 5 Tage bis zum Homecoming-Ball

BRANDON

Cypress Lake Campingplatz, 14:00 Uhr

Ich öffne die Beifahrertür und blicke über den Cypress Lake. Vom abschüssigen Parkplatz aus hat man eine gute Aussicht auf das Wasser hinter dem Zeltplatz, das sich über mich lustig zu machen scheint, wie ich da so auf dem glühend heißen Schotter stehe. Ich atme tief die schwüle Luft ein und betrachte die vier großen Holzhütten, die auf den See hinausgehen.

Na hoffentlich sind die verdammten Dinger klimatisiert.

Drew erwartet mich schon am Heck des Pickups und lässt die Ladeklappe herunter. Er wirft mir ein Dr. Pepper aus der Kühlbox zu und schnappt sich dann auch eine Dose.

»Der Abschied von Sarah war echt hart.« Er nimmt einen großen Schluck von seiner Limonade und nickt, als

Adam neben uns anhält. »Aber ihr Apartment ist nett. Und ich habe nur zwei Stunden bis zu dir gebraucht, insofern … passt schon.« Er lässt ein bitteres Lachen hören und wendet sich wieder ab, um einen Blick auf die eintreffenden Leute zu werfen.

Genau deshalb lasse ich die Finger von festen Beziehungen. Dann fällt mir wieder ein, worauf ich mich gestern Abend eingelassen habe.

Schnell lasse ich meinen Blick über den Parkplatz schweifen, kann Karas Auto jedoch nirgends entdecken. Um das Geständnis meiner Scheinaffäre mit Aly noch ein bisschen hinauszuzögern, sage ich stattdessen: »Ist doch nur ein Jahr. In null Komma nichts wirst du mit ihr zusammen an der Uni sein.«

»Ich weiß. Es nervt nur. Aber ist ja nicht so, als hätte ich nicht gewusst, dass das passieren würde.« Drew fährt sich mit der Hand übers Gesicht und stöhnt. »Egal, lenk mich lieber ein bisschen ab. Hab ich in den letzten achtundvierzig Stunden irgendwas Aufregendes verpasst?«

Das ist mein Stichwort. *Verdammt.*

Ich werfe einen Blick zu Adam hinüber, der in seinem geparkten Auto lümmelt. »Ehrlich gesagt, ja. So könnte man es ausdrücken.« Drew beugt sich vor, während ich einen Schluck Limo trinke, um Zeit zu schinden. »Aly und ich …« Ich reiße die Lasche von der Dose ab und werfe sie weg. »Wir sind jetzt irgendwie zusammen.«

»Moment mal …« Er reißt die Augen auf und schüttelt den Kopf, als wäre er bekloppt. »Hast du gerade *Aly* gesagt?«

Ich nicke, und das hörbare Keuchen aus seiner Richtung ist so ziemlich die Reaktion, die ich erwartet habe. Schuldgefühle treffen mich wie ein Schlag in die Magengrube. Ehrlichkeit ist mir wichtig. Sowohl meine Freunde als auch die Mädels, mit denen ich was habe, wissen immer, woran sie bei mir sind. Für Lügen und Lügner ist mir meine Zeit zu schade. Aber noch wichtiger ist mir Loyalität. Wenn irgendjemand rausfindet, dass diese Affäre nur vorgetäuscht ist, wird das sehr peinlich für Aly.

Und ich werde nicht zulassen, dass Aly in eine unschöne Situation gerät.

»Wir sind gestern Abend zusammen aus gewesen«, erkläre ich und beginne, auf meinen Beinen einen Takt zu klopfen, damit meine Hände eine Beschäftigung haben. »Wir haben geredet … und dann beschlossen, es miteinander zu versuchen.« Mir wird klar, dass das Trommeln mich nervös wirken lässt, also stelle ich es wieder ein. »Einfach mal schauen, wo es hinführt, ein bisschen Spaß haben, weißt du? Nichts Ernstes oder so.«

Ich bin ein mieser Lügner. Insofern ist es gut, dass ich es eigentlich nie mache. Nie im Leben kauft Drew, einer meiner besten Freunde, der mich nach Aly am längsten kennt, mir das ab. Ich werfe ihm einen Blick zu und zucke zusammen, als ich den Ausdruck schierer Verblüffung auf seinem Gesicht sehe.

»Ist das dein Ernst?«, fragt er mich.

»Jap«, sage ich mit Nachdruck und lasse das »P« ploppen.

Eine Ewigkeit scheint zu vergehen. Über dreißig Sekunden sind es bestimmt. Der Staub der ankommenden Autos liegt in der Luft, und ich zähle das Knallen zuschlagender Türen, beobachte Alys Ex, der in seinem Wagen sitzt, und frage mich, ob er gelauscht hat. Verstohlen werfe ich Drew wieder einen Blick zu und mache mich auf was gefasst.

Was er sagt, ist Folgendes: »Das wurde aber verdammt noch mal auch langsam Zeit.«

Überzeugt, ihn nicht richtig verstanden zu haben, erstarre ich und reiße dann den Kopf herum. »Hä?«

Mit einem breiten Grinsen im Gesicht rappelt Drew sich hoch. »Aly ist die perfekte Frau für dich. Nenn es ruhig *nichts Festes*, wenn du meinst, aber ihr zwei wollt es seit nun drei Jahren nicht wahrhaben, dass da was zwischen euch ist. Sarah und ich hatten eine Wette laufen, wie lange es noch dauern würde, bis ihr endlich aufwacht, und wie's aussieht, habe ich gerade gewonnen.« Er boxt mich gegen die Schulter. »Wurde aber echt Zeit, dass du endlich den Arsch hochkriegst.«

»Meine Herren, ich habe etwas mitzuteilen.«

In der Sekunde, als Carlos und Justin das Zimmer betreten, springt Drew vom oberen Stockbett. Wenn das so weitergeht, weiß der ganze Zeltplatz bis zum Abendessen Bescheid. Auf dem Parkplatz hat er es auch schon überall rumerzählt – selbst Adam, was mir irgendwie schräg erschien, und Lauren, was die Sache wiederum total wert war. Und nun verkündet er, ohne den Jungs eine Chance zu geben, zu fragen, was denn die tolle Neuigkeit ist: »Brandon und Aly sind ein Paar.«

»Wir haben eine lockere Affäre«, stelle ich von meiner gammeligen Matratze aus klar, was ihren Reaktionen nach zu urteilen allerdings auf taube Ohren trifft.

Carlos bleibt mitten im Zimmer stehen. »Wie bitte?«, fragt er und stellt seine Gitarre auf den Boden.

Justin wirft seine Tasche auf ein leeres Bett und setzt sich neben mich. »Du verarschst uns doch, oder?«

Ich sehe erst ihn und dann Carlos an und merke, wie mein Blut in Wallung kommt. Zwar bin ich nicht wirklich mit ihr zusammen, aber dass zwei meiner besten Freunde so tun, als wäre die Vorstellung total abwegig, kotzt mich an. »Und was ist verdammt noch mal falsch an Aly?«

»Nichts«, sagt Justin und hebt die Hände. »Aly ist super. Und 'ne heiße Nummer dazu.« Er grinst wie der arrogante Mistkerl, der er ist, und ich muss mich extrem am Riemen reißen, ihm sein dämliches Grinsen nicht aus dem Gesicht zu wischen. »Aber ist sie jetzt auf einmal kein *Beziehungstyp* mehr, oder wie? Erst sagst du, du willst ums Verrecken nichts Festes, und dann gehst du hin und fängst quasi mit der Vorsitzenden des Beziehungs-Clubs was an?« Justin wirft Carlos einen Blick zu, der zustimmend nickt. »Wie kommt's?«

Hinter ihm schüttelt Drew leicht den Kopf.

Wir sind schon so lange befreundet, dass er meinen Zorn spürt, der direkt unter der Oberfläche brodelt. Langsam und kontrolliert hole ich Luft und atme dann wieder aus.

Ich verstehe, was meine Freunde meinen. Nachdem mein Dad gestorben war und ich mitgekriegt hatte, wie sehr das meiner Mom zusetzte, habe ich mir geschworen, mich niemals zu verlieben oder sonstwie emotional von einem Mädchen abhängig zu machen. Und bis auf seine einzige und erbärmlich gescheiterte Beziehung in der neunten Klasse hat Justin immer nach demselben Credo gelebt. Wir haben mehr oder weniger gemeinsam das Rezept für kurze, knackige Affären entwickelt, und auch Carlos ist alles andere als monogam. Es ist nicht so, dass sie was gegen Aly hätten, sondern gegen das, wofür meine Beziehung mit ihr steht. So langsam fällt bei mir der Groschen. Außerdem haben sie im Grunde ja recht, weil Aly und ich nicht wirklich ein Paar sind.

Trotzdem gefällt es mir nicht.

»Ihr habt recht«, sage ich. »Wir haben tatsächlich mal beschlossen, dass Aly ein *Beziehungstyp* ist, aber irgendwie hat sie sich den Sommer über verändert.« Wenn es mir gelingt, das alles mit unbewegter Miene vom Stapel zu lassen, grenzt es an ein Wunder. »Sie meinte, sie will einfach ihr Abschlussjahr in vollen Zügen genießen und alles ganz locker und unverbindlich angehen. Und weil wir auch sonst immer total viel Spaß zusammen haben, haben wir beschlossen, es auszuprobieren und zu schauen, was passiert.«

Drew strahlt wie ein stolzer Vater bei einem Meisterschaftsspiel. Das mit dem »unverbindlich« ignoriert er einfach. Carlos nickt wie ein Wackeldackel, während ein beeindrucktes Lächeln über sein Gesicht huscht, und Justin zupft sich am Ohrläppchen. In seiner Miene spiegelt sich eine merkwürdige Mischung aus Verwirrung und Wut. Aber es ist offensichtlich, dass sie mir alle die Geschichte abnehmen. Ich lehne mich mit dem Rücken an die Wand und atme auf.

Carlos beugt sich zu mir und knufft mich gegen die Schulter. »Hätte nie gedacht, dass Aly insgeheim eine von den *Coolen* ist, aber hey, versteh einer die Frauen.«

»Ja, wenn du weißt, worauf du dich einlässt, dann ist doch alles super.« Justin schenkt mir ein schmallippiges Lächeln. »Aly ist der Hammer.«

»Das kannst du laut sagen.« Das ist das erste Mal, dass ich heute die Wahrheit sage.

Justin steht auf und geht zur Tür. »Ich werde hier mal alles abchecken. Man sieht sich dann später, okay?« Ohne sich noch einmal umzudrehen, drückt er die Tür auf, und Drew zieht die Augenbrauen hoch. Wenn ich es nicht besser wüsste, könnte man fast meinen, Justin sei eifersüchtig.

Fein. Soll er ruhig. Aber wenn dieses Experiment vorbei ist, soll er sich hüten, in Alys Nähe zu kommen.

Ich werfe einen Blick auf meine Uhr und frage mich, ob sie inzwischen auch da ist. Wenn ich meine Freunde als eine Art Indikator nehme, dann wird das eine spannende Woche.

ALY
Karas Todesmobil, 14:15 Uhr

Bei Kara mitzufahren, ist ein bisschen wie Russisch Roulette spielen. Man weiß, dass es nur eine der Frage der Zeit ist, bis es knallt, aber man setzt einfach darauf, dass es nicht heute geschieht. Oder zumindest nicht auf der Seite des Wagens, auf der man selbst sitzt.

Mein Kopf schlägt gegen das Fenster auf der Beifahrerseite, als Kara mit quietschenden Reifen im dichten Verkehr drei Spuren überquert. Von der Rückbank aus brüllt Gabi über die Musik hinweg: »Jetzt rück endlich raus damit, Aly!«

Da Kara eine Ewigkeit gebraucht hat, ihre fünf farblich aufeinander abgestimmten Taschen zu packen, waren wir bereits spät dran, als sie mich schließlich abholen kam. Aber das war meinen Freundinnen egal. Sie wollten sofort und auf der Stelle alles wissen. Und nur durch das Versprechen, unterwegs alles ausführlich zu berichten, konnte ich Kara überhaupt dazu bewegen, endlich loszufahren.

»Und sag jetzt nicht, er hätte dein Umstyling nicht bemerkt«, meint Kara und gibt Gas, um noch über eine gelbe Ampel zu kommen. »Der Typ hat schließlich Augen im Kopf. Er muss es registriert haben.«

»Nein, du hast recht«, sage ich und beiße mir auf die Unterlippe. »Hat er.«

Brandon hat es sofort bemerkt, noch in derselben Sekunde, in der er mein Zimmer betreten hat. Allerdings nicht so, wie Kara denkt. Den ganzen Abend über war er voll im Großer-Bruder-Modus, und ich bin mir sicher, dass sein ausgeprägter Beschützerinstinkt der einzige Grund war, dass er sich auf unsere Scheinaffäre eingelassen hat.

Aber hey, immerhin *hat* er sich darauf eingelassen.

Gabi schiebt ihr Gesicht zwischen den Kopfstützen hindurch und grinst. »Und, ist ihm die Zunge rausgehangen? Hat er Stielaugen gekriegt? Rück schon raus, weil wenn nicht, dann werde ich Brandon jetzt einfach anrufen, nur damit du's weißt.«

Das Schlimme daran ist, dass ich keine Sekunde daran zweifle, dass sie das tut. Ich winde mich auf meinem Sitz und kann keiner von beiden in die Augen schauen, während ich ihnen meine Lüge auftische. Die ganze Nacht habe ich hin und her überlegt, ob ich ihnen die Wahrheit sagen soll. Brandon meinte, es wäre meine Entscheidung. Aber ich kann einfach nicht. Gabi und Kara haben bei meinem Umstyling super mitgezogen, aber eine Affäre vorzutäuschen, das klingt dann doch zu sehr nach schlechtem Teenie-Film.

»Also um genau zu sein«, sage ich und starre konzentriert nach vorne auf die Straße, »hat er mich gefragt, ob ich mit ihm gehen will.«

Etwa sechs Meter vor dem Stoppschild steigt Kara voll in die Bremsen. »Scheiße, ich wusste es! Hab ich's dir nicht gesagt? Jungs und Mädchen können keine Freunde sein. Das mit dem Sex kommt *immer* irgendwie dazwischen.«

Ganz abgesehen von dieser *Harry und Sally*-Logik kriege ich eine Gänsehaut bei der Vorstellung, die diese Worte in meinen Kopf pflanzen. Ich bin überzeugte Jungfrau, aber ich würde lügen (und das hab ich heute wirklich schon zur Genüge getan), wenn ich behaupten würde, ich hätte noch nie darüber nachgedacht, wie es wohl wäre, mit Brandon rumzumachen. Der Gerüchteküche zufolge soll er auf diesem Gebiet recht talentiert sein.

Ich schüttle den Kopf.

Immer schön das Ziel im Auge behalten, Aly. Justin, Justin, Justin.

»Hab ich dir nicht gesagt, dass Brandon es merken würde?« Gabi verschränkt die Arme über der Lehne des Sitzes und grinst. »Wetten, er hat geschnallt, wenn er dich jetzt nicht klarmacht, dann kommt ihm jemand wie Justin zuvor?«

Ich verschlucke mich fast an meinem eigenen Speichel. In dem Versuch, mein Unbehagen zu verbergen, wühle ich in meiner leeren Tasche herum. Ich hasse es, meine Freundinnen anzulügen. Aber die Alternative – nämlich die Wahrheit – ist einfach zu peinlich. Wahrscheinlich hätte ich lieber mit Mom fahren sollen. Ihre Catering-Firma, *The Sassy Gourmet*, ist diese Woche für die Verpflegung zuständig. Aber mit meiner Mom dort anzutanzen, kam mir nicht gerade sonderlich *cool* vor. Jetzt, da es raus ist, wird es Zeit für einen Themenwechsel.

»Weißt du, Gabi, nun da Brandon und ich was laufen haben, werden wir sogar noch mehr Zeit zusammen verbringen. Und weil Brandon ja gut mit Carlos befreundet ist, wird er vermutlich noch öfter mit uns rumhängen.«

Mit finsterer Miene lehnt Gabi sich auf ihrem Sitz zurück, und ich werfe Kara einen Blick zu, die sofort auf das neue Thema anspringt. Man muss dieses Mädchen und ihre endlosen Kuppelversuche einfach lieben. »Hey, stimmt ja! Was meinst du, Gabi, sollen wir noch mal die Grundregeln der hohen Kunst des Flirtens durchgehen? Wie war das noch? Schritt eins: Wenn dich ein Junge anlächelt, ist es vollkommen in Ordnung, sein Lächeln zu erwidern.«

Ich klappe meine Sonnenblende herunter und sehe im Spiegel, wie Gabi uns den Stinkefinger zeigt. Seit sechs Monaten liegen wir ihr damit in den Ohren, dass sie endlich zugeben soll, dass Carlos ihr gefällt. Es ist offensichtlich, dass sie ineinander verschossen sind, obwohl sie ihn ständig abblitzen lässt – oder gerade weil. Zu Carlos' Leidwesen gibt es da aber jenes lästige kleine Detail, nämlich dass Gabi sich weigert, was mit Highschooljungs anzufangen. Sie findet es zu vorhersehbar, zu billig. Aber allzu viele Typen vom College stehen auch nicht gerade bei ihr Schlange. Gabi ist gerne solo – ein Lebensentwurf, der mein Vorstellungsvermögen übersteigt.

»Vielleicht will ich einfach nichts von ihm«, sagt sie stur. »Ist euch dieser Gedanke schon mal gekommen?

Kara verstellt ihren Rückspiegel, damit sie Gabi besser im Blick hat … Ist ja nicht so, dass sie ihn bräuchte, um auf den Verkehr zu achten. Instinktiv greife ich nach der Schnalle meines Gurts, um zu überprüfen, ob er gut eingerastet ist. »Willst du damit sagen, dass du ihn nicht scharf findest?«, fragt sie.

Gabi verschränkt die Arme und lässt sich tiefer in ihren Sitz sinken. »Ich verweigere die Aussage mit der Begründung, dass ich mich damit vielleicht selbst belasten könnte.«

»Er mag dich, Gabi.« Ich klappe die Blende wieder hoch und drehe mich um, damit ich sie ansehen kann. »Und wir wissen auch, dass du ihn gut findest. Dass er ein netter Junge ist, steht hier gar nicht zur Debatte – es ist eine Tatsache. Also, wann wirst du dem armen Kerl eine Chance geben?«

»Nie!« Sie klatscht mit der Hand von hinten auf meine Lehne. »Abgesehen von der Tatsache, dass er noch in der Highschool ist, geht seine Familie in unsere Kirche. Würde meine Mutter da nicht voll drauf abfahren?«

Gabi und ihre Mom sind wie Hund und Katze. Mrs Avila meckert ständig an Gabi rum – wegen ihrer Klamotten, ihrer Haare und ihres Verhaltens (eine junge Dame sollte sich ihrer Meinung nach nämlich anders benehmen) –, und Gabi wiederum ist äußerst kreativ, wenn es darum geht, ihrer Mutter Gründe zu liefern, nach den Rosenkranzperlen zu greifen.

Kara und ich tauschen ein Schmunzeln aus, lassen es aber fürs Erste gut sein und wenden uns unverfänglicheren Themen zu, zum Beispiel, in welchem Maße Lauren Hays gegen das Stringbikini-Verbot verstoßen wird, und damit ist das Gerede über Brandon und mich erst mal abgebogen. Zehn Meilen später taucht der Wegweiser zum Cypress Lake vor uns auf.

»Aufgepasst, Fairwood Academy«, flüstere ich still, »hier kommt die neue Aly.«

BRANDON

Speisesaal, 17:40 Uhr

Mir knurrt der Magen, als ich die lange Tafel mit dem Buffet begutachte. Ein Blick auf die große Uhr an der

Wand verrät mir, dass es noch zwanzig Minuten bis zum Abendessen sind, und ich verfluche mich dafür, dass ich nicht ein paar Eiweißriegel eingepackt habe. Allem Anschein nach haben die Organisatoren dieser Veranstaltung hier keinen Schimmer von einem männlichen Teenager-Magen.

Zur Ablenkung halte ich in dem überfüllten Saal nach Aly Ausschau und entdecke schließlich ihre Mom. Ich habe ganz vergessen, dass sie diese Woche für das Catering zuständig ist. Lächelnd sieht Mrs Reed sich um, deutet dann auf das Tablett mit Cookies vor ihr und winkt mich zu sich rüber. Ich sage den Jungs, dass ich gleich zurück bin, und durchquere unauffällig den Raum.

Es zahlt sich aus, wenn man gute Kontakte nach ganz oben hat.

»Aber das bleibt unter uns«, sagt sie, während sie mir unter dem Tisch eine Handvoll Kekse rüberschiebt. »Ich schwöre, ich konnte deinen Magen von da drüben bis hierher knurren hören. Und jetzt ab mit dir, bevor ich Ärger bekomme, weil ich jemanden bevorzuge.« Ich umarme sie und schiebe mir schnell einen Cookie in den Mund, bevor ich mich wieder auf den Rückweg mache.

»Yeah! Du nutzt deine neue Position aus, um uns Fressalien zu organisieren«, meint Carlos und schnappt mir einen Keks aus der Hand. »Ich wusste, dass es sich irgendwann auszahlen würde, mit dir befreundet zu sein.«

Ich werfe einen Blick zurück zu dem Tisch, doch Mrs Reed ist anscheinend wieder in der Küche. Sie hat mich kein bisschen anders als sonst behandelt, also hat Aly ihr wohl noch nichts über unseren hochgestuften Affären-Status berichtet. Das Wort liegt mir schwer und zäh im Mund, während ich einen weiteren Keks verschlinge. In Bezug auf Aly fühlt es sich komplett falsch an. Sie will mehr und verdient mehr als eine lockere Affäre. Ich weiß das. Jetzt muss ich es nur noch schaffen, dass sie das auch kapiert. Möglichst noch vor dem Homecoming-Ball.

Sobald Justin die neue, umgestylte Aly sieht, wird seine Überzeugung, dass sie ein *Beziehungstyp* ist, ins Wanken geraten, und er wird mir voll und ganz abnehmen, dass wir was miteinander haben … aber er wird sie dann auch auf dem Radar haben. Und mir wäre es wesentlich lieber, wenn dieser Fall niemals eintreten würde.

Ich betrachte den Keks, den ich gerade verschlingen wollte, und gebe ihn Drew, während ich mit zusammengekniffenen Augen die Menge absuche. Zumindest ist Aly jetzt erst mal besetzt und so seltsam das auch klingt: von *mir*. Und nie und nimmer werde ich zulassen, dass Justins Griffel auch nur in ihre Nähe kommen.

Ich schüttle den Gedanken ab und brumme: »Los, schnappen wir uns einen Tisch.« Inzwischen ist fast der ganze Abschlussjahrgang angekommen und der Speisesaal füllt sich immer mehr. »Wir brauchen einen Tisch für acht. Kara hat ein neues Opfer«, schreie ich Drew über den Lärm hinweg zu.

»Macht dann neun«, brüllt es hinter mir, und ich drehe mich um und sehe, wie Justin mit einer großen, extrem gut gebauten Blondine herübergeschlendert kommt. »Ihr kennt ja Lauren.«

Der Arm, den er um ihre schlanke Taille geschlungen hat, zeigt klar und deutlich, dass er sein Problem von vorhin überwunden hat. Es gibt doch nichts, was ein wenig weibliche Begleitung nicht lösen könnte – so lautet zumindest Justins Lebensmotto.

Zum ersten Mal in diesem Sommer freue ich mich, Lauren zu sehen. Wie sie da so an Justins Hüfte klebt, macht einen dicken, fetten Strich durch Alys Rechnung, und dafür könnte ich sie direkt küssen. Außerdem ist es gut, dass Lauren anderweitig beschäftigt ist. Vielleicht hat sie es endlich gerafft, als Drew ihr das mit Aly und mir erzählt hat.

Laurens Mund verzieht sich zu einem verführerischen Lächeln. »Hey, Brandon.«

Oder auch nicht.

»Hey«, erwidere ich und drehe mich wieder zur Tür, um nach Aly Ausschau zu halten. Wo bleibt sie denn verdammt noch mal?

Wir setzen uns an einen freien Tisch. Carlos schnappt sich den Stuhl neben mir, dreht ihn um, hockt sich rittlings darauf und meint: »Also jetzt, wo du mit Aly zusammen bist, könntest du da nicht auch ein bisschen Vorarbeit für mich bei Gabi leisten oder so?«

Justin streckt den Arm über den Tisch und versetzt ihm einen Klaps auf den Hinterkopf. »Warum beißt du dich so an der fest? Die lässt dich doch bei jeder sich bietenden Gelegenheit abblitzen. Sie hat kein Interesse an dir – ganz im Gegensatz zu diversen anderen Mädels. Also schlag sie dir aus dem Kopf.«

Carlos grinst. »Aber genau das ist es doch. Sie hat Temperament. Pass auf, ich weiß, sie macht einen auf harte Schale, aber ich habe sie schon ein paarmal zum Lachen gebracht, und lass dir gesagt sein: Das ist es wert.«

Justin schüttelt angewidert den Kopf. »Ich versteh dich nicht.« Er lehnt sich auf seinem Stuhl zurück und wendet seine Aufmerksamkeit dem Haupteingang zu. »Wow!«

Ich muss nicht hinsehen, um zu wissen, wer gerade den Raum betreten hat. Justin ist in eine Art Schockstarre verfallen, während Lauren mich eindringlich anstarrt. Ich drehe mich um, und wie prophezeit, hat sich das mit unserer Affäre wie ein Lauffeuer herumgesprochen. Diverse Augenpaare im Speisesaal ruhen auf mir.

Nur nicht das von Aly. Sie sieht Justin an.

Stimmt ja.

Ein kleines Lächeln spielt um ihren Mund, während sie sich auf die Lippe beißt.

Ich schlucke schwer.

Sie ist wunderschön.

Wann ist das geschehen?

Es liegt nicht an den neuen Klamotten, obwohl es zur Abwechslung nett ist, zu sehen, dass sie tatsächlich auch einen Körper hat. Es ist mehr als das. Es ist das ganze Paket. Aly war schon immer attraktiv, aber jetzt ist es, als würde sie anfangen, auch selbst daran zu glauben. Und dieses Selbstbewusstsein ist sexy.

Hinter mir höre ich ein lautes Klatschen. »Au!«

Ich werfe einen Blick über die Schulter und sehe, dass

Justin sich den Arm reibt. Wütend funkelt er Lauren an und fragt: »Scheiße, wofür war das denn?«

Sie zuckt mit den Schultern und meine Hände ballen sich zu Fäusten. Ich sollte mich für Aly freuen. Sie bekommt, was sie will. Aber wenn ihr Plan aufgeht, hat sie am Ende mehr als nur Justins Aufmerksamkeit – nämlich ein gebrochenes Herz. Und das darf nicht passieren. Nicht mit mir!

Ich löse meine Fäuste und sehe wieder zur Tür zurück und diesmal erwidert Aly meinen Blick. Bei ihrem breiten Lächeln, das ihr Markenzeichen ist, strahlt ihr ganzes Gesicht – den Kopf leicht geneigt, winzige Lachfältchen um die Augen, und in ihrer rechten Wange erscheint ein vorwitziges Grübchen. Der Druck in meiner Brust legt sich.

Während der gesamte Saal jede meiner Bewegungen verfolgt, stehe ich auf und gehe mit großen Schritten auf sie zu. Als ich an die gierigen Blicke in meinem Rücken denke, ziehe ich sie in unsere übliche Umarmung, beuge dann den Kopf hinunter und gebe ihr einen schnellen Kuss.

Alys Mund ist weich und schmeckt nach Kirschen. Mich überkommt der merkwürdige Drang, sie richtig zu küssen, ihre Lippen zu teilen und zu sehen, ob sie innen genauso süß schmeckt.

Langsam, langsam. Wo kommt das jetzt auf einmal her?

Hastig hebe ich den Kopf und spüre ihr leises Kichern mehr, als dass ich es höre.

»Danke«, flüstert sie.

Ich räuspere mich und blende die verrückten Gedanken

aus. Während Gabi, Kara und Daniel auf uns zukommen, wird mir klar, dass dieses Täuschungsmanöver viel seltsamer werden wird, als ich gedacht hatte. Aber als ich »Kein Ding« zurückflüstere und sehe, wie sie erneut lächelt, weiß ich wieder, warum ich das tue. »Bist du bereit?«

Aly nickt, und ich drehe mich um, um Daniel zu begrüßen, indem wir die Fäuste gegeneinanderstoßen. »Wir sitzen da drüben«, erkläre ich und greife nach Alys Hand. Als ich unter den neugierigen Blicken der Menge die Gruppe zu unserem Tisch führe, beuge ich mich dicht an ihr Ohr. »Du siehst echt super aus.«

Und das meine ich auch so. Sie trägt einen kurzen Minirock und ein dunkelgrünes, eng anliegendes Tanktop. Ihre hohen Schuhe betonen die schlanken Muskeln ihrer Waden, und so ninja-mäßig, wie sie meine Hand gepackt hält, strauchelt sie nur einmal. Die Jungs, an denen wir vorbeigehen, versuchen nicht mal, ihre prüfenden Blicke zu verbergen. Jap, diese ganze Aktion wird voll nerven.

Als ich zu den anderen zurückkomme, sitzt Carlos mit offenem Mund da. Er rutscht hastig rüber, sodass der Stuhl neben mir frei wird, und setzt sich neben Gabi. Das wiederum überrascht mich überhaupt nicht.

Von der anderen Seite des Tisches aus glotzt Justin schamlos. »Hey, Aly.«

Aly grinst die Tischplatte an und knetet die Hände in ihrem Schoß. »Hi, Justin.«

Unser Direktor, Mr Thompson, betritt das kleine Podest ganz vorne im Saal und bittet um unsere Aufmerksamkeit. Während ich meinen Arm über die Lehne von Alys Stuhl lege, begegne ich Justins Blick. Sein Mund verzieht sich. Ich platziere meine Hand auf Alys nackter Schulter, und nachdem sie im ersten Moment kurz zusammenzuckt, rutscht sie rüber und schmiegt sich an mich. Justin wendet sich ab und ich atme ihren vertrauten Sugar-Cookie-Duft ein.

Während Mr Thompson eine endlose Liste von Regeln runterrattert, beobachte ich aus dem Augenwinkel, wie Drew sich mehrfach am Kinn kratzt. Ich sehe zu ihm und er reißt die Augen auf und nickt in Alys Richtung. Dann senkt er den Blick auf ihr tief ausgeschnittenes Oberteil und hebt die Augenbrauen, womit er wohl auf das offenkundige Umstyling anspielt. Ich zucke mit den Schultern.

Das hätte ich wohl auch erwähnen sollen.

Endlich eröffnet Mr Thompson das Buffet, und unser Grüppchen stürmt nach vorne, wo auf großen Servierplatten und in Warmhaltebehältern Chicken Wings, Pasta, Rindersteaks und Sandwiches aufgebaut sind. Da ich weiß, dass alles von Alys Mom stammt, schaufle ich mir möglichst viel auf meinen Teller und nehme mir fest vor, noch mal wiederzukommen und mir einen Nachschlag zu holen. Bei den Desserts lege ich noch einen kurzen Zwischenstopp ein, stopfe mir einen weiteren von diesen leckeren Keksen in den Mund und schichte mehr davon auf meinen Tellerrand. Aly strahlt. Dieses Lächeln kenne ich.

Und weil ich ein guter Scheinfreund bin, greife ich um sie herum und nehme ihr das Tablett ab. »Lass mich das machen.«

Sie hakt sich bei mir unter und grinst. »Oh, vielen Dank, *Liebling.*«

Ich beuge mich zu ihrem Ohr und erwidere: »Für dich tu ich doch alles, *Schatz.*«

Aly lacht, und wir drehen uns gerade um, um zurück zum Tisch zu gehen, als Mrs Reed aus der Küche kommt. Abrupt bleibt sie stehen und legt den Kopf schief und Aly strauchelt in diesen verflixten Schuhen.

Ihre Mom nimmt unsere vertraute Haltung zur Kenntnis und ein Lächeln breitet sich auf ihrem Gesicht aus. Aly winkt ihr verlegen zu und zieht mich am Ellbogen weg. Während wir zum Tisch zurückgehen, flüstere ich ihr zu: »Was meinst du, wie lang es wohl dauert, bis sie am Telefon hängt und meiner Mom alles brühwarm erzählt?«

Aly lacht und ihre Schultern entspannen sich. »Oh, ich gebe ihr dreißig Sekunden. Maximal.«

Als wir uns setzen, ist der Tisch verlassen, also lehne ich mich zu ihr und frage mit gesenkter Stimme: »Und, wie ist es bisher gelaufen? Was hast du Gabi und Kara erzählt – die Wahrheit oder eine Lüge?«

Aly zieht die Nase kraus. »Die Wahrheit ist viel zu peinlich. Ich hasse es, zu schwindeln, aber die Wahrheit ist einfach so erbärmlich.« Ich mache schon den Mund auf, um zu sagen, dass wir immer noch aus der Nummer rauskönnen, allen erzählen können, dass wir beschlossen haben, doch lieber nur Freunde zu bleiben, aber dann fügt sie hinzu: »Außerdem zählt das Resultat. Und das ist es allemal wert.«

Ihre Augen richten sich auf Justin, der nur ein paar Meter entfernt ist.

Ich schiebe mir ein Sandwich in den Mund.

Der Tisch füllt sich und beim Essen dreht sich das Gespräch um den Abschluss und unsere College-Pläne. Wir haben alle vor, in Texas zu bleiben und entweder an die UT oder die A&M zu gehen. Ich bin zu sehr damit beschäftigt, mir Dinge in den Mund zu stopfen, um viel zur Unterhaltung beizutragen, deshalb dauert es auch eine Weile, bis mir auffällt, dass Aly nur in ihrem Essen herumstochert. Sie ist eigentlich keins von diesen Mädchen, die sich nur von Salat ernähren, sondern isst genauso gern wie ich, deshalb weiß ich, dass sie irgendwas hat.

»Alles okay mit dir?«, flüstere ich.

Sie blickt auf und sieht sich dann im Saal um. Auf Lauren, die auf Justins Schoß sitzt, verharrt ihr Blick ein wenig länger, ehe sie sich wieder mir zuwendet. »Ich komme mir nur vor wie ein Ausstellungsstück oder so. Ständig glotzt irgendwer zu uns rüber.«

Ich sehe mich um und begegne diversen Blicken. »Das wolltest du doch, oder?«

Aly spielt mit ihrer Serviette herum und zuckt mit den Schultern. »Na ja, schon. Aber ich weiß nicht, wie ich mich jetzt verhalten soll.«

»Du sollst essen.« Zu Demonstrationszwecken spieße ich mit der Gabel eine große Portion Linguine auf und drehe sie zu einem dicken Batzen. Dann halte ich sie ihr vors Gesicht und sie öffnet grinsend den Mund für die Gabel. Als ihre rosaroten Lippen sich um das Plastik schließen und ich die Gabel wieder herausziehe, ist es mir unmöglich wegzusehen.

»Sehr witzig.« Sie verdreht die Augen, während sie sich die Mundwinkel abtupft, und ich lehne mich auf meinem Stuhl zurück.

»Pass auf, vergiss die anderen einfach«, erkläre ich ihr und ignoriere das Gaffen um uns herum. Wir bieten ihnen definitiv eine Show. »Wir haben ihre Aufmerksamkeit auf uns gezogen. Der Plan funktioniert. Jetzt entspann dich.«

»Du hast leicht reden«, seufzt sie. »Aber ich kann's ja mal versuchen.«

Sie lächelt zu mir hoch, nimmt ihre Gabel und sticht sie mit Schwung in ihre Nudeln. So kenne ich meine Aly. Ihr Teller weist bereits eine ordentliche Lücke auf, als uns jemand mit einem fast schon orgiastischen Stöhnen sein Wohlgefallen kundtut. Ich blicke auf und sehe, wie Gabi Aly mit dem Ellbogen anstößt. »Meine Fresse, Aly. Diese Cookies sind echt deine Allerbesten!«

»Warte.« Carlos wirft einen Blick auf die Krümel auf seinem Teller. »Die hast du gemacht?«

Röte kriecht Aly den Hals hinauf. Bei Komplimenten stellt sie sich ungefähr so an wie ich beim Lügen, aber diese Kekse sind wirklich unfassbar lecker. »Es ist zwar mein Rezept«, gibt sie zu, »aber Mom hat sie ganz allein gebacken.«

Sehr zu Gabis Unmut stibitzt Carlos einen Keks von ihr und nuschelt mit dem Mund voller Schokostückchen: »Der Wahnsinn.«

Dummer Stolz erfüllt mich. Ich hatte rein gar nichts

mit Alys Nachtisch zu tun, aber trotzdem zieht ein zufriedenes Lächeln meine Mundwinkel nach oben und ich drücke Alys Schulter. »Tja, wer weiß, vielleicht wird mein Mädchen mal Meisterkonditorin.«

Die Worte rutschen mir einfach so raus. *Mein Mädchen*. Alle, einschließlich Aly, starren mich an, und ich stecke mir schnell noch einen Keks in den Mund. Wenn ich das gestern gesagt hätte, hätte niemand auch nur mit der Wimper gezuckt. Aly und ich waren schon immer Freunde. Aber jetzt klingen die Worte besitzergreifend. Als würde ich wirklich meinen, dass sie zu mir gehört. Und in den Augen der anderen tut sie das ja auch.

Nach dem Abendessen verabreden wir uns in einer Stunde am Lagerfeuer und machen uns ans Abräumen. Hand in Hand verlassen Aly und ich das Gebäude. Es ist merkwürdig, wie *wenig* merkwürdig das sich anfühlt.

Als sich der Pfad zwischen unseren beiden Hütten gabelt, bleiben wir stehen, und in meiner besten Verkörperung eines liebeskranken Vollidioten sage ich: »Wir sehen uns in einer Stunde, *Süße*. Ich vermisse dich jetzt schon.«

Aly lacht und versetzt mir spielerisch einen Schubs. Auf dem Weg zu ihrer Hütte dreht sie sich nach ein paar Metern noch einmal um und winkt mir mit einem glücklichen Lächeln zu, das ihr ganzes Gesicht erstrahlen lässt. Im Schatten unter den hohen Bäumen sieht sie aus wie die Aly, mit der ich seit Jahren befreundet bin – ohne Rundumerneuerung. Sie geht weiter den Pfad entlang, und ihr Lachen weht hinter ihr her, und auch als sie schon längst weg ist, habe auch ich noch immer ein Lächeln auf dem Gesicht.

ALY
Am Lagerfeuer, 20:00 Uhr

In meinen nervigen High Heels stehe ich am Rande des prasselnden Lagerfeuers und balanciere todesmutig auf einem alten, umgestürzten Baumstamm, der eigentlich als Sitzgelegenheit dient. Unauffällig werfe ich einen Blick auf die Menge und tue so, als würde ich die tratschenden Grüppchen um mich herum gar nicht bemerken. Mein Absatz rutscht ab und ich verliere den Halt und gerate ins Wanken. Ich versuche es noch einmal mit Hinsetzen, bin aber viel zu hibbelig und springe gleich wieder auf.

Wo ist Brandon?

Als beim Abendessen alle gegafft haben, war er da, um meine übliche Aufgedrehtheit in Schach zu halten. Er wirkt wie ein ausgleichendes Element auf mich. Aber jetzt bin ich allein. Gabi ist noch in der Hütte und hängt mit ihrer Mom in einem neuen Akt des Avila-Familiendramas am Telefon fest, Kara ist schon vor mir loszogen, um sich mit Daniel zu treffen, und von Brandon weit und breit keine Spur. Wie soll ich mich verhalten? Soll ich das Geflüster ignorieren? Einfach lächeln und den Leuten zuwinken, wenn sie auf mich deuten? Mich unnahbar und überlegen geben … also falls mein schauspielerisches Talent das überhaupt hergibt? Einsam und allein, wie ich im Moment bin, gehe ich im Geiste meine Volleyballstrategien durch und bete, dass bald Unterstützung kommt.

So wie ich Kara kenne, hat sie irgendein nettes abgeschiedenes Plätzchen ausfindig gemacht, um sich mit Daniel zu vergnügen, und wird erst im Morgengrauen wieder auftauchen. Und an einem ähnlichen Ort befinden sich vermutlich auch Justin und Lauren. Er ist ja nicht grundlos als der Schulcasanova berühmt, was exakt der Grund ist, warum es unbedingt er sein muss, der sich für mich interessieren soll. Erst wenn Justin mir das *Coolen*-Gütesiegel aufdrückt, weiß ich, dass meine Verwandlung erfolgreich war.

Starke Arme legen sich um meine Taille und ich schrecke zusammen. Ich drehe mich in der Umarmung um und sehe in Brandons grüne Lebensretter-Augen. Er schaut sich um, checkt das Publikum ab und gibt mir ein Küsschen auf die Nasenspitze. »Hast du mich vermisst?«

»Du hast ja keine Ahnung wie.« Ich atme tief durch und lasse mich gegen seine feste Brust sinken.

Brandon versteift sich und hebt mein Kinn an. »Ist irgendwas?« Wieder sieht er sich um. »Ist dir jemand blöd gekommen?«

»Nein, nichts in der Art. Mir geht's gut.« Ich lächle, und mir wird bewusst, dass es die Wahrheit ist, jetzt, wo er da ist. »Mir geht's sogar mehr als gut. Ganz hervorragend. Wie du gesagt hast – unser Plan funktioniert. Ich glaube, ich bin nur ein bisschen überrumpelt, wie schnell das alles geht.« Ich beiße mir auf die Lippe, um einen plötzlichen Kicheranfall zu unterdrücken. »Fast schon ein bisschen betrunken von der ganzen Aufregung.«

Ich höre Brandons tiefes Lachen und ahne, was jetzt kommt. Ich winde mich innerlich, als er sagt: »Oh gut. Ich liebe nämlich die betrunkene Aly.«

»Klappe!«, raune ich und kneife vor Verlegenheit die Augen zu.

»Also solange du dich nicht mit kleinen bunten Alkopops volllaufen lässt …«

»Würg. Ich wusste, dass du darauf herumreiten würdest, du Arsch!« Ich versetze ihm einen Stoß in die Rippen und schaudere beim Gedanken an meine erste Highschool-Party. »Mir wird nie wieder etwas dermaßen Widerwärtiges über die Lippen kommen. Du schmierst es mir nur immer wieder aufs Brot, weil es dir gefallen hat, den Helden spielen zu dürfen, während ich meine Cookies wieder ausgekotzt habe.« Ich verstumme und rümpfe die Nase. »*Nach* meinem etwas unüberlegten Versuch, die fiese Angie in ihre Schranken zu weisen.«

Brandon grinst. »Ich würde lügen, wenn ich behaupten würde, dass es mir nicht sehr geschmeichelt hätte, wie sich da fast zwei Frauen um mich geprügelt haben.« Ich mache ein finsteres Gesicht und er lacht. »Ich schätze mal, unser neuer Beziehungsstatus beweist, dass meine ganzen Verflossenen recht hatten, hm?«

Daran hatte ich noch gar nicht gedacht. Nach drei Jahren, in denen wir beste Freunde waren und Brandon jede Woche eine andere hatte, kommt da ein ganz schöner Haufen Exfreundinnen zusammen. Und sie alle waren nicht besonders nett zu mir – genau wie Angie. Sie waren eifersüchtig, weil Brandon und ich so gut befreundet sind, und bedachten mich immerzu mit bösen Blicken, wenn ich aufkreuzte. Und jetzt denken sie bestimmt, dass da die ganze Zeit was zwischen uns gelaufen ist.

Ich habe diesen Plan wirklich nicht sonderlich gut durchdacht. Zum Glück habe ich Gabi, den lebenden Hurrikan, als Bodyguard ständig an meiner Seite.

»Hey, was geht?«, ruft Carlos, der hinter Brandons Schulter auftaucht. »Was läuft, Party-People?«

Ich spähe um ihn herum und frage mich, ob Justin auch da ist. Aber Fehlanzeige. Seufzend senke ich den Blick und registriere die Gitarre in Carlos' Händen. Auf so was steht Gabi. Ein weiteres kosmisches Zeichen, dass sie zusammengehören.

Als hätte das Universum es so geplant, summt in diesem Augenblick mein Handy mit dem Klingelton meiner rebellischen Freundin. Ich muss lachen, als ich die SMS lese: *Verräterin.* Mit den Augen suche ich die Menge ab und entdecke sie am Rande des Lagerfeuers mit ihrer üblichen mürrischen Miene. *Stirnrunzeln führt zu frühzeitiger Faltenbildung*, schreibe ich zurück, und sie zeigt mir den Mittelfinger.

Ich winke sie zu uns, und mit einem sichtbaren Knurren trottet Gabi herüber, wobei sich ihre Stirn noch stärker zerfurcht, als sie das Instrument in Carlos' Händen erblickt. »Du spielst Gitarre?«, fragt sie und bleibt vor ihm stehen. Ihre Augen verengen sich, als ob ich das alles irgendwie eingefädelt hätte.

»Nee«, sagt er und hebt die Gitarre am Hals hoch. »Ich trag sie nur rum, um bei den Mädels Eindruck zu schinden.«

Natürlich versteht sie die Ironie – schließlich ist sie ja selbst Meisterin darin –, ignoriert sie jedoch und stemmt die Hand in die Hüfte. »Wir kennen uns jetzt seit Jahren. Wie kommt's, dass ich das nicht weiß?«

Carlos schenkt ihr ein freches Grinsen. »Es gibt eine Menge Dinge, die du nicht von mir weißt, Gabriella. Ich habe viele verborgene Talente.«

Sie wirft ihre kunterbunt gefärbten Haare über die Schulter und macht einen auf gelangweilt. Aber ich kenne sie besser. »Wie auch immer.«

Carlos schüttelt den Kopf, schmunzelt in sich hinein und setzt sich auf einen Baumstumpf, um seine Gitarre zu stimmen. Brandon lässt sich ins weiche Gras fallen, streckt die Beine aus und ich setze mich vor ihn. Grinsend lässt Gabi die Augenbrauen auf- und abzucken, was so viel bedeutet wie: »Hab's dir doch gesagt«, und ich seufze. Damit bestätige ich voll und ganz ihre Theorie über meine lange unterdrückten Gefühle für Brandon.

Ein weiteres Beispiel dafür, wie wenig ich den Plan durchdacht habe.

Gabis Lächeln verfliegt schon, kurz bevor ich eine mir bekannte Stimme sagen höre: »Hey, Leute.«

Brandons muskulöse Brust verhärtet sich noch mehr, als Lauren auftaucht und auf uns herabschaut. Ihr unechtes Plastiklächeln verrutscht minimal, als sie mich ansieht. »Na, habt ihr Spaß?«

Ich weiß nicht, warum plötzlich so eine Anspannung in der Luft liegt, aber hinter ihr unterhält sich Justin am Lagerfeuer mit einem Typen aus dem Baseballteam und sieht mich dabei die ganze Zeit an. Als er mir zuzwinkert, schießt ein Schwall Adrenalin durch meine Blutbahn, sodass ich, ohne zu lügen, antworte: »Ja, es ist super hier.« Ich wende den Blick von meiner zukünftigen Eroberung ab und grinse Lauren an. »Und, gefällt's dir auch?«

Sie zuckt halbherzig mit den Schultern. »Der Tag war voller Überraschungen, so viel ist sicher. Wird interessant, wie sich das alles so weiterentwickelt.« Lauren wippt auf den Zehenspitzen auf und ab und wirft Brandon einen eindringlichen Blick zu.

Da ich nicht fließend Kryptisch spreche, blinzle ich nur verwirrt. *Was will sie damit sagen?*

Brandon schlingt mir die Arme um die Taille und Lauren lächelt erneut. »Ich geh mir mal 'ne Flasche Wasser holen. Viel Vergnügen noch. Bis später dann, Brandon.«

Sie macht einen Schritt Richtung Speisesaal, hält dann noch einmal inne und lässt den Blick über unser Grüppchen schweifen, bis er an Gabi hängenbleibt. Dann fährt sie Carlos mit einer Hand über den Bizeps. »Er hat wirklich Talent, hm? Ich hab's *geliebt*, auf seinem Bett zu liegen und ihm beim Gitarrespielen zuzuhören.« Gabis Augen verengen sich zu Schlitzen, während Lauren sich vorbeugt und mit leicht gesenkter Stimme, aber immer noch laut genug, dass es alle mitbekommen, sagt: »Spiel diesen Song, den ich so sehr mag, ja?«

Mit einem letzten provokanten Blick zu Brandon stolziert sie davon.

»Lauren ist echt voll das Miststück«, flüstere ich Gabi zu, die ihrer Tanzteam-Kapitänin hinterhersieht. Ich sehe ihr an, wie es in ihr brodelt. Ich weiß nicht, ob sie meinetwegen wütend ist oder um ihretwillen, aber ihr Hitzkopf muss augenblicklich mit metaphorischem kaltem Wasser abgekühlt werden. Gabi ist wie Hulk – wenn sie zornig wird, dann kann sie richtig austicken, und so wie sie ihre Augen zusammenkneift, stehen wir zwei Sekunden vor einem Ausbruch. Wir brauchen Ablenkung.

In diesem Moment schlägt Carlos die ersten Töne an. Entweder kennt er Gabi besser, als ich dachte, oder er hat ein hervorragendes Gespür für Timing, doch er nickt mir unauffällig zu, als die Klänge in die Luft aufsteigen. Singen tut er nicht dazu, aber das ist auch nicht nötig. Die sanfte Melodie in Verbindung mit dem prasselnden Feuer und den Rauchschlieren hat eine fast schon hypnotische Wirkung. Nach ein paar Akkorden lässt sich Gabi neben mich plumpsen und murmelt irgendwas von wegen: »Dumme Zicke …«

Nun, da die Katastrophe abgewendet ist, entspanne auch ich mich. Ich strecke die Beine aus, kuschle mich tiefer in Brandons Arme und genieße den Augenblick.

Musik berührt mich tiefer als alles andere. Ich liebe sie sogar noch mehr als Volleyball oder Schokolade, was schon was heißen will. Früher habe ich immer davon geträumt, dem Kirchenchor beizutreten, aber ich konnte mich nie dazu durchringen, vor anderen Leuten zu singen.

Keiner – nicht mal meine Eltern, Gabi, Kara oder Brandon – weiß, wie oft ich mich im Bad einsperre, das Radio laut aufdrehe und meiner Zahnbürste ein Ständchen bringe.

Während ich vor mich hinsumme, beobachte ich über das Lagerfeuer hinweg Justin, bis sich unsere Blicke treffen. Vor dem heutigen Tage konnte ich es an einer Hand abzählen, wie oft er in meine Richtung geguckt hat, und es waren immer flüchtige Blicke oder weil er irgendeine Frage hatte. Das hier ist anders. Ich kann nicht genau sagen, inwiefern, nur, dass es so ist. Dann hebt sich sein Blick über meinen Kopf hinweg und mein Scheinfreund verstärkt seinen Griff um meine Taille.

Ich halte die Luft an, als Brandons Hand über einen Streifen nackter Haut an meinem Bauch gleitet, wo mein Tanktop hochgerutscht ist. Sein Herz schlägt im Takt mit Carlos' Gitarrenklängen und von der Hitze seiner Berührung breitet sich ein Kribbeln über mich aus.

Das ist keine große Sache, beruhige ich mich. Ich würde kribbelig werden, egal, welcher Typ mich berührt.

Aber das Problem ist, genau so einen elektrischen Schlag hat es mir auch schon im Speisesaal versetzt, als er mich geküsst hat. Ich schließe die Augen und zwinge mich, mich ganz entspannt an ihn zu lehnen. Das hier ist schließlich Brandon. Mein bester Freund. Mein Komplize.

Es zeigt lediglich, wie gut wir unsere Rolle spielen. Wir sind so überzeugend, dass ich sogar selbst darauf reinfalle.

Nachdem ich ein paarmal tief durchgeatmet habe, normalisiert sich meine Herzfrequenz wieder. Ich öffne die Augen, aber Justin ist weg.

Dienstag, der 10. August

7 Wochen und 4 Tage bis zum Homecoming-Ball

ALY

Alys Hütte, 7:45 Uhr

Ich befinde mich mitten in einem wundervollen Traum. Dass es ein Traum ist, erkenne ich daran, dass Laurens Nase unerklärlicherweise auf einmal doppelt so groß ist wie sonst. Wir schwimmen im Cypress Lake, und über das ganze Getümmel hinweg sehen Justin und ich uns an und er merkt, was für ein Idiot er war, weil er mich all die Jahre übersehen hat. Das steht in der Denkblase über seinem Kopf. Er schiebt Lauren mit ihrem Zinken zur Seite und gleitet durchs Wasser auf mich zu. Seine Augen wandern begierig über meinen neuen Bikini, als würde er mich am liebsten an Ort und Stelle vernaschen, während der Rest des Jahrgangs zusieht und johlt. Bis auf Brandon. Seine Denkblase ist mit überbehütenden, großer-Bruder-mäßigen Knurrlauten gefüllt. Aber das tut nichts zur Sache, denn Justin und mich trennen nur noch ein paar Zentimeter … gleich wird er mich in seine Arme schließen.

Ausgerechnet in diesem Moment befördert mich ein fieser Schnarcher von Kara ruckartig zurück in die Realität.

»Nein!« Ich kneife die Augen zu und versuche, die letzten Fetzen des Traums festzuhalten, doch es ist zwecklos. Dann kommt mir ein wundervoller Gedanke und ich reiße die Augen auf. Schon heute könnte meine Fantasievorstellung sehr gut wahr werden – na ja, vielleicht mal abgesehen von Laurens bizarrem Nasenwachstum. Der Blick, den ich letzten Abend über das Lagerfeuer hinweg mit Justin ausgetauscht habe, jagt mir noch immer eine Gänsehaut über den Rücken.

Operation Sexappeal funktioniert.

Mit einem breiten Lächeln springe ich aus dem Bett und bringe hastig meine neuen morgendlichen Schönheitsrituale hinter mich. Ich kann es noch immer nicht fassen, dass ich auf diese verrückte Idee verfallen bin, denn eigentlich bin ich Miss Geh-auf-Nummer-sicher … Miss Brav. Diese ganze Mission sieht mir null ähnlich. Wenn überhaupt, dann würde so eine irre Aktion eher zu Gabi passen. Mit einem zufriedenen Blick auf das cool aussehende Mädchen im Spiegel renne ich zum Gemeinschaftsraum, um Brandon vor dem Frühstück zu treffen. Wir haben uns zusammen fürs Beach-Volleyball-Turnier eingetragen, aber auch wenn diese Sportart das eine Gebiet in meinem Leben ist, auf dem ich mich richtig sicher fühle, bin ich mit leerem Magen zu nichts zu gebrauchen.

Als ich eintrete, bleibe ich stehen und halte in der

Menge nach seinem vertrauten, hübschen Gesicht Ausschau. Brandon steht vom hintersten Tisch auf, macht mir Zeichen rüberzukommen und hebt einen Teller mit einem Berg Eier und Speck hoch. Zum ersten Mal seit dem Beginn unserer Scharade sind wir längere Zeit allein und verfallen mühelos in unseren üblichen, lockeren Umgangston und ziehen uns gegenseitig auf.

»Also wenn ich geahnt hätte, was für einen aufmerksamen Scheinfreund du abgibst, dann hätte ich das schon längst vorgeschlagen.«

Brandon lacht. »Ja, tja, ich brauch dich eben gut aufgetankt und startklar, um jeden in Grund und Boden zu stampfen.«

Den Mund voll mit Rührei grinse ich. Der Adrenalinschub, den ich immer vor wichtigen Spielen bekomme, strömt auch jetzt durch meine Adern, und meine Muskeln spannen sich an. Normalerweise mache ich mindestens sechs Mal die Woche Sport. Die letzten paar Tage waren zwar auch aufregend, aber ich freue mich schon darauf, wieder auf einem Spielfeld zu stehen. Die angestaute Energie lässt mich auf meinem Stuhl herumzappeln, während ich alles restlos verputze und ein Glas O-Saft hinunterstürze. »Auf sie mit Gebrüll!«

Draußen versammeln sich die Teams in der texanischen Gluthitze, um die Auslosung in Augenschein zu nehmen. Als ich die Namen sehe, die mit uns in einer Spalte stehen, beiße ich mir auf die Lippen, um ein Lächeln zu unterdrücken. Das ist ja fast schon zu einfach. Brandon ist in allen Ballsportarten ein Ass und ich wurde die letzten zwei Jahre zur besten Spielerin der Mädchen-Volleyballmannschaft gekürt.

Brandon und ich arbeiten wie ein eingespieltes Team zusammen, und das erste Match ist fast schon vorbei, ehe es überhaupt richtig begonnen hat. Den Schnarchnasen auf der anderen Seite des Netzes, die sich höchstwahrscheinlich nur für das Turnier angemeldet haben, um knapp bekleidete Mädchen anzugaffen, zeigen wir, wo der Hammer hängt. Während sie anzüglich durch das Netz grinsen, kneife ich konzentriert die Augen zusammen, schlage den Ball, platziere ihn genau zwischen ihnen und zupfe den Träger meines neuen pinken Sport-Tanktops zurecht, das zwar einen eingearbeiteten BH hat, aber der ist eindeutig nicht für einen Busen wie meinen gemacht.

Herzlich Willkommen auf meinem Territorium, Jungs.

Als unsere offizielle Haus-und-Hof-Fotografin schießt Gabi ein Bild unserer Siegesumarmung und ein leises Murmeln geht durch die Menge. Ich kichere, weil ich so im Siegestaumel bin. »Die halten uns für total verknallt«, stelle ich in meinem breitesten Südstaatenakzent fest und klimpere übertrieben mit den Wimpern.

Brandon verdreht die Augen, hebt mich hoch und wirft mich lässig über seine Schulter, während er zur Kühlbox an der Seitenauslinie joggt. Quiekend trommle ich mit den Fäusten auf seinen verschwitzten Rücken. Sandkörner kleben an seiner Haut, und als er mich wieder absetzt, sehe ich schnell woanders hin.

Ich nehme einen großen Schluck Evian, genieße das Gefühl des kalten Wassers, das meine ausgedörrte Kehle hinunterrinnt, und wische mir mit dem Arm über die Stirn. Also *einen* Vorteil hat es jedenfalls, dass ich nicht meine üblichen Klamotten trage: nämlich die Belüftung. Ich nehme mein Handtuch und wische mir den Schweiß weg.

Als mir ein Kribbeln über den Nacken kriecht, drehe ich mich um und lasse den Blick über das Publikum wandern. Bestimmt ist es Lauren, die mich mal wieder mit Blicken erdolcht. Aber als meine Augen an der Person hängen bleiben, die mir das Kribbeln verursacht hat, erstarre ich.

Und mein Magen vollführt einen Purzelbaum.

Mir gegenüber steht Justin in einer schwarzen Badehose – nichts weiter. Seine Brust glänzt in der Sonne und ist mit Sand gesprenkelt. Seine Augen wandern über meine nackten Schultern und hinterlassen ein Brennen darauf, das sich über meinen kompletten Körper ausbreitet, und als sich unsere Blicke treffen, verzieht sich sein Mund zu diesem berühmt-berüchtigten schiefen Grinsen.

Meine Nerven!

Als ich gerade anfange zu denken, dass mein Traum jetzt wahr wird, schiebt sich ein anderer muskulöser Oberkörper zwischen uns. Verwirrt mache ich einen Schritt zurück, während Brandon mir mit einem schmallippigen Lächeln ein Handtuch hinhält. Ich wedle ihm mit dem, das ich bereits in der Hand halte, vor dem Gesicht herum.

Brandon weiß doch über Operation Sexappeal Bescheid, und dass es mein Ziel ist, Justin auf mich aufmerksam zu machen. Man sollte meinen, dass er sich über meine Fortschritte freut. Je eher Justin Interesse zeigt, desto eher kann Brandon zu seinen eigenen Verehrerinnen zurückkehren, die schon Schlange stehen.

Ich lasse meinen Finger vor seinem wütenden Gesicht kreisen. »Alles okay bei dir?«

Brandon nickt knapp.

»Dein Wort drauf?«, frage ich, weil ich mir noch immer keinen Reim auf die Gereiztheit machen kann, die ihm an der Körperhaltung abzulesen ist. Auch seine Augenbrauen sind zusammengezogen.

Er schnaubt. »Ja, ich will nur, dass du dich konzentrierst. Wir müssen gleich noch ein weiteres Team plattmachen, falls du dich erinnerst.«

Er hat recht. Ich nicke und nehme noch einen Schluck Wasser, während die Anspannung angesichts des nächsten Matches schon in mir hochsteigt.

»Bin gleich wieder da.« Ich schnappe mir Brandons leere Flasche. »Gestern Abend habe ich drüben am Lagerfeuerplatz einen Recycling-Behälter gesehen«, sage ich und füge in klugscheißerischem Tonfall, der stark an Miss Burns, unsere Biolehrerin, erinnert, hinzu: »Schließlich muss jeder seinen Teil dazu beitragen.«

Wie erhofft ernte ich dafür einen Lacher und die Falten auf Brandons Stirn glätten sich. Als ich mich über den unebenen Boden zum Müll aufmache, teilt sich die Menge und Lauren stellt sich mir in den Weg. Angesichts des Hasses, der mir aus ihren Augen entgegenschlägt, knicke ich plötzlich um und lande auf meinem Hintern. »Autsch!«

Während ich mich noch hochrapple und teste, ob ich

meinen Knöchel belasten kann, kommt Brandon schon angerannt. »Alles okay mit dir?«

Ich überlege kurz, dann nicke ich und wische den Staub von meinen kurzen Shorts. »Alles gut.« In seinen grünen Augen liegt Besorgnis, und ich lächle ihn mit einer Sicherheit an, die ich gar nicht verspüre, und gebe vor, das Kichern hinter meinem Rücken nicht zu hören.

Operation Sexappeal wurde ins Leben gerufen, um mehr Beachtung von den anderen zu bekommen, und ich kann berichten, dass ich mich momentan alles andere als unsichtbar fühle. Aber ich kann ebenfalls berichten, dass ich mich zum ersten Mal seit unserer Ankunft hier frage, ob es vielleicht doch gar nicht so toll ist, eine von den *Coolen* zu sein.

Unter dem warmen Sprühregen der Dusche spüle ich mein Lieblingsshampoo mit Karamellduft aus den Haaren. Von meinem heißen Blickwechsel mit Justin schwebe ich noch immer auf Wolke sieben, und weil ich allein im Badezimmer bin, beginne ich meinen Lieblingssong von Sugarland zu summen. Ich lasse die Hüften kreisen, schüttle die Schultern und irgendwo beim Auftragen der Spülung fange ich laut zu singen an.

»All I want to do …«

Während ich aus der Dusche steige und mich mit Cookie-Duft-Lotion eincreme, werfe ich wild meinen Kopf herum und jamme weiter. Bei all dem Joggen und Volleyball bin ich ständig der Sonne ausgesetzt, und das Eincremen ist mein Versuch zu verhindern, dass meine Haut in zehn Jahren wie die einer Achtzigjährigen aussieht. Nachdem ich mich gründlich eingeschmiert habe, wickle ich ein flauschiges Handtuch wie einen Turban um meinen Kopf, schlüpfe in meinen neuen zitronengelben Bikini und eine Jeansshorts und tänzle trällernd zurück zu meinem Bett.

Arktische Luft aus der Klimaanlage trifft meine feuchte Haut, und mich überkommt eine Gänsehaut, als ich das Handtuch auf den Boden werfe. Ich schüttle die Haare aus und singe: »Baby, drive me crazy ...«, während ich sie mit den Fingern entwirre. Karas Radio steht neben meinem Fön, also schalte ich es an und zappe durch die Programme, bis ich auf meinem Lieblingssender lande. Dann schalte ich den Fön ein und singe lauthals den Top-Forty-Hit mit, um den Lärm des Haartrockners zu übertönen.

Ich plärre in mein Haarbürsten-Mikrofon, und zusätzlich brummt mir auch noch der Fön ins Ohr, sodass ich das Knarren hinter mir *fast* überhöre. Den freien Arm noch immer ausgestreckt, erstarre ich mitten im Kopf-Herumwerfen und wirble augenblicklich herum.

Brandon liegt gemütlich auf Gabis Bett, die Hände hinter dem Kopf verschränkt, die Füße überkreuzt. Seine Mundwinkel zucken, als er meinen entsetzten Gesichtsausdruck registriert. Er zwinkert mir zu und ich drehe ihm den Rücken zu und schalte mit einer hektischen Bewegung das Radio aus. »Was tust du hier, verdammt noch mal?«

Gott, wenn du gerade zuhörst, dann hab Erbarmen mit mir und hol mich zu dir. Jetzt gleich.

Brandon lacht leise hinter mir, und ich schüttle den

Kopf und versuche mir einzureden, dass das alles nicht wahr ist. Ich sehe mich nicht zu ihm um. *Ich kann nicht.* Weil ich kurz vor dem Hyperventilieren stehe, beschließe ich, einfach mit Haaretrocknen weiterzumachen, und hoffe inständig, dass er weg ist, wenn ich fertig bin.

Irgendwann ist auch die letzte Strähne strohtrocken. Mir bleibt keine andere Wahl, als den Fön auszuschalten, das Kabel um den Griff zu wickeln und ihn in meiner Tasche zu verstauen. Erst dann drehe ich mich um.

Natürlich liegt Brandon immer noch an Ort und Stelle und nickt stumm grinsend mit dem Kopf. »Das war Wahnsinn.«

Ich schlage mir die Hände vors Gesicht. »Ich dachte, ich wäre allein! Die anderen sind alle am See.« Durch die Ritzen zwischen meinen Fingern spähe ich zu ihm. »Warum bist du nicht dort?«

Er zuckt mit den Schultern. »Wurde mir zu langweilig, und da dachte ich, ich frage dich, ob du ein bisschen mit mir wandern gehen willst. Aber nach dieser Performance ist meine Langweile wie weggeblasen.«

Oh Gott! Ich werfe mich auf mein Bett und vergrabe den Kopf unter meinem Seidenkissen, das ich von zu Hause mitgebracht habe. Gabis Bett knarzt wieder und verrät mir, dass Brandon sich bewegt hat. Gleich darauf gibt mein eigenes Bett unter seinem Gewicht nach, und er versucht, mir das Kissen wegzuziehen, kommt jedoch nicht gegen meine verzweifelte Umklammerung an.

Er lacht leise. »Aly, tut mir leid, wenn ich dich in Verlegenheit gebracht haben sollte …«

»Ha!«

»Okay, tut mir leid, *dass* ich dich in Verlegenheit gebracht habe. Aber es gibt rein gar nichts, wofür du dich schämen müsstest. Die Moves waren total witzig …«

Für diesen Kommentar schlage ich mit dem Kissen nach ihm, das er jedoch noch in derselben Sekunde abfängt.

»Aber ich hatte keine Ahnung, dass du so gut singen kannst. Ich dachte, wir hätten keine Geheimnisse voreinander, und doch hast du es die ganze Zeit vor mir verborgen?« Er macht *ts-ts-ts,* und aus dem Augenwinkel sehe ich, wie er den Kopf schüttelt. »Da fragt man sich schon, was für dunkle Geheimnisse du sonst noch so hast. Beziehungen – sogar lockere – brauchen eine gewisse Vertrauensbasis, Aly. Ich bin mir nicht sicher, ob ich weiter mit jemandem zusammen sein kann, dem ich nicht vertrauen kann.«

Gegen meinen Willen muss ich über seinen blöden Witz lachen und setze mich auf. Ihm in die Augen sehen kann ich allerdings immer noch nicht. Stattdessen konzentriere ich mich auf einen losen Faden, der aus der Tagesdecke hängt, und zwirble ihn um meinen Finger. »Davon weiß keiner. Ich würde tot umfallen, wenn ich vor irgendjemandem singen müsste.«

»Du hast gerade vor mir gesungen und wirkst noch ganz lebendig.«

»Ja, aber ich hatte ja keine Ahnung, dass du da bist.« Unbehaglich rücke ich ein Stück ab und hebe langsam den Blick, um ihm ins Gesicht zu sehen. Er lächelt, scheint jedoch nicht *über* mich zu lachen. »Normalerweise singe ich nur im Badezimmer. Außer dir sind bislang nur meine Zahnbürste und meine Haarbürste in den Genuss meiner Sangeskünste gekommen.«

Er streicht mir eine Strähne hinters Ohr. »Du solltest über ein breiteres Publikum nachdenken.«

Seine grünen Augen funkeln vor Aufrichtigkeit, aber ich war noch nie gut darin, Komplimente entgegenzunehmen – oder sie für bare Münze zu nehmen. Ich räuspere mich. »Also wandern, ja?«

Brandons Stirn legt sich verwirrt in Falten, ehe ein Lächeln auf seinem Gesicht erscheint. »Stimmt ja. Hast du Lust? Ich habe mir sagen lassen, dass es hier echt schöne Touren gibt. Und später könnten wir einen Abstecher zum See machen, wenn du magst.«

Unbedingt, alles, was mich aus dieser Situation hier befreit.

»Klar«, sage ich. »Ich brauche nur meine Schuhe.«

Ich zurre meine Haare zu einem wirren Pferdeschwanz zusammen und schlüpfe in meine ausgelatschten Nikes. Jetzt ist nur Brandon hier, also kann ich ich selbst sein … oder zumindest ich selbst in einem zitronengelben Bikini. Dann folge ich ihm aus der Holzhütte nach draußen, um ein wenig die Gegend zu erkunden – und hoffentlich auch mein spontanes Konzert komplett zu vergessen.

Mittwoch, der 11. August

7 Wochen und 3 Tage bis zum Homecoming-Ball

BRANDON
Am See, 14:30 Uhr

Ein Platschen lässt Aly zum See blicken und ich werfe ihr wieder einen verstohlenen Blick zu. Im Laufe der Jahre habe ich sie hunderte Male im Badeanzug gesehen, aber so etwas wie das hier hat sie nie angehabt – einen winzigen gelben Bikini, der der Fantasie nicht viel Raum lässt. Trotzdem ist meine sehr damit beschäftigt, die fehlenden Puzzleteile zu ergänzen.

Diese umgestylte Aly-Version fängt an, meine Nerven kurzzuschließen.

Gelächter ertönt, und ich wende mich dankbar ab, um den Reiterkampf im Wasser zu beobachten. Kara thront auf Daniels Schultern und Lauren auf Justins. Der Wettkampf stagniert, weil beide Mädchen schubsen und rangeln, aber keine nachgibt.

Aly setzt sich neben mir auf. »Los, Kara!«, schreit sie und zieht damit meine Blicke wieder auf sich.

Meine Fantasie, die durch den Wettkampf neue Nahrung bekommen hat, geht mit mir durch und beschwört eine Vision von uns beiden herauf, wie wir die Gewinner herausfordern und Alys braungebrannte Oberschenkel sich eng um mich schließen.

Ein Typ im Wasser ruft Drew etwas zu, und ich schüttle das Bild ab, drehe mich um und sehe, wie er auf uns zukommt. Gott sei Dank. Obwohl er die meiste Zeit in der Hütte damit beschäftigt war, mit Sarah SMS zu schreiben, könnte ich ihn dafür umarmen, dass er jetzt auftaucht. Ich muss mich irgendwie ablenken.

Egal womit.

Wir stoßen zur Begrüßung die Fäuste gegeneinander. »Was geht? Hat sich in der letzten Stunde was in Sarahs Welt getan? Irgendwelche aufregenden Neuerungen?«

»Fi… – leck mich.« Drew sagt nie so richtig schlimme Schimpfwörter in Anwesenheit von Mädchen, eine Eigenschaft, die ihn genau zu der Art Junge macht, hinter dem Aly her sein sollte. Unglücklicherweise steht er bereits unter Sarahs Pantoffel. Drew lässt sich in den Sand plumpsen und blinzelt in die Sonne. »Sie ist ganz allein auf einem neuen Campus und der Ansturm auf die Studentenverbindungen geht gerade erst los. Sie ist voll am Durchdrehen und ich kann nicht für sie da sein. Das ist doch zum Kotzen.«

»Aber du bist doch für sie da.« Aly lehnt sich auf einen Ellbogen zurück und rückt ihr Oberteil zurecht. Ich wende die Augen ab und merke, dass Drew und Carlos dasselbe machen. »Hör nicht auf diese Kerle. Ich finde es süß, dass du so oft mit ihr telefonierst. Sarah kann echt von Glück reden.«

Drew schüttelt den Kopf. »*Ich* habe Glück. Aber danke.« Dann klatscht er in die Hände und meint: »Ach, fast hätte ich es vergessen. Ratet mal, was ich gerade gehört habe? Heute ist im großen Saal Karaoke-Abend angesagt.«

»Glück muss der Mensch haben«, sagt Carlos. Er nimmt seine Gitarre von dem Handtuch vor ihm und stimmt eine grauenhafte Version des Countrysongs »I've Got Friends in Low Places« an.

Aly muss so lachen, dass sie kleine Schnorchelgeräusche von sich gibt. »Ich dachte, du wärst angeblich so ein guter Musiker.«

Carlos lächelt gutmütig. »Nee, ich spiele ein bisschen Gitarre, aber ich kann keinen Ton halten.«

Grinsend beuge ich mich zu Alys Ohr. »Apropos Ton halten …«

»Nein.« Mit großen Augen schiebt sie mich weg. »Denk nicht mal drüber nach.« Sie springt auf und streckt mir die Zunge raus und mein Blick gleitet unwillkürlich über ihre Figur. Sie schlendert zum Steg, breitet ihr Handtuch nahe am Rand aus und lässt die Füße hinunterbaumeln. Dann beugt sie sich vor, um sich kühles Wasser auf die heißen Arme und Beine zu spritzen. Mein Mund wird trocken.

Ich beiße die Zähne zusammen und zwinge mich, wieder dem Reiterkampf zuzusehen.

Diese Mission muss ein Ende finden – je eher desto besser. Sonst verliere ich noch den Verstand. Aly hat ihn ja sowieso schon verloren, seit sie denkt, dass sie gern eine von den *Coolen* wäre. Damit liegt sie so was von falsch. Eigentlich geht es ja bei dieser ganzen Aktion darum, dass die Leute sie mit anderen Augen sehen, aber dasselbe Ergebnis kann sie doch auch ohne diese ganzen aufreizenden Klamotten erzielen. Die machen mich ganz kirre. Das ist einfach nicht *sie.* Wenn ich sie dazu bringen kann, das zu kapieren, dann wird vielleicht alles wieder normal. Einen Versuch ist es allemal wert.

Als ich zu ihr hinübergehe, verzieht sie schmollend die Lippen. Ich gehe in die Hocke, werfe all meine jahrelange Erfahrung mit Mädchen in die Waagschale und sage mit süßer Stimme: »Bitte, tu's für mich, hm?«

Mit geschlossenen Augen schüttelt sie den Kopf. »Brandon, tu mir das nicht an. Du weißt, wie gern ich dich mag, aber nie im Leben stelle ich mich vor all diesen Leuten auf die Bühne.«

»Betrachte es doch mal als weiteren Schritt deiner Operation Sexy-Klamotten-Dingsbums ...«

Sie schnaubt. »Operation Sexappeal.«

»Ja, genau. Denk doch mal nach: Was wäre besser, um das Bild von der ruhigen, kleinen Aly über den Haufen zu werfen, als wenn du beim Karaoke-Abend voll auf den Putz haust, hm?«

Und dann können wir diese ganze Sache vielleicht abblasen.

Aly macht die Augen auf. Ein kleines, langsames Lächeln spielt um ihre Lippen, und ich bin sicher, dass ich sie habe.

Dann schießt ihre Hand vor.

Mir bleibt gerade noch genug Zeit, meinen Arm um sie zu schlingen, um sie mitzureißen, ehe wir fallen. Mit einem wenig anmutigen Platschen plumpsen wir in den See und das kühle Wasser fühlt sich angenehm an auf meiner sonnenverbrannten Haut. Ich komme als Erster nach oben, reibe mir die Augen und warte darauf, dass ihr rotbrauner Schopf erscheint. Eine Sekunde später taucht sie auf, prustend, lachend und mit den Armen rudernd. Instinktiv ziehe ich sie an mich, damit sie Atem holen kann, aber ich hätte es besser wissen müssen. Sobald sie in Reichweite ist, grinst sie frech und taucht mich wieder unter.

Okay, das kann sie haben.

Eine wahre Wasserschlacht bricht aus, als wir im See herumbalgen und lachen und uns gegenseitig tunken. Aly erwischt mich mehrfach, und aus der Ferne höre ich jemanden sagen: »Die beiden sind echt süß zusammen.«

Aly sieht mich an und wir werfen uns ein verschwörerisches Lächeln zu.

ALY
Gemeinschaftsraum, 20:05 Uhr

Gemütlich an Brandons muskulöse Brust gelehnt, fühle ich mich ganz entspannt. Auch wenn Brandon es lieber anders hätte, gehe ich fest davon aus, dass ich in aller Ruhe und aus sicherem Abstand von einem der hinteren Tische aus die Show ansehen und den tapferen Leuten zujubeln kann, die *nicht* unter Lampenfieber leiden.

Vorne im Saal gibt unser Betreuer einigen Footballspielern Anweisungen, wo sie die provisorische Bühne platzieren sollen, während ein paar Angestellte vom Campingplatz die Tonanlage aufbauen. Jemand schaltet ein Mikrofon ein und aus und ein Rückkopplungspfeifen ertönt aus den riesigen Lautsprechern. Ich zucke zusammen, wende mich ab und erblicke Lauren, die mich anfunkelt.

Sie und Justin stehen neben den einzigen leeren Stühlen an unserem Tisch, die sich direkt neben Brandon und mir befinden.

Die Platzverteilung ist purer Zufall. Da ich vergessen hatte, den Wecker auf meinem Handy zu stellen, hat sich mein geplantes Nachmittagsnickerchen zu einer längeren Siesta ausgewachsen. Brandon hat mich aufgeweckt, als er mich zum Abendessen abholen wollte, und ich bin rumgesaust wie ein Hamster auf Speed, um mich fertig zu machen.

Aber danach zu urteilen, wie Justins Augen über mein schwarzes Top und meinen dunklen Jeansrock wandern, als er sich setzt, habe ich alles richtig gemacht.

»Toll siehst du aus, Aly«, sagt er und sieht mir in die Augen. Brandon räuspert sich und Justin reckt das Kinn vor. »Mit meinem trotteligen Kumpel hier zusammen zu sein, bekommt dir offensichtlich.«

Er streckt den Arm aus, um mit Brandon zur Begrüßung die Fäuste gegeneinanderzuschlagen, und lässt dabei seine Finger über meine Schulter streifen. Die Temperatur in dem sowieso schon überhitzten Raum steigt sprunghaft an. Lauren packt seine Hand, legt sie sich um die Taille und setzt sich mehr oder weniger *in* seinen Schoß.

Dieses Mädchen bringt meinen ganzen schönen Plan durcheinander. Operation Sexappeal bekommt ständig neue Dimensionen. Die neueste lautet: Lauren Hays ausschalten.

Unser Betreuer ruft über die Tonanlage einen Namen auf, und einer unserer durchgeknallten Football-Stars geht nach vorne, um die Show zu beginnen. Ein vertrauter Drumbeat ertönt aus den Lautsprechern, als er eine ziemlich ordentliche Version von »Ice, Ice Baby« anstimmt.

Ich kuschle mich tiefer in Brandons Arme. Ich freunde mich immer mehr mit der Dynamik unserer Scheinaffäre an und merke, wie er mich enger an sich zieht. Dann beugt er sich zu meinem Ohr und flüstert: »Bitte, geh mit mir da rauf.«

Ich lege den Kopf in den Nacken und flüstere »Nein« zurück.

Warmer Atem kitzelt mich am Hals, als er es noch einmal probiert. »Aly, ich mache mich sogar zum totalen Vollidioten, weil ich ganz im Gegensatz zu dir wirklich nicht singen kann. Aber ich würde es tun – für dich. Bitte? Nur ein einziger Song? Ich werde die ganze Zeit nicht von deiner Seite weichen, versprochen.« Er hebt sanft mein Kinn, um mir in die Augen zu sehen. »Du vertraust mir doch, oder?«

Vielleicht liegt es an der Aufrichtigkeit in seinem Blick. Oder an dem inständige Flehen in seiner Stimme. Oder vielleicht auch an dem unerklärlichen Kribbeln, das mir durch und durch geht, als er mir so ins Ohr flüstert. Aber plötzlich – und unter kompletter Missachtung meines Verstands – entweicht eine zittrige Stimme aus meinem Mund und sagt: »Okay.«

Brandon strahlt. Er beugt sich herunter, um mich auf die Wange zu küssen, und dann – noch ehe ich ihn zurückhalten kann – springt er auf und hastet nach vorne, wo die Songlisten und die Anmeldezettel ausliegen. Kara schaut fragend zu mir, aber ich bekomme nicht mehr als ein Kopfschütteln zustande. Mein Blick huscht zurück zu Brandon. Mein Gesicht glüht, mein Herz schlägt mir bis zum Hals, und mit einem meeresartigen Rauschen in den Ohren wird mir klar, dass das wohl so was wie eine Panikattacke sein muss.

Worauf habe ich mich da nur eingelassen?

Mit einem zufriedenen Lächeln kehrt Brandon zurück, und ich konzentriere mich darauf, das Atmen nicht zu vergessen.

Er geht vor mir in die Hocke und nimmt meine Hände in seine. »Ich habe meine Beziehungen spielen lassen. Wir sind gleich als Nächste an der Reihe.« Sein Lächeln zieht sich auf der linken Seite ein bisschen weiter nach oben und lenkt die Aufmerksamkeit auf das Grübchen in seiner Wange. »Ich wollte dir nur keine Chance geben, deine Meinung noch mal zu ändern und mich im Stich zu lassen.«

Ich kann nur ahnen, was sich gerade auf meinem Gesicht abspielt: völliger, absoluter Horror. Ich will ihm gerade beibringen, dass er da allein wird raufgehen müssen, dass ich nicht bei klarem Verstand war, als ich zugestimmt habe, und dass mich keine zehn Pferde auf diese Bühne bringen werden, als der Betreuer unsere Namen aufruft. Gabis und Karas Mienen wechseln von Verwirrung zu Schock.

Wem sagt ihr das?, will ich schreien.

Unter dem Applaus unserer Freunde zieht Brandon mich von meinem Stuhl hoch. Als er meine weit aufgerissenen, entsetzten Augen bemerkt, schüttelt er den Kopf über mich. »Vertrau mir. Du wirst das super machen.«

Dann beugt er sich zu mir runter und küsst mich.

Okay, es ist kein Wahnsinnskuss. Nicht mehr als ein flüchtiges Streifen der Lippen – und vermutlich nur zu Vorführzwecken –, aber es reicht aus, um jeden Gedanken an Lampenfieber (und übrigens auch an alles andere) aus meinem Kopf zu verbannen. Wie betäubt lasse ich mich von ihm zur Bühne ziehen.

Im Handumdrehen bin ich dort oben. Jetzt gibt es kein Zurück mehr. Zumindest nicht ohne mich noch mehr zum Affen zu machen, als wenn ich singe. Ich schlucke schwer und wende das Gesicht meinen Mitschülern zu. Während des kurzen Weges vom hintersten Tisch nach vorne scheint sich die Menge verdoppelt zu haben.

Im Scheinwerferlicht kommt mir mein Top plötzlich zu eng vor, wie eine zweite Haut, und mein Rock viel zu kurz, zu freizügig. Ich zupfe am Saum und könnte schwören, dass ich jeden Moment die Lasagne von vorhin wieder von mir geben und großflächig über die provisorische Bühne verteilen werde. Zittrig hole ich Luft und warte darauf, welchen Song Brandon wohl für dieses endpeinliche Spektakel ausgewählt hat. Als die ersten Töne von »Summer Nights« aus *Grease* erklingen, bleibt mir der Mund offen stehen.

Brandon grinst und formt mit den Lippen die Worte: »Vertrau mir.«

Er beginnt, und seine völlig übertriebene Fistelstimme ist so schief, dass ich unwillkürlich lachen muss. Dann bin ich an der Reihe. Ich singe den Text, ohne ablesen zu müssen. Brandon dreht sich um, sodass er nicht das Publikum, sondern mich ansieht, und singt die nächste Zeile mit einer derart tiefen Brummstimme und so ganz anders als die erste, dass ich ein weiteres Lachen unterdrücken muss, damit ich meinen Part über die Bühne bringen kann. Und so geht es weiter – ich sehe die ganze Zeit ihn an und folge seiner Führung, bis ich langsam sicherer werde.

Brandons grauenhaft schlechter Gesang hilft mir, mich locker zu machen, und bald schon habe ich das Gefühl, als wären es nur wir beide, die allein bei mir im Wohnzimmer rumalbern. Er mimt übertrieben den Danny Zuko inklusive John-Travolta-Tanzeinlage, und ich gebe mein Bestes, um mit meiner mustergültigen Verkörperung der Sandy mitzuhalten.

So viel zum Thema klassisches *Beziehungstyp*-Mädchen.

Das Publikum jubelt und klatscht von Anfang an mit und stimmt sogar bei den »tell me more«-Passagen im Hintergrund mit ein. Mit Brandon zusammen zu singen, macht so Spaß, dass der Song vorbei ist, noch ehe ich michs versehe. Wir enden mit einem unfassbar langen Ton, den er zwar total versaut, doch das auf äußerst charmante Art und Weise, mit einem Grinsen im Gesicht, vom Lachen zusammengekniffenen Augen und den Finger hoch in die Luft gereckt.

Einen kleinen Moment lang ist es still. Und dieser kurze Augenblick kommt mir vor wie eine halbe Ewigkeit. Dann bekommen wir zu meinem Erstaunen Standing Ovations.

Wir haben es geschafft!

Überwältigt starre ich in die Menge und kann gar nicht begreifen, was gerade passiert ist. Als ich merke, wie Brandon mich ansieht, schaue ich zu ihm rüber und er lächelt. Dann packt er meine Hand und reißt sie wie bei einem Boxkampf hoch, woraufhin der Jubel und das Gebrüll noch lauter werden.

Meine Wangen brennen, und ich beiße mir auf die Lippe, aber nichts kann das Lächeln zurückhalten, das mein ganzes Gesicht strahlen lässt. Ich fühle mich unglaublich. Richtig high.

Das Kinn ein bisschen höher als zuvor, mache ich einen großen Schritt von der Bühne herunter und merke, wie mein Knöchel in den Riemchenplateausandalen umknickt. Das Mädchen in der ersten Reihe schnappt erschrocken nach Luft, und vor meinem inneren Auge läuft schon die Vision davon ab, wie ich, quasi als übelste Zugabe der Welt, mit dem Kopf voran auf den kalten, harten Linoleumboden knalle. Aber schon sind Brandons Hände da, die mich packen und mich daran hindern, mit dem Boden

Bekanntschaft zu schließen. Mich retten, scheint zu seinen Hobbys zu gehören.

»Ups.« Mit einer Grimasse klammere ich mich an seinem Ellbogen fest und spüre, wie mein Kiefer sich verkrampft. »Das war ja wohl oberpeinlich.«

Brandon schüttelt den Kopf. »Keine Sorge, das hat kaum jemand mitbekommen.«

Ich sehe in die noch immer applaudierende Menge und stelle fest, dass er recht hat. Lediglich ein paar Mädchen aus der vordersten Reihe grinsen über meinen Spezial-Abgang.

Bescheuerte High Heels. Die Dinger bringen mich noch um.

Den Arm fest um meine Taille gelegt, bahnt Brandon uns einen Weg zu unseren Freunden. Noch in derselben Sekunde, in der wir unseren Tisch erreichen, stürzen sich Gabi und Kara schon auf mich.

»Warum bitte wusste ich nichts davon, dass du so singen kannst?«, fragt Gabi, die sich als Erste aus unserer Dreierumarmung löst. »Und warum zum Teufel hab ich meine Kamera nicht dabei?!«

»Echt, Aly, das hat voll gerockt!« Kara zupft sich eine verirrte Strähne aus dem weit geöffneten Mund. »Ich fass es nicht, dass du das vor all den Leuten durchgezogen hast. Ich meine, ich würde das sofort machen, aber du?« Sie quiekt begeistert und drückt mich noch mal an sich.

Während sie mich hin- und herwiegt, muss ich grinsen, als mir bewusst wird, dass ich gerade einen Riesenschritt in die richtige Richtung gemacht habe. Die *Coolen* sind per

Definition Mädchen, mit denen man Spaß haben kann und die sich was trauen. Vor einer Woche hätte das null auf mich zugetroffen. Aber heute Abend bin ich zum ersten Mal im Leben in aller Öffentlichkeit so richtig aus mir rausgegangen und habe auch noch Spaß gehabt. Ich wäre dabei zwar fast aus den Latschen gekippt – und das in jeder Hinsicht –, aber hey, immer einen Schritt nach dem anderen.

Fragt sich nur, ob Justin das überhaupt zur Kenntnis genommen hat.

Ich spähe über Karas Schulter. Brandon ist von seinen Freunden umringt und wird nicht gerade mit Samthandschuhen angefasst, steckt es aber mit einem Lächeln weg.

»Beeindruckende gesangliche Leistung, Brandon!«, ruft Carlos. »Und dann noch diese tollen Moves …«

»Weißt du, es war echt nobel von dir, dass du versucht hast, Aly besser dastehen zu lassen, indem du selbst so abgelost hast«, macht Drew weiter. »Aber ich denke, das nächste Mal macht sie den Gesangspart lieber alleine.«

Mit zusammengezogenen Augenbrauen verschränkt Justin die Arme. »Ja, das war echt eine zweifelhafte Vorstellung von dir.« Einen Moment lang schaut er noch finster drein, dann bricht er in Lachen aus und klopft Brandon auf den Rücken.

Als sie alle mit einstimmen, wandert Justins Blick zu mir. Er leckt sich über die Lippe, nickt und mustert mich einmal langsam von oben bis unten. Vor meinem inneren Auge läuft die Choreografie eines Siegestänzchens ab.

Oh ja!

Und wie er es zur Kenntnis genommen hat!

Donnerstag, der 12. August

7 Wochen und 2 Tage bis zum Homecoming-Ball

ALY

Alys Hütte, 0:35 Uhr

Mir schlägt das Herz bis zum Hals. Gabi räuspert sich – unser Signal –, und ich klettere aus meinem Bett und hoffe, dass die museumsreifen Federn nicht quietschen. Mein Blick fällt auf Karas leeres Bett. Sie stiehlt sich jede Nacht davon und bislang hat Thompson sie noch nicht erwischt.

Alles wird gut, Aly. Mach dich locker.

Barfuß tappe ich über die groben Holzdielen zu Gabi, die schon auf mich wartet. Sie streckt vorsichtig den Kopf zur Tür hinaus, schaut nach links und rechts und winkt mich dann durch. Im Schatten der Hütte schleichen wir uns auf leisen Sohlen durch das Gras, machen einen großen Bogen um die Laternenpfosten, die die Wege markieren, und huschen zum sandigen Ufer des Sees hinunter.

Es ist unsere letzte Nacht am Cypress Lake. Als Gabi beim Abendessen vorgeschlagen hat, heute Nacht auszubüxen, wollte ich erst nicht. Aber mein Scheinfreund hat mir ins Ohr geflüstert, dass sich eine von den *Coolen* so ein Abenteuer bestimmt nicht entgehen lassen würde, also habe ich Zähneknirschend zugestimmt.

Als ich vorsichtig über einen abgebrochenen Ast steige, knackt ein Zweig unter meinem Fuß. Mit weit aufgerissenen Augen fahre ich zusammen. Bestimmt werden wir jeden Moment geschnappt. Da wir morgen sowieso abfahren und sie uns nicht mehr vorzeitig nach Hause schicken können oder dergleichen, ist das Schlimmste, was mir blühen kann, »Hüttenarrest«, aber ich habe noch nie zuvor Ärger bekommen. Die letzten drei Jahre habe ich es immer verhindern können, dass Gabi mich in ihre hirnrissigen Abenteuer hineinzieht, indem ich einen Berg Hausaufgaben oder hartes Volleyballtraining vorgeschoben habe, doch diesmal gibt es kein Entkommen.

Heute Nacht werde ich beweisen, dass ich so was von *cool* bin. Auch wenn ich fast sterbe vor Angst.

Die Spiegelungen des Mondlichts auf dem Wasser blitzen durch die Bäume, als wir uns dem verlassenen Strand nähern. Gabi und ich treffen als Letzte ein. Kara und Daniel haben ihr eigenes geheimes Stelldichein am Laufen, und Drew hat sich mit Kopfschmerzen herausgeredet, also sind wir heute Nacht zu sechst. Als wir auf Justin und Lauren zusteuern, die am Wasser stehen, lässt sie ihre Hand um seine Taille und in die hintere Tasche seiner Jeans gleiten.

Diese Art der Zurschaustellung ist mal wieder typisch für Lauren und frustrierend, aber ich bin fest entschlossen, mich davon nicht runterziehen zu lassen. Heute Nacht könnte er mich sowieso nicht anbaggern, schließlich denkt er, ich wäre mit Brandon zusammen.

Abwarten. Geduld ist auch eine Tugend.

Ich gehe zu Brandon, der im Sand kniet und eine Decke ausbreitet. Er wischt sich die Hände an seiner Jeans ab und grinst, als er mich sieht. »Ich war mir nicht sicher, ob du kommen würdest.«

»Warum sollte ich nicht?« Ich verschränke die Arme. Manchmal nervt es mich echt, wie gut er mich kennt. »Ich hab gesagt, ich würde kommen, oder nicht?«

»Ja, hast du.« Er nimmt meine Hand und zieht mich zu sich hinunter. »Aber ich wette, dass du voll die Panik schiebst, dass wir erwischt werden. Hab ich recht?«

Ich funkle ihn an. »Nein, hast du nicht.« Sonst erzähle ich Brandon alles, aber es erscheint mir irgendwie wichtig, dass er glaubt, meine Transformation in eine von den *Coolen* ginge ganz einfach und natürlich vonstatten. Also frage ich leicht desinteressiert: »Und, was ist euer Plan? Einfach nur rumhängen und die ganze Nacht Sterne gucken?«

»Hm.« Carlos lässt sich auf die Decke fallen und macht sich so breit, dass außer ihm fast keiner mehr Platz hat. »Wie wär's mit *Wahrheit oder Pflicht*?«

Gabi verdreht die Augen und geht zwischen uns in die Hocke. »Echt jetzt?« Sie bemüht sich, extra für Carlos ein genervtes Gesicht aufzusetzen, dabei steht sie eigentlich voll auf das Spiel, vor allem auf den Pflichtteil.

Hand in Hand schlendern Justin und Lauren zu uns

und knien sich hin. Mit einem Plastiklächeln in meine Richtung verkündet sie: »Ich fange an. Ich stehe auf Herausforderungen – also entscheide ich mich für Pflicht.«

Genau deshalb habe ich einen Bogen um all diese Jungs-Mädchen-Partys in der Junior High gemacht. *Wahrheit oder Pflicht*, *Flaschendrehen* oder dieses peinliche Spiel, bei dem man mit jemandem in den Kleiderschrank gesteckt wird – alles derselbe Mist. Ich bin nicht so unerschrocken wie Gabi oder so selbstbewusst wie Kara. Ich habe diese Spielchen nur mithilfe einer Kombination aus Vermeidungstaktik und gut getimten Toilettengängen überlebt. Doch nun sitze ich hier – in der zwölften Klasse der Highschool – und es holt mich wieder ein.

Warum verdammt noch mal habe ich die gemütliche, sichere Holzhütte verlassen?

»Okay, Lauren«, meint Justin mit einem kurzen Blick auf mich.

Oh, oh!

Mein Magen zieht sich zusammen und ich schlucke schwer.

»Ich habe eine Mutprobe für dich und Aly, nämlich, dass ihr dreißig Sekunden lang miteinander knutscht.«

Wie betäubt starre ich vor mich hin und bin mir sicher, dass ich mich verhört haben muss. Doch das Grinsen, das um seine Mundwinkel spielt, verrät mir, dass mit meinen Ohren alles in Ordnung ist. Ich schnappe nach Luft, während Lauren mit den Schultern zuckt, als wäre das nicht der Rede wert. Als Justin wegsieht, wirft sie mir einen herausfordernden Blick zu.

Wo zum Teufel ist eine Toilette, wenn man eine braucht?

Während Lauren sich schon aufsetzt und zu mir beugt, finde ich endlich meine Stimme wieder. »Ich werde Lauren nicht küssen!«

Sie richtet sich triumphierend auf.

»Wo liegt das Problem?«, fragt Justin. »Es ist doch nur ein Spiel.«

Ich mache den Mund auf, bringe aber kein Wort heraus. Ein klitzekleiner Teil von mir zieht in Betracht, es zu tun. Justin beachtet mich. Seine Mutprobe abzulehnen, wird all die Punkte, die ich diese Woche bei ihm gesammelt habe, zunichtemachen. Aber dazu bringen mich nun mal keine zehn Pferde.

Wie komme ich da nur wieder raus?

Zum Glück springt Brandon für mich in die Bresche. »Es ist nicht Alys Mutprobe, es ist die von Lauren. Sie muss es nicht machen.«

Mein Ritter in den gut sitzenden Jeans. Ich lehne mich an ihn und lächle dankbar.

Justin funkelt Brandon an. »Okay, Lauren«, sagt er. »Dann lautet deine Pflicht eben, vor der kompletten Runde blankzuziehen.«

»Von mir aus.« Sie packt den Saum ihres Oberteils. »Wenn ihr wollt, könnt ihr auch einfach auf YouTube nachschauen. Ich hab das schon letztes Jahr im Karneval gemacht.«

Sie sieht Brandon in die Augen und zieht ihr Top hoch.

Ich wende den Blick ab und checke aus dem Augenwinkel, ob Brandon hinsieht. Dankenswerterweise guckt er in die Luft. Keine Ahnung, warum ich so erleichtert darüber bin, aber es ist so. Vielleicht spürt er meinen Blick, denn nun sieht er zu mir, dann gleich wieder weg und räuspert sich.

Hab ich allen Ernstes Ärger für das hier riskiert?

»Okay, jetzt bin ich dran!«, sagt Lauren und zieht ihr Top wieder runter. »Brandon, Wahrheit oder Pflicht?«

Es übersteigt meine Vorstellungskraft, was für Mutproben sich dieses Mädchen wohl einfallen lassen wird. Wahrheit erscheint mir da die sicherere Wahl. Und da ich alles weiß, was es über ihn zu wissen gibt, wäre es weitaus weniger nervenaufreibend für mich. Ich schließe die Augen und hoffe ganz fest, dass er *Wahrheit* sagt.

»Wahrheit.«

Eine weitere Woge der Erleichterung durchströmt mich. Ich lächle ihm zu, damit er weiß, dass ich für ihn da bin, wenn es irgendwie schwierig wird. Es gibt eine Menge, worüber Brandon nicht gerne spricht – allem voran der Tod seines Vaters.

»Wahrheit?« Enttäuscht legt Lauren die Stirn in Falten, und ich habe das Gefühl, dass sie *sehr* auf Pflicht gehofft hat – und auch so eine Ahnung, worum es bei dieser Mutprobe gegangen wäre. Nach einer Weile quälender Ungewissheit sagt sie: »Ich weiß nicht … Mir fällt nichts Gutes ein.« Sie stößt ein Schnauben aus. »Brandon, bist du noch Jungfrau?«

Mein Kopf zuckt hoch. Lauren hat getan, als wäre es die dümmste Frage der Welt, aber sie hat versehentlich genau das Thema angeschnitten, über das Brandon und ich nie sprechen. Ich bin immer davon ausgegangen, dass er es nicht mehr ist, aber er weigert sich, damit rauszurücken, wie weit er mit den Mädchen geht, mit denen er rummacht. Nicht, dass ich so furchtbar scharf darauf wäre, es zu erfahren.

Brandon sieht mich an und dann zurück zu Lauren. »Nein.«

Die Wahrheit trifft mich wie ein Schlag in die Magengrube.

Ich weiche seinem Blick aus, und mein Kiefer schmerzt, so sehr muss ich mich anstrengen, eine halbwegs neutrale Miene zu bewahren. Brandon legt seine warme Hand auf meine Schulter, und ich muss mich beherrschen, um sie nicht abzuschütteln.

Warum macht es mir so viel aus, ob er Jungfrau ist oder nicht? Ist doch seine Sache, ob er mit irgendwelchen Mädchen schläft.

Und außerdem sind wir nicht *wirklich* ein Paar!

Innerhalb dieser paar Tage hat sich unsere lockere Scheinaffäre allerdings dazu ausgewachsen, dass es sich eher so anfühlt, als wäre ich seine *feste* Scheinfreundin. Und das *Schein* ist der Teil davon, der meinem Kopf und meinem Herzen am meisten zu schaffen macht.

Es kostet mich gehörige Mühe, meinen Rücken zu entspannen und meine Hand auf seine zu legen. Er kann nichts dafür, dass ich so verrückt spiele. Brandon atmet aus und der Luftzug streift meinen Scheitel. Als er sich wieder dem Spiel widmet, verhakt er seinen Daumen mit meinem. »Gabi, Wahrheit oder Pflicht?«

Ich sehe meine Freundin an, und es wundert mich nicht, dass sie mich besorgt anblickt. Mit einem leichten Nicken gebe ich ihr zu verstehen, dass alles okay ist, und die Königin der Mutproben überrascht mich, indem sie sich für Wahrheit entscheidet.

»Gut. Beichttag.« Ich höre das Lächeln in Brandons Stimme und ahne mit ziemlicher Sicherheit, was jetzt kommt. »Wie stehst du zu meinem guten Freund Carlos? Und bitte kein Rumdrucksen von wegen ›Ich mag ihn wie einen Kumpel‹ oder so ein Zeug.«

Sogar über die Decke hinweg höre ich, wie sie ruckartig ausatmet. Ihr Körper versteift sich, und nur ihre Augen bewegen sich und huschen von Brandon zu Carlos und dann zu mir und flehen mich um Hilfe an.

Am liebsten würde ich sagen: *Hey, das war der Vorschlag von* deinem *Typ*, aber stattdessen lächle ich ihr aufmunternd zu.

»N...nein«, stammelt sie. Sie reckt das Kinn und wirft ihm einen mürrischen Blick zu. »Ich stehe nicht auf Carlos. Genau genommen geht er mir furchtbar auf die Nerven.«

Dummerweise hatte sie ihre Stimme lange nicht so gut im Griff wie ihre Miene. Brandon und Justin grinsen, und ich gebe mein Bestes, um mein Lächeln hinter meiner Hand zu verbergen. *Wusste ich es doch!*

»Süße, wenn du schon lügst, dann versuch wenigstens, überzeugend zu sein«, meint Lauren, und ihre Stimme strotzt nur so vor gekünstelter Empörung.

Carlos stützt sich auf einen Arm, um Gabi etwas ins

Ohr zu flüstern. Keine Ahnung, was er sagt, aber was immer es auch ist, es hält sie auf wundersame Weise davon ab, Lauren an den blondierten Locken zu packen und über die Decke zu zerren. Einen Augenblick lang taxieren sich die beiden, dann lässt sie sich an ihn sinken und lächelt sogar.

Na, was sagt man dazu? Vielleicht ist dieses Spiel ja doch zu was gut.

Gabi räuspert sich. »In Ordnung, jetzt bin ich an der Reihe.« Sie nimmt mich ins Visier. »Wahrheit oder Pflicht?«

Oh. Mist. Darf man auch *weder noch* sagen? Gabi hat sich mit Wahrheit gerade ziemlich die Finger verbrannt und ich war in letzter Zeit alles andere als wahrheitsliebend. Was soll ich bloß machen, falls sie mich über Brandon ausquetscht? Auf der anderen Seite hat die dumme Pflicht erst vor ein paar Minuten um ein Haar dazu geführt, dass ich mit Lauren knutschen musste. Ich überlege hin und her, nage an meiner Lippe wie so ein doofer Hase und presse ein zaghaftes »Pflicht?« heraus.

Gabi setzt sich eifrig auf, und ich wünsche mir augenblicklich, ich könnte mich noch umentscheiden.

»Seit dem Beginn des Campingtrips habe ich euch zwei beobachtet«, sagt sie und zeigt zwischen Brandon und mir hin und her, »wie ihr euch Küsschen auf die Wange gebt oder einen kleinen Schmatzer auf die Lippen, wie gestern Abend, aber ich will euch mal richtig und mit vollem Körpereinsatz knutschen sehen. Jahrelang musste ich mit ansehen, wie ihr so getan habt, als würdet ihr nicht aufeinander stehen. Also, legt schon los!« Sie deutet mit dem Finger auf mich und sagt: »Aly, mein Auftrag an dich lautet, eine volle Minute mit Brandon zu knutschen.«

Gabi lächelt, als hätte sie mir einen Gefallen erwiesen. Als wäre das eine einfache Aufgabe.

Von wegen!

Wahrheit, Wahrheit, Wahrheit! Ich nehme Wahrheit!

Entsetzt sehe ich Brandon an. Das war so nicht geplant. Die Regeln von vorhin gelten immer noch – er kann sich weigern. Aber wie würde das für unsere Freunde aussehen? Für *Justin*? Wir führen eine stumme Unterredung mit Blicken, bei der Brandon mich mit zusammengezogenen Augenbrauen prüfend mustert und sich dann auf die Unterlippe beißt. Ohne nachzudenken, folgen meine Augen der Bewegung.

War die schon immer so voll, seine Unterlippe?

Ich betrachte seine Oberlippe und stelle fest, dass es bei ihr nicht anders ist. Fotomodel-Lippen sind das. Keine Risse, kein bisschen spröde, einfach makellos. Sie sehen weich und feucht und einladend aus und ich lecke mir spontan mit der Zunge über meine Lippen.

»Worauf wartest du, Kumpel?«, ruft Carlos. »Knöpf sie dir vor.«

Ich hebe die Augen und stelle erschrocken fest, dass Brandon *mir* auf den Mund starrt. Er schluckt hörbar und wirft mir einen Blick zu. Die Emotionen, die das helle Grün seiner Augen verdunkeln, sind zu verwirrend, um sie zu benennen.

Will er aussteigen?

Brandon stößt laut den Atem aus, was sich fast wie ein Lachen anhört, und rückt auf der Decke näher zu mir. Ich ziehe die Beine unter mich und strecke mich etwas, als ich mich zu ihm drehe. Behutsam umfasst er mein Kinn und hebt es an, und ich habe das Gefühl, in den dunkelgrünen Tiefen seiner Augen zu ertrinken. Das Aftershave, das ich ihm zum Geburtstag geschenkt habe, vernebelt mir mit seinem wundervoll waldigen Geruch den Verstand. Schon auf den Testpapierchen im Laden fand ich den Duft super, aber an Brandon ist es sogar noch viel besser. Ich schließe die Augen und atme wieder ein, diesmal ganz langsam. Gänsehaut überzieht meine Arme und mir wird ganz schwummrig im Kopf.

Brandon lässt seine eine Hand über meinen Hals gleiten und hebt auch die andere, um mit den Fingern durch die Haare in meinem Nacken zu fahren. Sein Atem streift meine Wange und südlich meines Nabels zieht sich alles zusammen.

Anfangs berührt sein Mund meinen nur zögerlich, fragend. Doch als ich seinen Kuss erwidere, wird er schnell mutiger und drängt meine Lippen auseinander.

Pure, heiße Lust schießt mir durch die Adern, als seine Zunge meinen Mund erkundet. Ein leises Stöhnen entringt sich meiner Kehle und instinktiv schlinge ich die Arme um seinen Hals und ziehe ihn näher an mich. Ich brauche mehr. Meine Zähne schrammen über seine volle Unterlippe und ich sauge sanft daran.

Er stöhnt auf, fasst mit den Fingern fester in meine Haare und ein Schauer jagt mir über den Rücken.

Brandon küsst wahnsinnig gut, genauso wie ich es mir vorgestellt habe. Ich habe keine Kontrolle über die Reaktionen meines Körpers, verliere mich in seinen Lippen, seiner Zunge und seinen starken Armen, vergesse Raum und Zeit und alles um uns herum – bis Gabis Kichern uns ruckartig zurück in die Realität befördert und mich daran erinnert, dass wir Zuschauer haben.

Und dass ich Brandon küsse.

Atemlos lösen wir uns voneinander und starren uns an.

Das war so nicht geplant.

Prüfend betrachte ich Brandons Gesicht und frage mich, ob es ihm auch nur annähernd so ging wie mir gerade.

Seine gefühlvollen Augen betrachten mich ebenso eingehend. Das süße Grübchen in seiner Wange erscheint und ich lecke mir über die Lippen und koste den Nachgeschmack seines Minzaromas aus. Ich habe gerade Brandon geküsst. Und es hat mir gefallen. Sehr sogar.

Mein Magen zieht sich zusammen, in meinem Schädel dreht sich alles und mein Puls rast. Kopfschüttelnd wende ich mich den anderen zu und versuche, mich wieder auf das Spiel zu konzentrieren. Aber die Gedanken an den glühend heißen Kuss lassen mich nicht mehr los, machen mich ganz benommen und lassen mich mit weichen Knien zurück.

Zittrig atme ich ein und ringe mir ein Lächeln ab. »Carlos, Wahrheit oder Pflicht?«

BRANDON

Brandons Hütte, 4:24 Uhr

Der Minutenzeiger auf der großen fischförmigen Uhr läuft seine sechzigste Runde um das Zifferblatt und ich drehe mich um und betrachte Justins leeres Bett. Wie auch schon die Nächte zuvor ist er irgendwo mit Lauren unterwegs. Drew ist völlig ausgeknockt. Carlos schnarcht.

Und ich liege wach, starre auf diese verdammte Uhr und denke an Aly.

Heute Nacht lief alles anders als geplant. Nicht, dass ich irgendwelche Pläne gehabt hätte, aber den Abend damit zu beenden, dass ich mit meiner besten Freundin rumknutsche, stand ganz bestimmt nicht auf meiner To-Do-Liste. Und jetzt, da es passiert ist, kann ich die Erinnerung an Alys Gesicht danach nicht abschütteln.

Es gab keinen Ausweg aus der Mutprobe, ohne die Wahrheit über unsere Scheinliaison zu verraten. Also hatte ich gedacht, ich würde ihr einen simplen, unschuldigen Kuss geben. Gerade genug, damit sich keiner beschwert, ganz ohne Zunge und viel Anfassen. Aber ich hatte nicht damit gerechnet, dass sie so darauf einsteigen würde. Oder dass mein Körper so die Kontrolle übernehmen würde, wie er es getan hat.

Aly zu küssen, war verdammt scharf.

Das Einzige, was mich jetzt davon abhält, zu ihrer Hütte

zu rennen und da weiterzumachen, wo wir aufgehört haben, ist, dass ich keine Ahnung habe, was ich zu ihr sagen sollte, wenn ich erst mal dort wäre. So wie ich Aly kenne, würde sie mich sowieso postwendend zurückschicken und mir sagen, wir sollten einfach so tun, als wäre nichts geschehen. Aber geht das?

Wollen wir das überhaupt?

Dieses Mädchen kann küssen. Der ganze Abschlussjahrgang glaubt sowieso schon, dass wir was miteinander haben. Was wäre also so schlimm daran, wenn es wirklich so wäre?

Ich schlage mit der Faust in mein Kissen und werfe mich zurück aufs Bett.

Nein, ich darf nicht mal daran denken. Aly hat was Besseres verdient. Egal, ob sie es sich eingestehen will oder nicht, sie ist voll und ganz ein *Beziehungstyp*, und unverbindlich mit ihr rumzumachen, würde sie nur verletzen.

Und unsere Freundschaft zerstören.

Stöhnend schiebe ich mir das Kissen über den Kopf.

Eins ist jedenfalls sicher: Ich muss meine Strategie ändern. Entweder muss ich Aly endlich klarmachen, dass sie keine von den *Coolen* ist, oder ein besseres Zielobjekt als Justin für sie finden. Denn wenn es noch länger so weitergeht, geht unsere Freundschaft für immer den Bach runter.

Freitag, der 13. August

7 Wochen und 1 Tag bis zum Homecoming-Ball

ALY

Alys Zimmer, 16:30 Uhr

Home, sweet, dirty home. Mit einem Fußtritt befördere ich einen Klamottenberg aus dem Weg, stapfe durch mein Zimmer und hieve meine Koffer auf das ungemachte Bett. Ich habe viel zu viel Zeug zum Camping mitgenommen. Vor meinem Imagewechsel hätte ich ein paar T-Shirts, einige Shorts und meinen abgewetzten Badeanzug eingepackt. Es hätte alles in eine große Sporttasche gepasst. Aber so habe ich eine extra Cardio-Trainingseinheit bekommen, weil ich Schminkutensilien, vier Paar Schuhe, drei verschiedene Bikinis und genug Klamotten zur Auswahl dabei hatte, um einen Beverly-Hills-Promi bei Laune zu halten.

Schönheit muss echt leiden.

Ich werfe einen Blick auf die Kommode, auf der auch überall Kleider rumliegen, und überlege, ob ich meinen Laptop hochfahren soll. Die News, dass Brandon und ich jetzt zusammen sind, hat bestimmt schon in der ganzen

Schule die Runde gemacht. Ich gehe einen Schritt darauf zu, zögere dann jedoch und stelle mir die »Was will er denn mit *der*?«-Kommentare vor, von denen Facebook bestimmt überquillt. Das muss ich mir echt nicht antun. Hm, dann bleibt mir wohl nur eins: Lächelnd lasse ich mich auf mein weiches Bett fallen, schließe die Augen und gebe dem nach, was ich wirklich will.

Die letzte Nacht noch einmal durchspielen.

Dort, wo Brandon mich berührt hat, macht sich ein wunderbares Kribbeln breit. Meine Lippen brennen und mir wird ganz schwummrig im Kopf. Ich bin gerade dabei, voll und ganz in meinen Tagtraum einzutauchen, als ich höre, wie jemand am Türknauf rüttelt. Widerwillig öffne ich meine schweren Lider.

Kaities strohblonder Pferdeschwanz wippt auf und ab, als sie durch die Tür gestürmt kommt und geradewegs auf meine Kommode zusteuert. Amüsiert stütze ich mein Kinn auf meine Hand. Sie beginnt, in den Schubladen zu wühlen, und verteilt sogar noch mehr Klamotten auf dem Boden, während ich dem Treiben zusehe. Aber als mein himmelblauer Lieblingspyjama auf einem Haufen Schmutzwäsche landet, beschließe ich, dass es an der Zeit ist zu intervenieren.

»Suchst du irgendwas Bestimmtes?«

Mit weit aufgerissenen Augen fährt sie herum. *Ertappt.* Sie schlägt sich eine Hand auf die Brust und ruft: »Gott, hast du mich vielleicht erschreckt!«

Ungläubig ziehe ich die Augenbrauen hoch. »Äh, Kaitie, das ist *mein* Zimmer.«

Verlegen lässt sie sich mit dem Rücken an der Kommode hinuntergleiten und zieht die Knie an. »Entschuldige, dass ich in deinen Sachen rumgestöbert habe.«

Ich zucke mit den Schultern. Eigentlich macht es mir gar nichts aus, wenn sie sich Klamotten von mir borgt. Sie hat es nur einfach bisher noch nie getan. Kaitie ist fünf Jahre jünger als ich und kommt gerade erst in das Alter, in dem einem solche Dinge wichtig werden. »Brauchst du irgendwas?«

»Heute Abend übernachtet unsere ganze Mannschaft bei Baylee«, erklärt sie mit verzweifelter Miene, »und ich weiß nicht, was ich anziehen soll.«

Jetzt verstehe ich das Problem.

Brandon zieht mich schon immer damit auf, dass ich mir ständig über alles einen Kopf mache, dabei ist diese Nische doch eigentlich von meiner Schwester besetzt. Sie ist extrem introvertiert, und mal abgesehen von ihrer Familie und ihren Freunden kostet es sie extreme Überwindung, mit anderen Leuten zu sprechen. Am allermeisten steht sie sich aber mit ihrem Perfektionismus im Weg. Jeder noch so kleine Fehler, jeder Schluckauf geht ihr ewig nach. Deshalb habe ich sie auch gedrängt, dem Nachwuchs-Volleyballteam beizutreten, und sogar eingewilligt, es zu trainieren, obwohl mein eigener Stundenplan aus allen Nähten platzt. Aber was sind schon sechs Spiele und eine Stunde Training pro Woche, wenn man bedenkt, dass ich meiner Schwester damit helfen kann, das Selbstvertrauen aufzubauen, das Sport einem geben kann. Ich habe es am eigenen Leib erfahren und das wünsche ich auch Kaitie.

Ich schwinge mich vom Bett und halte auf meinem Weg zur Kommode kurz inne, um ihr durch die Haare zu wuscheln. Dann wühle ich mich durch das Chaos, bis ich eine alte Fairwood-Academy-Sportshorts und ein T-Shirt finde, auf dem *Kiss-my-ace!* steht.

Begeistert schnappt Kaitie sich die zwei Sachen und umarmt mich. »Danke!« Dann rennt sie zur Tür und ruft über die Schulter noch: »Muss packen!« Sie verschwindet ins Badezimmer gegenüber, steckt aber noch mal kurz den Kopf heraus. »Mann bin ich froh, dass du wieder zu Hause bist!«

»Ich auch, du Quälgeist.«

Wieder allein sehe ich mich seufzend in dem Durcheinander um. Wo ich schon mal aufgestanden bin, kann ich genauso gut mit der Plackerei anfangen, die Wäsche in separate Haufen zu sortieren. *Jippie.* Ich mache recht ordentliche Fortschritte, bis gedämpft ein Taylor-Swift-Song unter einem der Berge hervordringt und ich sie alle wieder durcheinanderbringe, als ich nach meinem verschollenen Handy grabe. Ich folge der Musik zu einer Jeans, trällere den Refrain mit und ziehe das Telefon heraus. Brandons Gesicht grinst mir entgegen.

Ich fahre mir durch die Haare und ziehe mein Oberteil glatt, bis mir klar wird, dass er mich ja gar nicht sehen kann. Nach einem Räuspern gehe ich ans Telefon, bevor die zweite Strophe beginnt. »Hey, was gibt's?« Nett, lässig, ohne den Hauch einer sexuellen, hormongesteuerten Andeutung. Gut gemacht.

»Aly?« Brandon klingt weit weg und ich höre am anderen Ende der Leitung ein Klappern. »Hab schon gedacht, du würdest gar nicht mehr drangehen. Ich brauche Hilfe. Baylee schmeißt heute Abend eine Pyjamaparty für das Team und …«

»Ich weiß, Kaitie hat schon meine Klamottenvorräte geplündert«, unterbreche ich ihn, noch immer stolz darauf, dass sie sich aus ihrer Komfortzone herausbegibt und hingeht. »Darum beneide ich deine Mom nicht, so viel ist sicher.«

Er stöhnt. »Tja, Mom hat gerade einen Anruf erhalten, dass sie in der Klinik eine Nachtschicht übernehmen muss. Ich bin zwar auch noch da, aber ich glaube kaum, dass die Eltern begeistert sind, wenn ein siebzehnjähriger Kerl allein mit einer Schar zwölf-, dreizehnjähriger Mädchen abhängt.«

Ich schnaube. »Hm, nein, das kann gut sein.«

Stille am anderen Ende der Leitung.

»Brandon, bist du noch da?«

Er räuspert sich. »Also … ich dachte, vielleicht kannst du ja deine Mom fragen, ob du mir helfen darfst, die Meute zu beaufsichtigen? Ich meine, in Anbetracht der Tatsache, dass wir jetzt zusammen sind, gehe ich mal davon aus, dass du kein heißes Date hast oder so, richtig?«

Ich lache über seinen Witz, bis mir aufgeht, was das bedeutet.

Ich wäre allein mit Brandon. Die ganze Nacht. Unbeaufsichtigt.

Mir wird ein bisschen flau. Normalerweise hätte ich Schicht im Kino, aber ich habe mir das Wochenende frei genommen, um mich vom Camping zu erholen. »Ähm, weiß nicht. Ich frag kurz nach, dann melde ich mich gleich wieder.«

Ich beende das Gespräch und starre auf das Handy. Langsam breitet sich ein Lächeln über mein Gesicht aus. Dann rase ich durch die Tür. »MOM!«

Nicht in der Küche. Nicht im Wohnzimmer, nicht im Arbeitszimmer und im Wäscheraum auch nicht. Ich stürme durch ihr Schlafzimmer und bremse abrupt ab, als ich sie schließlich am Waschbecken im Bad vorfinde.

»Hey, Mom«, sage ich und setze mich auf den Rand der riesigen Badewanne mit den Krallenfüßen. »Gut siehst du aus.«

Sie sieht mich im Spiegel an und in ihrem Blick liegt eine Spur von Belustigung.

Okay, Zeit, damit rauszurücken. Nie im Leben erlaubt sie mir eine Parallel-Pyjamaparty mit dem Typen, den sie für meinen Freund hält. Vielleicht bevor sie uns beim Camping gesehen hat, aber nicht jetzt. Da muss ich mich schon *richtig* bei ihr einschleimen.

»Im Ernst«, sage ich und strahle sie an. »Das wird Dad umhauen. Und Sting auch. Wenn er von der Bühne aus einen Blick auf dich wirft, wird er dich sofort in seinen Harem aufnehmen wollen.«

Dad geht nämlich mit ihr auf ein Sting-Konzert. Mal wieder. Das ist eine Tradition aus der Collegezeit, als sie ihrer beider Liebe für die Band The Police entdeckten. Und heute Abend wird es das Hindernis sein, das sie davon abhält, *selbst* die Aufsicht über die Mädels zu übernehmen.

Mom trommelt mit ihrem Rougepinsel auf den Kosmetikspiegel und sieht mich mit zusammengekniffenen Augen an. »Glaub ja nicht, ich merke nicht, dass du mir schmeicheln willst, meine Liebe. Obwohl ich tatsächlich ziemlich gut aussehe, wenn ich das mal so sagen darf. Meine Männer haben nur das Allerbeste verdient.« Sie nimmt ihren Eyeliner und fragt, ohne mich anzusehen: »Also, was ist los? Brauchst du noch mehr neue Klamotten? Hast du was kaputt gemacht? Was?«

Seufzend spiele ich an dem sternenförmigen Saphir-Ring an meinem Finger herum. *So viel zum Thema Einschleimen.* »Du weißt doch, dass Kaitie zu dieser Pyjamaparty geht? Bei Baylee?«

Mom nickt, also fahre ich fort. »Na ja, Brandon hat gerade angerufen. Seine Mom ist in letzter Minute zum Arbeiten abkommandiert worden und kann nicht auf die Mädchen aufpassen, und *keiner* hält es für eine gute Idee, dass Brandon das ganz allein übernimmt. Das schreit ja förmlich nach einem Skandal ...«

Sie lässt den Eyeliner sinken und verschränkt die Arme. »Und?«

Ich räuspere mich und schenke ihr mein süßestes, unschuldigstes Lächeln. »Deshalb haben wir gedacht, ich könnte vielleicht auch rübergehen und mich mit ihm zusammen um die Mädchen kümmern und mit meinen genialen Backkünsten angeben, damit die Gerüchteküche erst gar nicht hochkocht. Du weißt schon, eine gute Schwester sein und mein Team besser kennenlernen.«

Mom verdreht die Augen. Kopfschüttelnd starrt sie in

den Spiegel und presst die Lippen zusammen. »Kaitie hat sich wirklich sehr auf diese Pyjamaparty gefreut. Die ganze Woche hat sie von nichts anderem gesprochen.« Sie stochert mit dem kleinen Bürstchen in der Mascaratube herum und zieht im Spiegel das typische Wimpern-tusch-Gesicht. Mit offenem Mund nuschelt sie: »Bestimmt ist Sheila auch sehr enttäuscht, dass sie die Pyjamaparty verpasst.«

Ich tappe mit dem Fuß, halte aber den Mund. Alles, was ich jetzt sage, würde nur gegen mich verwendet werden.

Nachdem sie sich vorgebeugt hat, um ihre Wimpern zu tuschen und zu inspizieren, wendet sich Mom zu mir. »Okay.« Ich sitze da und bin total baff, während sie kurz schweigt, blinzelt und dann nickt. »Ich vertraue Brandon und – noch wichtiger – ich vertraue dir. Du darfst.«

Das habe ich nicht erwartet. Ich meine, gehofft habe ich es schon, aber eigentlich haben die Zweifel überwogen. Ich springe von meinem Platz auf der Badewanne auf, beuge mich zu ihr, atme Moms himmlischen Duft nach Rosen und Babypuder ein und lächle ihr Spiegelbild an. »Danke!«

Ihr Mund sagt: »Gern geschehen.« Der Blick, den sie mir im Spiegel zuwirft, sagt: *Ich kann dir nur raten, dich so zu verhalten, dass ich es nicht bereue.*

Als Antwort auf beide Botschaften nicke ich, schlüpfe aus der Tür und rase zurück in mein Zimmer. Dort gehe ich auf meine zuletzt empfangenen Anrufe und tippe auf Brandons Namen. Kaum hat er abgenommen, platze ich schon heraus: »Ich bin dabei.«

Erst nachdem wir aufgelegt haben und ich versprochen habe, um sechs da zu sein, beginnen meine Nerven zu flattern.

Ich berühre meine Lippen und erinnere mich daran, wie sich sein Mund auf meinem angefühlt hat. *Mich* hat unser Kuss total aus der Fassung gebracht, aber ich bin nicht so naiv zu denken, dass es Brandon genauso geht. Er hat mit zahllosen Mädchen rumgeknutscht, Mädchen mit einer gewaltigen Schippe mehr Erfahrung als ich. So wie ich das sehe, könnte unser Kuss sich für ihn genauso gut angefühlt haben, als würde er seine Oma küssen.

Oder die Luft.

Was, wenn er es langweilig fand, mich zu küssen?

Ungefähr dreißig Sekunden lang lasse ich den Schock dieses Gedankens zu, bevor ich die Schultern straffe. Es ist eigentlich auch total egal, ob er gelangweilt war, weil es ganz sicher kein zweites Mal geben wird. Bei dieser Mission geht es darum, Justin rumzukriegen. Brandon und ich hatten unsere Chance und er hat mir einen Korb gegeben. Meine Augen huschen zu dem alten Foto vom Homecoming-Ball an meiner Wand der Schmach.

Es war in der neunten Klasse, vor drei Jahren, aber es tut immer noch weh, wenn ich daran denke. So tief darf ich nie wieder sinken. Brandon ist mein bester Freund. Und meine *Schein*affäre.

Basta.

Und trotzdem – während ich meine Sporttasche nehme und die Klamotten darin auf den Boden kippe, kann ich den Schmetterlingen nicht Einhalt gebieten, die in meinem Bauch umherflattern, als ich mich frage, welchen Pyjama *ich* für heute Nacht wohl einpacken soll.

»Sie sind da!«

Ich höre Baylees Quietschen schon durch die geschlossene rote Holztür, bevor sie aufgerissen wird und mir ein aufgeregtes Energiebündel mit voller Wucht um den Hals fällt.

»Danke, danke, danke, dass du gekommen bist! Jetzt wird es *richtig* super!«

Hinter Baylee ertönt ein tiefes, sexy Lachen und mein Puls beschleunigt sich. An die Tür gelehnt lächelt Brandon mich an. Trotz der Standpauke, die ich mir gedanklich in meinem Zimmer und noch einmal auf der Herfahrt gehalten habe, werden meine Handflächen ganz schwitzig.

»Ich freue mich auch«, sage ich und löse mich aus Baylees Umarmung. *Konzentriere dich darauf, warum du hier bist, Aly.* »Also, was gibt's noch zu tun?«

Da wir wussten, dass ihre Mom sich für ihre Schicht fertig machen muss und Brandon keinen Schimmer hat, sind Kaitie und ich extra früher gekommen, um mit den Vorbereitungen zu helfen. Wir treten ins Haus, und Brandon nimmt mir die vollgestopften Papiertüten und die Einkaufstasche ab, wobei er mit den Fingern die Innenseite meines Handgelenks streift.

Wie kann so eine harmlose Berührung mir dermaßen durch und durch gehen und bewirken, dass meine Muskeln sich alle gleichzeitig anspannen?

Baylee steckt den Kopf in die nächstbeste Tüte. »Was ist das alles?«

Mir schießt das Blut ins Gesicht, als ich meine Augen von Brandons Lippen losreiße, und ich bringe es nicht über mich, nachzusehen, ob er mich dabei erwischt hat. Ich streiche mir die Haare hinter die Ohren und erwidere mit etwas atemloser Stimme: »Bei einer Übernachtungsparty braucht man jede Menge Filme und Wellnesskram.« Ich schenke Baylee mein munterstes Lächeln. »Und die richtigen Snacks sind sowieso eine Grundvoraussetzung für den Erfolg jeder Party.«

»Vertrau ihr, Baylee«, schaltet Brandon sich ein.

Schließlich blicke ich doch auf und sehe, dass er mich mit rätselhafter Miene anstarrt. *Kann es sein, dass diese Berührung auch an ihm nicht spurlos vorübergegangen ist?*

»Aly ist Expertin in Sachen Snacks«, fügt er noch hinzu.

Wir sehen uns einen langen Moment in die Augen. Noch immer habe ich keine Ahnung, was in seinem Kopf vorgeht, und ich bete, dass *mein* Pokerface genauso gut funktioniert. Dummerweise sagt mir mein Magen, der sich schon wieder zusammenkrampft, was anderes.

»Alles okay mit euch?«, fragt Baylee.

Das holt uns zurück. Ich nicke und Brandon dreht sich um und geht ins Wohnzimmer. Mir fällt auf, dass unsere Schwestern einen merkwürdigen Blick austauschen, während ich ihm folge und meine Übernachtungstasche auf der Bank im Flur abstelle.

Nö, das ist überhaupt nicht seltsam.

Baylee lässt ihren »Girl-Power«-Mix laufen, und ich stürze mich in die Rolle der perfekten Gastgeberin, um die lästigen Gedanken im Zaum zu halten. Ich schiebe den

Fernsehsessel und das Sofa zurück an die Wand und bitte Brandon, den Couchtisch wegzutragen, damit wir auf dem Boden mehr Platz haben. Nachdem ich den Wellnesskram verteilt und die Filme neben dem Fernseher gestapelt habe, fülle ich in der Küche die Snacks in Schüsseln und Schalen. Ich bin gerade mit den Chips beschäftigt, als Brandons Mom, Sheila, in ihrem Krankenhauskittel die Treppe herunterkommt, auf mich zugeht und mich umarmt.

»Alyssa, du weißt gar nicht, wie dankbar ich dir bin, dass du uns in letzter Minute aus der Klemme hilfst. Es ist wirklich ein Jammer, dass ich die Pyjamaparty verpasse.« Ihre Augen, die denselben hellgrünen Farbton wie die von Brandon haben, sehen mich traurig an. »Aber ich weiß ja, dass die Mädchen bei dir in guten Händen sind.«

»Ich habe alle klischeemäßigen Übernachtungsparty-Ideen aus jedem Film geklaut, den ich kenne«, gebe ich zu. »Da kann eigentlich gar nichts schief gehen.«

Sie lächelt und sieht dann in Brandons Richtung. »Meine Schicht geht von sieben bis sieben«, erklärt sie. »Das heißt, dass ich erst morgen früh heimkomme, okay?« Ihr demonstrativer Blick verrät mir, dass Mom ihr brühwarm erzählt hat, was sie am Campingplatz gesehen hat. Ich winde mich unter ihrem prüfenden Blick. Peinlicher kann es kaum noch werden.

Dann zwinkert sie mir zu und lässt mich fürs Erste vom Haken. In einem Energieausbruch, der dem ihrer Tochter in nichts nachsteht, küsst sie ihre Kinder, hastet zur Tür hinaus und ruft uns zum Abschied über die Schulter zu: »Bleibt ja brav, ihr beiden.«

Die Tür fällt ins Schloss und Brandon und ich sehen uns an. Jetzt sind wir offiziell ohne Anstandswauwau. Ich sause zurück in die Küche und schnappe mir einen Keks.

Im Zweifelsfall immer was Süßes. Das ist mein Motto.

»Gibt es noch irgendwas zu tun?«, fragt Kaitie und stibitzt sich ein paar Chips.

Ich nehme die Küche und das Wohnzimmer genau unter die Lupe. Zufrieden schüttle ich den Kopf. »Nein, ich muss nur noch die Pizza bestellen. Und ihr zwei geht nach oben und räumt auf.«

Während sie die Treppe hinaufpoltern, greife ich nach dem Telefon. Ich spüre zwar, dass Brandon mich ansieht, erwidere seinen Blick jedoch nicht. Zu wissen, dass wir allein sein werden, und tatsächlich allein zu sein, sind zwei verschiedene Paar Schuhe. Außer dass mein Körper verwirrende Reaktionen auf seine pure Anwesenheit zeigt, bin ich auch noch das reinste Nervenbündel. Ich bestelle so viel Essen, dass es für eine ganze Armee reichen würde, und lege gerade auf, als lange braungebrannte Finger meinen Ellbogen umfassen.

»Hast du mal eine Sekunde?«

Das verflixte Kribbeln kehrt zurück und strahlt von dort, wo seine starke Hand meinen Arm festhält, über meinen ganzen Körper aus. Brandon sieht auf seine Hand hinunter, als wäre er selbst überrascht, sie dort vorzufinden, tritt einen Schritt zurück und lässt mich los. Die Hitze bleibt jedoch.

»Klar«, sage ich.

Er zieht sich vor mir auf die Granitarbeitsplatte hoch und

legt mir die Hände auf die Schultern. »Danke, dass du Baylee diesen Gefallen tust. Das bedeutet ihr viel. Uns beiden.«

Ich ignoriere den Schauer, der mir über den Rücken jagt, sehe in sein aufrichtiges Gesicht und nicke. »Kein Ding. Für Kaitie ist es auch eine große Sache.«

Wir starren uns an und eine spannungsgeladene Stille macht sich breit. Ich sehe in seine Augen und verbiete mir, zu seinen vollen Lippen hinunterzuschwenken. Oder mich zu fragen, ob er genauso oft an unseren Kuss denkt wie ich.

Oder ob er es wiederholen möchte.

Nein, definitiv keine Gedanken an den Kuss!

»Brandon, wegen gestern Nacht …«

»Pass auf, letzte Nacht, das war …«

Wir verstummen beide und ich lache nervös. »Sprich weiter.« Ich beiße mir auf die Lippe und werfe einen Blick auf die Tür. Das Letzte, was wir jetzt brauchen, sind zwei lauschende Siebtklässlerinnen.

»Okay.« Brandon schluckt und reibt mit den Händen über die Oberschenkel seiner Jeans. »Ich wollte nur sichergehen … Ich meine, wir nehmen das locker, oder? Das gestern war ein bisschen grenzwertig, aber ich möchte nicht, dass das irgendwie blöd zwischen uns steht und jetzt alles krampfig wird.«

Oh.

Nicht das, was ich erwartet hatte, aber definitiv besser, als zu hören, dass es für ihn war, als hätte er mit seiner Oma rumgeknutscht. Und außerdem passt das hervorragend zu meinem Plan. Brandon und ich sind nur Freunde. Wunderbar. Gut zu wissen, dass er das genauso sieht.

»Nein«, sage ich. »Klar. Alles in Ordnung. Nichts steht zwischen uns.«

Ich ringe mir ein Lächeln ab und wir starren uns noch ein bisschen an. Völlig unverkrampft natürlich.

Schweigend schleppen sich die Sekunden dahin.

»Na ja, dann ist ja gut«, sagt er und atmet sichtbar auf. »Da bin ich echt froh.«

»Ich auch.«

Zum Glück ertönt in diesem Moment die Türklingel und rettet uns vor weiteren völlig unverkrampften Kommentaren. Dicht gefolgt von Kaitie, kommt Baylee die Treppe heruntergestürmt, und aus dem Flur wird Kreischen und Quieken laut.

Brandon lacht und schüttelt den Kopf. »Das ist mein Stichwort.«

Eine Sekunde lang macht es den Anschein, als wolle er noch etwas sagen, aber dann dreht er sich auf dem Absatz um und joggt die Treppe hinauf. Und ich gehe acht kichernde Mädchen begrüßen.

Auf ins Getümmel, Aly.

BRANDON

Brandons Zimmer, 20:45 Uhr

Ich lasse meine Fingerknöchel knacken und betrachte die Zeichnung, an der ich seit meinem Rückzug in die Zwangsisolation vor ein paar Stunden arbeite. Wir waren uns einig, dass meine Anwesenheit bei dem Östrogen-Fest da unten nur stören und die Dinge komplizierter machen würde. Ich bin mir nicht ganz sicher, was genau dadurch komplizierter werden würde: was die Mädels bei ihrer ominösen Übernachtungsparty so treiben (was auch immer das ist) oder meine Freundschaft mit Aly?

Das Zeichnen ist ein Trick, den mir ein Psychologe verraten hat, nachdem Dad erkrankte und ich mit dreizehn der Mann im Haus wurde. Es hilft mir, mit Gefühlen klarzukommen, über die ich nicht reden kann oder will. Wäre ich im Selbstanalyse-Modus, würde ich es interessant finden, dass ich den Zeichenblock ausgerechnet heute Abend herausgeholt habe, aber irgendetwas sagt mir, dass diese Art von Gedanken nur zu noch mehr Problemen führen könnten.

Nach der letzten Woche wundert es mich nicht, dass diese Zeichnung Aly zeigt. Zwei verschiedene Alys, um genau zu sein – eine Art Vorher-Nachher-Bild ein und desselben Mädchens. Die erste Aly ist ungeschminkt, ihr Haar zu einem wirren Pferdeschwanz zusammengewurstelt, und sie hat eine Trainingshose und ihr olles *Block This!*-T-Shirt an. Die Haare der zweiten Aly fallen ihr locker um die Schultern, ihre Augen sind dunkel geschminkt, und sie trägt kurze, abgeschnittene Jeansshorts und ein Bikinioberteil – ihre tägliche Uniform beim Camping.

Wenn ich die erste Aly betrachte, fühle ich mich fröhlich und entspannt. Die andere wirft mich aus der Bahn.

Auf beiden Bildern ist sie dasselbe Mädchen mit derselben niedlichen Nase und dem frechen Lächeln, also ist die Antwort offensichtlich.

Das verdammte Umstyling ist das Problem.

Ein köstlicher Duft, bei dem mir das Wasser im Munde zusammenläuft, wabert durch den Türspalt herein, und mein Magen knurrt laut. Ich werfe einen Blick auf den Wecker auf dem Nachttisch hinter mir. Seit zwei Stunden sitze ich hier und tue nichts anderes, als mir den Kopf über dieses Mädchen zu zerbrechen. Ich habe mir ein bisschen was von den Snacks verdient, die ich vorhin mit ihr zusammen vorbereitet habe. Ich stehe auf, feure meinen Bleistift quer durch den Raum und folge meiner Nase in Richtung Küche.

Vor der Küchentür bleibe ich stehen. Ich bin zwar völlig ausgehungert, aber die Art, wie sich die Mädchen um die Kochinsel zusammendrängen, macht mich neugierig, und ich halte inne. Aly dreht sich vom Ofen um und stellt ein Backblech voll dampfend heißer Cookies auf die Arbeitsplatte. Ich habe so einen Kohldampf, dass ich das ganze Blech verschlingen könnte.

»Mädels, eins müsst ihr euch merken.« Sie sieht sie der Reihe nach mit gespielt strenger Miene an und ihr Publikum beugt sich andächtig vor. »Jungs kommen und gehen. Sogar mit einigen Freundinnen kann das leider passieren. Aber ein gutes Dessert, ihr Lieben, wird euch *nie* im Stich lassen.«

Ich unterdrücke ein Kichern, als das unverkennbare Aly-Lächeln aufblitzt. Sie schnappt sich einen Pfannenwender, schabt einen klebrigen Chocolate-Chip-Cookie ab und lässt ihn auf einen Teller gleiten. Wieder knurrt mir der Magen, und ich will schon los, um mir einen zu schnappen, als ich höre: »Jungs nerven!«

Ich springe zurück. Was soll denn das? Aber niemand guckt überhaupt nur in meine Richtung. Allem Anschein nach ging es bei der Feststellung um die generelle Nervigkeit von Jungs und nicht von mir im Besonderen, aber jetzt da reinzugehen, wäre, wie auf eine scharfe Granate zu treten.

»Brandon aber nicht, stimmt's, Aly?« Mitten im Rückzug halte ich inne, als Baylees Freundin Britney sich mit der Wange auf die Hand stützt. »Ich habe gehört, dass ihr jetzt zusammen seid. Er ist *echt süß*.«

Baylee tut so, als müsse sie kotzen, und Kaitie rümpft die Nase. Aly lacht, und ich drücke mich neugierig an den Türrahmen, sodass mich keiner sehen kann. Das *muss* ich hören.

»Meine große Schwester hat gesagt, er wäre ein Aufreißer«, wirft ein anderes Mädchen ein. Ashley heißt sie, glaube ich. »Sie sagt, Brandon wechselt die Freundinnen wie andere die Unterhosen.« Selbstzufrieden lächelt sie in die Runde, ehe sie sich wieder an Baylee wendet und ihr Lächeln plötzlich erlischt. »Ist nicht böse gemeint, Baylee. O… oder Aly.«

Meine Schwester blickt zu Boden und zupft an ihrem Ärmel herum und ich balle die Hände zu Fäusten. Ich habe meine Gründe, dass ich so bin, wie ich bin, aber das geht dieses Mädchen überhaupt nichts an. Baylee soll sich von ihren Freundinnen nicht so einen Mist über mich anhören müssen. Ich will gerade hineingehen, um genau das zu sagen, doch der Ausdruck in Alys Augen hält mich davon ab.

Ihr Blick wird hart, bevor der Anflug eines Lächelns ihre Mundwinkel erreicht. Sie stützt sich mit den Ellbogen auf die Kücheninsel und beugt sich vor, als würde sie gleich ein Geheimnis lüften. »Brandon ist schon ziemlich heiß, oder?«

Ruckartig schnellen meine Augenbrauen nach oben. Dass sie das sagen würde, habe ich nicht erwartet.

»Und du hast recht, Ashley, er hatte wirklich schon viele Freundinnen. Aber er ist ehrlich dabei, er macht ihnen *nie* was vor.« Aly sagt das in Baylees Richtung und ein dankbares Lächeln zuckt um meinen Mund. Ich hätte wissen müssen, dass sie für mich eintreten würde. Dann huscht ein versonnener Ausdruck über ihr Gesicht, während sie einen Keks auseinanderbricht, sich die Schokolade von den Fingern leckt und an die nackte Wand über ihren Köpfen starrt. »Der Junge kann ja auch nichts dafür, dass man sich so leicht in ihn verlieben kann.«

Das dankbare Lächeln gefriert mir auf dem Gesicht, als es mich eiskalt im Nacken trifft.

Verdammt.

In der neunten Klasse wusste ich, dass Aly mehr wollte, aber ich hatte gedacht, sie wäre inzwischen darüber hinweg. Das hoffe ich zumindest, denn meine Gefühle haben sich nicht geändert. Während Dads Krankheit war Aly mein Fels in der Brandung. Mit endlosen Vorräten alberner Spiele und selbst gebackener Kekse kam sie mit ihren Eltern in die Klinik, und in der Nacht, als er starb, hat sie stundenlang mit mir Körbe geworfen, ohne ein Wort zu sagen. Unsere Familien waren schon immer eng befreundet und ich kenne Aly schon ewig, aber diese Monate haben uns zusammengeschweißt. Sie war der eine Lichtblick in dieser höllisch schwierigen Zeit.

Nach all den Monaten, die ich Mom im Krankenhauszimmer beim Weinen zusehen musste, und nach dem langen Jahr, als sie so schwer mit ihrem Leben als Witwe zu kämpfen hatte, ist mir bewusst geworden, was Liebe wirklich mit einem macht – sie bringt nur Unglück.

Freundschaften haben Bestand. Beziehungen gehen auseinander.

Vor drei Jahren habe ich mich geweigert, die eine gute Sache, die ich hatte, kaputt zu machen. Und das will ich noch immer nicht. Meine Freundschaft mit Aly ist mir viel zu wichtig, als dass ich sie aufs Spiel setzen würde.

Aly schüttelt den Kopf und wendet sich mit einem Lächeln wieder an die Mädchen. »Nicht, dass *ich* in ihn verliebt wäre oder so.« Sie verdreht die Augen, als wäre das absurd, und ich bekomme wieder Luft. Erleichtert lehne ich mich gegen den Türrahmen. »Trotz seines Rufes und der vielen Mädchen, mit denen er zusammen war – Brandon ist einer von den Guten.«

Ich muss ein Lachen unterdrücken, um mich nicht zu verraten. Diese Ausdrucksweise trifft nur auf so Kerle wie Drew zu. Aber für jemanden, der *die Frauen wechselt wie die Unterhosen*? Nicht wirklich.

An diesem Punkt beschließe ich, dass die Mädchen ihre Cookies behalten sollen. Ich habe genug gehört. Mit dem Vorsatz, mich unauffällig zu verdrücken, drehe ich mich um, als der Dielenboden unter meinen Füßen knarzt.

»Hey, Jungs verboten!«

Seufzend gehe ich mit erhobenen Händen hinein. »Will mir nur was zum Futtern holen.«

Alys Wangen glühen rosarot, während sie seitlich an ihrer Lippe nagt. Sie dreht ihren Ring und starrt zu Boden, was mir verrät, dass sie Angst hat, ich könnte ihren Vortrag mitbekommen haben. Es ist womöglich nicht richtig, mit ihr zu flirten und das Thema vor diesen frühpubertären kleinen Gören aufs Tapet zu bringen, aber ich kann nicht anders.

»Hmm, die riechen aber gut«, sage ich und stelle mich vor sie. Ich platziere die eine Hand auf der Arbeitsplatte ganz nah an ihrer Taille, greife mit der anderen um sie herum nach dem Backblech und flüstere: »Die riechen wie *du*.«

Das hätte ich wahrscheinlich nicht sagen sollen.

Ein sanfter Luftstoß trifft mich am Hals, als Aly aufkeucht. Der warme Keks, den ich mir schnappen wollte, klebt am Blech fest, sodass ich daran zerren muss, was wiederum dazu führt, dass ich mich gegen Aly drücken muss. Ich sauge die Luft ein, als ich meine Hand auf ihre Hüfte verlagere. Ihre Körperwärme dringt durch das dünne Oberteil und ich kralle meine Finger um den weichen Stoff.

Als ich hinunterblicke, stelle ich fest, dass das Rosa auf

Alys Wangen sich zu einem kräftigen Feuerrot ausgewachsen hat. Langsam hebt sie den Blick, und ich sehe, wie ihre Augen sich beim Lächeln zusammenziehen.

So verdammt hübsch.

Gott sei Dank zerstört in diesem Moment das Gekicher aus dem Publikum jegliche romantische Stimmung und ich lasse den dünnen Stoff ihres Oberteils los. Schwer schluckend schnappe ich mir eine Handvoll ihrer superleckeren Chocolate-Cookies und nehme mir fest vor, mich bis zum Morgen zu verbarrikadieren.

»Es ist zwei Uhr morgens und ich langweile mich zu Tode.«

Selbstgespräche sind kein gutes Zeichen. Seit ich aus der Küche geflohen bin, habe ich Stunden damit verbracht, unser Jahrbuch durchzugehen, fest entschlossen, einen anderen Typen zu finden, den Aly ins Visier nehmen könnte. Irgendjemand anders als Justin. Das Problem ist, dass die restlichen Clowns an unserer Schule auch nicht gut genug sind. Bleibt also nur noch Plan B: sie dazu bringen, zu kapieren, dass sie keine von den *Coolen* ist, und dieser Scharade ein Ende setzen.

Wie ich sie allerdings davon überzeugen soll, ist mir immer noch ein Rätsel.

Auf dem Bett liegend werfe ich ein ums andere Mal einen Baseball in die Luft und fange ihn wieder auf, und meine Augen wandern ständig zu der Zeichnung, die ich an die Wand gepinnt habe. Ich habe gegen meine selbst aufgestellte Regel verstoßen, meine Bilder nie irgendwo aufzuhängen, wo jemand sie sehen kann, aber dieses hier kommt mir wichtig vor. Als würde darin die Lösung meines Problems liegen. Erneut werfe ich den Ball hoch – vielleicht mit ein wenig zu viel Schwung, denn er prallt an die Decke. Dass ich am Verhungern bin, macht meine Laune nicht gerade besser. Nach diesen geklauten Keksen vor Stunden habe ich mich nur noch einmal hinuntergewagt, um ein paar Pizzastücke abzugreifen, und bin mitten in eine Beautybehandlung geplatzt. Warum Mädchen darauf stehen, sich möglichst dick mit grüner Pampe einzuschmieren, werde ich nie verstehen. Ungefähr vor einer Stunde, nach einer gefühlten Ewigkeit nonstop wummernder Bässe und pubertärem Gekicher, wurde es langsam ruhiger.

Die Mädchen sollten jetzt im Land der Träume sein. *Alle* Mädchen.

Wenn ich mich hinunterschleiche, mir noch ein bisschen Pizza hole und sofort wieder nach oben verschwinde, wird es keinem auffallen. Ich mache die Tür einen Spaltbreit auf und lausche.

Stille.

Lautlos gehe ich die Treppe hinunter und steige über diverse schlummernde Mädchen auf dem Boden hinweg, ehe ich in die Küche tappe, wo die Pizzaschachtel auf der Arbeitsplatte schon nach mir ruft. Ich klappe den Deckel auf, nehme mir ein Stück und sehe aus dem Fenster.

Die geknüpfte Hängematte zwischen den zwei Eichen im Garten schwingt sachte hin und her. Als ich mich vorbeuge, sehe ich zwei nackte Beine, die sich vom Boden abstoßen. Sogar im Mondschein, der nur hier und da durch die Blätter der Bäume fällt, erkenne ich, dass es Aly ist.

Meine Augen huschen zwischen der schaukelnden Hängematte und der sicheren Zufluchtsstätte meines Zimmers hin und her – zwischen da, wo ich hin*will*, und da, wo ich hin*sollte*. Mit der Pizzaschachtel in der Hand zögere ich einen Augenblick, mache dann kehrt und trete hinaus in die kühle Nachtluft.

Ich war noch nie gut darin, auf meinen Verstand zu hören.

Aly sieht mich nicht kommen. Die Haare zu einem wirren Pferdeschwanz aufgetürmt, ein einfaches Tanktop und eine Shorts an, sieht sie zum Sternenhimmel hinauf. Sie ist unglaublich sexy.

Verdammt.

»Hi«, sage ich mit heiserer Stimme.

Sie fährt zusammen, presst sich die Hand aufs Herz und sieht mich an. »Meine Nerven, Brandon! Hast du mich vielleicht erschreckt!« Sie atmet tief durch und lacht. »Wenn ich nicht schon wach gewesen wäre, dann wäre ich es jetzt ganz bestimmt. Hey, ist das Pizza?«

Grinsend halte ich ihr die Schachtel hin und sie lehnt sich ein wenig zur Seite und klopft neben sich auf die Hängematte. Als ich mich hineinsetze, sinkt Aly durch mein Gewicht gegen mich, und wir werden von der Schulter bis zum Oberschenkel aneinandergepresst. Sie beugt sich rüber, um sich ein Stück zu nehmen, und ihre Brüste streifen meinen Bauch. Ich beiße die Zähne zusammen und unterdrücke ein Stöhnen.

Die leichte Brise trägt das Zirpen von Zikaden und das Rauschen ferner Autos heran. Haarsträhnen wehen ihr ums Gesicht. Ich greife mir ebenfalls ein Stück Pizza und drehe es um, um zuerst den knusprigen Rand abzunagen. »Na, war's lustig?«

Aly schiebt sich eine Scheibe Pfeffersalami in den Mund. »Ja, die Mädchen sind echt lieb und hängen richtiggehend an meinen Lippen. Ich komme mir vor wie Yoda persönlich.«

Mit einem Grinsen streckt sie den Fuß aus, um uns wieder anzuschubsen, was mir nur noch deutlicher bewusst macht, wie nah sie mir ist. Verzweifelt greife ich die Ablenkung auf und sage: »Na ja, wir werden ja auch langsam alt und weise. Ab Montag sind wir Zwölftklässler.«

»Ich weiß. Nicht zu glauben, oder?« Aly schlägt mir aufgeregt gegen die Brust. »Ehe du dich versiehst, werden wir am College sein.«

»Das ist der Plan«, sage ich, reiche ihr das letzte Stück und werfe die Schachtel auf den Boden. »Aber erst mal kommt die Zwölfte. Wenn du zu sehr auf Vorspulen drückst, verpasst du am Ende noch den Roadtrip, den du schon seit Ewigkeiten geplant hast.«

Solange ich Aly kenne – und das ist schon eine ganze Weile –, war der Highschool-Abschluss für sie immer gleichbedeutend mit einer Reise per Auto durch die Staaten. Auf die Innenseite ihrer Tür hat sie eine große Karte der USA gepinnt, auf der sie all die Orte, über die sie was gelesen hat und die sie sich ansehen will, farbig markiert. Das Ding ist mehr oder weniger komplett vollgemalt. Ich bin herzlich eingeladen mitzukommen, aber da wird sowieso nichts draus. Wer würde den Rasen mähen, den Müll rausbringen und kochen, wenn Mom arbeitet?

Ich hätte kein gutes Gefühl dabei, wenn ich meine Verantwortlichkeiten einen ganzen Sommer über Bord werfen würde.

Aly grinst und schubst uns wieder mit dem Fuß an. Ein Moskito lässt sich auf meinem Bizeps nieder. Ich scheuche ihn weg und meine Finger streifen ihren weichen Arm. Ohne nachzudenken, lasse ich meine Finger hinunter zu ihrem Handgelenk gleiten, nehme ihre Hand und stelle fest, wie winzig sie in meiner aussieht. Und wie weich sie sich an meiner rauen Haut anfühlt.

Ich sehe in ihre großen Augen.

Aly atmet zittrig aus. Sie wirft einen Blick auf unsere Hände und entzieht mir ihre ganz langsam. »E…es ist spät«, flüstert sie. »Ich gehe jetzt besser rein.«

Sagt sie, rührt sich aber nicht vom Fleck, und ich bin froh darüber. Sie lehnt noch immer an mir und die Versuchung zwischen uns ist fast mit Händen greifbar. Ich will nicht, dass sie aufsteht. Ich will das wiederholen, was wir letzte Nacht getan haben. Mein Herz klopft so laut, dass sie es ganz bestimmt hört. Wir sind uns so nah, und ich spüre ihren beschleunigten Atem auf meinem Gesicht und bin ganz dicht davor, sie an mich zu ziehen.

Sie legt mir die Hand auf die Brust … und stemmt sich hoch.

Große blaue Augen sehen zu mir herunter. Aly bearbeitet ihre Unterlippe mit den Zähnen, und in mir zieht sich alles zusammen, denn ich will genau diese Geste nachahmen. Das Zirpen der Zikaden wird lauter in der schweren Stille, bis sie »Gute Nacht, Brandon« sagt.

Ihre Stimme ist sanft, unsicher, und ich weiß, wenn ich es versuchen würde, könnte ich sie überreden zu bleiben. Aber das wäre falsch. Unsere Freundschaft ist zu wichtig. »Nacht.«

Alys Blick wandert hinunter zu meinem Mund, und meine Haut brennt, als ich ihre Phantomlippen auf meinen spüre. Dann macht sie einen Schritt zurück und geht ins Haus.

Die Tür schließt sich mit einem entschiedenen *Klick*, und ich lasse mich mit voller Wucht zurück in die Hängematte fallen, sodass ich wild vor und zurück schwinge.

Was zum Teufel tun wir da?

Ich sehe in den endlosen Himmel und kämpfe gegen den Drang an, ihr hinterherzulaufen. Stattdessen suche ich nach Sternbildern – eins der wenigen Dinge, die Dad mir beigebracht hat, ehe er krank wurde –, aber mit den Gedanken bin ich nicht bei der Astronomie. Als meine Augen die unsichtbaren Umrisse des Großen Wagens nachfahren, stelle ich mir vor, ich würde die Umrisse von Alys Körper nachzeichnen. Im Geiste spiele ich die letzten paar Augenblicke durch, die sie noch mit mir hier draußen war, und male mir aus, was alles hätte passieren können, wenn sie geblieben wäre.

Montag, der 16. August

6 Wochen und 5 Tage bis zum Homecoming-Ball

ALY

Vor der Schule, 7:22 Uhr

Nicht kotzen, Aly. Bitte NICHT kotzen.

Das ist mein neues Mantra, als ich wie eine Idiotin vor dem Haupteingang der Fairfield Academy stehe. Ich spüre, wie Brandons besorgter Blick sich von oben in meinen Kopf bohrt. Als wir heute Morgen hier angekommen sind, musste ich ihm nicht mal sagen, dass ich noch einen Moment brauche, um mich zu sammeln, bevor ich da reingehe – er wusste es auch so.

»Bereit?«, fragt er und packt den Türgriff.

Am liebsten würde ich Nein sagen, aber das bringt mich auch nicht weiter. Ich habe Operation Sexappeal und das Projekt Scheinaffäre ins Leben gerufen, und jetzt muss ich die Suppe auslöffeln, die ich mir eingebrockt habe. Der Campingausflug war ein voller Erfolg. Das hier wird auch klappen.

Ich hebe den Kopf, setze ein tapferes Lächeln auf und sage: »Packen wir es an.«

Lippen, über die ich in letzter Zeit viel zu viel nachgedacht habe, pressen sich zu einem schmalen Strich zusammen, aber Brandon nickt und macht die Tür auf. Ich trete hindurch und stürze mich ins Gewühl. Bei den Schließfächern drängen sich wahre Massen an Schülern. Der frisch gewienerte Boden unter meinen Füßen reflektiert die kunterbunten Plakate, die die frisch gestrichenen Wände pflastern, und eine zweifelhafte Mischung aus Desinfektionsmittel, Parfüm und Aftershave brennt in meiner Nase.

Es sieht aus und riecht wie an jedem x-beliebigen ersten Schultag nach den großen Ferien. Aber *anfühlen* tut es sich komplett anders.

Und so verpufft der kurze Anflug von Selbstvertrauen wieder und ich zupfe an meinem Rocksaum. Wir haben zwar Schuluniformen, aber gestern habe ich die versehentlich von Kara »anpassen« lassen. Ich ziehe den Bund so weit nach unten wie möglich und reibe mir mit beiden Händen die Augen in dem Versuch, mich mental etwas aufzufrischen. Danach sind meine Finger total mit Schminke verschmiert. Ich schließe die Augen und kann nur verächtlich über mich selbst lachen. Jede Sekunde werden sich meine Mitschüler umdrehen, und ein einziger Blick auf mich wird genügen, um zu wissen, dass ich nur eine Mogelpackung bin. Dass ich nur so tue als ob. Sie werden meine hippe, von Kara für gut befundene Verkleidung und mein clownmäßiges Make-up durchschauen und mich mit ihrem Spott direkt wieder aus dem Schulgebäude hinausbefördern.

Brandon fährt mir mit beiden Daumen unter den Augen entlang, nimmt dann meine Hand und verschränkt seine Finger mit meinen. Ein Gefühl von Ruhe umfängt mich. Ich sehe ihm in die Augen und lächle, als er mir zuzwinkert. Diese kleine Geste entspannt mich mehr als alles, was er hätte sagen können. Mit einem unauffälligen Nicken straffe ich die Schultern und drehe mich zum Gang um.

Los geht's.

Brandon drückt aufmunternd meine Hand und zieht mich dann behutsam durch die Menge hinter sich her, wobei er die Leute ignoriert, die uns anstarren, als hätten sie Promis gesichtet.

»Ich hab gehört, dass Mr Evans eine ellenlange Lektüreliste für Englisch aufgesetzt hat«, sagt er, als wäre heute ein Tag wie jeder andere. Er manövriert uns um eine gaffende Mädchen-Clique herum und fügt hinzu: »Ich glaub, bei den Aufsätzen werde ich echt deine Unterstützung brauchen.«

Die Tussi in der Mitte starrt mich ganz unverhohlen an und ihr Gesichtsausdruck zeugt von purer Gehässigkeit.

Ich schlucke. »Abgemacht«, erwidere ich und gebe mir Mühe, mich seinem lockeren Tonfall anzupassen, was allerdings ziemlich danebengeht. »Aber nur, wenn du mir in Analysis hilfst.«

Ein paar Spinds weiter lehnen zwei Typen an der Wand. Der eine glotzt mir auf die Brüste, während der andere sein Gesicht zu einer Art gruseligem Knutschmund verzieht. Ich kriege kaum noch Luft. Mein Blick huscht über den Flur zu den Mädchentoiletten auf der anderen Seite, und der Drang, in eine der Kabinen zu rennen, ist fast übermächtig. Sollte es sich nicht besser anfühlen, das zu kriegen, was ich wollte?

»Aly?« Brandons Stimme reißt mich aus meinen Gedanken.

»Analysis. Ja. Kannst du mir vielleicht noch mal erklären, warum ich das überhaupt belegen muss?«

Er betrachtet mich, während eine Horde Mädchen die Toiletten stürmt, und ich kann in seinen Augen sehen, dass er weiß, wie es gerade in mir aussieht. Aber trotzdem spielt er mit. »Weil du superklug bist und in der Neunten diesen Einstufungstest bestanden hast?«

Die Neunte. Offenbar ein Jahr voller Ereignisse, die mein Leben geprägt haben.

Abgesehen davon, dass ich Brandon dummerweise meine Gefühle gestanden habe, war der Tag, an dem ich mich von Mom beschwatzen ließ, diesen Einstufungstest zu machen, mein zweiter großer Patzer. Es endete damit, dass ich ihn mit Hängen und Würgen bestand, was mich wiederum in Mathe auf die Leistungskursschiene festnagelte. In Englisch, Geschichte und sogar in den meisten naturwissenschaftlichen Fächern passt diese Einstufung auch, aber in Mathe bin ich nie wirklich mitgekommen. Zum Glück ist Brandon ein Mathegenie. Unzählige Male hat er mir schon den Arsch gerettet, und ob ich dieses Jahr mit Analysis überlebe, hängt mal wieder voll und ganz von ihm ab.

Zwei Spinds von seinem entfernt bleibt er vor meinem

Schließfach stehen, schlingt die Arme um mich, drückt mich und flüstert mir ins Ohr: »Lass dir nichts anmerken.«

Mit einem Nicken wende ich mich ab und tue so, als würde ich das Getuschel nicht hören. Ich fummle an dem Zahlenschloss meines kalten Metallspinds herum, bis es aufspringt, und mache einen auf beschäftigt, indem ich ein paar Bilder anbringe und Schreibblöcke ablade und wieder heraushole. Als endlich der Gong zur ersten Stunde ertönt, sinke ich vor lauter Erleichterung fast zu Boden.

»Bereit?«

»Bereit, von diesem Flur hier zu verschwinden, so viel steht schon mal fest«, erwidere ich und hole tief Luft, als links und rechts Schülermassen an uns vorbeihasten. Und das geht jetzt nur noch acht Stunden lang so weiter …

Brandon nimmt meine zitternde Hand und zieht mich den Gang entlang, der zu unserem Klassenzimmer führt. Im Treppenhaus legt er mir die Hand auf den Rücken.

Er berührt dich nicht wirklich, schelte ich mich selbst. *Es ist alles nur Show, vergiss das nicht.*

Doch die Hitze seiner Finger dringt durch das Poloshirt meiner Schuluniform und mein Nervensystem feuert elektrische Impulse meine Beine hinunter.

Meine Angst vor irgendwelchen Mitschülern, die mir meine Verwandlung nicht abnehmen und mich stattdessen auslachen, legt sich, als sich mein gesamter Körper auf seine Berührung fokussiert.

Trotzdem bedeutet es nichts.

Ich verpasse eine Stufe, und er schlingt den Arm um

meine Taille, um mich aufzufangen. Sein warmer Atem kitzelt mich am Ohr.

Hat auch nichts zu bedeuten.

Brandon ist einfach nur ganz Gentleman. Und er beugt sich so dicht zu mir, dass ich seine Stimme hören kann.

Moment mal, er sagt was.

»Sorry, aber ich hab nicht mitgekriegt, was du gesagt hast«, gestehe ich, als wir das Klassenzimmer betreten.

Brandons Augenbrauen ziehen sich zusammen. Er deutet auf zwei leere Plätze ganz hinten, und ich folge ihm zwischen den bereits gut belegten Tischen hindurch, wobei ich das Gefühl habe, als würden Laserblicke sich von hinten in meinen Rücken brennen. Dann lässt er seine Tasche fallen, setzt sich auf die Tischkante und verschränkt die Arme. »Alles okay mit dir?«

Seine Armmuskeln treten unter dem Stoff seines Shirts hervor.

Na toll. Mein Körper ist ein Verräter und mein Hirn komplett Matsch, aber sonst geht's mir blendend.

Ich zwinge mich, meinen Blick abzuwenden, und lasse mich entkräftet auf den Stuhl sinken. »Alles gut. Das Koffein wirkt anscheinend noch nicht so richtig, schätze ich.«

Seine Stirn legt sich in Falten. »Aber du würdest es mir schon sagen, wenn was nicht in Ordnung wäre, oder?« Auf seinem Gesicht spiegelt sich Besorgnis. Ich will nicht, dass er sich Sorgen um mich machen muss – und alles nur, weil meine Hormone verrücktspielen.

»Natürlich«, versichere ich ihm. »Ich erzähle dir doch immer alles.«

Also fast alles.

Mit dem zweiten Gong kommen die restlichen Schüler hereingestürmt. Brandon tippt mit seinem Finger auf meinen Tisch, als Lauren Hays' Stimme über die Lautsprecheranlage ertönt. »Morgen, Leute! Hier spricht eure Lieblingsschülersprecherin und heißt euch willkommen zu einem weiteren Jahr voller Veränderungen, aufregender Ereignisse und neuer Erkenntnisse ...«

Ich würde mal sagen, damit liegt sie ausnahmsweise goldrichtig.

Mittwoch, der 18. August

6 Wochen und 3 Tage bis zum Homecoming-Ball

ALY
Brandons Pickup, 17:30 Uhr

Heute auf der Tagesordnung: zurück zur Normalität!

Ich werfe einen Blick auf Brandon, der aufs Lenkrad trommelt, und tue so, als würde ich in entspanntem Schweigen dasitzen. Dabei bin ich in Wahrheit völlig von der Rolle. Die ganzen letzten Tage ist unser Umgang miteinander total unentspannt gewesen, weshalb ich mich bei jedem Blick und jeder noch so kleinen Berührung sofort gefragt habe: »Ist es echt oder nur gespielt?« Und bei unserem ersten gemeinsamen Training der Nachwuchsvolleyballerinnen wusste ich nicht so recht, was die Mädchen interessanter fanden: unsere Technikübungen oder dabei zuzusehen, wie zwischen ihren Coaches die Funken sprühten.

Aber heute habe ich mir etwas ganz fest vorgenommen.

Wir werden zur Normalität zurückkehren.

Ich werde mich wieder auf meine Prioritäten konzentrieren – und zwar auf Justin und den nahenden Ball – und die Tagträume über meinen besten Freund aus meinem Kopf verbannen. Und zumindest zwei von den drei genannten Punkten werde ich gleich heute anpacken.

»Danke noch mal, dass du auf mich gewartet hast«, sage ich und drehe mich auf meinem Sitz zu ihm. Erst drei Tage Schule und schon macht mich Analysis fix und alle. Brandon hat auf mich gewartet, bis mein Training aus war, um mir Nachhilfe zu geben. Noch ein Grund, warum dieser Typ so toll ist – und weshalb ich ihn mir aus dem Kopf schlagen muss. »Mathe ist mein Untergang.«

»Du kriegst das schon hin«, sagt er und biegt in meine Auffahrt ein. »Du brauchst einfach nur den richtigen Nachhilfelehrer.« Er wackelt übertrieben mit den Augenbrauen, aber mein Blick stiehlt sich zu seinen Lippen. Wetten, dass es eine Menge Dinge gibt, in denen er mir Nachhilfe erteilen könnte?

Das plötzliche Schlagen der Autotür und das Geräusch seiner Sohlen auf dem Asphalt, reißen mich aus meinen Gedanken und verraten mir, wie hervorragend ich das hinkriege, was ich mir für heute vorgenommen habe. Weiß er, was mir gerade durch den Kopf gegangen ist? Mir zieht sich der Magen zusammen, als ich mir die Frage selbst beantworte. Natürlich weiß er Bescheid. Ich bin so subtil wie ein Kleinkind. Brandons Gesicht ist jedoch völlig ausdruckslos, als er mir aus seinem Pickup hilft, und gibt nichts preis. Wortlos folgt er mir zum Haus und in unsere geräumige Küche.

Mom grinst uns vom Herd aus an, wischt sich die Hände an einem Tuch ab und stellt ein großes Backblech Brownies auf der Arbeitsplatte ab. »Dachte, ihr könntet einen Imbiss gebrauchen.«

Ich atme den Geruch von Kakao ein und breche mir ein Stück ab. Und während der Zucker in meiner Blutbahn ankommt, lasse ich die beruhigende Vertrautheit meines Zuhauses auf mich wirken.

Das leise Rumpeln des Geschirrspülers. Mom, die an der Kücheninsel Gemüse schnippelt. Der blecherne Klang des Löffels, mit dem sie hin und wieder in dem blubbernden Topf auf dem Herd rührt. Genau das brauchen wir. Eine sichere Umgebung unter elterlicher Aufsicht, damit irgendwelche emotional aufgeladenen oder anderweitig spannungsgeladenen Situationen gar nicht erst entstehen. Meine Schultern entspannen sich und ich lehne mich auf meinem Hocker zurück.

Völlig außer Atem kommt Kaitie in die Küche gestürmt. »Mom! Wir sind spät dran!«

Mom sieht von ihrem Topf auf und wirft mit zusammengekniffenen Augen einen Blick auf die Digitalanzeige der Mikrowelle. »Oh, du hast recht.«

Sie macht den Deckel auf den Topf und dreht die Temperatur herunter, während mein Blick zu dem Kalender am Kühlschrank huscht, in den wir alle unsere Termine, Events und Ferien eintragen. Am Mittwoch steht da in Rot: *Kaities Jugendgruppe, 18:00 Uhr.*

Das war's dann wohl mit der elterlichen Aufsicht.

Mom schnappt sich die Schlüssel von dem Haken neben der Hintertür und deutet auf diverse Schüsseln voller Essen. »Wir sind in zwei Stunden zurück. Abendessen ist fertig, und ich hab mehr als genug gemacht, also greif zu, Brandon.«

Die Tür fällt zu, mit viel Gepolter geht das Garagentor auf, und wir sind allein.

Und da ist sie wieder ... die Verkrampftheit.

Das Rumoren der Spülmaschine scheint auf einmal viel lauter. Irgendwo im Gebälk knackt es, und ich könnte schwören, dass ich den Sekundenzeiger einer Uhr ticken höre, obwohl wir nur Digitaluhren haben.

Schweigend holen wir unsere Bücher heraus und gehen die Hausaufgaben für heute durch. Die Formeln und Kurvendiagramme sehen noch verwirrender aus als sonst. Weil es mich in meiner rechten Hand juckt, sie zu Brandon hinüber und in seine kräftige Hand zu schieben, schüttle ich sie wie wild.

»Krampf«, erkläre ich.

Er nickt. Mit dem baumelnden Fuß tippe ich gegen das hölzerne Stuhlbein des Hockers, kratze mich am Kopf und werfe einen Blick auf die Uhr.

Wir sind seit drei Minuten allein.

Aus dem Augenwinkel nehme ich wahr, wie Brandon auf seinem Platz hin- und herrutscht und seine Fingerknöchel knacken lässt. Er dreht den Kopf und unsere Blicke treffen sich.

»Irgendwie krampfig, oder?«, frage ich nach einer betretenen Pause.

Nach kurzem Zögern nickt er. »Was meinst du, woher das kommt?«

»Keine Ahnung«, gebe ich zu – oder vielmehr schwindle

ich. Für ihn kann ich nicht sprechen, aber mir ist sehr wohl klar, dass ein Teil der Anspannung daher rührt, dass ich in letzter Zeit so seltsam verrückt auf seine Anwesenheit reagiere. »Aber das macht mir ein bisschen Angst. Was ist, wenn wir nicht einfach so wie vorher weitermachen und wieder Freunde sein können, wenn dieses ›Experiment‹ erst mal zu Ende ist?« Ich nehme nun doch seine Hand. »Neben Gabi und Kara bist du mein bester Freund.«

Brandon streicht mir eine Haarsträhne hinters Ohr. »Wir werden immer Freunde sein, Aly. Darüber musst du dir niemals Sorgen machen.« Seine Stimme klingt so zuversichtlich, so sicher, dass ich ihm unbedingt glauben will. »Es ist dieser verflixte Kuss, der plötzlich alles kompliziert gemacht hat.«

Mein Rückgrat versteift sich vor Schreck. Seit der Pyjamaparty hat Brandon kein Wort darüber verloren oder jedes Mal sofort das Thema gewechselt, wenn ich unseren Kuss erwähnt habe – ein weiterer Beweis dafür, dass er es bereut.

Mit entschiedener Miene presst er die Lippen zusammen. »Wir müssen einfach so tun, als hätte es ihn nie gegeben.«

Innerlich zucke ich zusammen. Er darf nicht sehen, wie sehr mich das verletzt – schließlich bestätigt er gerade nur, was ich mir schon gedacht habe –, aber es zu hören, trifft mich wie ein knallharter Ball im Gesicht. Ich ringe mir ein Lächeln ab. »Geht das denn so einfach?«

»Klar.« Brandon nickt einmal, als hätte er einen Entschluss gefasst. »Steh auf.«

Verwirrt lasse ich mich von ihm hochziehen. Er macht einen tiefen Atemzug, als wolle er seine Lunge reinigen, weitet die Augen und gibt mir damit zu verstehen, dass ich seinem Beispiel folgen soll. Ich komme mir vor wie beim Yoga. Dann verkündet er: »Jetzt werden wir die Erinnerung abschütteln, wie bei einer Magischen Tafel. Kennst du die noch?«

»Äh, ja?«

Brandon beginnt, wild den Kopf hin und her zu werfen, wie man eine Magische Tafel schütteln würde, und ich muss lachen. Er hält inne und grinst. »Steh nicht rum. Versuch's mal.«

Widerstrebend schüttle ich ebenfalls den Kopf und füge als Zugabe noch ein paar Hopser hinzu. Überraschenderweise macht es irgendwie Spaß. Er macht auch noch ein bisschen weiter und nach einer Minute lächeln wir uns an.

Ein nettes, harmloses, platonisches Wohlfühllächeln. Ein *normales* Lächeln.

»Freunde?«, fragt Brandon.

Ich nicke. »Weißt du doch.«

»Siehst du? Alles ist gut«, sagt er und kneift mich in die Nase. »Wir sind immer noch wir und nichts wird daran je etwas ändern.«

Erleichtert atmet er auf und streckt die Arme über den Kopf, wodurch sein grünes Poloshirt hochrutscht und den Blick auf einen Streifen Bauch freigibt, und ich verzichte auf eine Antwort.

Also ich bin mir nicht sicher, ob das so gut funktioniert hat wie erhofft.

Freitag, der 20. August

6 Wochen und 1 Tag bis zum Homecoming-Ball

BRANDON
Lonestar Kino, 19:20 Uhr

Es ist Abendessenszeit, was bedeutet, dass Aly miese Laune hat. An den Wochenenden ist im Kino abends immer die Hölle los, und sie hat kaum genug Zeit, nach dem Training einen Happen zu essen. Als ich hereinkomme, hebt Gabi hinter dem Kartenschalter den Kopf, und ich schwenke eine McDonald's-Tüte. Mit einem kleinen Lächeln, das sich in ein breites Grinsen verwandelt, als ich ihr ein Chicken-Sandwich in die Hand drücke, winkt sie mich durch. Man kann über Jungs sagen, was man will, aber ich habe gelernt, dass der Weg zum Herzen eines *Mädchens* über den Magen geht. Vor allem, wenn Pommes und Schokolade mit im Spiel sind.

Das Foyer ist brechend voll. Während ich dem süßen Geruch von Popcorn folge, laufe ich an nicht weniger als drei brüllenden Babys und einem halben Dutzend Kindern vorbei, die lautstark nach Süßigkeiten verlangen. Als ich schließlich über die kleine Schwingtür der Snack-Theke hüpfe, habe ich das Gefühl, mir bluten die Ohren. Von den sieben Schlangen, in denen die Kunden anstehen, ist die von Aly die längste, also greife ich in die Tüte, fördere ein fettiges Bestechungsgeschenk zu Tage und reiche es ihrer Arbeitskollegin Barbara.

»Für mich?«, fragt sie und klimpert mit ihren unechten Wimpern, während sie den Cheeseburger entgegennimmt. »Junge, wenn du fünfzig Jahre älter wärst – oder ich fünzig Jahre jünger –, würde ich dir den Kopf verdrehen.« Sie mustert mich kurz von oben bis unten, während sie über ihren eigenen Witz schmunzelt. »Ich schätze mal, dass du nicht aus vollkommen selbstlosen Motiven handelst, aber du hast Glück, ich bin äußerst bestechlich.«

Sie wartet, bis Aly einem Pärchen das Wechselgeld ausgehändigt hat, und stößt sie mit der Hüfte an. »Ich übernehme jetzt.« Aly zieht verwirrt die Nase kraus und Barbara nickt mit dem Kopf in meine Richtung. Aly grinst. »Ab mit dir. Genieß deine Pause mit dem gut aussehenden jungen Mann, meine Süße. Ob du es glaubst oder nicht – ich war auch mal jung.«

Aly drückt ihr einen Schmatz auf die runzelige Wange, ehe sie hastig ihren Code in die Kasse tippt. »Danke, Barb. In einer halben Stunde bin ich zurück!« Ihre Schuhe quietschen auf dem klebrigen Boden, als sie auf mich zurennt und mich flüchtig umarmt. »Mein Held.«

Der süße Duft ihrer Haare steigt mir in die Nase und zu Kopf und ich lehne mich schnell zurück und überspiele mein Unbehagen mit einem Lächeln. »Raus?«

»Unbedingt.« Sie hält sich die Ohren zu und verzieht

gequält das Gesicht. »Irgendwohin, wo es ruhig ist, *bitte.*«

Wir durchqueren das Foyer, laufen unter dem Bildschirm an der Decke hindurch, der in einer Endlosschleife Previews zeigt, und durch die Tür und lassen uns auf die Metallbank fallen, die am weitesten vom Kartenschalter entfernt ist.

Aly betrachtet die Tüte zwischen uns und reibt sich vorfreudig die Hände »Was hast du mir denn Feines mitgebracht?«

»Einen Hamburger Royal TS ohne saure Gurke, Pommes frites und eine Cola ohne Eis, was sonst?« Seit Jahren kenne ich ihre Lieblingsbestellung auswendig.

Sie quietscht vor Freude und stürzt sich darauf. Mit dem Mund voller Pommes fragt sie: »Und, was führt dich heute Abend in unser bescheidenes Etablissement? Massive Langeweile oder hattest du einfach schrecklich Sehnsucht nach mir?« Sie lächelt dazu, also weiß ich, dass sie mich nur aufzieht, aber um ganz ehrlich zu sein, liegt sie nicht so weit daneben.

Ich nehme einen Bissen von meinem Big Mac und halte im Kauen einen Finger hoch, während ich darüber meditiere, was ich antworten soll. Ich habe einen Vorschlag, aber ich habe den ganzen Tag hin und her überlegt, ob ich ihn ihr wirklich unterbreiten soll oder nicht. Einerseits wäre es ein Vorwand, um wieder mit meiner besten Freundin abzuhängen, andererseits könnte es die Dinge noch komplizierter machen. Ich schlucke hinunter. »Hast du morgen Abend schon was vor?«

»Nach meiner Schicht hier nichts«, sagt sie und wischt sich die Hände an einer Serviette ab. »Jedenfalls stehen keine coolen Typen bei mir Schlange, so viel ist sicher«, fügt sie mit einem neckenden Stoß in die Rippen hinzu.

Ich erwidere ihr Lächeln, aber etwas gezwungen. Der Burger in meinem Mund schmeckt auf einmal wie Pappe. Ich rede mir ein, es läge am Brötchen und dass es mir genauso gehen würde, wenn ich mir vorstellen würde, dass ein anderer Junge mit irgendeinem x-beliebigen Mädchen ausgeht, mit dem ich was am Laufen habe. Doch das ist eine Lüge. Bei jedem anderen Mädchen wäre mir das scheißegal. Aly ist eben nicht irgendein x-beliebiges Mädchen.

Ich schiebe den Gedanken beiseite. »Gut«, sage ich, »dann hast du jetzt was vor. Du hast um neunzehn Uhr aus, oder?«

Sie legt den Kopf schief und mustert mich. »Wir gehen aus? Wie bei einem echten offiziellen Date?«

»Ein *gespieltes* offizielles Date«, stelle ich klar.

Allein der Gedanke an ein echtes Date mit Aly jagt mir einen Schauer über den Rücken. Eine richtige Verabredung könnte zu einer richtigen Beziehung führen. Und Aly ist nun mal ein *Beziehungstyp*, egal, ob sie das will oder nicht … was wiederum bedeutet, dass sie sich eine feste Beziehung wünscht. Eine, die weit über unsere entspannte, verlässliche Freundschaft hinausgeht. Nur gehen diese Arten von Beziehungen früher oder später in die Brüche. Das bekomme ich täglich auf den Gängen unserer Schule mit. Und ich hab es im Krankenzimmer meines Dads erlebt, als er starb und Mom alleine zurückblieb.

So soll es uns nicht ergehen.

»Samstagabend ist quasi die Primetime für Dates, und da keiner von uns was mit jemand anderem unternehmen kann, dachte ich mir, wir könnten ebenso gut ein bisschen Spaß haben während dieses Experiments.« Ich schenke ihr das Lächeln, bei dem ich normalerweise immer bekomme, was ich will, und hoffe, sie bemerkt meine Unsicherheit nicht. »Meinst du nicht?«

»Ein gespieltes offizielles Date«, sinniert sie.

Sie beißt in ihren Burger und kaut schweigend. Die Stille strapaziert meine Nerven nur noch mehr. Vielleicht hätte ich es nicht vorschlagen sollen, aber nach den Spannungen der vergangenen Woche und meiner Unfähigkeit, mit meinem eigenen Plan voranzukommen, habe ich beschlossen, dass wir beide einen Abend lang mal richtig Spaß haben müssen.

»Ein Rendezvous mit Mädchenschwarm Brandon Taylor, hm?« Aly lacht und dreht sich zu mir, um mir ihren Körper in all seiner Pracht zu zeigen. »Dann erfahre ich jetzt endlich, wo der ganze Hype herkommt. Bedeutet das, dass ich alle deine Tricks und Kniffe kennenlerne?«

»Nun, ich kann nicht all meine Betriebsgeheimnisse preisgeben«, erwidere ich mit einem Grinsen. »Aber du wirst dich amüsieren.«

»Ich bin dabei.«

Wir verputzen den Rest unseres Essens, ehe Alys Pause vorbei ist, und unterhalten uns wie üblich über alles und nichts. Die Dinge laufen besser seit unserem Magische-Tafel-Exorzismus, und nun, da wir hier draußen sitzen, ist es fast, als hätte sich nichts zwischen uns geändert. Ich starre ihr jedenfalls nicht auf den Mund, während sie ihre Pommes futtert oder einen Schluck Cola aus ihrem lippenstiftverschmierten Strohhalm nimmt … oder stecke die Nase in ihre Haare und atme tief ein, als wir uns zum Abschied umarmen.

Als ich mich auf den Rückweg zu meinem Pickup mache, ruft sie mir hinterher.

»Was soll ich morgen Abend anziehen?«

Eine schwierige Frage.

Worin ich Aly gerne sehen würde und was am besten für unsere Freundschaft wäre, sind zwei völlig verschiedene Paar Schuhe. »Was du zu einem normalen Date auch anziehen würdest«, erwidere ich im Rückwärtsgehen.

Gedankenverloren nickt sie, und ich drehe mich wieder um und weiß nicht genau, auf welches Outfit ich hoffen soll.

Samstag, der 21. August

6 Wochen bis zum Homecoming-Ball

BRANDON
Alys Haus, 19:30 Uhr

Ich klingle an der Tür und mache einen Schritt zurück, um zu Alys Fenster hinaufzuschauen. Sie hat ihre gelben Vorhänge zurückgezogen, und ich kann sehen, wie sie – vermutlich auf der Suche nach einer Tasche oder passenden Schuhen – in ihrem Chaos von einem Zimmer herumrennt. Ich trete gegen den roten Backstein und grüble über den vor uns liegenden Abend nach.

So wie ich es sehe, gibt es zwei Möglichkeiten, wie er ausgeht: Entweder kehrt nach einem lustigen Abend mit viel Rumgealber unsere gute alte Freundschaft zurück, oder ich kann bei dem Date – auch wenn es nur ein Schein-Date ist – nicht widerstehen, Aly wieder zu küssen.

Ich schließe die Augen und flehe das Universum um die erstere Variante an.

Auf der anderen Seite der Tür höre ich das Tapsen von Schritten, die über die Fliesen eilen. Ich straffe die Schultern, bereit, Aly zu begrüßen, doch als die Tür aufgeht, spüre ich, wie das Lächeln auf meinem Gesicht gefriert. Während ich das weiße Spitzen-Neckholder-Top und den kurzen Jeansrock, der ihre gebräunten Beine zur Geltung bringt, auf mich wirken lasse, muss ich schlucken.

Ich wusste nicht so genau, auf welches Outfit ich hoffen sollte, und jetzt … Ich bin mir immer noch nicht sicher, was für unsere Freundschaft besser gewesen wäre, aber ich bin mir hundert pro sicher, dass mir der Anblick gefällt. Sehr.

»Du siehst umwerfend aus.«

Röte kriecht ihr den Hals hinauf. Sie beißt sich auf die Lippe und spielt am Träger des Oberteils herum. »Ähm, danke.«

Ich räuspere mich und rufe mir ins Gedächtnis, warum ich hier bin. *Ausgelassen und lustig.* Also halte ich ihr meinen Ellbogen hin. »Eure Kutsche wartet schon, Mylady.«

Sie grinst und lässt zögernd ihre Hand in meine Armbeuge gleiten. Bei der Berührung ihrer weichen Haut male ich mir augenblicklich andere weiche Dinge aus: ihr Haar, ihre Wangen, ihre *Lippen.* Ich kneife die Augen zu und verdränge die Vorstellung durch Baseballstatistiken. »Wie ich sehe, hast du den High Heels für heute Abend abgeschworen.«

Aly nickt vehement. »High Heels sind Teufelszeug. Von jetzt an lasse ich nur noch Ballerinas und Sneakers an diese süßen Käsefüße.« Sie hält inne, um mit einem schwarzen flachen Schühchen hin und her zu wackeln.

Angesichts ihres scherzhaften Tonfalls atme ich erleichtert auf. Das ist gut. Wir bleiben an der Beifahrertür stehen, und als ich ihr in die Fahrerkabine helfe, streifen meine Finger ein Stück nackte Haut an ihrem Rücken. Sie sieht mich mit ihren blauen Augen an und dann gleich wieder weg. Hüstelnd schlage ich ihre Tür zu und murmle eine Reihe von Flüchen vor mich hin, während ich den Wagen umrunde und die Tür auf meiner Seite zuknalle.

Aly lächelt nervös. »Und, wo fahren wir hin?«

Gott sei Dank gelingt es mir, die Antwort, die mir spontan auf den Lippen liegt – *zurück zu meinem Zimmer* – hinunterzuschlucken und ein fröhliches, unverfängliches Lächeln aufzusetzen, während ich den Motor anlasse. »Alles zu seiner Zeit.«

»Du willst wohl die Spannung ins Unermessliche steigern, was?« Sie lehnt sich zurück und fängt anscheinend an, sich wohler in ihrer Haut zu fühlen. »Ich bin entzückt, Mr Taylor.«

»Gut«, sage ich und setze aus der Ausfahrt zurück. »Solltest du auch.«

Ich stelle im Radio den Country-Sender ein, den sie so mag und den ich ihr meistens gleich wieder wegdrehe, und sie kurbelt das Fenster herunter, sodass eine warme Brise zu uns hereinweht. Ihre Haare flattern im Wind, und sie lacht und singt lauthals mit, um die vorüberrauschenden Autos zu übertönen. Weil ich mich unheimlich freue, dass sie vor mir singt, stimme ich mit ein und gebe mein Bestes, um die Melodie zu verhunzen, woraufhin sie nur noch mehr lacht und lauter singt.

Als wir vor *The Station* anhalten, bin ich nervös. Wäre dies ein echtes Date, hätte ich ganz klischeehaft die »Dinner und Kino«-Nummer abgezogen oder sie vielleicht sogar zu einer Party mitgenommen. Aber das kam mir alles zu abgedroschen vor. Das hier dagegen erscheint mir wie geschaffen für Aly – Videospiele, Poolbillard, Shuffleboard und natürlich lecker Essen.

»Interessante Wahl«, sagt sie und betrachtet das Gebäude, das sich vor allem bei etwas älteren Pärchen und Videospiel-Nerds großer Beliebtheit erfreut. Ich sehe ihr Gesicht nur von der Seite, doch als ich versuche, ihren Ausdruck zu ergründen, vermisse ich das typische Aly-Grinsen.

»Es gefällt dir nicht.«

Wusste ich es doch, dass ich der klassischen Variante hätte treu bleiben sollen.

Genau deshalb verdient Aly etwas Besseres als Justin. Typen wie er und ich sind nicht für so einen Kram gemacht. »Aly, wir können auch woanders hingehen. Ich dachte nur …«

»Nein! Willst du mich auf den Arm nehmen?« Mit ungläubiger Miene dreht sie sich zu mir und sieht mich an. »Das ist super! Ehrlich gesagt war ich ein bisschen nervös, zu einem Schein-Date mit Brandon Taylor zu gehen, aber das hier wird echt witzig!«

Sie stößt ihre Tür auf, und ich springe aus dem Wagen und bin erleichtert, dass sie den Abend nicht ruiniert hat, bevor er überhaupt angefangen hat. Als ich auf ihrer Seite ankomme, strahlt Aly mich so ausgelassen an, dass ich es zu meinem obersten Ziel erkläre, dass das auch so bleibt.

Wieder biete ich ihr meinen Arm an und frage mit versnobtem, britischem Akzent: »Nun denn, darf ich Sie hineineskortieren, Mylady?«

Das wunderschöne Lächeln wird noch breiter, als sie die Nase in die Luft reckt und erwidert: »Ich bitte darum, Sir.«

Lachend schlendern wir über den überfüllten Parkplatz in das hell erleuchtete Gebäude, wo uns das Gebimmel und Gepiepse der Videospiele, das Klacken zusammenprallender Billardkugeln und das Durcheinander von Stimmen und Gelächter entgegenschlagen.

»Was ist dir lieber: erst essen oder erst spielen?«, frage ich dicht zu ihr gebeugt, damit sie mich bei all dem Lärm verstehen kann.

»Hmm. Da fällt die Auswahl schwer.« Mit dem ausgestreckten Finger tippt sie sich an die Lippe, doch mein Blick verweilt *nicht* auf ihrem weichen, glossig-glänzenden Mund. »Essen ist zwar immer eine gute Option, aber ich glaube, ich will lieber erst spielen. Könnte allerdings sein, dass ich dich beim Shuffleboard dem Erdboden gleich mache …«

Ich lache über den selbstgefälligen Ausdruck auf ihrem Gesicht und der Hauch sexueller Spannung löst sich in Luft auf. *Gott sei Dank!* »Hör mal, Kleine, Wii zählt hier nicht.« Wir sind beide Sportler, also Kämpfernaturen, und verlieren nicht gern. Aber Alys Vergnügen daran, wie sie mich vor ein paar Wochen im virtuellen Shuffleboard in Grund und Boden gestampft hat, ist gleichermaßen ärgerlich wie süß. »Außerdem was das damals pures Glück.«

Sie verdreht die Augen und sagt leise, aber doch so laut, dass ich es hören kann: »Wer's glaubt, wird selig.«

»Du wirst schon sehen«, erwidere ich und gehe voran zu den Billardtischen. »Ich bin heute Abend in Bestform.«

Hinter einem abgewetzten Holztresen sitzt ein Typ etwa in unserem Alter, der eine gelangweilte Miene macht. Er hat Augenbrauen- und Lippenpiercings und einen violetten Farbton in seinen stark gegelten Haaren. Alys gute Laune ist ansteckend, also beschließe ich, ein bisschen Quatsch zu machen.

»Guten Abend, junger Bursche«, sage ich und mache mit meinem Britisch-Tick weiter. Der Typ dreht an seinem Lippenring und sieht mich argwöhnisch an. »Wir wären entzückt, ein erquickliches Ründchen Shuffleboard zu spielen, nicht wahr, mein Herz?« Mit einem breiten Lächeln wende ich mich an Aly.

Sie prustet, dann reckt sie das Kinn vor und reißt sich zusammen. »Ja, mein Schatz, das klingt famos. Mit größtem Vergnügen.«

Der Typ schüttelt den Kopf, ehe er sich umdreht, um die bunten Disks zu holen, und denkt ganz offenbar, wir hätten nicht mehr alle Tassen im Schrank. Mit einem Schmunzeln ziehe ich mein Portemonnaie aus der Hosentasche und zücke meine Kundenkarte. Es ist mir so was von egal, ob die mich hier alle für bescheuert halten, solange ich Aly damit zum Lachen bringe.

Als wir uns auf den Weg zu dem unbesetzten Shuffleboard-Tisch in der Ecke machen, ruft Aly über die Schulter: »Gehaben Sie sich wohl!« Grinsend dreht sie sich wieder zu mir, versetzt mir einen Klaps auf den Allerwertesten und nimmt sich eine von den blauen Disks aus der Box. »Ladys first.«

»Mein lieber Schwan«, witzle ich. »Also los, tu dein Schrecklichstes.«

Mit dem Gefühl ihrer Hand, das noch immer auf meinem *Hintern* nachklingt und auch Impulse in andere Regionen aussendet, derer ich mir momentan überaus deutlich bewusst bin, trete ich beiseite und gebe ihr ein Zeichen loszulegen. Sie legt die blaue Scheibe auf die Platte und beugt sich mit hochkonzentriertem Gesicht vor, um ihren Spielzug auszuführen. Vorher macht sie mehrere Übungsstöße, und ich trete einen Schritt zurück, damit sie mehr Platz hat.

Durch ihre Bewegungen rutscht ihr Rock hoch und entblößt noch mehr von der geschmeidigen Haut ihrer Oberschenkel. Ich schlucke und wende den Blick ab, während ihre Disk über den Tisch schlittert.

»Wow, das war der Hammer!«, ruft sie. Als ich wieder hinsehe, erkenne ich, dass die Scheibe genau an der Linie stehen geblieben ist. Ein perfekter Stoß – wenn ich ihn nicht wegschieße.

»Anfängerglück wohl eher«, erwidere ich und nehme mir eine rote Disk. Ich verpasse dem Ding einen kräftigen Schubs, doch es verfehlt nicht nur meilenweit sein Ziel, sondern saust über die Kante in den Sandhaufen. Aly kichert. »Ach, du gute Güte«, sage ich mit einem Grinsen.

Dummerweise läuft es danach auch nicht besser. Wir

machen drei Spiele, und obwohl ich mich voll ins Zeug lege, gewinnt Aly jedes Mal.

»Das Problem ist offenbar, dass mir selbst nicht bewusst ist, was für Bärenkräfte ich habe«, sage ich nach Alys drittem Sieg.

Sie kichert und ihre Augen blitzen. »Ganz wie du meinst, *Liebster.*«

Ich verschränke die Arme vor der Brust, kann mir ein Lächeln jedoch nicht verkneifen. »Wie sieht's aus, willst du einen Happen Essen oder weiter Zeugin meiner Schmach sein?«

Das kleine Biest lacht wieder. »Essen, bitte«, sagt sie melodramatisch und lässt sich neben dem Spieltisch schlaff zusammensacken. »Ich sterbe vor Hunger.«

Kopfschüttelnd gehe ich zur anderen Seite, um die Disks einzusammeln. Während ich sie in die Box packe, schlendert Aly schon voraus an den Reihen der Billardtische und ein paar älteren Kerlen vorbei, die ihr über ihre Queues hinweg anzügliche Blicke zuwerfen. Sie scheint es gar nicht zu merken, aber ich schon. Vor einem wild blinkenden Videogame bleibt sie stehen und ich grabe in meiner Tasche und lege ihr einen Stapel 25-Cent-Stücke hin.

»So einen Lauf muss man ausnutzen«, sage ich. Sie sieht zu mir auf, wobei die roten und blauen Lichter des Automaten sich in ihren großen Augen spiegeln, und ich halte die Box mit den Disks hoch. »Ich muss die noch eben abgeben, aber schauen wir mal, was dein bisschen Anfängerglück einer Horde Zombies entgegenzusetzen hat.«

Aly lacht. »Diese Herausforderung nehme ich gerne an.«

Sie wirft die Münzen in den Automaten und hinter mir erschallen Schreie vom Band. Ich schlendere zur Theke und nicke dem violetthaarigen Typen zu, der auf einem Hocker lümmelt und auf seinem Handy herumtippt. Sein Blick huscht zu der Kiste mit den Disks, als ich sie auf den Tresen stelle, und dann wieder zurück zu seinem Display.

»Heute noch?«, frage ich und trommle mit meiner Kundenkarte auf die Platte. »Ich habe hier eine Art Date.«

Seufzend steckt der Kerl sein Handy ein und lässt sich dann extra viel Zeit damit, die Buchung vorzunehmen. Als ich zu Aly zurückkomme, erwarte ich, sie knietief zwischen Zombieleichen vorzufinden.

Stattdessen finde ich etwas ganz anderes, aber nicht weniger Widerwärtiges vor.

Und zwar einen Kerl mit aufgestelltem Polokragen, der sich über sie gebeugt hat und sie mit seinen Armen, die er zu beiden Seiten auf den Automaten stützt, dort festnagelt.

Polokragens Kopf ragt über ihr auf, sein Mund ist ihrem viel zu nah. Er hebt die Hand und fährt damit über Alys Arm. Sie zuckt zurück und wirft mir einen flehenden Blick zu, die Augen weit aufgerissen.

Mein Puls beschleunigt sich und ich sehe rot. Mit ein paar großen Schritten bin ich bei ihnen. Ich packe den Kerl an seiner Schulter und reiße ihn herum. »Nimm deine Finger von ihr.«

Polokragen mustert mich von oben bis unten. »Ich leiste der Dame lediglich Gesellschaft.« Er richtet sich auf, und obwohl er vielleicht zehn Zentimeter kleiner ist als ich, grinst er mich herablassend an. »So ein hübsches kleines Ding sollte man nicht allein lassen. Man kann nie wissen, wer vorbeikommt und sie einem wegschnappt.«

Sprich nur weiter, Arschloch.

Meine Hände ballen sich zu Fäusten und meine Brust hebt und senkt sich heftig bei jedem Atemzug. Der Kerl reckt das Kinn vor und lacht, und mein gesamter Körper spannt sich an, als ich aushole, um ihm eine reinzuhauen.

Eine sanfte Hand packt meine Faust. »Brandon, lass gut sein.« Ich reiße den Blick von ihm los und sehe in Alys verängstigte Augen. »Komm, gehen wir einfach was essen.« Sie stellt sich zwischen uns und senkt die Stimme. »Wir lassen uns von diesem Idioten nicht unser schönes Schein-Date versauen, okay?«

Schein-Date.

Mehr als das sanfte Bitten in ihrer Stimme lässt das scheinbar harmlose Wörtchen *Schein* allen Kampfgeist in mir verpuffen. Blinzelnd starre ich hinunter auf meine Hand. *Was zum Teufel tue ich da?*

Überall um uns herum glotzen die Leute und hoffen auf ein Spektakel. Polokragen grinst und tut so, als wäre das ein stinknormaler Samstagabend. Als würde er so was ständig abziehen. Aber ich nicht.

Ich meine, klar, ich habe mich in meinem Leben auch schon ein paarmal mit jemandem geprügelt, aber nie an einem Ort wie diesem. Nie mit einem völlig Fremden. Und *nie* wegen eines Mädchens.

Aly schlingt ihren Arm um meinen und zieht mich behutsam weg. Ich nicke wortlos und komme mit.

Hinter uns lacht Polokragen hämisch.

»Was für ein Arschgesicht«, murmelt Aly. »Danke.«

Ich lächle sie schmallippig an. Sie sieht mich mehrmals kurz von der Seite an, während wir zum schummrigen Gastrobereich laufen, der nur von Lichterketten beleuchtet ist. Ich nicke einer Kellnerin in einem neongrünen Shirt zu und sie fragt: »Für zwei?«

»Ja, bitte«, erwidert Aly ein bisschen zu laut.

Die Bedienung schnappt sich zwei Sätze zusammengerolltes Besteck und alte, zerfledderte Speisekarten und führt uns zu einer Nische in einer Ecke. Wir laufen an einem Pärchen in mittleren Jahren und einer vierköpfigen Familie vorbei, aber ansonsten ist das Restaurant leer. Ich lasse mich auf die Bank mit dem Vinylbezug fallen, die stark nach Bacon riecht.

»Keine Ahnung, warum«, meint Aly und nimmt mir gegenüber Platz, »aber ich hab gerade voll Lust auf einen Bacon-Cheeseburger.« Ihr Lächeln ist so strahlend, dass man meinen könnte, sie hat eine Glühbirne verschluckt. Offenbar hat ihr meine Höhlenmenschen-Aktion sehr imponiert – nicht gerade das, was ich mit diesem Abend bezweckt habe.

Ich schenke ihr das Schmunzeln, das sie sich offensichtlich erhofft hat, und wünschte, ich könnte erklären, was da gerade mit mir los war. Wünschte, ich könnte mich selbst verstehen. Stattdessen senke ich den Blick auf die zerschrammte Tischplatte. Namen, die ewige Liebe verkünden, sind in das Holz eingeritzt. Ich werfe Aly einen Blick zu, die gedankenverloren mit ihren Haaren spielt, und mir zieht sich der Bauch zusammen, fast so, als hätte Polokragen sich angeschlichen und mir doch noch einen fiesen Schlag in die Magengrube versetzt.

Die Bedienung bringt uns zwei Wasser und verspricht, gleich wieder zurück zu sein, um unsere Bestellung aufzunehmen. Ich nehme mein Glas und stürze es mit drei großen Schlucken hinunter. Während ich auf dem Eis herumkaue, verfluche ich mich dafür, dass ich die Zeichen nicht bemerkt habe. Ich habe mir nie gestattet, mich in ein Mädchen zu verlieben, aber durch Drew habe ich trotzdem ziemlich viel Erfahrung, was das angeht.

Es hat mich übel erwischt.

Aly klappt ihre Speisekarte zu und strahlt mich an. »Ich hab mich entschieden. Ich nehme den Bacon-Cheeseburger. Und was willst du?«

Was will ich? Die Zeit zurückdrehen und dein dummes Umstyling verhindern. Meinen Drang ersticken, Polokragens Kopf gegen eine Wand zu schmettern. Damit aufhören, dich in meiner Fantasie einfach zu schnappen, zu meinem Pickup zu tragen und zu küssen, bis du nicht mehr weißt, wo oben und unten ist.

»Chicken Wings«, antworte ich ihr.

Die Kellnerin taucht wieder auf – wie durch ein Wunder mit einem frischen Glas Wasser – und nimmt unsere Bestellung entgegen. Mir kann es nicht schnell genug gehen. Mein leerer Magen knurrt, und das Adrenalin, das mir durch die Adern schießt, lässt mich unruhig auf der rissigen Vinylbank hin und her rutschen. Die ganze Anspannung und das ungute Gefühl der vergangenen Woche ist zurück … und sogar noch schlimmer geworden.

Aly zuliebe ringe ich mir ein Lächeln ab und zerkaue weiterhin das Eis in winzige Stücke. Während mein Kiefer malmt, versuche ich mit allen Kräften, mich zusammenzureißen. Mich zu verhalten, als wäre nichts geschehen. Soweit es Aly angeht, ist ja auch nichts passiert. Sie hat keine Ahnung, wie schlimm ich heute Abend alles verbockt habe.

Und sie soll es auch nie erfahren.

ALY

Brandons Pickup, 23:15 Uhr

Brandon rast den McAllister Drive hinunter und die Neonlichter der vorüberfliegenden Fast-Food-Restaurants werfen einen gespenstischen Schein auf seine angespannte Miene. Beim Abendessen ist er ziemlich still gewesen und hat seitdem nur eine Handvoll Wörter am Stück gesprochen. Trotzdem war der heutige Abend einer der schönsten meines Lebens. Und ganz bestimmt das beste Date. Es bringt nichts mehr, es zu leugnen: All meine Gefühle für ihn sind zurück – und zwar mit voller Wucht.

Und das ist ein Problem.

Vor drei Jahren hat Brandon mir erklärt, dass eine Beziehung für ihn nicht infrage kommt. Und seitdem hat er das täglich unter Beweis gestellt, mit all den unzähligen Mädchen, mit denen er was hatte. Ein lustiger Abend und die Tatsache, dass er sich fast für mich geprügelt hat, wird daran nichts ändern, so sehr ich mir vielleicht auch das Gegenteil wünsche. Er steht auf die *Coolen*, und auch wenn ich mit aller Macht versuche, so zu werden, kann ich mit Brandon nicht unverbindlich rummachen. Er bedeutet mir zu viel. Das zwischen uns würde zu viel bedeuten. Und wenn es vorbei wäre, gäbe es kein Zurück.

Außerdem tun meine Gefühle genau genommen überhaupt nichts zur Sache. Wir sind heute Abend nur aus einem Grund zusammen ausgegangen, und zwar wegen meines Plans, Justin auf mich aufmerksam zu machen. Und das funktioniert. Dass ich nicht mehr richtig in der Lage bin, zwischen Schein und Sein zu unterscheiden, hat mich die letzte Woche ziemlich beschäftigt, aber die Blicke, die Justin mir zugeworfen hat, sind mehr als eindeutig. Operation Sexappeal kommt ordentlich voran, und ich muss nicht mal mehr Lauren Hays aus dem Weg räumen – ganz abgesehen davon, dass ich nicht den blassesten Schimmer gehabt hätte, wie das gehen sollte. Die beiden haben einfach von selbst Schluss gemacht. Keine Ahnung, ob das daran liegt, dass Justin einen lichten Moment hatte, oder ob eine Woche für unverbindliche Affären Standard ist, aber jedenfalls ist er wieder frei. Wenn ich jetzt nicht dranbleibe, wären die letzten zwei Wochen umsonst gewesen. Vor allem, da der Junge, der meine Gefühle so durcheinanderbringt, mich sowieso nicht will.

Ich bin schon *einmal* über eine Schwärmerei für Brandon hinweggekommen. Das schaffe ich auch ein zweites Mal.

Betreffender Schwarm wirft mir flüchtig einen Blick zu, ehe er sich wieder auf die Straße konzentriert. Schweigend fahren wir die ruhigen, von Bäumen gesäumten Straßen meines Viertels entlang. Ich weiß nicht, was ich sagen kann, um es wieder in Ordnung zu bringen. Ich weiß nicht mal, ob wirklich was los ist oder ob das alles nur in meiner Einbildung existiert. Im einen Moment schien alles noch bestens – wir haben Witze gerissen, gescherzt und gelacht – und im nächsten war es, als hätte er zwischen uns eine Wand errichtet.

Sein Pickup rumpelt in meine Auffahrt, und ohne zu zögern, springt Brandon aus dem Wagen. Er kommt zu meiner Seite herum, macht auf und lässt die Hand auf der Tür.

Die Spannung zwischen uns knistert förmlich.

»Willst du mit reinkommen?«, frage ich. »Es lassen sich bestimmt ein paar Brownies oder so auftreiben. Vielleicht können wir auf der Wii eine Revanche machen?«

Mir ist klar, dass es nicht leichter wird, ihn mir aus dem Kopf zu schlagen, wenn er bleibt, aber ich will nicht, dass er geht. Ich will unsere Scherze und das Lachen zurück. Und unser Rumgeflirte.

Brandon scharrt mit der Spitze seines Stiefels über den Boden. »Nee, ist schon ziemlich spät. Langer Tag, weißt du?«

»Ja. Klar«, sage ich und löse meinen Gurt. »Du hast recht.« Es *war* ein langer Tag. Training, unser erstes Match mit dem Nachwuchsteam, und dann mussten wir beide noch arbeiten. Aber wenn er wollte, würde er locker noch die Energie aufbringen, ein bisschen mit mir rumzuhängen.

Vor allem, wenn zum Rumhängen auch *Rumknutschen* dazugehören würde.

Schnell schiebe ich diesen Gedanken beiseite und rutsche an den Rand des Sitzes. Allerdings zögere ich, noch weiter vorzurücken. Da Brandon vor mir steht, sind wir jetzt auf Augenhöhe. Kusshöhe. Der verdrängte Gedanke ist prompt wieder zurück, als die Erinnerung an unseren Mutproben-Kuss wieder vor meinem inneren Auge abläuft. Der Geschmack der verbotenen Frucht. Aber Brandon macht keine Anstalten, sich vorzubeugen.

»Na dann, danke noch mal für den Abend. Ich fand's echt richtig schön.«

Er nickt. »Ich auch.«

Als er mir hinunterhilft, ergreife ich seine Hand, und Hitze schießt meinen Arm hinauf. Mit der anderen Hand stützt er mich, als meine Füße den Boden berühren, und es muss wohl meine masochistische Ader sein, die mich den Kopf heben und darauf warten lässt, dass er den letzten Schritt auf mich zugeht, dass er mich an sich zieht. Ich beiße mir auf die Unterlippe, während ich in seinem Gesicht nach irgendeinem Hinweis forsche, wie es in ihm aussieht.

Er erwidert meinen Blick und auf seinen vollen Lippen entdecke ich den Anflug eines Lächelns.

»Gute Nacht, Aly.« Seine tiefe, samtige Stimme jagt mir einen Schauer über den Rücken. »Ich ruf dich an.«

Ich murmle ein »Tschüss« und verberge kaum mein

enttäuschtes Seufzen. Während er die Beifahrertür zuschlägt, trotte ich langsam den gepflasterten Weg zu meiner Haustür entlang und sperre auf. Ich weiß, dass er erst fahren wird, wenn ich im Haus bin, und sehe ihm dann durch den weißen Schleier des Vorhangs zu, wie er zurücksetzt. Danach lasse ich mich gegen das Holz sinken.

Ich stecke in Schwierigkeiten. Und wie.

Freitag, der 27. August

5 Wochen und 1 Tag bis zum Homecoming-Ball

BRANDON

Brandons Pickup, 19:15 Uhr

Frustriert schlage ich aufs Lenkrad. »Scheiße noch mal, reiß dich zusammen!«

Eine Bewegung lässt mich mitten in meiner Schimpftirade herumfahren, und die Mutti im Wagen neben mir, die gerade ihre Kinder durch die Gegend kutschiert, lächelt amüsiert. Ich hebe die Hand zu einem verlegenen Winken, und als die rote Ampel auf Grün springt, drücke ich voll auf die Tube und reagiere meinen Frust am Gaspedal meines Pickups ab.

Heute Abend steigt Fairfields Back-to-School-Party. Normalerweise mache ich mir nichts aus diesen Turnhallenpartys, aber Aly will hin. Da bin ich also – und auch noch spät dran –, und je näher ich ihrem Haus komme, desto mehr kotzt es mich an. Nicht die Party an sich, sondern die Tatsache, dass es den Karren nur noch tiefer in den Dreck fahren wird, wenn wir heute Abend zusammen ausgehen. Als ich in ihre Straße einbiege, gehe ich noch einmal in aller

Kürze die wichtigsten Punkte der Gardinenpredigt durch, die ich mir in den letzten zehn Minuten gehalten habe.

Reiß dich zusammen, Mann! Krieg deinen Scheiß endlich geregelt. Lass dir was einfallen, wie du sie in Gottes Namen auf der Tanzfläche in den Armen halten kannst, ohne über sie herzufallen. Und zwar schleunigst.

Die letzte Woche war die längste meines Lebens. So zu tun, als hätten wir was laufen, strengt mich an. Und noch mehr strengt es mich an, so zu tun, als wäre alles beim Alten, wenn wir allein sind. Dieser Exorzismus mit der Magischen Tafel war voll für den Arsch. Und Dank meiner brillanten Idee mit dem Schein-Date habe ich die letzte Woche damit zugebracht, mir einzureden, dass ich mich *nicht* in meine beste Freundin verknallt habe.

Vor Alys Haus halte ich an und atme tief durch. Mit einer knappen Bewegung meines Handgelenks schalte ich den Motor ab und lausche in die Stille. Unzählige Male bin ich genau an dieser Stelle gesessen. Alys Haus ist in vielerlei Hinsicht eine Art Zufluchtsort für mich. Ein Ort, wo ich hinkann, wenn mir mein eigenes Zuhause wie ein Friedhof vorkommt. Ich sehe hinauf zum Fenster des Mädchens, das mich besser kennt als jeder andere – dem einzigen Menschen, vor dem ich nach Dads Tod geweint habe. Das will ich mir von diesem Experiment nicht kaputt machen lassen.

Heute Abend werde ich beweisen, dass Aly und ich einfach wieder ganz normal Freunde sein können.

Mit Schwung stoße ich die Tür auf, trotte den Weg zum Haus hinauf und klingle an ihrer Tür.

»Komme schon!«

Ich trete einen Schritt zurück und sehe, wie Aly den Kopf aus ihrem Fenster im ersten Stock streckt.

»Kein Problem«, rufe ich zurück. »Lass dir Zeit.«

Mehr Zeit, um einen kühlen Kopf zu bekommen.

Aly verschwindet hinter dem gelben Schleier des Vorhangs, und ich drehe mich um, um den Blick über die ruhige Nachbarschaft schweifen zu lassen. Die Straße rauf und runter gehen flackernd die Straßenlaternen an und erfüllen die Luft mit einem leisen Summen, das zu dem Sirren meiner Nerven passt. Auf der anderen Straßenseite sitzt Mr Lawson auf seinem üblichen Platz unter einer gigantischen amerikanischen Flagge, trinkt Bier und führt Selbstgespräche. Zwei kleine Mädchen fahren in der Sackgasse Rad und winken mir lächelnd zu. Ein ganz normaler 08/15-Freitagabend. Nur, dass der Schein trügt.

Ich stecke die Hände in die Taschen, klimpere mit dem Wechselgeld von meinem *Taco Bell*-Besuch früher an diesem Abend und taste nach meiner Packung Trident. Ich werfe mir einen Kaugummi ein und kaue hektisch. Angeblich soll Pfefferminze ja die Nerven beruhigen.

Also schiebe ich gleich noch einen zweiten Kaugummi hinterher.

Während das Klappern von Alys Schuhen hinter der Tür näher kommt, rufe ich mir noch einmal den Plan für heute Abend ins Gedächtnis. Ich muss mich nur gut konzentrieren. Als Zugabe hole ich tief Luft und wippe auf meinen Fersen zurück, bereit, meiner besten Freundin gegenüberzutreten.

Als sie in einem hautengen schwarzen Kleid die Tür öffnet, lasse ich die Luft in einem lauten Schnaufen entweichen.

Verdammt.

ALY

Fairfield Academy, Turnhalle, 19:40 Uhr

Mein Magen wummert im Takt mit den stampfenden Bässen von drinnen. Ich stehe neben Brandon in der Schlange und warte darauf, dass er unsere Schülerausweise vorzeigt (bei diesem Outfit konnte ich das Ding wirklich nirgends unterbringen), und bin mir des Abstands zwischen uns schmerzhaft bewusst. In *jedem* Sinne des Wortes. Wenn uns die anderen so sehen, kommen wir ihnen ganz bestimmt nicht wie das glücklich rumknutschende Pärchen mit der lockeren Affäre vor, als das wir uns bislang ausgegeben haben. Was sie jedoch nicht sehen, sind die explosiven Funken, die direkt unter der Oberfläche sprühen.

Hinter uns stellt sich ein weiteres Pärchen an, und ich merke, wie Brandon das Gewicht verlagert. Er neigt den Kopf, wirft mir ein kleines Lächeln zu – dasselbe komische Lächeln, das er schon aufgesetzt hat, seit er mich heute Abend abgeholt hat – und hält mir die Hand hin. Ich wische mir meine an meinem Kleid ab, nehme seine und hoffe, dass er den Schauder nicht bemerkt, der mich durchläuft, als wir uns berühren.

Die Show kann beginnen.

Es ist wohl die Untertreibung des Jahrhunderts, wenn ich sage, dass sich meine Schwärmerei für Brandon intensiviert hat. Eigentlich glaube ich, dass sich das Ganze von einer einfachen Schwärmerei zu massiver Zuneigung mitsamt heftiger Anziehung ausgewachsen hat. Möglicherweise bin ich sogar gerade dabei, mich über beide Ohren zu verlieben. Und das macht mir eine Scheißangst. Das Letzte, was unsere Freundschaft braucht, ist, dass Brandon rauskriegt, was ich für ihn empfinde, und sich dann komisch mir gegenüber verhält. Oder *noch* komischer. Aber andererseits sehe ich immer mal wieder so einen Ausdruck in seinen Augen aufflackern, der mich hoffen lässt, dass ich nicht die Einzige bin, die die Veränderung spürt. Dass vielleicht – nur ganz vielleicht – die Grenzen zwischen Schein und Sein auch für ihn verschwimmen.

Wir rücken ein paar Zentimeter in der Schlange weiter, und mein Blick fällt auf eine Foto-Tafel, die in einer Ecke aufgestellt ist. Das Motto des Abends lautet: »Ein unvergessliches Jahr.« Der Hintergrund zeigt zwei Silhouetten, die eng miteinander tanzen, wobei das Mädchen den Kopf lachend in den Nacken geworfen hat. Ich schiele wieder zu Brandon. Kann der heutige Abend vielleicht den Bann brechen?

Angefangen hat es damit, dass meine Wand der Schmach mich auf die Idee zu Operation Sexappeal brachte. Zuerst ging es darum, beachtet zu werden und vielleicht sogar einen Freund an Land zu ziehen. Ursprünglich hatte ich keinen Schimmer von den *Coolen* und *Beziehungstypen*, und Justin Carter wurde erst zu meinem erklärten Ziel, als ich beschlossen habe herauszufinden, was die andere Hälfte so für ein Leben führt.

Aufgrund unserer peinlichen Historie habe ich Brandon zuvor nicht als Option in Betracht gezogen. Er ist schließlich der Junge, der den Anfang meiner Wand der Schmach markiert. Aber auch wenn er im Grunde genommen wieder ein »Kumpel-Date« ist, ist er doch im Moment der aktuelle Mann an meiner Seite. Er ist schließlich meine Scheinaffäre. Umso länger dieses Experiment andauert, umso mehr kommt es mir allerdings wie meine Schein*beziehung* vor – nur mit immer weniger Betonung auf dem Wörtchen »Schein«. Vielleicht muss der Homecoming-Ball auch gar nicht mein Endziel darstellen. Wer weiß, vielleicht gehen heute Abend ja meine *beiden* Wünsche in Erfüllung.

Brandon und ich könnten schließlich *doch* derselben Meinung sein.

Während ich mir alle Mühe gebe, mir nicht endlos das Gehirn darüber zu zermartern, verschränke ich meine Finger mit seinen, umfasse mit der anderen Hand seinen Ellbogen und lehne den Kopf an Brandons Arm.

Sofort versteift er sich. »Aly …«

»Die Nächsten!«

Ich löse mich aus der Umarmung und schenke dem Elftklässler hinter dem Ticketschalter ein Lächeln. Dann tue ich so, als würde ich nicht merken, wie Brandons Mundwinkel nach unten sacken, während er fahrig unsere Schülerausweise aus der Hosentasche fischt, sondern drehe mich um und sehe mich bei meiner ersten Schulparty »nach dem großen Umstyling« um.

Die Metalltüren, die normalerweise die große Turnhalle von der nur unwesentlich kleineren Cafeteria trennen, stehen offen, wodurch ein einziges, riesiges Partyareal entsteht. Die Turnhalle beherbergt den DJ und die Tanzfläche, während in der Cafeteria Erfrischungen bereitstehen und die Leute rumhängen, die keine Lust haben zu tanzen. Ein grün-weißer Deko-Dschungel aus Plastik bedeckt die Reihen der Tische, auf denen verwaiste Handtaschen liegen, und an dem langen Tisch am Rand, ganz nah an der Tanzfläche, entdecke ich unsere Freunde.

Kara wühlt wie wild in ihrer Tasche herum, mit einem schwer verliebten Daniel auf ihrer einen Seite und Gabi auf der anderen, die so tut, als würde sie ihren nicht minder verknallten Verehrer neben sich ignorieren. Carlos fuchtelt mit der Hand in der Luft, während er Justin angeregt irgendeine Geschichte erzählt, der wiederum, wie mir nicht entgeht, ganz ohne Begleitung hier ist. Und dann erspähe ich Drew.

Nachdem uns der Elftklässler endlich durchgewunken hat, beuge ich mich zu Brandon, damit er mich über die Musik hinweg verstehen kann. »Wusstest du, dass Sarah dieses Wochenende kommt?«

Er sieht hinüber zum Tisch, wo Drew Sarah im Arm hält, das Kinn auf ihren Scheitel gestützt, und einfach ohne Ende glücklich aussieht. »Nein, wusste ich nicht«, murmelt er und scheint ebenso fasziniert von dem Paar zu sein wie ich. »Ich habe diese Woche kaum mit ihm gesprochen.«

Das überrascht mich, aber ich komme nicht dazu nachzuhaken, weil Sarah plötzlich von Drews Schoß aufspringt und sich zu uns durchdrängt. »Aly!«

Ich erstarre an Ort und Stelle, als mich das Energiebündel überschwänglich umarmt, obwohl wir uns eigentlich kaum kennen.

Verdutzt tätschle ich ihr den Rücken. »Sarah!« Bei meinem kläglichen Versuch, ihren Ex-Cheerleader-Freudenschrei nachzuahmen, zucke ich zusammen und höre ein verdächtiges *Klick*.

Gabi grinst hinter ihrer geliebten Canon EOS Rebel hervor. »Wurde aber auch Zeit, dass ihr zwei endlich kommt.« Sie wirft Brandon einen Blick zu und lässt vielsagend die Augenbrauen auf- und abzucken. »So liebeskrank Drew und Sarah auch sind – zumindest wissen die beiden, dass man sich das Rumknutschen für *nach* der Party aufhebt.«

Ein merkwürdiger Ausdruck huscht über Brandons Gesicht, während ich mich aus Sarahs Armen befreie, und ich frage mich, ob das außer mir noch jemandem auffällt.

»Das liegt nur daran, dass wir schon seit einem Jahr zusammen sind«, sagt Sarah und lässt sich wieder auf Drews Schoß nieder. »Die beiden hier hingegen haben *Jahre* nachzuholen.«

Die Situation wird immer verkrampfter, was noch dadurch verstärkt wird, dass Brandon es nicht schafft, mich anzusehen. Er nimmt mit gesenktem Kopf Platz, und obwohl die Jungs anscheinend nichts mitkriegen, sehen mich alle drei Mädchen mit unterschiedlich großer Besorgnis an. *Na toll.* Kara steht auf und knufft mich mit dem Ellbogen in die Seite. »Kommst du mit zur Toilette?«

Gabi springt auf. »Ich muss auch.«

Ich sage Brandon, dass ich gleich wieder da bin, und tue so, als würde mir der Ausdruck der Erleichterung entgehen, der ihm ins Gesicht geschrieben steht, während ich meinen Freundinnen in die überfüllte Mischung aus Toilette und Umkleideraum folge. Überall sind Mädchen, die sich mit Haarspray einnebeln, noch mal Deo auftragen und ihr Make-up auffrischen, kichern, lästern und weinen. Wir quetschen uns in eine freie Ecke vor dem letzten Waschbecken, und Kara nimmt ihren orangeroten Lipgloss heraus und stochert mit dem Pinselchen darin herum, ehe sie im Spiegel den Blick auf mich richtet.

»Also, was ist Brandons Problem?«, fragt sie und zieht sich die Unterlippe nach. »Er scheint irgendwie mies drauf zu sein. Gibt's Ärger im Paradies?«

Schwer möglich, Ärger im Paradies zu haben, wenn man gar nicht im Paradies ist, denke ich und verdrehe die Augen, als wäre Brandons Laune nicht der Rede wert. »Keine Ahnung. Können Jungs eigentlich auch PMS haben?«

»Eher MAS«, meint Gabi. »Männliches-Arschloch-Syndrom. Ist eine Epidemie.«

Kara schnaubt, während sie ihre Haare durchknetet, und am liebsten würde ich meine Freundinnen um Rat fragen, damit sie mir helfen, Brandons verwirrende »Jungs-

Sprache« zu entziffern. Aber das geht nicht. Sie glauben beide, dass wir wirklich zusammen sind, und es ist viel zu spät, sie einzuweihen. Da muss ich jetzt alleine durch.

»Das ist vielleicht kein anerkannter Fachausdruck«, sagt Kara, »aber Gabi hat recht. Jungs sind seltsame Wesen. Lass dich davon nicht runterziehen.« Sie wirft sich im Spiegel noch einen prüfenden Blick zu und meint dann: »Solange es *dir* gut geht ... Seid ihr bereit fürs Getümmel, Mädels?«

Gabi nickt und stößt sich von der Wand ab. Die beiden sehen mich an. Eigentlich möchte ich noch nicht nach da draußen zurück. Ich brauche dringend einen Moment für mich allein. »Wisst ihr was, ich komme sofort nach. Ich muss nur noch kurz aufs Klo.«

Gabi legt den Kopf schief und beäugt mich skeptisch. »Möchtest du, dass ich dableibe?«

»Nein, nein, geh nur.« Ich setze ein sonniges Lächeln auf. »Bin auch gleich da.«

»Okay«, sagt sie. »Aber wenn du in zehn Minuten nicht bei uns bist, hetze ich dir einen Suchtrupp auf den Hals.«

Ich lache, weil sie das damit bezweckt hat, und behalte das Lächeln ins Gesicht getackert, bis meine zwei Freundinnen die Toilette verlassen haben. Als sie endlich draußen sind, lasse ich mich auf eine Bank sinken, stütze den Kopf in die Hände und schließe die Augen.

Warum muss das alles so kompliziert sein? Mir reichen schon meine eigenen widerstreitenden Gefühle, mit denen ich mich rumschlagen muss, ohne mir auch noch über Brandon den Kopf zu zerbrechen.

Oder darüber, wie *seine* Gefühl für mich aussehen.

Ich greife mir mit beiden Händen in die Haare und fahre frustriert hindurch. Plötzlich überschlagen sich meine Gedanken und ich erstarre.

Könnte es vielleicht *das* sein?

Könnte Brandon sich möglicherweise deshalb so komisch in meiner Gegenwart benehmen, weil er genauso durcheinander ist wie ich? Vielleicht wartet er sogar darauf, dass ich auf ihn zugehe, um zu sehen, ob ich dasselbe fühle?

Bei dem Gedanken wird mir ganz schwindelig vor Aufregung und die aufgestaute Anspannung der letzten zwei Wochen fällt von mir ab. Vermutlich mache ich mir viel zu große Hoffnungen, genau wie damals beim allerersten Schulball in der Neunten. Aber es besteht eine Chance, dass es diesmal anders ist.

Möglich ist es jedenfalls.

»Ooooh, hat Brandon dich etwa schon satt?«

Auch ohne aufzuschauen, erkenne ich Lauren an ihrer Stimme. Der selbstverliebte, blasierte Tonfall wird oft kopiert, doch selten erreicht. Ich fühle mich in die Enge getrieben und allein – *Warum habe ich Kara und Gabi gleich wieder weggeschickt?* – und starre weiterhin stur auf die zerbrochenen Bodenfliesen hinunter.

Lauren lacht. »Sag mal, wie fühlt sich das eigentlich an, dass du ihn dir nur dadurch angeln konntest, dass du dich komplett umgekrempelt hast? Deine Klamotten, deine Frisur ... Schau an, jetzt siehst du doch tatsächlich wie ein Mädchen aus.«

Bei diesen Worten hebe ich den Kopf. Die Menge um uns herum verstummt. Polly, eine nette, stille Zwölftklässlerin, wirft mir quer durch den Raum einen Blick zu und lächelt mich mitfühlend an.

»Ziemlich traurig, dass du nach all den Jahren zu solchen Mitteln greifen musstest.« Lauren legt sich die Hand aufs Herz und seufzt. Sie wendet sich zu ihrem Publikum um, und ihre Stimme geht eine Oktave höher, wobei sie die Aufmerksamkeit sichtlich genießt. »Na ja, wenigstens weiß sie, worauf er steht. Da muss man sich keine Illusionen machen, dass er sie aufgrund ihrer *Persönlichkeit* mag.«

Bis auf Polly kichern alle und Lauren dreht sich zum Gehen.

Und ich sitze nur da.

Die Wahrheit hinter ihren Worten hallt mir in einer Endlosschleife durch den Kopf und macht es mir unmöglich, auch nur im Entferntesten so etwas wie eine schlagfertige Erwiderung rauszuhauen.

Natürlich will Brandon mich nicht. Habe ich seit der neunten Klasse nichts dazugelernt?

Einen Moment lang habe ich mir tatsächlich eingebildet, dass unsere Scheinaffäre mehr als das sein könnte. Dass die letzten paar Wochen des Täuschungsmanövers ihm genauso viel bedeutet haben wie mir. Aber wie Lauren gerade betont hat: Falls sich Brandon seiner Gefühle wirklich nicht sicher ist, dann hat das absolut nichts mit *mir* zu tun.

Dann steht er einfach nur auf heiße Fummel aus *Forever 21*.

Draußen in der Turnhalle lassen Kara und Sarah wild die Hüften kreisen, während Daniel und Drew hinter ihnen abtanzen. Die Hände hinter dem Kopf verschränkt, sitzt Gabi mit all den verwaisten Handtaschen am Tisch und hat die schwarzen Armeestiefel auf dem Stuhl neben sich hochgelegt.

»Na, hast du Taschen-Dienst?«, frage ich und werfe Brandon flüchtig einen Blick zu. Er und Carlos unterhalten sich über Baseball. Wieder mal.

»Du weißt doch …«, Gabi wedelt mit einer Tüte Salz-und-Pfeffer-Kartoffelchips vor mir herum, und ich schüttle den Kopf, »… in der Turnhalle tanzen ist mir irgendwie zu billig.«

Derartige Kommentare aus dem Munde eines Tanzteam-Mitglieds bringen mich immer zum Lachen. Auch wenn die Welt kopfsteht, kann ich mich darauf verlassen, dass Gabi mich auf den Boden zurückholt.

»Na ja, dann stürme ich mal die Tanzfläche.« Das bringt mir einen erstaunten Blick von meiner rebellischen Freundin ein, und ich wende mich an Brandon, obwohl ich schon weiß, wie es ausgehen wird. »Wie sieht's aus, hast du vielleicht auch Lust?«

»Ähm, ich glaube, ich bleibe bei Carlos.« Er lehnt sich auf seinem Stuhl zurück und lächelt mich mit zusammengepressten Lippen an. »Aber viel Spaß dir.«

Okay, nicht mal mit mir tanzen will er. Ich bin so eine Idiotin.

Schmerz, Enttäuschung und Scham stürmen mit solcher Wucht auf mich ein, dass ich kaum noch Luft bekomme. Weil ich nicht will, dass jemand mitkriegt, wie gedemütigt und verletzt ich bin, schiebe ich mich hastig im Zickzack über die überfüllte Tanzfläche zu meinen Freunden durch und beiße die Zähne zusammen, um nicht in Tränen auszubrechen.

Als ich fast bei ihnen bin, ruft mir eine vertraute Stimme ins Ohr: »Den Song finde ich super.«

Ich fahre herum und entdecke zu meinem Erstaunen Justin direkt hinter mir. Er deutet mit dem Daumen in Richtung DJ und ich nicke und versuche zu lächeln. »Ja, ich auch.«

Die Augenbrauen fragend hochgezogen, kommt Justin einen Schritt auf mich zu und fängt an zu tanzen. Ich zögere nur ganz kurz, dann mache ich mit. Schließlich sind wir alle zusammen da, und Brandon kümmert es ohnehin nicht, was ich treibe … auch wenn unsere restlichen Freunde sich zu wundern scheinen. Die nächsten zwei Lieder bleiben wir als Sechsergrüppchen zusammen und tanzen in einem kleinen Kreis, aber schließlich bilden sich Pärchen.

Zu meiner Rechten tanzen sich Kara und Daniel an, als wären sie in einem Rihanna-Video. Links von mir gehen Drew und Sarah trotz der schnellen Beats auf Körperkontakt. Bleiben Justin und ich. Grinsend nähert er sich mir, und einen Moment lang überkommen mich Schuldgefühle, als wäre es ein Verrat, mit ihm zu tanzen.

Auf die Entfernung kann ich Brandons Gesichtsausdruck nicht erkennen, aber allein die Tatsache, dass er *sitzt*, macht mir einmal mehr klar, dass das zwischen uns nicht echt ist. Es macht ihm nichts aus, dass ich mit einem anderen tanze. Brandon weiß, dass diese Mission ursprünglich auf Justin abgezielt hat, und so merkwürdig, wie er sich aufführt, hofft er vermutlich, dass *ich* das auch noch weiß.

Angesichts des ganzen Durcheinanders, das ich da heraufbeschworen habe, schließe ich die Augen. Wer hätte ahnen können, dass ein kleines Täuschungsmanöver in so einem Desaster enden würde. Als ich die Augen wieder aufschlage, schwöre ich mir, den Rest des Abends keinen Gedanken mehr an den dämlichen Imagewandel zu verschwenden, sondern einfach nur Spaß zu haben. Oder zumindest eine naturgetreue Nachbildung dessen.

Durch Schein zum Sein, nicht wahr?

Ich werfe die Haare zurück und lasse die Hüften zum Rhythmus von Beyoncé kreisen.

»Du kannst dich echt gut bewegen«, sagt Justin und beugt sich dabei ganz dicht zu mir, damit ich ihn hören kann.

Der Geruch von Aftershave und Seife kitzelt mich in der Nase. »Danke.« Ich lege den Kopf in den Nacken und sehe ihn an. Sehe ihn so *richtig* an.

Vor meinem Imagewandel hätte Justin nie so etwas zu mir gesagt. Und ganz bestimmt hätte er mich nicht so angelächelt wie jetzt. Der Casanova-Charme, den er sich so meisterhaft zugelegt hat, ist definitiv da, aber da ist noch mehr – eine Aufrichtigkeit in seinen braunen Augen, die mich überrascht. Er erwidert meinen Blick für einen langen Moment, ehe er ihn fast ein wenig verlegen wieder abwendet.

Operation Sexappeal läuft wie am Schnürchen. Jetzt, in diesem Augenblick auf der Tanzfläche, sollte ich glücklich sein. Doch als mir Laurens Worte wieder durch den Kopf gehen, rauben sie diesem Moment jedes bisschen Freude.

Justin beugt sich vor und meint: »Weißt du, du siehst heute Abend wirklich toll aus. Brandon kann sich echt glücklich schätzen.«

Mir entfährt eine Mischung zwischen Lachen und Schluchzen. Tränen schießen mir in die Augen und ich blinzle sie hastig weg. »Du siehst aber auch nicht schlecht aus«, sage ich und versuche ein Lächeln.

Und das stimmt. Er trägt eine dunkle Jeans und ein schwarzes, eng anliegendes T-Shirt. Schlicht und sexy wie immer. Und er tanzt mit *mir*!

Krieg dich wieder ein!

Der Song endet und der DJ beschließt, die Gangart zu ändern, und legt Adeles langsame, sexy Version von »Make You Feel My Love« auf. Erbärmlicherweise werfe ich einen Blick in Richtung Cafeteria, doch Brandon ist nicht da.

»Willst du?«

Ich drehe mich wieder um und sehe, dass Justin mir die Hand hinhält. »Äh, klar. Warum nicht?«

Er legt seine Arme um mich und sieht mir in die Augen. Ich gucke weg und wir bewegen uns zur Musik. Justins Herz pocht an meiner Wange.

»Was dagegen, wenn ich übernehme?«

Beim Klang von Brandons Stimme schlägt mir das Herz bis zum Hals. Mein Kopf zuckt mit einem Ruck hoch, doch er sieht mich nicht an. Stattdessen fixiert er Justin, und seine Lippen sind so fest zusammengepresst, dass sie fast weiß sind.

»Hey, na klar, sie ist deine Freundin, oder nicht?« Justin tritt mit erhobenen Händen den Rückzug an und sein Lächeln wirkt gezwungen. »Ich hab ihr nur ein bisschen Gesellschaft geleistet.« Als er sich von ihm abwendet und mich anblickt, wird sein Lächeln weich. »Danke für den Tanz, Aly.«

Ich nicke, antworte jedoch nichts, weil mich plötzlich Brandon an sich zieht. Er tanzt nicht so eng mit mir wie Justin, doch ich fühle mich in seinen Armen sicher und geborgen. Er tanzt auch nicht so gut wie Justin. Brandons Bewegungen sind steif und sogar ein wenig ungeschickt. Doch wie er mich so in den Armen hält und ich das berauschende Aftershave einatme, das ich ihm gekauft habe, und mir nur einen Moment lang erlaube, so zu tun, als wäre es real … ist es alles, was ich brauche. Ich lege meinen Kopf an seine Brust und schließe die Augen.

Der Song handelt von den Dingen, die jemand für seine Liebe tun würde. Dem Text zuzuhören und mit Brandon zu tanzen, in dem Bewusstsein, dass ich mit größter Wahrscheinlichkeit dabei bin, mich in ihn zu verlieben … ist unheimlich intensiv. Vor allem, weil ich keinen Schimmer habe, was in ihm vorgeht. Wühlt ihn der Text auch so auf?

Er räuspert sich und ich blicke zu ihm hoch.

Brandon sieht weder verzückt noch nachdenklich aus. Er wirkt *angepisst.* »Hat ausgesehen, als würdet ihr zwei euch prächtig amüsieren.«

Mein Kopf schnellt bei dieser harschen Anschuldigung zurück. Das Gefühl seiner Arme um meine Taille und das Kribbeln, das von seinen Händen ausgeht, die auf meinem Rücken liegen, sind vergessen, als ich frage: »Bist du sauer auf mich?«

»Nein.« Ein Muskel zuckt an seinem Kiefer. »Warum sollte ich?«

Seine zusammengekniffenen Augen und seine angespannte Körperhaltung sprechen eine andere Sprache, doch ich habe keinen Schimmer, warum er sich so aufregt. Nichts, was er in der letzten Woche getan hat, hat irgendwie Sinn ergeben. Aber das war bei mir auch nicht anders. »Dein Wort drauf?«

Brandon schließt die Augen. Einen gespannten Augenblick lang frage ich mich, ob er ehrlich zu mir sein wird. Oder ob er dermaßen zornig und aufgebracht ist, dass er sogar lügt. Dann sagt er: »Nein. Nicht mein Wort drauf.« Er stöhnt frustriert auf und ich spüre winzige Nadelstiche der Furcht im Nacken. »Ich hab keine Ahnung, was verdammt noch mal mit mir los ist.« Als er die Augen wieder aufmacht, ist das helle Grün ganz düster vor Erschöpfung. »Sollen wir ein bisschen frische Luft schnappen gehen?«

Ich schlucke schwer. *Nein, lieber nicht.* Wann in der Geschichte der Menschheit haben diese Worte je zu einem Happy End geführt? Nie. Aber da mir genau genommen keine andere Wahl bleibt, nicke ich nur.

Während Adele irgendwas über einen *Highway der Reue* singt, folge ich ihm durch die offene Hallentür. Draußen lässt Brandon sich unter dem schwach erleuchteten Übergang auf eine Holzbank fallen, stützt die Ellbogen auf die Knie und vergräbt den Kopf in den Händen. Ich setze mich neben ihn und warte darauf, dass er die Bombe hochgehen lässt – was auch immer es ist.

Schließlich lacht er düster, blickt auf und sieht stur geradeaus in die schwarze Nacht. »Diese Sache mit dem Vortäuschen funktioniert irgendwie nicht so richtig gut, oder?«

Er macht mit mir Schluss.

Die Lächerlichkeit dieses Gedankens trifft mich eiskalt und ich kneife die Augen zu und mache mich auf das Schlimmste gefasst. Was nie zusammengehört hat, kann man auch nicht trennen. Aber diese simple Tatsache hat mein Herz irgendwie nicht kapiert. Schon im nächsten Moment brennt mir die Nase, und mein Kopf fühlt sich an, als würde er implodieren. Ich blinzle hektisch, bemühe mich nach Kräften, die Tränen zurückzuhalten, und schlucke, um den Druck zu lindern.

Ich darf Brandon nicht sehen lassen, wie sehr mich das trifft.

»Ich schätze mal, du hast recht«, erwidere ich, doch meine zittrige Stimme verrät mich.

Er sagt nichts dazu, also sitzen wir schweigend da – *ich* versuche, keine Panikattacke zu bekommen, und *er* starrt auf die Backsteinwand und weigert sich noch immer, mich anzusehen. Die Wärme, die von ihm ausgeht, versengt meine linke Seite, und doch fühlt es sich an, als wäre er eine Million Meilen weit weg. Als hätten die siebzehn

Jahre, die wir uns kennen, und auch die letzten drei als beste Freunde nie existiert. Wir sind nichts als zwei Fremde, die zusammen auf einer Bank sitzen.

Und das tut am allermeisten weh.

»Tut mir leid ... das alles«, sage ich mit leiser Stimme.

Er dreht den Kopf als Zeichen, dass er mich gehört hat, und sieht mich an. Seine Augen sind so traurig, dass es mich total fertig macht. »Ich hatte keine Ahnung, dass das zu so einem Desaster führen könnte. Alles, was ich wollte, war, dass die Jungs mich mit anderen Augen sehen. Dass sie mich endlich richtig *wahrnehmen.*«

Brandon wirft mir ein kleines Lächeln zu, das nicht bei seinen Augen ankommt. »Hat ja auch geklappt.« Er fährt sich mit den Fingern durch die zerzausten Haare und schiebt hinterher: »Zumindest hat es mir einen Vorwand geliefert, noch öfter mit meiner besten Freundin rumzuhängen.«

Offenbar ein Versuch, mich aufzumuntern.

Funktioniert aber nicht.

Wenn er mich früher so bezeichnet hat, hat mich das immer gefreut. Jetzt fühlt es sich an wie ein Stich ins Herz. Wie konnte ich so dumm sein zu glauben, ein Typ wie er würde sich ernsthaft für mich interessieren? Dass er auch nur annähernd so empfinden könnte wie ich die letzten Wochen.

Brandon führt keine Beziehungen. Das wusste ich.

Schritte kommen näher, und wir verfallen wieder in Schweigen, während zwei schemenhafte Gestalten um die Ecke biegen. Als das weiche Licht auf sie fällt, sehe ich, dass es Adam und Chelsea sind, die da Händchen haltend spazieren gehen. Er lächelt sie mit dem gleichen Lächeln an, mit dem er einst mich angelächelt hat. Es kommt mir vor, als wäre das Universum ein rachsüchtiges Biest, das ein leuchtendes Neonschild hochhält mit der Aufschrift: *Da hast du's, Aly. Du wirst nie gut genug sein.*

Adam sieht Brandon und dann wieder mich an und auf seiner Stirn bilden sich Sorgenfalten. Das macht es nur noch schlimmer. Ich deute ein Nicken an, um ihm zu übermitteln, dass alles in Ordnung ist, mache mir jedoch nicht die Mühe zu lächeln. Adam kennt mich gut genug, um das zu durchschauen.

Ich warte, bis das glückliche Paar in den Schatten verschwindet. »Du hast recht, Brandon. Die letzten Wochen waren echt lustig.« Ich halte kurz inne, um all meinen Mut zusammenzunehmen, und sage dann: »Aber wir sollten dieses Spielchen vermutlich beenden, bevor noch unsere Freundschaft Schaden nimmt.«

Eine innere Stimme verhöhnt mich. *Bist du sicher, dass das nicht längst passiert ist?*

Brandon macht den Mund auf und zögert, und in mir keimt alberne, dumme Hoffnung auf – nur, um im nächsten Moment zunichte gemacht zu werden, als er ihn wieder schließt. Er schüttelt den Kopf und sieht mich dann mit einem merkwürdigen Ausdruck in den Augen an, der eigentlich nur Erleichterung sein kann. »Du hast recht.«

Großartig, genau das wollte ich hören.

Als das letzte Fünkchen Hoffnung erlischt, nimmt es auch das letzte bisschen Luft in meiner Lunge mit sich.

Wenn ich den Emotionen, die in mir brodeln, nicht bald nachgebe, explodiere ich. Aber ich zwinge mich, mich noch ein wenig zusammenzureißen. Nach allem, was vorgefallen ist, kann ich vor Brandon keinen Zusammenbruch kriegen. Geht einfach nicht.

Er steht auf und steckt die Hände in die Hosentaschen. »Soll ich dich heimfahren?«

»Nee.« Irgendwie bringe ich ein Lächeln zustande, obwohl ich genau weiß, dass er es ebenfalls durchschaut. »Ich fahre mit dem Todesmobil.«

Er nickt und tritt gegen ein paar Kieselsteine. »Sehen wir uns morgen beim Spiel?«

»Ja.« Ich wiege mich auf der Bank hin und her, und jede einzelne Faser meines Körpers ist angespannt, so viel Anstrengung kostet es mich, mich zusammenzunehmen. *Bitte geh. Bitte, bitte geh einfach.* »Ja, ich werde da sein.«

Wir sehen uns noch einen Moment lang in die Augen, dann dreht er sich um. Ich betrachte seinen Rücken und zähle seine Schritte, bis er die Stufen hinunter zum Parkplatz verschwindet. Erst dann lasse ich den Emotionen freien Lauf, die wie wild in mir wüten.

Zwanzig Minuten später entdeckt Gabi mich zusammengekauert auf der Bank.

»Hey, Süße, ich hab nach dir ge…« Sie stockt, als sie mein verheultes Gesicht, die roten Augen und die laufende Nase sieht, und sagt: »Ich bin gleich wieder mit Kara zurück!«

Gabi war noch nie gut mit so emotionalem Mist. Ich

fahre mit den Fingerspitzen unter den Augen entlang und gucke verzweifelt die dicke schwarze Pampe an, die ich weggewischt habe. Die Doppeltüren gehen auf, und Gabi taucht wieder auf, doch diesmal mit der kompletten verdammten Kavallerie im Schlepptau. Kara und Sarah stürzen auf mich zu, und jede schnappt sich eine Hand, während Daniel und Drew sich an die Wand drängen und sich ganz offenkundig fehl am Platze fühlen. Als sich die Tür ein drittes Mal öffnet, gesellen sich auch noch Carlos und Justin dazu.

Fantastisch.

Ich muss nicht viel sagen. Die Tatsache, dass ich heule wie ein Baby und von Brandon weit und breit nichts zu sehen ist, macht die Situation mehr als klar.

Trotzdem fragt Carlos: »Wo ist Brandon?« Gabi wirft ihm einen vernichtenden Blick zu und schlägt ihm auf den Arm. »Was soll das, Gabi?«

Ohne ihm eine Antwort zu geben, schubst sie meine Füße von der Bank, zieht mich hoch und legt dann einen Arm um mich. Kara kommt auf meine andere Seite. »Männer sind Idioten«, erklärt Gabi, während mich die beiden in eine Dreierumarmung ziehen.

Ich schniefe und werfe einen Blick auf die anderen, die unbehaglich herumstehen und von denen über die Hälfte Jungs sind. Drew nickt mir tröstend zu.

Lieber Gott, lass mich tot umfallen.

Sarah kniet sich hin und tätschelt meine Hand. »Geht's wieder? Gabi hat recht. Jungs sind dämlich.« Sie wirft ihrem Freund einen Blick zu und meint: »Nicht du, Liebling. Ich meine Brandon … Was ist eigentlich sein Problem? Seit Jahren ignoriert er das Offensichtliche, dann checkt er es endlich doch, und jetzt …« Sie sieht mich an. »Was genau hat er eigentlich gemacht?«

Kara hält mir eine Kugel zusammengeknülltes Klopapier hin und ich reibe mir damit über die Augen. »Nichts. Wir haben Schluss gemacht. Es war in gegenseitigem Einverständnis.«

Ihre Mienen sprechen Bände. Keiner kauft mir diese platte Floskel ab.

Sarah tätschelt weiterhin meine Hand. »Mach dir keine Sorgen, Aly. Alles wird gut. Wirst schon sehen.«

Gabi verdreht die Augen, und ich muss an mich halten, damit ich das nicht auch mache. Sarah meint es nur gut, aber sich trösten lassen von jemandem, der bis über beide Ohren verliebt ist? Das ist wenig hilfreich. Und Drew, der an seinem Ohrläppchen zupft und irgendwelche Mitleidsbezeugungen murmelt, ist gleich noch viel weniger hilfreich. Zweifellos wird Brandon alles über mein Heulkonzert erfahren. Drew ist echt nett, aber die Klappe zu halten, zählt nicht zu seinen Stärken.

Ich höre, wie die Hallentür noch einmal aufgeht und *weiß* mit plötzlicher Sicherheit, wer das sein muss. Für den Fall, dass ich die Botschaft immer noch nicht gerafft habe, hat das Universum sich gedacht, dass es mir lieber noch einmal so richtig Bescheid gibt. Und zwar in Gestalt von Lauren.

Ihrem Gesichtsausdruck nach zu urteilen, hatte sie keine Ahnung, dass wir hier sind. Ausnahmsweise sieht sie mal nicht gekünstelt oder arrogant drein. Das enorme Selbstbewusstsein, das sie und die anderen *Coolen* immer zur Schau tragen, ist spürbar abwesend und durch hängende Schultern und einen gesenkten Blick ersetzt. Ungefähr eine Nanosekunde lang sehe ich ein Mädchen, das mir ganz genauso verloren vorkommt wie ich. Sie wirkt richtig traurig.

Doch dann bemerkt sie ihr Publikum und sofort übernimmt wieder die alte Lauren. Bauch rein, Brust raus, Nase hoch. Als ihre adlerscharfen Augen mein zusammengeknülltes Tuch und das Notfallteam registrieren, erscheint ein hämisches Grinsen auf ihrem Gesicht, und sie ruft mir ein »Schönen Abend noch« zu und schlendert lässig vorbei. Doch nach allem, was heute Abend passiert ist, berührt mich das kaum.

Gabi nimmt Kara beiseite und sie beginnen hitzig zu flüstern. Ich höre die Worte »Rache ist süß«, und weil ich nicht mal weiß, ob sie von Lauren oder Brandon sprechen, muss ich nur noch mehr weinen. Das hier ist alles einzig und allein meine Schuld. Carlos scharrt mit den Füßen, kratzt sich am Arm und streckt die Hand aus, um mir alle dreißig Sekunden über den Kopf zu streicheln wie einem Hündchen. Justin klopft mit dem Fuß gegen die Backsteinmauer und betrachtet mich mit undurchdringlicher Miene. Daniel steckt sein Handy in die Tasche und zieht es dann wieder heraus, und weiß offenkundig nicht, was er tun soll.

Das alte Sprichwort »Geteiltes Leid ist halbes Leid« ist völliger Quatsch.

Ich greife nach Karas Arm. »Leute, ich will einfach nur nach Hause, in mein Bett kriechen und mich in Selbstmitleid suhlen. Können wir bitte weg, bevor die komplette Party rauskommt, um sich das Maul zu zerreißen?«

Denn ich zweifle keine Sekunde daran, dass Lauren bereits ihr Smartphone bearbeitet und die Neuigkeit die Runde macht, noch während wir hier sprechen.

Kara gelangt offenbar zur selben Schlussfolgerung wie ich. »Daniel, wir müssen gehen. Jetzt.« Sie packt mich am Arm und schiebt mich vorwärts.

Daniel, der anscheinend froh ist, dass er endlich was zu tun hat, kramt seine Schlüssel aus der Hosentasche und marschiert voran.

Ich drehe mich um, um den anderen mit meinem zusammengeknüllten Klopapier halbherzig zuzuwinken, und folge ihm dann Arm in Arm mit Kara zum Parkplatz.

Als sie mich zehn Minuten später zu Hause absetzen, ist alles dunkel. Ich schleiche mich leise hinein und atme erleichtert auf, als es still bleibt. Meine Eltern können zwar total gut zuhören, ohne ständig ihren Senf dazuzugeben, aber ich wäre jetzt echt nicht in der Lage, das ganze Desaster noch einmal durchzukauen. Ich hole mir eine Cola aus dem Kühlschrank und eine Riesenpackung Oreos aus der Speisekammer und schleiche die Treppe zu meinem Zimmer hinauf.

Dort stelle ich mein Liebeskummer-Erste-Hilfe-Paket auf den Nachttisch, werfe mich aufs Bett und starre das Deckengemälde an, das Gabi entworfen hat. Die strahlend gelbe Sonne und die flauschigen Schäfchenwolken, die mich jeden Morgen begrüßen, bringen mich sonst immer zum Lächeln.

Nicht so heute Abend. Die scheiß Dinger sind viel zu gut gelaunt.

Ich packe mein Kuschelkissen und feuere es mit aller Wucht an die Decke.

Das hat gut getan.

Ich drehe den Kopf, starre auf die Wand der Schmach und stoße ein verächtliches Lachen aus. Von dieser Party habe ich nicht einmal ein Kumpel-Mitleids-Foto mitbekommen. Geht es noch deprimierender?

Kopfschüttelnd lasse ich den Blick über die Bilder wandern und rufe mir jeden Schulball und jeden der Jungs ins Gedächtnis – jedes Mal, dass ich nicht gut genug war. Dann fällt mein Blick auf den Kalender über dem Schreibtisch.

Der Countdown bis zum großen Ball läuft. Es wird Zeit, dass ich wieder zur Tagesordnung übergehe und meinen Plan verfolge. Irgendwie habe ich in den letzten Wochen meine Prioritäten aus den Augen verloren, aber von jetzt an konzentriere ich mich voll und ganz auf mein Ziel. Hier geht es darum, selbstbewusst und *cool* zu werden. Und Justin dazu zu bringen, mich zum Homecoming-Ball einzuladen.

Ihn will ich rumkriegen, nicht Brandon. Und jetzt weiß ich auch wieder, warum.

Ich kicke meine Schuhe quer durchs Zimmer und rolle mich auf meinem Bett zusammen. Morgen früh habe ich mein Volleyballtraining und danach steht das zweite Spiel unserer Nachwuchsmannschaft an. So groß die Versuchung auch ist, es zu schwänzen, kann ich mein Team doch nicht im Stich lassen. Ich will Kaitie und Baylee nicht enttäuschen. Und Brandon ebenso wenig. Alles, was heute Abend passiert ist, ist meine eigene Schuld, nicht seine. Morgen muss ich mich zusammenreißen, mich irgendwie auf Autopilot durch den Tag bringen und versuchen, das Match zu überstehen, ohne die Situation zwischen uns noch schlimmer zu machen.

Falls das überhaupt möglich ist.

Samstag, der 28. August

5 Wochen bis zum Homecoming-Ball

BRANDON
Städtische Sportanlage, 12:45 Uhr

Mit Blick auf die geschlossene Hallentür hole ich die Zeichnung von letzter Nacht aus der Hosentasche. Darauf sitzt Aly auf der Bank, auf der ich sie gestern Abend zurückgelassen habe. Ihre Haare sind zu einem wirren Pferdeschwanz zusammengebunden, wie früher, vor dem Umstyling, aber sie trägt das Neckholder-Top, das sie letzte Woche anhatte. Tränen stehen in ihren sonst so strahlenden blauen, ungeschminkten Augen. Mein Magen zieht sich zusammen.

Ich habe schon richtig üblen Scheiß erlebt. Aber Aly, meine langjährige Freundin und das Mädchen, mit dem ich die letzten drei Wochen irgendwie zusammen war, so zurückzulassen, war echt eines der schlimmsten Dinge, die ich je tun musste.

Beim Schlussmachen der Part zu sein, der abserviert wird, ist absolut zum Kotzen, und Trennungen überhaupt sind ätzend. Normalerweise verlaufen sich meine Affären sonst immer einfach irgendwie im Sande, weil beide Seiten anfangen, sich zu langweilen, und zu neuen Ufern aufbrechen. Das ist das Schöne an den *Coolen.* Kein Drama, kein Schmerz, keine Tränen.

Keine Angst.

Und Angst ist exakt das, was ich empfinde, als mein Blick zwischen der Zeichnung und der Hallentür hin und her huscht. Jede Faser meines Körpers befindet sich auf höchster Alarmstufe, für den Fall, dass Aly auftaucht. Ein Quietschen auf dem Linoleum lässt mich zusammenfahren. Ich blicke auf, aber es ist nur Baylee, die Aufwärmübungen macht. Erneut sehe ich auf die Uhr und trommle ungeduldig auf die Bank.

Der letzte Abend hätte nicht schlimmer laufen können. Meine ganzen Vorsätze und die Vorträge, die ich mir zuvor noch gehalten habe, sind in der Sekunde verpufft, als ich sah, wie Justin seine Griffel an Aly dran hatte. Ich hätte einfach gleich mit ihr tanzen sollen, statt mit Carlos rumzusitzen und zu versuchen, den Impuls zu unterdrücken, sie mir einfach zu schnappen und zurück zu meinem Wagen zu entführen. Dummerweise hat es mich aber nur noch mehr angemacht, ihr zuzusehen, wie sie auf der Tanzfläche die Haare herumschleudert und die Hüften schwingt. Und als Justin sich zu ihr gesellte, um die Situation auszunutzen, konnte ich mich einfach nicht länger beherrschen.

Unser Gespräch danach war unheimlich demütigend, doch nachdem ich daheim eine Stunde lang auf den Sandsack in der Garage eingedroschen hatte, habe ich beschlossen, dass sie recht hat. Wir müssen unsere Scheinbeziehung beenden und wieder auf den Boden der Tatsachen zurückkehren – nämlich zu unserer Freundschaft –, bevor wir noch alles verlieren.

Ich bete nur, dass es nicht zu spät ist.

Punkt zwölf Uhr fünfzig geht schließlich die Tür auf. Schnell stecke ich die Zeichnung wieder ein, stehe auf und vergrabe meine Hände tief in den Taschen.

Klein und zierlich wie Aly ist, hängt das armeegrüne Trainer-Poloshirt regelrecht an ihr herunter – fast schon Schlabberlook wie früher. Mit ihren leicht zerstrubbelten Haaren, die zu einem Pferdeschwanz zusammengebunden sind, und der ausgeleierten Khakihose sieht sie aus wie die Aly, die ich kannte. Bis auf einen kleinen Unterschied. Sie sieht mich nicht an.

Den Blick zu Boden gerichtet, läuft sie steifbeinig durch die Halle, stellt ihre Wasserflasche auf der Bank ab und lässt ihre Tasche fallen.

Ich räuspere mich. »Hey.«

Aly blickt auf, aber ihre Augen kommen nicht höher als bis zu meiner Brust. »Hey.«

Wortlos verstreichen die Sekunden. Sie zupft an ihrem Pferdeschwanz, wippt auf den Zehenspitzen und sieht mir kein einziges Mal in die Augen. Ich mache einen Schritt auf sie zu, doch sie macht kehrt und geht hastig zum anderen Ende der Turnhalle, wo sie Baylee und Kaitie in ein Gespräch verstrickt.

Offenbar ist der letzte Ort auf Erden, wo sie sein will, neben mir am Spielfeldrand.

Was, je mehr ich darüber nachdenke, totaler Mist ist. Vielleicht bin ich auf diesem Gebiet nicht sonderlich versiert, aber ist es nicht eigentlich das Anrecht derer, die *abserviert wurden*, verletzt und sauer zu sein?

Aly bleibt am anderen Ende der Turnhalle, bis zehn Minuten später auch der Rest des Teams eingetrudelt ist. Als sie schließlich doch zu unserer Bank zurückkommt, setzt sie sich neben mich und knetet die Hände in ihrem Schoß. Ich starre darauf und wünsche mir so sehr, das Schweigen zwischen uns mit Worten zu füllen und alles wieder gut zu machen, aber ich weiß nicht, was ich sagen soll.

Sie braucht Zeit. Das ist alles. Ich werde ihr ein bisschen Freiraum lassen, damit all diese Gefühle runterkochen, und dann können wir bestimmt wieder normal miteinander umgehen. Alles ist in Ordnung.

Der Schiedsrichter nickt uns zu und gibt uns damit zu verstehen, dass das Match gleich losgeht. Aly steht auf, um mit den Mädchen ein paar letzte Aufwärmübungen zu machen, und ich rufe unsere Zuspielerin zu mir, um noch einmal die Strategie durchzugehen. In der Hoffnung, dass sie mich ansieht, anlächelt und mir damit beweist, dass das hier nur ein schlechter Traum ist, huscht mein Blick immer wieder zu Aly hinüber. Als der Pfiff ertönt und die Mädchen sich aufs Spielfeld begeben, blickt sie endlich auf.

Ihre traurigen Augen treffen mich wie ein Schlag, als sie sagt: »Also, packen wir's an.«

Der Signalton schallt durch die überfüllte Turnhalle. Ein letzter Blick auf die Anzeigetafel bestätigt mir, dass wir Oak Cove mit 25:2 weggefegt haben. Aly springt auf und die Eltern applaudieren frenetisch. Nachdem sie mit dem anderen Team Hände geschüttelt haben, stürmen unsere Mädchen zur Bank, wobei ihre Turnschuhe auf dem Hallenboden quietschen wie Nägel auf einer Schultafel.

Baylee springt mir auf den Rücken, küsst meine Wange und kreischt: »Gut gemacht, Brudi!«

Sie hopst wieder hinunter und wirbelt zu Aly herum, packt ihre Hand, dreht sie im Kreis und stellt sie vor mir wieder ab, während sie skandiert: »Juhu! Fairfield hat die anderen vom Platz gefegt! Wir sind die Besten! B-E-S-T-E-N!« Zusammen mit den anderen vollführt sie ein Siegestänzchen, das nur als Variation des Ententanzes beschrieben werden kann.

Ich schüttle den Kopf und muss trotz des Schmerzes, der tief in mir drin wütet, lächeln. Baylees Begeisterung ist wirklich ansteckend. Verstohlen werfe ich Aly einen Blick zu und das Loch in meinem Herzen schließt sich einen Millimeter. Ein strahlendes Lächeln erhellt ihr Gesicht, während sie zusieht, wie Kaitie mit dem Rest der Mannschaft herumhüpft.

Sie ist so schön.

Unsere Blicke treffen sich. Sie streicht sich eine Haarsträhne aus dem Gesicht und lächelt verkrampft. »Glückwunsch, Coach«, sagt sie.

Ich verschränke die Arme und nicke. »Ebenso, Coach.«

Wir sind ganz knapp davor, uns zu berühren. Entschlossen zu retten, was von unserer Freundschaft noch übrig ist, beuge ich mir zu ihr runter und umarme sie. Es ist eine ziemlich schräge Situation, aber irgendwo müssen wir ja anfangen.

Als ich sie loslasse, sind ihre Augen rot.

Baylee und Kaitie kommen angerannt. »Aly, du und Kaitie kommt doch zum Mittagessen mit zu uns, oder?«

Aly sieht mich kurz an und schüttelt den Kopf. »Sorry, wir haben keine Zeit. Wir müssen nach Hause.«

»Stimmt doch gar nicht.« Kaitie stemmt die Hände in die Hüften. »Mom hat einen Cateringeinsatz und Dad ist beim Golfen. Ich will mit zu Baylee.«

Aly presst die Lippen zusammen und senkt mit einem angespannten Lächeln die Stimme. »Kaitie, ich will nach Hause. Ich muss noch einen Aufsatz schreiben und danach zur Arbeit.«

Als Kaitie schon Luft holen will, um zu widersprechen, macht Aly auf einmal ein derart wütendes Gesicht, wie ich es noch nie bei ihr erlebt habe. Ihre Augen blitzen beinahe verzweifelt und die Sehnen an ihrem Hals treten hervor. Der Effekt ist so erschreckend, dass Kaitie den Mund wieder zuklappt und Baylee und ich uns einen Blick zuwerfen.

Aly hebt ihre Tasche vom Boden auf und wirft sie sich über die Schulter. »Super gespielt heute, Baylee. Brandon, ma…man sieht sich.« Damit packt sie Kaitie am Arm und zieht sie mit sich hinaus.

Baylee sieht ihnen hinterher. »Ich rate jetzt einfach mal, aber kann es sein, dass ihr zwei Zoff habt?«

Alys karamelliger Cookie-Duft liegt noch in der Luft.

Ich reibe mir mit der Hand übers Gesicht und schließe die Augen.

Haben wir Zoff? Wenn ich das verdammt noch mal nur wüsste. Wir kabbeln uns zwar oft, aber immer nur über unbedeutenden Quatsch. Das hier dagegen fühlt sich anders an. Und genau das macht mir Angst.

Montag, der 30. August

4 Wochen und 5 Tage bis zum Homecoming-Ball

ALY

Fairfield Academy, 15:05 Uhr

Die Nachricht, dass Schluss ist, verbreitete sich wie ein Lauffeuer, noch ehe Karas Auto den Parkplatz verlassen hatte, und bis zum Samstagnachmittag hatte es sich via Facebook, Twitter und SMS im ganzen Lande herumgesprochen. Als mein eigenes Smartphone summte, um mir die Neuigkeit zu vermelden, bekam ich auf einmal Mitleid mit den Hollywood-Starlets, deren Trennungen in der Boulevardpresse breitgetreten werden.

Die Vorstellung, ohne Brandon als meinen Fels in der Brandung in die Schule zu müssen, hat mich das ganze Wochenende über nervös gemacht, und jetzt, wo es soweit ist, finde ich es sogar noch schlimmer. Wenn ich allein durch die Gänge gehe, spüre ich jeden neugierigen Blick, höre jedes Flüstern. Die Mädchen betrachten mich mit einer Mischung aus Mitleid und Triumph, und die Jungs zwinkern mir zu und glotzen, wenn ich vorbeilaufe. Ich bin wieder zu haben, und ihre Reaktion fällt genau so aus, wie ich sie mir damals gewünscht habe, als ich Operation Sexappeal ins Leben gerufen habe. Aufmerksamkeit bekommen, beachtet werden – ich habe gedacht, das wäre schön.

Ist aber nicht so.

Und noch schlimmer ist das Ziehen in meinem Herzen, jedes Mal, wenn ich Brandon sehe.

Als der Gong zum letzten Mal klingelt, möchte ich am liebsten kopfüber in einen Becher Ben & Jerry's Eiscreme eintauchen. Aber erst muss ich noch eine Stunde mit Lauren überstehen. Während ich darauf warte, dass das Klassensprechertreffen der Zwölften losgeht, vergrabe ich meine Nase tief in einer Ausgabe von *Jane Eyre* und versuche, einen beschäftigten Eindruck zu erwecken.

Ein Schatten fällt auf die Seite.

»Hey, Aly.« Brandons Stimme klingt verhalten und lässt all den Witz und die gute Laune vermissen, die sonst an der Tagesordnung sind, wenn wir uns unterhalten.

Ich kann mich nicht dazu durchringen, höher als bis zu seinen ausgelatschten Chucks zu gucken. »Was gibt's?«

»Eigentlich nichts.« Er scharrt mit den Füßen. »Sehen wir uns später beim Training?«

Ich lasse die Schultern hängen. Unser wöchentliches Training hatte ich ja total vergessen.

Wird dieser Tag denn niemals enden?

»Ja«, sage ich und blättere eine Seite um, obwohl ich sie gar nicht gelesen habe. »Ich werde da sein.«

»Cool.« Pause. »Also dann, man sieht sich.«

Seufzend sehe ich ihm nach, wie er zwischen den

Tischen entlang geht und das Zimmer verlässt. »Man sieht sich.«

Ich lege meinen Kopf auf die glatte Tischplatte. *Da gehört schon eine Extraportion Dummheit dazu, alles so dermaßen zu vermasseln.*

»Ach, Aly, sei nicht traurig«, reißt mich eine Stimme aus meinen Gedanken. Ich entdecke Lauren – wie immer von ihrem Fanclub umgeben –, die mich von ihrem erhöhten Platz auf der Tischplatte zwei Reihen weiter fies angrinst. »Brandon Taylor hat schon viel bessere Mädchen als dich sitzen lassen.«

Allem Anschein nach habe ich mir den Anflug von Menschlichkeit, den ich bei der Party habe aufblitzen sehen, nur eingebildet. Ich setze das munterste Lächeln auf, das ich zustande bringen kann. »Danke, dass du so rührend um mich besorgt bist, Lauren, aber mir geht's gut.«

»Natürlich geht's dir gut, meine Liebe«, macht Lauren weiter. Sie kichert, und die anderen Mitglieder des Gremiums lehnen sich vor, um auch ja nichts zu verpassen, was sie später auf Facebook weitertratschen könnten. »Bist du sicher, dass du nicht lieber einen Tag lang zu Hause bleiben willst? Aus persönlichen Gründen? Ist ja nicht so, dass du hier wirklich gebraucht wirst oder so. Weiß doch jeder, dass zweiter Klassensprecher nur eine Platzhalterposition ist.«

Das hältst du aus. Bleib einfach ruhig.

Mit gepresster, zuckersüßer Stimme sage ich: »Ich brauche keinen Tag frei, Lauren, weil wir uns in beiderseitigem Einverständnis getrennt haben.«

Sie grinst hämisch und verdreht zu den anderen gewandt die Augen. »Beiderseitig. Klar.« Sie dreht sich auf der Tischplatte zu unserer Protokollantin und sagt mit einem übertriebenen Flüstern: »Ich weiß sowieso nicht, was Brandon überhaupt von der wollte.«

Das Blut schießt mir ins Gesicht. Wie es aussieht, wird Lauren bis auf absehbare Zeit dieses Spiels nicht überdrüssig werden. Das ist das zweite Mal innerhalb von vier Tagen, dass sie mich in aller Öffentlichkeit angeht. Und dass ich bei der Party meine Klappe gehalten habe, hat mich das ganze Wochenende lang geärgert.

Sag was. Irgendwas. Was würde eine von den Coolen *tun?*

Ich räuspere mich und setze mich aufrecht hin. »Offenbar mehr als von dir.«

Jegliches Kuliklackern, jegliches Stühleknarzen, jegliches Getuschel verstummt.

Heilige Scheiße, ist das gerade wirklich aus meinem Mund gekommen?

Laurens entsetztes Gesicht sagt mir, dass es genau so ist. In meinen Ohren rauscht es, ich beiße die Zähne zusammen und gebe mir Mühe, mich nicht zu ducken, als Lauren schnaubt. Sie schiebt die Zunge in ihre Wange, mustert mich und schwenkt dann zu ihrem sensationsgeilen Gefolge um – das bereits danach giert, jeden Krumen ihres Wutausbruchs aufzupicken und bei zukünftigem Klatsch und Tratsch wieder von sich zu geben – und beginnt zu flüstern. Der hasserfüllte Blick, den sie mir zuwirft, verrät mir, dass sie das letzte Wort behalten wird. Als wüsste ich das nicht bereits.

Ich rutsche auf meinem Platz hin und her und versuche, das Gespräch in Gang zu halten, um zu beweisen, dass ich eine von den *Coolen* bin, die sich auf Augenhöhe mit der Elite befindet und es mit gleicher Münze zurückzahlen kann. Aber ich habe nichts vorzuweisen. Jede Erwiderung, die mir einfällt, klingt irgendwie kindisch und beleidigt.

Worüber flüsterst du da, hm?

Wenn du was Interessantes zu sagen hast, dann lass uns andere doch auch daran teilhaben.

Lauren, du bist nichts als eine fiese, blöde Kuh.

Müde schüttle ich den Kopf. Auf dieses Niveau will ich mich eigentlich gar nicht begeben.

Zum Glück taucht in diesem Moment Miss Evans, unsere Betreuungslehrerin, auf und macht Lauren damit mundtot. Zumindest fürs Erste. Bereit, mich in jedes x-beliebige Projekt zu stürzen, das Miss Evans für uns auf Lager hat, setze ich mich kerzengerade hin und nehme meinen Stift zur Hand.

»Die Tanzparty am Freitag war ein voller Erfolg«, sagt sie und wühlt in einem großen Stapel Papier auf ihrem Schreibtisch herum. »Lauren, du hast als Leiterin des Festkomitees einen super Job gemacht. Wie es scheint, hast du den Geschäftssinn deines Vaters geerbt. Er muss unheimlich stolz auf dich sein.«

Bei dem Lob auf ihren Unternehmer-Bonzen-Vater entgleitet Lauren das Plastiklächeln kurz, bevor es wieder zu seiner vormaligen Strahlkraft zurückfindet. »Danke, Miss Evans. Alles, was ich übers Delegieren weiß, habe ich von ihm gelernt.«

»Hervorragend. Also, unser nächstes Großereignis ist der jährliche Gemeinschaftstag. Uns obliegt die Aufgabe, das Hauptevent zu planen. Wie ihr euch vielleicht erinnert, sind die Elftklässler für den Homecoming-Ball die Woche darauf zuständig. Wartet mal, ich hab hier irgendwo das Motto, das sie ausgewählt haben …« Sie kramt weiter in ihren Unterlagen und verteilt sie über den gesamten Schreibtisch, bis sie findet, was sie gesucht hat. »Da ist es ja: *Sternenlicht-Märchen.*«

Ich muss an mich halten, um keine Würgegeräusche von mir zu geben, doch die anderen brechen in Stöhnen aus. Klischeehafter geht's echt nicht. Ist nicht so, dass das Motto, das wir letztes Jahr ausgesucht haben – nämlich »Unter dem Meer« –, so superpoetisch oder originell gewesen wäre, aber ein eigentlich cooles, klassenübergreifendes Event mit einem derart schnulzigen Thema zu verbinden, wird definitiv eine Herausforderung.

Der Gemeinschaftstag ist normalerweise ein Witz und besteht aus Aktivitäten und Darbietungen, die das Zusammengehörigkeitsgefühl der Schüler stärken sollen, und danach folgt irgendein willkürliches Event, das sich immer die Zwölftklässler ausdenken. In den letzten drei Jahren habe ich Swing-Tanzstunden, die zu dem »Big Band«-Thema passten, Hula-Unterricht passend zum Motto »Hawaii-Sonnenuntergang« und Schnorchelunterricht, siehe »Unter dem Meer«, über mich ergehen lassen müssen. Unsere Vorgänger in der Zwölften waren echt scharf auf Unterricht, wie es scheint.

Lauren meldet sich zu Wort und ihre Stimme trieft vor

Selbstgefälligkeit. »Ein Kurs für klassischen Gesellschaftstanz wäre doch perfekt.«

Wie originell.

Miss Evans nickt. »Eine schöne Idee. Es passt definitiv zum Märchenball-Aspekt des Mottos. Ich werde es schon mal an die Tafel schreiben. Noch jemand? Weitere Vorschläge?«

Im Klassenzimmer wird es gespenstisch still. Keiner von Laurens Freunden würde es wagen, jetzt noch mit einer eigenen Idee zu kommen, aber wie alle gerade mitgekriegt haben, sind Lauren und ich keine Freunde. Das ist meine Chance, ihr eins auszuwischen und gleichzeitig ein bisschen frischen Wind in die Sache zu bringen.

Ich reibe mir die Stirn und starre ein Loch in meine Tischplatte.

Märchen … Cinderella … Sternenlicht … Teleskope … Märchenprinzen … Stars und Sternchen …

Moment mal, das ist es!

»Miss Evans?« Die anderen sehen mich an, und ich gebe mir Mühe, mich nicht tiefer in meinen Stuhl sinken zu lassen. »W…wie wär's mit einer Talentshow? Ich weiß, der Zusammenhang mit dem Wort ›Sternenlicht‹ ist nicht auf den ersten Blick ersichtlich, aber Schauspieler und Musiker werden doch als Stars und Sternchen bezeichnet, oder?«

Auf meinen Vorschlag hin sehe ich in erstaunte und erschrockene Gesichter. Dann brechen auf einmal überall im Raum Diskussionen los, und ich kann nicht sagen, ob das an der Genialität meiner Idee liegt oder deren schierer

Dämlichkeit. Mein nervös wippender Fuß lässt den Tisch vor mir erbeben und ich kaue den Radiergummi an meinem Bleistift ab.

Miss Evans Stimme übertönt den Lärm. »Was für eine außergewöhnliche Idee, Alyssa. Hat noch jemand anders einen Vorschlag?« Sie lässt den Blick durch das stille Zimmer schweifen und schreibt dann »Talentshow« unter »Tanzstunden«. »Wie wär's, wenn wir abstimmen? Alle, die für Alys Idee sind und dieses Jahr gerne eine Talentshow organisieren möchten, heben bitte die Hand.«

Eine Hand nach der anderen geht hoch. Und mit jeder Hand wird auch mein Selbstbewusstsein ein wenig stärker. Sogar Laurens Schoßhündchen, unsere Protokollführerin, stimmt zögernd für meinen Vorschlag.

Mit leicht gequälter Grimasse sieht Lauren sich im Zimmer um und nickt dann mit der Begeisterung eines Zahnarztpatienten. »Da kann ich mich nur anschließen. Alys Idee ist wundervoll. Genau das sollten wir machen.«

Natürlich ist sie das.

Ich kann mir ein Grinsen kaum verkneifen, als mich das Gefühl des Triumphs durchströmt. Ich hab's geschafft. Ich hab's wirklich geschafft.

»Sehr schön. Und du, Lauren, bist eine wirklich faire Verliererin.« Während Miss Evans uns den Rücken zudreht, um »Talentshow« einzukringeln, wirft Lauren mir einen tödlichen Blick zu.

Und sogleich verflüchtigt sich mein Anflug von Selbstvertrauen wieder.

Lauren in der Praxis die Schau zu stehlen, ist nicht

ganz so glorios und beglückend, wie ich es mir in der Theorie ausgemalt habe. Wenn ich ihre Blicke richtig interpretiere, dann war die Verbalattacke von vorhin der reinste Kindergarten.

Und erst der Anfang.

Ich beschließe, meinen kleinen Sieg so gut es geht auszukosten und die Biege zu machen, bevor sie mich noch mal so richtig in die Mangel nehmen kann. Also nehme ich meinen Rucksack und renne schnell nach vorne zum Pult.

»Miss Evans, ich hab total vergessen, dass ich meine Schwester vor dem Volleyballtraining noch abholen muss.« Ich zeige auf die riesige Wanduhr über der Tür. »Ich muss dringend los. Ist das in Ordnung?«

»Ich würde sagen, du hast es dir verdient, ein bisschen früher zu gehen«, meint sie mit einem Lächeln. »Wir kommen jetzt alleine klar. Ich kann dir ja morgen vor dem Unterricht kurz erzählen, was wir sonst noch beschlossen haben.«

»Danke, Miss Evans« Mit Laurens bohrendem Blick im Rücken eile ich hinaus und drehe mich nur kurz um, um die Tür hinter mir zu schließen. Mit einem liebreizenden Lächeln winkt Lauren mir zu.

Botschaft angekommen: *Das Spiel kann beginnen.*

Donnerstag, der 2. September

4 Wochen und 2 Tage bis zum Homecoming-Ball

BRANDON

Texas Springs Autowäscherei, 16:30 Uhr

Mit Nachdruck ramme ich mein Handy zurück in meine Hosentasche und lese dieselbe Seite von *Hamlet* zum dreizehnten Mal. Es will mir nicht in den Kopf, dass das meine Muttersprache sein soll. Ich habe keinen Schimmer, was diese Leute da faseln. Nachdem ich mein Twix runtergeschlungen habe, kippe ich mir in einem Zug mein Dr Pepper hinterher für den unwahrscheinlichen Fall, dass ich durch den Zuckerrausch plötzlich eine Erleuchtung habe und die Story verstehe. Dann nehme ich das Buch erneut zur Hand und versuche es noch einmal.

Hatte ich auch nicht geglaubt.

Das ist exakt die Situation, in der ich normalerweise Aly anrufen würde. Es juckt mich in den Fingern, genau das zu tun, ihre fröhliche Stimme zu hören und mir von ihr diesen Schrott erklären zu lassen, wie bei unzähligen anderen Hausarbeiten. Ach, verdammt, ich will auch einfach so Aly anrufen. Aber das kommt nicht infrage. Sie braucht Abstand und den soll sie auch haben. Zumindest fürs Erste. Und in ein paar Tagen wird alles wieder beim Alten sein.

Muss es einfach.

Jeden Tag wird mir unser Zerwürfnis deutlicher vor Augen geführt durch all die Dinge, die ich nicht mehr mit ihr teilen kann, über die ich nicht mit ihr reden oder ihre Meinung dazu einholen kann. Und gerade angesichts von Schullektüren wie Shakespeare ist es überdeutlich, wie gut wir uns ergänzen. Ich spreche Mathe und sie spricht … was auch immer *das* hier für ein abartiges Englisch sein soll. Zusammen ziehen wir uns gegenseitig so gut mit, dass wir gerade so das Level der Leistungskurse halten können. Aber ohne den anderen? Da sieht es für mich eher mau aus.

Das Bimmeln über unseren Köpfen signalisiert, dass ein Auto wartet. Ich verlasse den Empfangsschalter und gehe nach draußen, um den neuen Kunden in Empfang zu nehmen. Nicht einmal die Affenhitze, die mir entgegenschlägt, würde mich zurück zu Shakespeare treiben.

Doch der metallicblaue BMW, der draußen im Leerlauf brummt, schon.

Meine Schritte werden langsamer, als ich sehe, wie Lauren sich noch einmal durch die Mähne fährt und im Rückspiegel einen Kussmund macht. Das hat mir heute gerade noch gefehlt.

Ehe ich mich unauffällig verdrücken und einen der anderen Jungs damit beauftragen kann, ihr zu helfen, geht die Fahrertür auf und Lauren steigt in ihrem knappen Tanztrikot aus. Widerwillig trotte ich zu ihr hinüber.

»Lauren.«

Lächelnd legt sie mir ihre kalte Hand auf den Arm. »Mein Wagen ist *richtig* schmutzig, Brandon. Ich denke, ich brauche deine Spezialbehandlung.«

Ich übergehe die Doppeldeutigkeit, schiebe ihre Hand weg und nehme das Klemmbrett vom Holzhaken. Eine Minute vergeht, in der nichts zu hören ist als das Schaben meines Bleistifts auf dem Auftragsformular und das Röhren von Autos, die auf dem Highway vorbeirasen. Lauren war schon so oft hier, dass ich ihren Informationszettel im Schlaf ausfüllen kann.

Als ich ihr die abgerissene Kopie reiche, schlingen sich ihre Finger um mein Handgelenk. »Das mit Aly tut mir leid.« Ihre Stimme sagt jedoch etwas komplett anderes – eine Tatsache, die sie zugibt, als sie meint: »Obwohl, eigentlich tut es mir nicht leid. Sie war ohnehin nicht gut genug für dich.«

Ich atme tief durch und werfe einen Blick in Richtung der Überwachungskamera. So sehr Lauren es auch verdient hätte, würde Earl mir in den Arsch treten, wenn ich einer Kundin an die Gurgel gehe. Stattdessen halte ich den Blick auf das Blatt Papier gerichtet und schüttle ihre Hand ab. »Dein Wagen wird bald fertig sein. Du kannst drinnen warten. Ich gebe dir dann Bescheid.«

Ich ignoriere ihr enttäuschtes Schnauben, setze mich hinters Steuer, rutsche mit dem Fahrersitz zwecks Beinfreiheit ein gutes Stück nach hinten und lasse den Wagen an. Laute Country-Music, wie Aly sie auch immer hört, dröhnt aus den Lautsprechern, und ich haue auf den

Knopf, um den Sender zu wechseln. Dann fahre ich um die Kurve zu der roten Überdachung, wo sich die Staubsauger befinden, und ziehe die Handbremse an. Mit Schwung stoße ich die Tür auf, zerre die vorderen Fußmatten heraus und schlage sie gegen den Holzzaun, der den Hinterhof des Grundstücks umgibt. Während ich mich hinunterbeuge, um die beiden hinteren Fußmatten herauszuholen, kommt Drew durch die Angestelltentür nach draußen.

»Wie ich sehe, ist die Schlange da«, ruft er und nickt in Richtung des Gebäudes, wo Lauren wartet.

»Jap«, zische ich und knalle mit voller Wucht das zweite Mattenpaar gegen die Pfosten der Überdachung. »Bin ich nicht ein Glückspilz?«

Drew geht hinter dem Kofferraum des Wagens in Deckung, um einen Sicherheitsabstand zu meiner Fußmattenprügelei zu schaffen. Mit zusammengezogenen Augenbrauen sagt er: »Vermutlich denkt sie, sie hätte wieder eine Chance bei dir, jetzt, da Aly und du nicht mehr zusammen seid.«

Ich lasse die Fußmatten durch den automatischen Mattenreiniger laufen. »Tja, da liegt sie aber falsch.«

Er steht auf und nimmt sich den Schlauch eines Staubsaugers, um die Fahrerseite zu saugen. »Weißt du, ich versteh schon, warum manche Jungs auf ihr Getue abfahren«, meint er mit lauter Stimme, um das Brummen zu übertönen. »Aber mich persönlich törnt das total ab. Ich stehe nicht mehr auf so einen Scheiß.«

Ich sehe hinunter und trete gegen die Maschine vor mir.

Ja, ich auch nicht.

Drew hängt den Staubsauger wieder auf und beugt sich über die Motorhaube. »Hör mal, Kumpel, ich hab ja keine Ahnung, was genau mit Aly vorgefallen ist, aber irgendwas macht dir doch zu schaffen. Du weißt ja, dass ich für dich da bin, wenn du reden willst.«

Ich gebe ihm keine Antwort. Stattdessen zerre ich die Matten aus der Maschine und feuere sie auf den Boden. Das Brummen des Staubsaugers geht an, und ich greife mir den Schlauch, um mir die Beifahrerseite vorzunehmen. Drew schnappt ihn mir aus der Hand.

»Ich übernehme das.« Er schiebt mich an der Schulter in Richtung der Angestelltentür. »Schwirr ab und mach 'ne Pause.«

Adrenalin schießt durch meine Adern, und ich kann nicht mal sagen, warum. Das Letzte, was ich jetzt brauche, ist, im Pausenraum rumzusitzen, aber Laurens verführerischen Attacken oder Drews Röntgenblick ausgesetzt zu sein, pisst mich noch mehr an.

Ich recke das Kinn vor. »Danke, Mann.«

Drew nickt und beginnt, die Sonnenblumenkerne einzusaugen, die in den Ritzen des Wagens stecken. Mit zitternden Armen und Beinen und laut pochendem Herzen jogge ich zum Pausenraum. In dem kühlen Zimmer lasse ich mich auf das mit Klebeband reparierte Sofa fallen und stütze meine Füße auf dem klapprigen Tisch ab. Während es mich in den Fingern juckt zu zeichnen, schließe ich die Augen und hoffe darauf, dass sich meine überreizten Nerven endlich beruhigen.

Zwanzig Minuten später findet mich Drew mit fest zusammengekniffenen Augen und in die Hände gestütztem Kopf vor, noch immer in Wartestellung.

Freitag, der 3. September

4 Wochen und 1 Tag bis zum Homecoming-Ball

ALY

Lonestar Kino, 20:15 Uhr

Gabi blickt von einer Ausgabe der *US Weekly* auf, als ich mich mit Popcorn und einer Cola in den Pausenraum für die Angestellten zurückziehe. Ich bin jetzt schon erschöpft, dabei geht es noch drei lange Stunden weiter. Ich lasse mich in einen leeren Sessel an dem schmutzigen Plastiktisch fallen und Gabi legt die Stirn in Falten und stibitzt sich eine Handvoll von meinem Abendessen.

»Also, ich glaube, du solltest eine Party schmeißen.«

»Hm?« Ich nehme einen riesigen Schluck von meiner Coke und warte darauf, dass das Koffein in meinen Adern ankommt. »Und welcher Teil meines sich müde durchs Leben schleppenden Hinterns genau ruft dir jetzt ›Party‹ zu?«

»Keiner«, gibt sie zu. »Aber das ist genau der springende Punkt. Du brauchst ein Aufbauprogramm.«

Was ich brauche, ist ein Weg, um aus meiner Brandon-Bredouille rauszukommen. Dem Countdown-Kalender zufolge bleibt mir nur noch ein Monat, um meinen Stand in der Riege der coolen Mädchen zu festigen und Justin dazu zu bringen, mich zum Homecoming-Ball einzuladen. Grauenhaft schlechte Gedichte zu schreiben und in mein Kopfkissen zu heulen, ist ein Luxus, den ich mir nicht länger erlauben kann.

»Eine Party, hm?« Ich bin alles andere als überzeugt davon, dass ein Haufen fremder Leute, die bei mir zu Hause einen Haufen Chaos anrichten, tatsächlich das bewirken können, was Gabi sich davon verspricht … aber das Ganze könnte einem *anderen* Zweck dienen. Da meine Eltern übers Wochenende wegfahren und meine Schwester die nächsten zwei Tage bei Baylee übernachtet, habe ich das Haus für mich allein. Was würde sich besser eignen, um unter Beweis zu stellen, dass ich eine von den *Coolen* bin, als eine Party zu schmeißen, wenn ich sturmfrei habe?

Als würde sie den nahenden Sieg schon riechen, nickt Gabi energisch. »Ja, und wenn du mir deinen Schlüssel überlässt, wenn ich hier morgen um vier Feierabend habe, dann habe ich alles fertig, bis du nach Hause kommst. Alles, was du tun musst, ist duschen, dich in Schale werfen und Spaß haben.« Sie wirft sich eine weitere Handvoll Popcorn in den Mund, lehnt sich in ihrem Klappstuhl zurück und wartet auf mein Go.

Es dauert ungefähr fünf Sekunden. »Okay, ich bin dabei! Aber nur wenn du mir hilfst, die Wertgegenstände zu verstecken.«

Während wir unsere Smartphones bearbeiten, um allen Bescheid zu geben, lassen wir die Popcorntüte zwischen uns hin und her wandern. Bei Brandons Namen zögere ich kurz, entscheide mich für eine knappe SMS und schalte dann mein Handy aus. Falls er antwortet, verbringe ich sonst viel zu viel Zeit damit, jedes Wort bis zum Erbrechen durchzuanalysieren, dabei muss ich doch zurück an die Arbeit. Als von meinem Abendessen nichts als eine klebrige Pappschachtel übrig ist, mache ich mich wieder auf den Weg nach draußen, ehe der Zwanzig-Uhr-fünfundvierzig-Ansturm einsetzt.

Ich tippe meinen Code in die Kasse ein und gehe in die Hocke, um mir einen Überblick über die Süßigkeitenvorräte zu verschaffen. Ein paar Minuten später tauchen zwei bejeanste, muskulöse Beine auf der anderen Seite der Glasvitrine auf. Als ich hastig hochkomme, befinden sich meine Augen auf der Höhe von Justins Brust.

Nachdem ich mit Brandon alles so glorios vermasselt habe, hätte ich nicht gedacht, dass es möglich wäre, noch niedergeschlagener zu sein. Aber wie es scheint, habe ich mich geirrt. Während ich Justin anstarre, stürmen all die Fehler, die ich im letzten Monat gemacht habe, wieder auf mich ein. Wenn ich mich einfach immer nur stur auf mein großes Ziel konzentriert hätte, nämlich *Justins* Aufmerksamkeit zu erlangen, dann stünden Brandon und ich jetzt nicht vor so einem Scherbenhaufen.

Aber wie heißt es so schön: Was vorbei ist, ist vorbei. Bleibt mir nur, nach vorne zu blicken. Mich wieder aufs Wesentliche zu konzentrieren. Ich habe noch immer vier Wochen, um Operation Sexappeal von einem kompletten Debakel in einen triumphalen Siegeszug zu verwandeln.

Und der beginnt heute Abend.

»Hey, na, hier um einen Film zu gucken?« Innerlich verdrehe ich die Augen über meine beeindruckende Beobachtungsgabe und füge hinzu: »Ähm, also ich meine, welchen Film siehst du dir denn an?«

Justin wirft mir ein schiefes Lächeln zu und deutet auf den kleinen Jungen, der neben ihm steht. »Ich gehe mit Chase in den neuen Animationsfilm, der gerade angelaufen ist.«

»Trolle?«

Chase springt hoch und klatscht mit der Hand auf den Tresen. »Genau, *Trolle*!«

Justin lacht. »Allem Anschein nach ist der junge Mann hier jetzt schon ganz begeistert. Und weil zu einem Kinoabend unbedingt was Leckeres zum Knabbern gehört, dachten wir, wir kommen mal vorbei und fragen die Expertin.«

Ich lächle über seinen Bruder, der eifrig die Auslage betrachtet. »Was magst du denn am allerliebsten, Chase?«

»M&Ms«, sagt er entschlossen. »Und Smarties. Und Schokorosinen. Und …«

»Ah, ein großer Schoko-Fan, also?«, unterbreche ich ihn und zwinkere ihm zu. Wenn er so ist wie ich, könnte er ewig weiter aufzählen. »Ich sag dir was – warum verrätst du mir nicht deine zwei absoluten Favoriten und ich sehe mal, was ich machen kann, damit dein Bruder sie dir kauft, hm?«

»Zwei?!«, fragt er und strahlt mit seinen großen braunen Augen zu mir hoch.

Ich nicke lächelnd, doch als ich seinen großen Bruder ansehe, schnürt sich mir wieder die Kehle zusammen.

»Zwei, ja?« Justin zieht die Augenbrauen hoch und stützt sich mit den Ellbogen auf den Tresen. Er beugt sich vor und flüstert: »Und wie willst du mich überreden?«

Meine Nerven. Alles Blut in meinem Körper will plötzlich in meine Wangen und ich schlucke schwer. Was zum Teufel hat mich nur geritten, als ich angedeutet habe, ich könnte in irgendeiner Art und Weise auf diesen Jungen Einfluss nehmen? Justin hat eine Wirkung, die man nicht unterschätzen darf, und ich bin ein unglaublicher Dummkopf. Chase so begeistert zu sehen, war unwiderstehlich süß, aber angesichts seines großen Bruders, der erstaunlich interessiert an meinem Bestechungsversuch zu sein scheint, bin ich ratlos.

»Ähm, ich könnte dir meinen Angestellten-Rabatt anbieten?«

Beschämt schließe ich die Augen und stöhne im Stillen. *Echt, Aly, deine Flirtkünste sind unübertroffen.*

Versteckt hinter meinen Augenlidern, entfährt mir ein ironisches Lachen. »Und, überzeugt dich das?«

»Ich denke mal«, sagt er und seine Stimme klingt freundlich und amüsiert. »Aber an deinem Verhandlungsgeschick musst du noch arbeiten.« Ich reiße die Augen auf und er grinst. »Scherz. Der Kleine darf alles haben, was er will.« Er streckt die Hand aus und wuschelt Chase durch die Haare. »Der große Bruder gibt dir was aus.«

»Yeah!« Chase reckt die Siegesfaust in die Luft, was

einfach nur niedlich aussieht, und wendet sich dann mit einer Miene an mich, die deutlich zum Ausdruck bringt, dass dies eine Angelegenheit von größter Wichtigkeit ist. »Ich habe mich entschieden. Ich hätte gern Smarties und Schokorosinen, bitte.«

Dankbar, es wieder mit einem Gegenüber zu tun zu haben, bei dem Chancengleichheit herrscht – nämlich einem Sechsjährigen –, erwidere ich: »Hervorragende Wahl, junger Mann.« Ich schnappe die Süßigkeiten und frage, ohne Justin in die Augen zu sehen: »Kann ich sonst noch was für euch tun?«

»Eine große Cola«, antwortet Justin und stützt sich wieder mit den Ellbogen auf den Tresen. Während ich den Becher fülle und versuche, meine Atmung unter Kontrolle zu bekommen, fährt er fort: »Und was alles andere anbelangt – das liegt ganz bei dir.«

Diesen Spruch kann nicht mal ich falsch interpretieren. Mein Herzschlag pocht mir in den Ohren, und ein hysterisches Lachen droht mir zu entschlüpfen, als ich Justin mit bebenden Händen sein Getränk reiche. Er umfasst meine Hand mit seiner, nimmt den Becher in die linke und streichelt meine leere Hand mit seiner rechten. Langsam sehe ich ihm in die Augen, und sein Mund verzieht sich zu jenem schiefen Grinsen, bei dem den Mädchen immer ganz flau im Magen wird. »Ich fand's schön, dass ich dich heute Abend getroffen habe, Aly.«

»Ja, ich auch«, erwidere ich atemlos und schüttele im Geiste den Kopf angesichts meiner meisterhaften Flirttechniken. »Es ist, äh, wirklich süß, dass du an einem

Freitagabend was mit deinem kleinen Bruder unternimmst.«

Sein schelmisches Grinsen verwandelt sich in ein langsames, sexy Lächeln und ich beiße mir instinktiv auf die Unterlippe. »Aly, ich bin gar nicht so ein Arsch.«

Justin lacht dazu, um klarzumachen, dass das ein Witz ist, aber ich fühle mich trotzdem mies. Es ist nicht so, dass ich gedacht habe, er wäre ein total fieser Typ oder so. Ich weiß einfach nur, dass er seinen Ruf nicht umsonst hat. Aber allem Anschein nach hat der große böse Aufreißer auch eine unerwartet weiche Seite. Einen Moment lang stehen wir da – er lächelnd, ich nach Atem ringend –, bevor Chase ihn am Arm packt. »Wir verpassen noch den Film!«

Ich werde aus meiner Trance gerissen und kichere. »Sorry, aber mach dir keine Sorgen. Ihr habt massig Zeit. Die Previews haben noch nicht mal angefangen.«

Justin lässt meine Hand los, zieht einen Zwanzig-Dollar-Schein aus seinem Geldbeutel und meint: »Bis morgen Abend dann.« Angesichts meines perplexen Gesichtsausdrucks lacht er. »Bei dir? Die Party?« Er hält sein Smartphone hoch und beweist mir damit, wie schnell sich so was rumspricht

»Stimmt, klar.« Ich gebe ihm sein Wechselgeld zurück und bete, dass ich bis dahin nicht mehr so ein Nervenbündel bin. »Schön, dass du kommst.«

Als sie sich zu Kino Nummer fünf aufmachen, wo *Trolle* in zwanzig Minuten beginnt, pirscht sich Barbara an mich ran.

»Ä-r-g-e-r«, raunt sie und reicht mir einen Stapel Becher.

»Was?«, frage ich und reiße den Blick von Justins Rücken los.

Sie nickt in seine Richtung und droht mir mit ihrem langen, knochigen Finger. »Dieser Junge bedeutet Ärger. Mit solchen Kerlen kenne ich mich aus.«

Mein Lächeln kehrt zurück. »Weißt du, Barb«, sage ich, »du hast recht. Justin sorgt für nichts als Ärger.«

Und für die ideale Ablenkung.

Samstag, der 4. September

4 Wochen bis zum Homecoming-Ball

BRANDON

Lonestar Kino, 17:25 Uhr

»Du hast einen Wahnsinnsabend verpasst. Nur ein einziger Kampf wurde nach Punkten entschieden.« Ich klettere aus Justins Jeep und schüttle den Kopf. »Das war brutales Geprügel am laufenden Band.«

Drew und Carlos springen vom Rücksitz und gesellen sich auf dem Parkplatz zu uns. Gestern hat unsere alljährliche Fight Night bei mir stattgefunden: Bier, Chicken Wings und die Ultimate Fighting Championship im Pay-TV. Seit der Neunten wird diese Tradition ohne Ausnahme fortgeführt. Doch diesmal hat Justin uns versetzt.

»Mir ist kurzfristig was dazwischengekommen.«

Oder *jemand.* Immer wenn Justin sich bedeckt hält, weiß ich, dass es mit einem Mädchen zu tun hat.

»Aber das nächste Mal machen wir's bei mir«, sagt er und klopft mir auf den Rücken. »Boxen und Chicken Wings, und ich werde das Ganze noch mit ein bisschen Crown-Bier aufpeppen, okay?«

»Ja, meinetwegen.« Ich nicke zustimmend und versuche, meine miese Laune abzuschütteln. Es war ein elendslanger Tag. Heute Mittag hat unser Nachwuchsteam das Spiel wieder gewonnen, aber mit Aly an der Seitenlinie zu stehen, war krampfig wie die Hölle. Ihr Training davor hatte länger gedauert, sodass wir keine Chance hatten, vorher noch ein paar Worte zu wechseln, und danach ist sie davongerauscht, als würde ihr Auto in Flammen stehen. Mom war genervt wegen diverser Rechnungen, bei der Arbeit war es abartig heiß, und Justin war total komisch drauf. Als Earl die Waschanlage dichtgemacht hat, wusste ich, dass ich nicht einfach nur rumsitzen und auf Alys Party am Abend warten kann. Ich musste sie wiedersehen. Sofort. Ein einziges Lächeln, das mir zeigen würde, dass zwischen uns alles in Ordnung ist, würde mir unheimlich viel bedeuten.

Wir kaufen uns Karten und betreten das Foyer. Augenblicklich erspähe ich sie. Auf der anderen Seite des Raums händigt sie einem älteren Paar gerade das Wechselgeld aus, und als die beiden davongehen, bleibt ihr Blick an uns hängen. Die Zeit scheint stillzustehen. Aber dann beginnt ihr bezauberndes Gesicht zu strahlen und auf ihrer rechten Wange erscheint ein winziges Grübchen.

Es ist das erste Mal seit über einer Woche, dass sie mich so ansieht. Die Muskeln in meinem Nacken entspannen sich, und ich merke, wie die Anspannung von mir abfällt, obwohl mir gar nicht bewusst war, dass ich überhaupt verkrampft war.

Alles normalisiert sich wieder.

Während wir den Raum durchqueren, lasse ich meine Fingerknöchel knacken und zermartere mir das Gehirn nach irgendetwas, was ich sagen könnte. Doch Justin drängt sich vor mich.

Aly schüttelt den Kopf und ihr Lächeln wird noch breiter. »Was kann ich für dich tun?«

Die Hände auf die Vitrine gelegt, glotzt Justin mit einem dämlichen Stirnrunzeln auf die Snackauswahl hinunter. »Keine Ahnung. Hast du irgendwas Leckeres für mich?«

Sie kichert. »Das solltest du doch wissen. Du wirst ja langsam unser Stammkunde.«

Ich sehe zwischen ihnen hin und her und mache: »Hä?«, was immer extrem intelligent rüberkommt.

Justin sieht auf, als hätte er ganz vergessen, dass ich auch noch da bin. *Sieh an.* Aly nagt an ihrer Lippe. »Justin war gestern Abend schon da«, erklärt sie. »Zusammen mit seinem kleinen Bruder Chase, um sich *Trolle* anzusehen.«

»Ach wirklich?«, frage ich mit einem schmallippigen Lächeln.

Das Wort »Familienzeit« existiert nicht in Justins Vokabular. Seit ich ihn kenne, hat er nur was mit seinen Eltern gemacht, wenn es sich absolut nicht vermeiden ließ. Was Chase angeht, ist Justin ihm ein ganz ordentlicher Bruder, aber er richtet sich in erster Linie nach eigenen Interessen. Sicherlich hatte er seine Gründe für seine neu entdeckte Bruderliebe.

Hab ich's doch gleich gewusst, dass er uns wegen eines Mädchens versetzt hat. Ich habe nur nicht erwartet, dass es sich bei diesem Mädchen um Aly handeln würde.

Justin weicht meinem Blick aus. Hinter mir kann ich förmlich spüren, wie Drew wieder mal mein Seelenleben analysiert. Ich muss nicht über meine Gefühle sprechen. Ich kann sie selbst gut einordnen. Angepisst. Verwirrt. Grundlos verletzt. Und mehr als alles andere – *verdammt eifersüchtig*.

Dasselbe Feuer, das mich letzten Freitag durch die Turnhalle stürmen ließ, brennt auch jetzt in meinen Adern, als Justin und Aly Blicke tauschen. Plötzlich habe ich wieder den Polokragen-Typ vor Augen und verspüre den Drang, seinen Kopf gegen die Wand zu donnern. Mit geballten Fäusten konzentriere ich mich auf die Glasvitrine vor Justin.

Mir ist klar, dass mich das nicht überraschen sollte. Schließlich ist es das, worauf Aly es von vorneherein angelegt hat. Aber Justin hat sie nicht verdient.

Die Turteltäubchen machen mit ihrem Geschäker weiter, und ich stehe da und kann nicht anders, als es mir reinzuziehen.

»Ich nehme eine kleine Cola«, sagt er und lehnt sich über den Tresen.

»Du weißt aber schon, dass die Medium nur einen Vierteldollar mehr kostet.«

Ich habe Alys Verkaufsmasche schon hundertmal gehört, aber noch nie klang der Spruch so aufreizend.

»Gekauft.« Justin grinst, während er den Geldbeutel aus der Hosentasche fischt. »Wie ich sehe, geht es mit deinen Verhandlungskünsten steil bergauf.«

Drew legt mir seine Hand auf den Arm. »Wir sehen

uns dann drinnen. Carlos und ich gehen schon mal vor.« Wütend über das Mitleid in seinen Augen schiebe ich seine Hand weg. Er macht einen Schritt zurück und nickt Aly zu. »Bis später auf der Party.«

Wie ich hier so wie das fünfte Rad am Wagen rumstehe, beschließe ich, dass ich genauso gut was essen kann. »Ich nehme eine …«

»… kleine Portion Popcorn mit extra Butter, eine mittlere Dr Pepper mit extra Eis, viele Servietten.« Während sie meine Bestellung runterrattert, wird aus ihrem Flirtlächeln ein trauriges. Sie füllt Eiswürfel in den Becher und meint: »Ich hab in meiner Pause mit Kaitie telefoniert, sie springt immer noch im Dreieck, so freut sie sich über unseren Sieg.«

Ich möchte witzig sein. Ich möchte sie ebenfalls anflirten und Justin auf seinen Platz verweisen. Verdammt, ich würde mich sogar damit zufrieden geben, was Langweiliges von mir zu geben – aber ich kriege keinen einzigen Ton raus. Zum allerersten Mal in unserer Freundschaft fehlen mir die Worte.

Aly stellt meine restliche Bestellung zusammen, holt eine Tüte Popcorn und geht zum Butterspender. Justin steht neben mir und nippt an seiner Cola.

Nachdem ich mein Wechselgeld bekommen habe, ziehe ich mein Handy heraus und überprüfe umständlich die Zeit. »Der Film fängt gleich an, wir sollten los.« Ich fasse Justin an der Schulter und versuche, ihn vor mir her zu schieben. »Kommst du?«

»Ich komme gleich nach«, sagt er und schüttelt mich ab.

Er trommelt auf den Tresen und wartet darauf, dass ich abziehe, aber ich stehe wie festgemauert da.

Ich kann den ganzen Tag hier stehen bleiben.

Seine Augen huschen von mir zu Aly, die uns beide verwirrt betrachtet. Schließlich lächelt er ihr schmallippig zu. »Bis heute Abend, Aly.«

Justins Jeep parkt in meiner Auffahrt. Fast drei Minuten sitzen wir schon schweigend da. Drei Minuten scheinen nicht viel – eine Werbeunterbrechung, die Durchschnittslänge eines Songs –, aber so lang dazuhocken und darauf zu warten, dass Justin Manns genug ist zuzugeben, dass er Aly anbaggert, kommt mir vor wie eine Ewigkeit.

Um die Dinge etwas zu beschleunigen, reiße ich meinen Gurt von mir und lege die Hand auf den Türgriff.

»Brandon, können wir kurz reden?«

Seufzend lehne ich mich im Sitz zurück.

Justin spielt mit dem Faschingsstrumpfhaltergürtel, der an seinem Rückspiegel baumelt. »Warum hast du mit Aly Schluss gemacht?«

»Du weißt, warum«, antworte ich und verenge die Augen. »Wir haben beschlossen, dass wir lieber nur Freunde sein wollen.«

Er nickt, als wäre es das, was er erwartet hat. »Dann hast du also keine Gefühle für sie?«

Ich rutsche auf meinem Platz herum, reibe mir mit der Hand übers Gesicht und überlege, was ich am besten darauf antworten soll. Aber ich komme gar nicht dazu.

»Weil ich sie nämlich fragen will, ob sie mit mir zusammen sein möchte«, gibt er zu. »Aber wenn du ein Problem damit hast, dann lasse ich's.«

Ich greife mir in den Nacken und drücke fest zu, um mich davon abzuhalten, das herauszuschreien, was ich am liebsten sagen würde. Denn die Wahrheit ist, dass Aly nicht mehr zu mir gehört. Sie ist definitiv nicht mehr meine Scheinfreundin, und in letzter Zeit habe ich nicht mal mehr das Gefühl, dass wir überhaupt noch Freunde sind. Sie hat mir in aller Klarheit gesagt, dass sie mit Justin zusammen sein und sich von ihm das Herz brechen lassen möchte. Dann muss sie es eben auf die harte Tour lernen.

»Tu, was du willst, Justin. Es ist mir egal, mit wem Aly rummacht.«

Drew hätte sofort geantwortet, dass ich Bullshit rede, aber Justin grinst. »Danke, Mann.«

Mit einem Nicken stoße ich die Tür auf und steige aus.

ALY
Alys Haus, 21:45 Uhr

Die Party tobt. Seit einer halben Stunde brechen die Gäste in Scharen herein und es ist kein Ende in Sicht. Überall sind Leute. Sie sind in der Küche, wo sie über die Reste der Partysnacks herfallen, sie drängeln sich auf den Sofas, scharen sich um die Tische und stehen in Grüppchen um den Pool. Und noch mehr tanzen im Wohnzimmer.

Musik hallt von den Wänden wider und übertönt fast das Gestöhne des Pärchens, das in der hintersten Ecke auf dem Sessel, neben dem ich stehe – oder wenn ich ganz ehrlich bin, neben dem ich mich verstecke – heftig rummacht.

Eine Sekunde lang schwebt ein Plastikbecher vor meinen Augen, bevor mich ein Hauch vertrauten Rasierwassers in der Nase kitzelt. »Na, versteckst du dich?«

Als ich die Stimme hinter mir erkenne, atme ich auf. Ich nehme den Becher entgegen, kippe die Flüssigkeit runter und lasse den bitteren Geschmack von Bier durch meine ausgedörrte Kehle rinnen. »Ich verstecke mich nicht, Adam. Man könnte eher sagen, ich beobachte aus der Distanz.«

Er schmunzelt. »Ah, ich verstehe. Im Ernst, Aly, was machst du da in dieser dunklen Ecke neben einem Softporno?« Er deutet mit dem Kopf auf das Pärchen, das neben mir rumfummelt, und rümpft die Nase.

Obwohl mir unsere Trennung noch immer ein wenig wehtut, muss ich lachen. »Keine Ahnung«, gestehe ich ihm ganz ehrlich. Als wir zusammen waren, war Adam ein guter Freund. Und er kann hervorragend zuhören. »Es ist nur – du hast bestimmt die, ähm … Verbesserungen hinsichtlich meiner Garderobe bemerkt, seit wir letztes Jahr zusammen waren?«

Er grinst. »Jetzt, wo du's sagst.«

Ich deute mit der Hand auf mein momentanes Outfit, das weiße Top und den gürtelhaft anmutenden Rock. »Karas Werk, falls du dir das nicht schon gedacht hast.«

Adam lehnt sich zurück, um das Outfit zu taxieren. »Darf ich fragen, was an der alten Aly verkehrt war?«

Ich verkneife mir die Erwiderung, die mir schon auf der Zunge liegt: *Solltest du das nicht wissen?* Stattdessen frage ich: »Die Wahrheit?« Er nickt und ich hole tief Luft. »Ich war es satt, das unscheinbare Mädchen von nebenan zu sein. Du weißt schon, die, die jeder nur als Kumpel sieht und deren eigener Freund das am Ende genauso empfindet.« Ich werfe ihm einen Blick zu und er zuckt zusammen. »Ich schätze, ich wollte einfach mal wissen, was die Coolen und Schönen so für ein Leben führen. Begehrt sein, Abenteuer haben, beachtet werden. Vor lauter Selbstbewusstsein platzen.«

Seine freundlichen Augen betrachten mich, wie ich da mit hängenden Schultern an der Wand lehne. »Und wie läuft's?«

»Schlecht.« Ich verdrehe die Augen und atme schwer aus. »Ich meine, klar, ich bin nicht mehr unsichtbar. Vor fünfzehn Minuten sind fast dem kompletten zwölften Jahrgang die Augen rausgefallen, als ich in diesem Gürtel von einem Rock aufgetaucht bin, auf dem Kara für heute Abend bestanden hat. Wenn das also zählt, die Tatsache, dass man sich in seinem eigenen Wohnzimmer total unwohl fühlt, weil einen alle anglotzen wie ein Stück Fleisch, dann ja, dann läuft alles super.« Ich lasse den Kopf hängen und schniefe künstlich. »Sehe ich nicht aus, als würde ich nur so strotzen vor lauter Selbstbewusstsein?«

Das sanfte Lächeln auf seinem Gesicht verrät mir, dass er das anders sieht. »Weißt du, Aly, mir ist klar, dass ich der letzte Mensch bin, von dem du das hören willst …« Jemand dreht die Musik lauter und Adam beugt sich zu mir. »… aber an der alten Aly gab es überhaupt nichts auszusetzen.«

Meine Brust wird eng und in meinem Magen bildet sich ein Knoten. Chelsea tanzt einige Schritte entfernt mit ein paar Freundinnen. Als sie zu uns schaut, lächelt sie uns an und ist ganz offensichtlich kein bisschen besorgt oder eifersüchtig, dass ihr Freund mit mir spricht. Und warum auch? Er hat sich für sie entschieden.

»Ich weiß, dass ich dich verletzt habe«, sagt er. »Und ich hasse mich selbst dafür. Aber ich mochte die Aly, mit der ich zusammen war. Ich war sogar ein bisschen in sie verknallt.« Ich sehe ihn entsetzt an und Adam zuckt die Schultern. »Es hat mich nicht davon abgehalten, mich in Chelsea zu verlieben, aber das hatte nichts mit dir zu tun. Wir waren nur einfach nicht füreinander bestimmt.«

Ich nicke, weil der Kloß in meinem Hals zu dick ist, um ihn hinunterzuschlucken. Er hat recht. Nach dem letzten Monat mit Brandon ist mir klar geworden, dass meine Beziehung mit Adam da nicht mal ansatzweise rangekommen ist. Und dabei war es nur vorgetäuscht.

Adam stupst mich in die Seite. »Falls es dir hilft – was du da machst, funktioniert jedenfalls. Die Jungs reden definitiv.«

Ich lächle halbherzig und nehme noch einen Schluck Bier, während meine Augen sehnsüchtig dem neuesten Schwarm Gäste folgen, der hereingeschneit kommt. Mag sein, dass die Jungs reden, aber es gibt einen, der in mir noch immer die gute alte Aly sieht – und mich auch immer so sehen wird.

Oder höchstens die gute alte Aly mit besseren Klamotten.

Brandon gesellt sich zu einer Gruppe von Jungs, die sich um das Fässchen Bier drängen, das Daniel in die Küche gebracht hat, und Lauren folgt ihm auf den Fersen.

Mein Magen verkrampft sich.

Sind sie zusammen hergekommen?

Adam wedelt mir mit einer Hand vor dem Gesicht herum. »Aly? Alles okay?«

Ich tackere mir ein Lächeln ins Gesicht und nicke. »Alles bestens.« In einem Zug leere ich meinen Becher und stelle ihn in einem Blumentopf in der Ecke ab. »Lust zu tanzen, Adam?«

BRANDON
Alys Haus, 22:00 Uhr

Ich ignoriere mir entgegengestreckte Hände und gehe an Leuten vorbei, die mich grüßen. Bestimmt komme ich rüber wie der letzte Arsch, aber heute bin mal *ich* auf einer Mission. Einer masochistischen.

Justin ist gerade Alys Einfahrt hinaufgelaufen, als ich an der Straße geparkt habe, also weiß ich, dass er irgendwo hier drin ist. Die Frage ist nur, ob er direkt sein erklärtes Ziel ansteuert oder ob er unterwegs noch kurz ein paar andere anbaggert. Ich schiebe mich durch die Menge, die irgendeinem Idioten mit einer Bierbong zujubelt, und bahne mir einen Weg ins Wohnzimmer. Überall drängen sich tanzende Partygäste, trotzdem entdecke ich Aly schnell.

Sie befindet sich mitten im Gewühl und tanzt mit Adam. Er flüstert ihr was ins Ohr und sie schließt die Augen und lacht. Wärme strömt durch meine Brust. Haarsträhnen kleben ihr an den erhitzten Wangen, und als sie ihre Haare zu einem Pferdeschwanz rafft, um ihren Nacken zu kühlen, frage ich mich, wie wir jemals wieder einfach nur Freunde sein sollen, wenn ich nicht damit aufhören kann, jedes Mal, wenn ich sie sehe, mehr von ihr zu wollen.

Schließlich entdecke ich Justin irgendwo am Rande des Zimmers. Er beobachtet Aly mit ebensolchen Argusaugen wie ich und wartet darauf, dass er zum Zug kommt.

Was wird sie sagen?

Diese Frage hat mich heute Nachmittag beinahe in den Wahnsinn getrieben. Natürlich wird sie Ja sagen – das war schließlich Sinn und Zweck der Übung. Wird sie mich anrufen, um mit mir darüber zu reden? So sehr ich mir auch wünsche, dass unsere Freundschaft wieder ins Lot kommt, glaube ich trotzdem nicht, dass ich ein derartiges Gespräch ertragen könnte.

Als der Song endet und ein neuer anfängt, marschiert Justin quer durchs Zimmer und klopft Adam auf die Schulter, um ihm etwas zu sagen. Ich beiße die Zähne zusammen, während Adam nickt und in der Menge verschwindet.

Aly hat die Hände hinter ihrem Rücken verschränkt und spielt an dem Ring an ihrem Finger herum, während sie auf den Fußballen auf- und abwippt. Justin neigt den Kopf, flüstert ihr etwas ins Ohr, und dann beginnen sie zu tanzen. Sogar von hier aus kann ich erkennen, wie ihre blauen Augen leuchten.

Sie sieht glücklich aus. Bei dem Anblick zieht sich mir der Magen zusammen, weil nicht ich es bin, der sie so zum Strahlen bringt. Ich komme mir vor wie ein Idiot.

So liebend gern ich es auch täte – ich kann nicht einfach losgehen und die beiden voneinander trennen. Andererseits muss ich wissen, was genau da abgeht. Um nicht nur dumm rumzustehen und zu glotzen wie der letzte Loser, halte ich nach einem Sitzplatz Ausschau und mache mich zum Sofa auf. Unter meiner Ferse knirscht ein Tortillachip und tritt sich in Alys Teppich fest. Dann parke ich meinen Hintern auf der Armlehne einer großen Couchgarnitur.

»Hallo, mein Hübscher.«

Ich sehe nach unten und entdecke Lauren auf dem Sofa neben mir, die ihren Rücken durchdrückt, um ihr Dekolleté besser zur Geltung zu bringen. Das Lächeln auf ihrem Gesicht verrät, dass sie genau weiß, was sie tut. Ich wende mich wieder der Tanzfläche zu und sie brüllt über die Musik hinweg: »Lust zu tanzen?«

»Nö, ich chille«, gebe ich zurück, während ich die Augen zusammenkneife in dem Versuch, von Alys Lippen abzulesen.

»Auch gut.« Lauren rückt auf dem Sofa näher an mich heran. »Ganz schön warm hier drin, oder?«

»Findest du?« Hat Aly gerade Ja gesagt? Zu was?

»Vielleicht würde mir ein Drink guttun.« Sie stupst mit

ihrem leeren Becher mein Knie an und ich blicke hinunter. Ein kühler Drink könnte tatsächlich nicht schaden.

»Na klar«, sage ich und nehme ihren Wink mit dem Zaunpfahl und ihren Becher entgegen. »Bin gleich wieder zurück.«

Vorher mache ich aber noch einen Umweg durch das Zimmer und pirsche mich näher an Aly und Justin heran. Doch durch die laute Musik ist es unmöglich, etwas aufzuschnappen. Vermutlich fragt er sie genau jetzt, ob sie mit ihm gehen will, und ich kann nichts dagegen tun. Ich habe versagt. Ich habe es nicht geschafft, sie von Justin wegzulotsen, sie davon zu überzeugen, dass sie ein *Beziehungstyp* ist, und unsere Freundschaft zu retten.

Ich schnappe mir Wodka und eine Zwei-Liter-Flasche Sprite vom Küchentresen und nehme sie mit zur Kochinsel, wobei ich den Blick nie von der Katastrophe abwende, die da auf der Tanzfläche ihren Lauf nimmt. Als ich den Wodka in einen leeren Becher fülle, hängt Justin schon wieder an Alys Ohr. Sie sieht auf und unsere Blicke treffen sich.

ALY
Alys Haus, 22:14 Uhr

»Ich hoffe, es ist nicht zu früh«, brüllt Justin mir über die Musik hinweg ins Ohr, »aber ich würde gerne mal mit dir ausgehen.«

Ich reiße meine Augen von Brandon los und konzentriere mich auf den Jungen vor mir.

Hat Justin Carter mich gerade um eine Verabredung gebeten?

»Echt?«, kriege ich nur fassungslos heraus.

Er nickt langsam und wirkt fast schon nervös. »Freitagabend?«

Meine Füße hören auf, sich zu bewegen. Die Verbindung zwischen meinem Mund und meinem Gehirn funktioniert auf einmal nicht mehr. Jemand rempelt mich von hinten an, doch ich kann nur verwirrt vor mich hin starren. Als sein linker Mundwinkel sich zu einem schiefen Grinsen verzieht, wird mir bewusst, dass er auf eine Antwort wartet.

»J...ja«, stammle ich. »Das wäre toll.«

»Gut.« Er zieht mich an sich und passt seine Schritte dem langsameren Takt an, der jetzt aus der Stereoanlage dringt. Dann hebt er mein Kinn an, damit er mir in die Augen sehen kann. »Ich mag dich sehr, Aly.«

Meine Nerven.

Ich lege meinen Kopf an Justins Brust und atme den frischen Duft seines Shirts ein. Von der anderen Seite des Raums aus deutet Kara mit dem Finger zwischen uns hin und her, und als ich ihre unausgesprochene Frage mit einem Nicken beantworte, vollführt sie ein Freudentänzchen.

»Gabi! Foto!« Karas Stimme übertönt die Musik, als sie Gabi abfängt und mit wild fuchtelnden Armbewegungen wie ein Fluglotse zu Justin und mir hinüberdirigiert.

Gabi drängt sich durch die Leute und stößt auf dem Weg nicht ganz unabsichtlich gegen Laurens Bein. Lauren grinst spöttisch, und Gabi beugt sich zu ihr runter, um ihr etwas zu sagen und mit dem Finger direkt auf meine Taille zu deuten, um die Justin seine starken Arm geschlungen hat.

Laurens Augen verengen sich zu Schlitzen, und sie wendet den Blick ab – jedoch nicht, ohne zuvor noch mit den Lippen das Wort *Schlampe* zu formen.

Hitze schießt mir in die Wangen. Ich sehe mich in der Menge um und frage mich, ob das jemand mitbekommen hat. Doch um uns herum tanzen selbstvergessen Pärchen und Justin verstärkt seinen Griff noch. »Bereit für die Nahaufnahme?«

Ich blicke verwirrt auf, und er dreht uns so, dass Gabi ein Bild schießen kann. Er zieht noch eine lustige Grimasse in die Kamera und zwinkert Gabi dann zu. »Schick mir das bitte, okay?«

»Klar. Kein Problem.« Dann sieht sie mich an, als wolle sie sagen: *Ist der echt?*

Benommen zucke ich darauf nur mit den Schultern, dann lehne ich mich wieder gegen Justins durchtrainierte Brustmuskeln und bin mir ziemlich sicher, dass ich in irgendeine Art Paralleluniversum übergetreten bin … bis ich sehe, wie Brandon Lauren ein Getränk reicht.

Ich blinzle und will eigentlich gar nicht hinsehen, bin aber nicht in der Lage, meine Augen davon loszureißen. Er setzt sich auf die Armlehne neben ihr und Lauren presst ihre Brüste an seinen Oberschenkel. Sie lächelt zu ihm auf, und er nickt, bevor er den Kopf hebt. Als hätte er meinen Blick gespürt, sieht er mir direkt in die Augen und erwischt mich voll beim Gaffen.

Ich schlucke den Kloß in meinem Hals hinunter und reiße meinen Blick von ihm los.

Ganz klar: Mädchenschwarm Taylor ist wieder im Geschäft.

Und ich habe eine Mission, die ich zu Ende bringen muss.

Montag, der 6. September

3 Wochen und 5 Tage bis zum Homecoming-Ball

BRANDON

Fairfield Academy, 13:15 Uhr

Drew leert seine Wasserflasche in einem Zug und wischt mit dem Handtuch die Gewichtbank ab, ehe er mit mir Plätze tauscht. Sich während der Freistunden in der Schule sportlich auszupowern, ist einer der Vorzüge, wenn man in der Baseballmannschaft ist, aber normalerweise mache ich davon nicht Gebrauch, bis die Saison näherrückt.

Heute mache ich bereitwillig eine Ausnahme.

Ich hole tief Luft und hebe die Stange an, während Drew hinter mir steht und zusieht. Im Rhythmus mit meinem Atem stemme ich das Gewicht hoch und versuche, die Bilder von Justin und Aly beiseite zu schieben.

Sie sind überall.

Mein Tag fing schon damit an, dass ich ihnen bei den Schließfächern über den Weg lief, und egal, wie laut ich mit meinen Büchern rumpolterte – ich konnte ihr Geschäker nicht übertönen. Dann floh ich in den Englischunterricht, wohin sie mir allerdings folgten. Die Evans hat uns am ersten Tag feste Plätze zugewiesen, was bedeutet, dass Aly immer noch neben mir sitzt. Dadurch hatte ich quasi ein Ticket für die erste Reihe und durfte hautnah mitkriegen, wie Justin seinen Hintern auf ihren Tisch pflanzte und noch ein bisschen länger so tat, als wäre er ein Mann für mehr als nur eine kurze Affäre. Und als der Gong ertönte und Justin zu seinem eigenen Kurs hetzte, saßen Aly und ich natürlich blöd da und schwiegen uns an.

Im Laufe des Tages ging es munter weiter mit Tiefschlägen.

Gleich mehrmals bin ich dem glücklichen Paar in den Pausen auf den Gängen begegnet und dann noch mal bei den Schließfächern. Aber das Mittagessen hat das Fass zum Überlaufen gebracht. Meine Tacos runterzubekommen, während Justin den Arm um Aly geschlungen hatte und ihr ins Ohr säuselte … das ging einfach nicht.

Schlimmer noch war das nagende Gefühl, dass *ich* eigentlich neben ihr sitzen sollte.

»Willst du darüber reden?«, fragt Drew und hilft mir, das Gewicht zurück aufs Gestell zu hieven.

Keuchend schließe ich die Augen. »Über was?«

Drew wirft mir sein Handtuch über den Kopf und ich setze mich erschöpft auf.

»Darüber, warum du dich so fertig machst«, sagt er. »Was dich dazu bringt, dermaßen oft dieses Gewicht zu stemmen, das du letzte Woche noch nicht mal hochbekommen hast. Darüber, woher diese komische Ader da auf deiner Stirn kommt.«

Ich stehe auf und nehme meine Wasserflasche. »Ich weiß nicht, wovon du sprichst«, sage ich, kippe die kühle Flüssigkeit in mich hinein und feuere die leere Flasche in die Tonne neben der Tür. »Ich trainiere einfach.«

In der Umkleidekabine schnappe ich mir ein sauberes Handtuch und gehe mich duschen. Doch Drew folgt mir.

»Erzähl mir keinen Scheiß«, sagt er und nimmt die Duschkabine neben mir. »Jedenfalls bin ich da, wenn du deine Meinung ändern solltest.«

Ich drehe wie wild an dem Regler, und das Wasser kommt erst zögerlich und stoßweiße heraus, bevor es auf die Fliesen prasselt. Wie hunderte winziger Messerstiche prickelt das heiße Wasser auf meiner Brust und ich halte den Kopf mit geschlossenen Augen unter die Brause. Ich will nicht über Justin und Aly reden. Ich will lieber so tun, als wäre nichts geschehen, denn als ich sie miteinander beobachtet habe, ist mir klargeworden, dass unsere Freundschaft Geschichte ist. Vielleicht können wir ja irgendwann wieder Freunde werden, aber es wird nie wieder so sein wie früher. Es ist zu viel passiert.

Ich stelle das Wasser ab, schlinge mir das Handtuch um die Hüften und gehe zurück zu meinem Spind. Drew hat mir den Rücken zugewandt und zieht gerade sein grünes Fairfield-Academy-Poloshirt an.

Ich setze mich rittlings auf die Metallbank. »Sorry, dass ich mich so blöd benommen habe.«

Drew reagiert mit einem Nicken und schließt seinen Spind. »Du solltest mit ihr reden«, sagt er und wirft seinen Kamm in die Tasche.

»Das ist das Letzte, was ich tun sollte.« Ich stehe auf und gebe die Zahlenkombination ein, sodass der Spind aufspringt. Dann nehme ich eine Boxershort heraus und befördere mein Handtuch mit einem gezielten Wurf in den Drahtkorb an der Wand. »Ich muss nur darüber hinwegkommen. Mich anderweitig beschäftigen. Was mit einer anderen anfangen.«

»Meinst du wirklich, das ist besser, als mit ihr zu reden?«, fragt Drew mich ungläubig.

Ich ziehe den Reißverschluss meiner Khakihose hoch. »Ja, das meine ich«, lüge ich. »Aly hat gerade genug andere Dinge um die Ohren. Sie hat sich in den Kopf gesetzt, dass sie jemand sein muss, der sie gar nicht ist, und will sich partout nicht anhören, was ich dazu zu sagen habe.« Ich schlüpfe in meine Sneakers. »Das Mädchen ist stur wie sonst noch was.«

Drew saugt seine Lippen ein und unterdrückt ein Lächeln. »Meine Güte, das klingt ja schrecklich.«

»Das ist nicht witzig.« Ich stelle mein Bein auf die Bank, um mir den Schuh zu binden, und Drew geht zur anderen Seite herum.

»Du lässt das wirklich sausen.« Er lehnt sich an die kühle Stahlwand hinter sich und verschränkt die Arme. »Du gibst auf und machst die nächste *Coole* klar, oder?«

Ich schnappe mir meine Tasche und schlage meinen Spind zu.

»Ich lasse überhaupt nichts sausen. Ich wollte nie eine Beziehung. Das ist *dein* Spezialgebiet.« Er schüttelt den Kopf, als würde ich die Augen vor der Wahrheit verschließen, und das kotzt mich an. »Was ich brauche, ist endlich mal wieder ein bisschen Spaß – ohne den ganzen Mist drumherum.«

Freitag, der 10. September

3 Wochen und 1 Tag bis zum Homecoming-Ball

ALY

The Zone, 19:20 Uhr

Ein Ball saust mit einem Affenzahn vorbei und kracht mit solcher Wucht gegen den Gitterkäfig vor uns, dass ich mich an Justins Brust werfe. Wie es scheint, gehört für die *Coolen* zum Dating ein Herzfrequenz-Check dazu.

»Du kriegst zehn Punkte für Originalität«, sage ich atemlos und lege den Kopf in den Nacken, um ihn anzusehen. »Aber dein Plan hat einen tragischen Fehler. Beim Baseball bin ich voll die Niete.«

Justin drückt meine Schultern. »Wie es der Zufall will, hast du heute Abend deinen persönlichen Coach dabei«, erwidert er, beugt sich hinunter und kommt mit seinem Mund ganz nah an mein Ohr. »Und ich bin gerne bereit, dir da unter die Arme zu greifen.«

Seine Lippen streifen seitlich an meinem Hals entlang und mein Magen schlägt einen Purzelbaum. Ich fahre herum, weiche einen Schritt zurück und drücke mich mit dem Rücken gegen den Metallkäfig.

Seit einer Woche sind Justin Carter und ich jetzt zusammen und diese Berührung gerade ist kusstechnisch das Höchste der Gefühle. Und das liegt nicht daran, dass er es nicht versucht hätte. Aber irgendwie bin ich total gehemmt. Als er mich am letzten Wochenende auf der Party küssen wollte und ich ihm ausgewichen bin, haben wir es wohl beide auf meine Nerven geschoben. Aber nachdem ich heute Abend wieder einen Rückzieher gemacht habe, komme ich nicht umhin, mich zu fragen, was zum Teufel mit mir los ist. Die heiße Blondine, die Justin gerade vom Tresen aus anstarrt, hätte garantiert kein Problem, mit ihm zu knutschen.

»Mann, habe ich ein Glück«, sage ich und mache einen auf cool, aber mir entfährt ein nervöses Lachen. »Dann begebe ich mich vertrauensvoll in Ihre Hände, Meister.«

Er sieht mich seltsam an, nimmt aber meine Hand und verschränkt seine Finger mit meinen. Als ich neben ihm hergehe, werfe ich ihm einen Seitenblick zu und ärgere mich über mich selbst, dass ich mich so dämlich aufführe. Justin Carter hält meine Hand. Genau das wollte ich. Wochenlang habe ich exakt darauf hingearbeitet.

Konzentriere dich verdammt noch mal auf dein Ziel, Mädchen!

Wir bleiben vor einem der Baseball-Batting-Käfige stehen, der halb hinter einer Pokalvitrine verborgen ist, und Justin öffnet die Tür.

»Normalerweise darf in diese Dinger immer nur einer rein«, sagt er, schiebt mich hinein und deutet auf ein Schild, auf dem genau das steht. »Aber ich kenne den Typ, dem die Anlage gehört, also wird er uns keine Probleme machen.«

Er legt den Schläger und einen Helm ab und führt mich zur Seitenwand, um mir alles zu erklären. »Über die Einwurfmarken müssen wir uns keinen Kopf machen, weil wir für dreißig Minuten bezahlt haben, aber dieser Knopf hier ist wichtig. Er gibt das Signal für die Ballmaschine am anderen Ende. Siehst du das gelbe Lämpchen da drüben? Das zeigt an, dass die Maschine einsatzbereit ist. Wenn du auf diesen Knopf drückst, geht das rote Lämpchen an und alle zwanzig bis dreißig Sekunden wird ein Ball herausgeschleudert. Wenn das Licht erlischt, ist deine Zeit um und ich bin an der Reihe.«

Kritisch beäuge ich die Maschine, die bereitsteht, mich mit Geschossen zu bombardieren, und schlucke.

»Willst du anfangen?«

»Klar doch«, sage ich mit gespielter Zuversicht und verdränge hastig eine traumatische Erinnerung an den Sportunterricht in der Grundschule, die gerade wieder hochkommt. »Versuchen wir's.«

Er hält mir einen mit Kratzern und Dellen überzogenen Helm hin, auf dessen Innenseite eine gelbe Weichschaumpolsterung lose heraushängt. Mit einem unterdrückten Schaudern strecke ich die Hand danach aus – aber Justin lässt den Helm nicht los. Stattdessen zieht er mich sanft zu sich und das leichte Zittern wächst sich zu einem halben Erdbeben aus.

Justin fährt mir mit dem Handrücken über die Wange, und als ich mich versteife, seufzt er. »Mach dich locker,

Aly. Ich beiße nicht. Na ja …«, schiebt er mit einem frechen Grinsen hinterher, »… also nur, wenn du das möchtest.«

Mein Puls wummert mir in den Ohren, und ich versuche, sein Lächeln zu erwidern, aber mein Mund kooperiert nicht. »Schätze, ich bin einfach nur nervös«, gestehe ich und versuche, mich zu entspannen. Es ist seltsam, ihm so nahe zu sein, ganz allein.

Justin streicht mir eine Haarsträhne hinters Ohr. »Aber wieso? Du kennst mich. Wir sind seit Jahren befreundet.«

»Nein, sind wir nicht«, erwidere ich und stelle erstaunt fest, dass er einen kurzen Moment lang verletzt wirkt. Da ich nicht weiß, wohin mit meinen Händen, lege ich sie ihm auf die Brust. »Justin, wir hängen seit Jahren in denselben Cliquen rum und sind mit denselben Leuten befreundet, aber du und ich, wir haben eigentlich so gut wie nie miteinander geredet. In den drei Jahren, die ich dich jetzt schon kenne, hast du mich kaum mal eines Blickes gewürdigt.« Ich sage mir, dass ich die Klappe halten sollte, dass das, was ich hier ablasse, nichts bei einem ersten Date verloren hat und total *un*-cool ist, aber allem Anschein nach kann ich den Redeschwall nicht aufhalten, der aus mir herausbricht. Laurens Kommentare von der Schulparty verfolgen mich noch immer. »Warum also *jetzt*?«, frage ich. »Liegt es an den neuen Klamotten? Der Frisur und der Schminke? Oder daran, dass ich was mit Brandon hatte?«

Sobald ich die Fragen ausgesprochen habe, bereue ich sie schon. Jetzt komme ich rüber wie eine mit Dachschaden *und* Rededurchfall, und außerdem bin ich mir gar nicht sicher, ob ich seine Antwort überhaupt hören will. Aber erstaunlicherweise wirkt Justin weder ungeduldig noch genervt darüber, dass ich schon wieder die Stimmung verderbe. Er sieht ernst aus.

»Es hat nichts mit deinen Klamotten zu tun«, sagt er, und seine Lippen deuten ein Lächeln an. »Oder mit Brandon. Nicht wirklich. Es liegt an dir. Du hast dich den Sommer über verändert, Aly. Er hat's nur einfach als Erster gecheckt.«

Ich schüttle den Kopf. »Du meinst, in meinem Schrank hat sich was verändert«, beharre ich stur und sehe an meinem heutigen Outfit herunter, das direkt von einer Schaufensterpuppe stammt. Wenn ich nicht so auf dem Campingplatz aufgetaucht wäre, hätte Justin nie und nimmer zweimal hingeguckt.

»Nein, *du.*« Behutsam legt er mir die Hände zu beiden Seiten meines Halses und hebt mein Kinn an, damit er mir in die Augen sehen kann. In seinen warmen braunen Augen liegt Entschlossenheit. »Du hast jetzt so ein verführerisches Selbstbewusstsein an dir, das vorher einfach nicht da war.«

Fast lache ich laut auf. *Selbstbewusstsein? Was hast du denn genommen?*

Als ich meine Nase kraus ziehe, grinst er. »Es ist die Wahrheit. Ich habe dich in den letzten Wochen beobachtet. Wie du bei dem Karaoke-Abend gesungen und beim Beachvolleyball-Turnier abgesahnt hast und wie lässig du über den Campingplatz und die Gänge der Schule geschlendert bist … Du hast dich verändert. Innerlich. Es ist, als hättest du einen Schalter umgelegt und dabei ist dieses neue selbstsichere, sexy Mädchen zum Vorschein gekommen.«

Während er das sagt, schließe ich die Augen und lasse meinen eigenen Film an mir vorüberziehen. *Wie ich mit einer Heidenangst und Brandon neben mir auf der provisorischen Bühne stehe. Wie ich den Ball wegschieße und Brandon mich im Siegestaumel in die Luft wirft. Wie ich auf den Gängen seine Hand halte.*

Justin hat recht. Ich habe mich verändert. Die Version von mir, die Karaoke gesungen hat und auf dem Campingplatz rumstolziert ist, hatte ein strahlenderes Lächeln, eine gelassene Leichtigkeit und erstaunlicherweise sogar ein gewisses Selbstvertrauen. Und das hatte *nichts* damit zu tun, was für Klamotten ich trug oder wie meine Frisur saß, sondern einzig und allein mit dem Jungen an meiner Seite – und damit, wie ich mich gefühlt habe, wenn ich bei ihm war.

Obwohl ich mich in meiner neuen Rolle absolut unwohl gefühlt habe und schrecklich durcheinander war, hat Brandon mir trotz allem ein Gefühl innerer Zufriedenheit gegeben. Er hat an mich geglaubt, und dieses Vertrauen gab mir wiederum das Selbstbewusstsein, aus mir herauszugehen und neue verrückte Sachen auszuprobieren.

Ich öffne die Augen und Justin lächelt. Aber ich kann nur an einen denken: Brandon. Daran, was für ein Gefühl er mir in diesen Wochen gegeben hat, als wir so getan haben, als hätten wir was miteinander. Und an den Ausdruck in seinen Augen, als wir beschlossen haben, es zu beenden.

Und ich denke an unseren Kuss am Strand.

Brandon küsst wie die Jungs, über die ich in Büchern gelesen habe. Wo die Zeit stehen bleibt und nichts mehr ist wie vorher. Niedliche und witzige »Kumpel-Freundinnen« küsst man nicht so, und es wurmt mich sehr, dass es einzig und allein wegen einer Mutprobe dazu kam.

Ich verdränge den Gedanken und sehe Justin an. In seinem Blick liegt eine Hitze – Hitze, die nichts mit einer Mutprobe zu tun hat. Vielleicht ist sie nur dank Operation Sexappeal da, aber war das nicht Sinn und Zweck des ganzen Imagewandels?

Justin fährt mit dem Daumen über meine Unterlippe, und seine Augen scheinen mich um Erlaubnis zu fragen, während er seinen Kopf neigt. Er wartet. Sein Mund berührt meinen fast und überlässt mir die Führung. Er wird mich nicht küssen, wenn ich mir unsicher bin. Sein Verständnis in Kombination mit seinem Verlangen, das ich spüre, hilft mir, meine Entscheidung zu fällen. Hier vor mir steht ein toller Junge, der mich begehrt. Ein Junge, der mich im Gegensatz zu Brandon ebenfalls toll findet und mehr von mir will.

Mein Herz fühlt sich an, als könnte es jeden Moment aus meiner Brust springen. Ich fahre mir mit der Zunge über die Lippen und schlucke, dann schließe ich die Augen und überwinde die letzten paar Zentimeter zwischen uns.

Justin zu küssen, ist ein Erlebnis. Er ist stürmisch und geht richtig ran. Er drängt sich zwischen meine Lippen, zieht die untere in seinen Mund und saugt daran, während er mit seinen Händen fest in meine Haare greift. Es ist mehr als offensichtlich, dass der Junge weiß, was er tut. Doch in meiner Magengrube ballt sich ein Gefühl von Schuld zusammen und der Knoten wird immer größer.

Ich kneife die Augen zu und wünsche diese Gefühle zum Teufel. Brandon hat nie mehr als eine gute Freundin in mir gesehen – und *wird* es auch nie.

Warum mache ich mir eigentlich selbst das Leben so schwer?

Beschämt und verwirrt ziehe ich mich zurück und spüre Justins laut pochenden Herzschlag.

»Du hast recht.« Er lehnt seine Stirn gegen meine und sein erhitzter Atem trifft mein Gesicht. Seine Lippen sind rot und geschwollen und sie verziehen sich zu einem verwegenen Grinsen. »Wir sind hier hinten zwar in einer halbwegs abgeschiedenen Ecke, aber immer noch in der Öffentlichkeit. Und die Dinge, die ich mit dir tun möchte, sind echt nicht für Kinderaugen geeignet.«

Er stößt ein tiefes Lachen aus und wartet zweifellos auf eine Reaktion von mir. Ich gebe mir alle Mühe zurückzulächeln, irgendwie zu reagieren … aber ich kann nicht.

Ich bin nicht hier.

Ich bin wieder mit Brandon am Strand. Ich bin bei unserem Schein-Date und spiele Shuffleboard. Ich tanze mit ihm, coache zusammen mit ihm vom Spielfeldrand aus unser Team und spiele mit ihm im Garten Basketball.

Die Wahrheit trifft mich nicht mit einem Wahnsinnsschock, wie man erwarten könnte. Es ist eher eine sanfte Welle stiller Gewissheit. Das Gefühl der Wahrheit.

Ich bin in Brandon verliebt.

Und ich hab's vermasselt.

Meine Freundschaft mit Brandon ist Geschichte. Schon einmal habe ich ihm meine Gefühle gestanden, und es grenzt an ein Wunder, dass wir es geschafft haben, über diese peinliche Aktion hinwegzukommen. Nur wird diese Art Wunder wohl kein zweites Mal geschehen. Das Einzige, was ich jetzt machen kann, was ich jetzt *tun muss*, ist, zu versuchen, dieses Date mit Justin zu retten.

Mich überkommt ein so heftiges Gefühl von Reue, dass ich fast keine Luft bekomme, aber ich bemühe mich, mir nichts anmerken zu lassen. Hier und jetzt die Krise zu kriegen, würde mich auch nicht weiterbringen. Also bücke ich mich, um den Schläger aufzuheben, und rufe mir ins Gedächtnis, weshalb ich hier bin und was und *wen* ich genau dafür aufgegeben habe. Vielleicht kann ich nicht so witzig und sexy flirten wie die meisten *Coolen* oder mit meinem Date rumknutschen, ohne dabei das Gesicht meines Ex-besten-Freundes alias Ex-Scheinaffäre vor meinem inneren Auge zu haben, aber ich kann ja wohl verdammt noch mal einen Ball treffen.

Ich setze den Helm auf. »Hattest du mir nicht versprochen, mir zu zeigen, wie das geht?«

Ohne den Hauch einer Ahnung, was für ein emotionaler Wirbelsturm an Gefühlen gerade durch mich fegt, reibt Justin grinsend seine Hände. »Yes, Ma'am.« Er dreht mich so, dass ich mit dem Rücken zu ihm stehe, legt mir die Hände auf die Hüften und erklärt mir ausführlich, wie ich die Füße positionieren und mich beim Schlagen drehen soll. Ich atme aus und gebe mir alle Mühe, meine Traurigkeit abzuschütteln und wieder an das Gefühl anzuknüpfen, das ich hatte, als Justin mir damals über das Lagerfeuer hinweg in die Augen gesehen hat. Alles, was ich im letzten Monat getan habe, hatte nur den einen Zweck: mich genau dahin zu bringen, wo ich jetzt bin, inklusive all dem, was darauf folgt.

Ich schaffe das.

Justin geht zur Seitenwand und ich nehme konzentriert Stellung. Seine Hand verharrt über dem Schalter. »Du siehst echt heiß aus mit diesem Helm.«

Ich kann nicht anders als kichern. Das Ding stinkt nach Schweiß und ich komme mir vor wie Darth Vader. »Stehst du auf ramponierte Helme und ruinierte Frisuren, oder wie?«

»Ich steh auf dich.« Seine Stimme ist tief und sexy, und ich weiß, dass er das ernst meint. Mein Lächeln erlischt. »Stell dir vor, der Ball wäre der Kopf deines ärgsten Feindes«, erklärt er mir. »Und jetzt hast du die Möglichkeit, ihm mal so richtig ordentlich eine reinzuhauen.«

Mein ärgster Feind? Das ist einfach. Im Moment bin ich das selbst.

Sein Finger drückt den Knopf und der erste Ball kommt angeflogen. Aber es ist nicht mein Gesicht, das kreischend auf mich zurast – sondern das von Lauren. Der Gummiball und der Aluminiumschläger treffen mit voller Wucht aufeinander, woraufhin ein dumpfes *Ping* ertönt.

Zuerst stehe ich unter Schock.

Ich habe tatsächlich getroffen!

Dann übernimmt das Adrenalin das Kommando und ich schreie: »Heilige Scheiße, das ist ja der Hammer!«

Ich vollführe ein winziges Siegestänzchen und Justin lacht und ruft: »Ich sag's ja! Wow!«

Der Stolz in seiner Stimme ist unverkennbar, und als der zweite Ball aus der Maschine geschleudert wird, durchströmt mich ein vertrautes Verlangen, mich zum vorigen Schlag noch zu steigern, meinen Trainer zu beeindrucken, und ich umfasse den Schläger fester.

Doch als der Ball dieses Mal gegen den Schläger prallt, werden keine Glückshormone freigesetzt. Stattdessen schießt ein scharfes Stechen wie Elektrizität meinen Arm hinauf und ich schreie auf.

»Verdammtverflixtverkackt!«, fluche ich und lasse den Schläger fallen. Ich schüttle meinen Arm und drehe mich im Kreis wie ein durchgeknalltes Flughörnchen. *Meine Nerven, tut das weh!*

»Aly, du darfst den Schläger nicht fallen lassen! Da kommt gleich der nächste Ba…«

Zu spät. Als ich das *Wumms* aus der Ballmaschine registriere, fliegt der Ball schon direkt auf meinen Kopf zu. Aber ich ducke mich nicht, wie jeder normale Mensch das machen würde. Nein, die Volleyballerin in mir erhebt sich zu zweifelhaftem Ruhm und ich schlage das verflixte Ding mit der bloßen Hand weg.

»AHHHH!«

Jetzt wurde das irre Flughörnchen also auch noch von der Tarantel gestochen – so sieht es zumindest aus, als ich meine pochende Hand unter die Achsel klemme, meinen anderen Ellbogen an die Brust drücke und vor Schmerzen herumhopse, wobei ich wüste Verwünschungen ausstoße.

Justin zerrt mich zu einer Wand, um mich vor weiteren Missgeschicken zu bewahren. Wir setzen uns auf den Boden, und er zieht meine Hand aus ihrem Versteck, um sie zu untersuchen.

Als ich merke, dass er ein Lächeln unterdrückt, reiße ich sie ihm weg.

»Du lachst mich aus«, beschuldige ich ihn beleidigt.

Er nimmt sich zusammen und bemüht sich um ein neutrales Gesicht. »Tut mir leid, Aly, aber du hättest dich sehen sollen.« Er hält kurz inne, um zu husten – eindeutig der Versuch, sich ein weiteres Lachen auf meine Kosten zu verbeißen. »Du hast ausgesehen, als würdest du eine Art Kriegstanz aufführen.«

Schmollend betaste ich meine Verletzung, während noch immer Bälle an unseren Gesichtern vorüberzischen. Dann gewinnt meine lebhafte Fantasie die Oberhand. Ich male mir meine Darbietung als tanzendes Flughörnchen aus und mir entfährt ein leises Prusten. Justin sieht mich erleichtert an.

»Es tut immer noch weh«, sage ich zu ihm. »Und du hättest deine Schadenfreude ruhig ein bisschen besser verbergen können …«

»Ich war gar nicht …«

»Ts-ts-ts. Jetzt spreche ich«, sage ich mit einer Mischung aus Grinsen und Stirnrunzeln. »*Aber* ich kann verstehen, dass es vielleicht ein klitzekleines bisschen witzig ausgesehen hat. Obwohl es, wie ich dir versichern kann, für mich *null* witzig war.«

»Das glaube ich dir.« Er streckt meinen Arm aus und

streicht sanft mit dem Finger über die rote Beule, die sich auf meiner Handinnenfläche gebildet hat.

»Bitte sag mir, dass dieser Geruch nach verbranntem Gummi nicht von meiner Hand stammt.« Auf der Suche nach einer anderen Quelle recke ich schnuppernd die Nase in die Luft und Justin verdreht die Augen.

»Das kommt von den Rädern und Bändern in der Ballmaschine, du Dummerchen«, sagt er kopfschüttelnd.

Vorne am Käfig springen die Lichter von Rot auf Gelb und zeigen damit das Ende der Runde an. Justin steht auf, klopft sich den Staub vom Hinterteil seiner Jeans ab und nimmt seinen Schläger. Ich will mich hochrappeln, da beugt er sich wieder herunter.

»Was *tust* du da?«, frage ich, während er mich über die Schwelle des Käfigs trägt, als wären wir frisch verheiratet.

»Du bist verletzt«, sagt er und atmet ganz entspannt, während er mich an der Pokalvitrine vorbeiträgt. »Ich kümmere mich um dich.«

»Mit meinen Beinen ist alles in Ordnung, Blödmann.« Ich sehe mich verlegen um und vergrabe meinen Kopf an seinem Hals, als ich die amüsierten Blicke der Zuschauer bemerke.

»Wir müssen uns bessere Spitznamen als ›Dummerchen‹ und ›Blödmann‹ ausdenken, falls das mit uns was Längeres wird«, meint er und ignoriert mein Gestrampel, mit dem ich versuche, von seinem Arm runterzukommen.

Was Längeres?

Plötzlich wird mir ganz flau im Magen, und das fragile

fröhliche Gefühl, an das ich mich geklammert habe, entgleitet mir wieder.

Er nickt einem korpulenten Herrn zu, der uns die Eingangstür aufhält. »Danke.«

Wir kommen beim Jeep an. Doch statt mich abzusetzen, während er die Schlüssel aus der Hosentasche kramt, lehnt er sich einfach zurück und verlagert das zusätzliche Gewicht auf seinen Oberkörper. Dann öffnet er die Beifahrertür, setzt mich behutsam ins Auto und macht sich daran, mich anzuschnallen.

»Ich bin nicht komplett hilflos, weißt du«, sage ich und bin total erstaunt über diese weiche Seite von ihm. Wo ist der legendäre Frauenheld, auf den ich gesetzt habe?

»Wenn ich was mache, dann richtig.« Er sieht mir in die Augen und drückt zärtlich einen Kuss auf die feuerrote Haut meiner Handfläche. Als er versucht, dasselbe bei meinen Lippen zu wiederholen, presse ich den Mund fest zusammen und produziere ein peinliches Schmatzgeräusch.

Justin lehnt sich zurück und sieht mir in die Augen. Bestimmt hat er es noch nie bei einem Date erlebt, dass eine *Coole* so was macht. Wenigstens mache ich mich auf diese Weise unvergesslich. »Sorry, ich fühle mich nur einfach nicht so gut.«

»Verstehe.« Er wirft mir ein kleines, schmales Lächeln zu, schließt dann meine Tür, und ich schlage meinen Kopf gegen den Türrahmen.

Drei Wochen. Der Homecoming-Ball ist in drei Wochen. Und jetzt, wo mein Ziel zum Greifen nah ist, bin ich drauf und dran, alles zu vermasseln.

Brandon sollte doch nur eine Art Hilfsmittel sein – nicht die Zielperson selbst. Wenn ich jetzt alles hinschmeiße, nur weil ich gemerkt habe, dass ich in einen Jungen verliebt bin, der *niemals* dasselbe für mich empfinden wird, dann bin ich nicht nur eine Idiotin, sondern eine Idiotin, die unsere Freundschaft für nichts und wieder nichts weggeworfen hat. Nie und nimmer können wir den Schaden wiedergutmachen, den ich angerichtet habe. Das Einzige was mir bleibt, ist, weiter an meiner Strategie festzuhalten und zu versuchen, irgendwie über Brandon hinwegzukommen.

Heute Abend hat Justin bewiesen, dass er weit mehr sein könnte als nur ein Mittel zum Zweck bei meiner verrückten Mission. Tief unter seiner harten Aufreißerschale verbirgt sich tatsächlich ein erstaunlich netter Kerl mit weichem Kern, der vielleicht sogar einen äußerst passablen Freund abgegeben könnte. Und damit meine ich *nicht* Kumpel-Freund. Vielleicht waren wir die ganze Zeit füreinander bestimmt, und *er* ist der Typ, der meinen Bann brechen und beweisen soll, dass ich eine von den *Coolen* bin.

Rein verstandesmäßig wäre damit also alles geklärt. Jetzt muss nur noch das Herz mitziehen.

Sonntag, der 12. September

2 Wochen und 6 Tage bis zum Homecoming-Ball

BRANDON

Brandons Haus, 11:30 Uhr

Eminem plärrt aus den Lautsprechern, während ich auf den Sandsack eindresche, dass er kräftig an seinen Ketten hin- und herschwingt. Schwer atmend führe ich eine rechte Gerade aus, sodass der Sandsack gegen die Garagenwand kracht. Das Metallregal gerät ins Wanken, und ich strecke schnell die Hand vor, um eine Kiste mit Weihnachtsdekoration aufzufangen, die beinahe runtergefallen wäre. Ich stelle die Sachen auf den Betonboden und vollführe eine Drehung, um einen Kickbox-Tritt zu landen.

Trainingsmäßig habe ich in den letzten zwei Wochen gute Fortschritte erzielt.

Sobald die Kirche aus war, bin ich hergerannt, weil ich ganz dringend ein Ventil brauchte. Wir saßen wieder bei Alys Familie, doch sie hat mich keines Blickes gewürdigt, und nach dem Gottesdienst habe ich unsere Mütter über irgendein *Date* flüstern hören. Ihre besorgten Blicke sind mir nicht entgangen. So ein Mist!

Mein Handy vibriert auf der Werkzeugkiste und lässt die Muttern und Schrauben darin metallisch klirren. Ich beuge mich hinüber, um zu sehen, was auf dem Display steht, und einen Moment lang keimt Hoffnung in meinem Herzen auf. Doch es ist Lauren.

Ich drücke sie weg und leite sie auf die Mailbox um. Dann wende ich mich ab und schlage wieder mit voller Wucht in den Sandsack. Ich bearbeite ihn, bis ich so außer Atem bin, dass meine Lunge brennt, und dann mache ich noch ein bisschen weiter.

Justin ist auf das Täuschungsmanöver reingefallen, genau wie Aly es vermutet hatte. Und er hat keine Zeit verschwendet, seinen eigenen Schachzug zu machen und sie anzubaggern – ohne Rücksicht auf mich und meine Freundschaft mit ihr.

Wenn er ihr wehtut …

Summend meldet sich mein Telefon abermals. Mir läuft der Schweiß in Strömen und ich ziehe mein Shirt aus und wische mir damit die Mischung aus Schweiß, Dreck und Staub ab. Dann schleudere ich meine Handschuhe weg und trinke mit zitternder Hand meine Wasserflasche in einem Zug leer, während ich gleichzeitig das Vibrieren zum Verstummen bringe. Diesmal weiß ich, dass es nicht Aly ist. Was ich nicht weiß, ist, ob sie es jemals wieder sein wird.

Mit dem Handy in der Hand überlege ich, ob ich ihr selbst eine SMS schreiben soll, ihr alles sagen und um unsere Freundschaft kämpfen soll. Aber ich kann nicht. Ich bin viel zu durcheinander und zu eifersüchtig wegen ihres Dates mit Justin, und außerdem habe ich Angst, dass ich nicht nur *dabei* bin, mich in sie zu verlieben, sondern dass das schon längst geschehen ist. Das darf Aly nicht erfahren. Es würde nichts ändern.

Der piepsende Signalton der Waschmaschine reißt mich aus meinen Gedanken, und ich entdecke Mom, die sich gegen die Tür der Waschküche lehnt. Stirnrunzelnd schaltet sie die Musik aus. »Die Wände haben so dermaßen gewackelt, dass ich dachte, sie hätten eine weitere tektonische Bruchlinie mitten durch Texas entdeckt.« Sie greift hinter sich nach einem Handtuch und wirft es mir zu. »Möchtest du über irgendwas reden?«

Ich schüttle den Kopf. »Nee, alles gut«, erwidere ich schwer keuchend. »Aber danke.«

Ihr eindringlicher Blick sagt mir, dass sie sich noch immer Sorgen macht, und sie kommt zu mir und küsst mich auf den Scheitel. »Na ja, wenn du schon nicht reden willst, dann geh duschen. Du stinkst.«

Lachend schlage ich ihr mit dem Handtuch auf den Oberschenkel. »Wie schön, dass du das das Seminar *Wie stärke ich das Selbstwertgefühl meines Kindes* so super verinnerlicht hast.«

»Junge, wenn ich der Meinung wäre, dass du ein Problem mit deinem Selbstbewusstsein hättest, dann würde diese Unterhaltung hier komplett anders ablaufen.« Sie macht sich auf den Rückweg in die Waschküche und ruft mir noch über die Schulter zu: »Und jetzt beeil dich, wir gehen Mittagessen. Ich habe Lust auf Mexikanisch.«

Die Tür geht zu und mein Telefon wieder an. Ich lese

Laurens nicht jugendfreie SMS, und als mir dämmert, was ich zu tun habe, antworte ich ihr.

ALY
Alys Haus, 13:45 Uhr

»Und was war dann?«, fragt Gabi und gräbt ihren Löffel tiefer in die Halb-Literpackung Bananen-Schoko-Eis zwischen uns. Wir sitzen auf meinem Bett und hecheln in aller Ausführlichkeit mein Date noch mal durch. Nach dem Training, dem Volleyballspiel und einem anstrengenden Arbeitstag im Kino war ich gestern zu fertig, um Auskunft über irgendwelche Details zu geben, also haben meine Freundinnen die Dinge selbst in die Hand genommen und sind mit Kalorienbomben und jeder Menge gesundem Kara-Kram im Gepäck hier aufgekreuzt.

»Justin hat mich mit zu sich nach Hause genommen, mir einen Eisbeutel auf die Hand gelegt und uns zum Abendessen Omeletts gemacht.« Ich lecke meinen Löffel ab, während ich den Abend noch einmal vor meinem inneren Auge Revue passieren lasse. »Er ist total anders, als ich gedacht hatte.«

Kara öffnet ihre Tüte mit Gemüse, zieht eine Stange Staudensellerie heraus und nimmt einen knackigen, geschmacksbefreiten Bissen. »Hast du auch seine stinkreichen Eltern kennengelernt?«

»Nein, sie waren nicht da.« Die beiden bekommen große Augen und ich schüttle den Kopf. »Es ist nichts passiert. Ich sage doch: Er ist nicht so schlimm, wie alle behaupten.«

Was ich ihnen nicht erzähle, ist, dass ich ihn bei dem Versuch, ihn davon abzulenken, die sturmfreie Bude zum Rummachen zu nutzen, dazu bekommen habe, darüber zu reden, *warum* keiner da war. Als ich mich in seinem riesigen Wohnzimmer umgesehen habe, hatte ich nicht nur den Eindruck, dass gerade alle ausgeflogen sind, sondern es wirkte eher, als ob das ganze Haus unbewohnt wäre. Und nachdem ich ihn vorsichtig darauf angesprochen hatte, hat Justin zugegeben, dass sein Dad wegen der Arbeit ständig auf Reisen ist und die meiste Zeit aus dem Koffer lebt und seine Stiefmutter mehr Zeit im Kosmetiksalon und mit sozialen Events verbringt als zu Hause. Aus seinen Worten konnte ich heraushören, dass jedes Fitzelchen an Muttergefühlen, das sie überhaupt besitzt, direkt in seinen Stiefbruder Chase fließt.

Ich kann mir nicht vorstellen, wie es wäre, so aufzuwachsen – ohne meine Eltern, die sich für jede Kleinigkeit in meinem Leben interessieren und ständig irgendwelche Familienabende organisieren.

»Wenn nichts gelaufen ist«, sagt Kara mit einem Blick, der deutlich zum Ausdruck bringt, dass sie mir das kein bisschen abnimmt, »was habt ihr dann den ganzen Abend gemacht?«

»Ich meine nicht, dass nichts gelaufen ist, sondern nur dass nicht viel gelaufen ist.« Es steht mir nicht zu, die schmutzige Wäsche von Justins Familie zu waschen, und es ist auch nicht so, als hätten wir uns ausschließlich unterhalten. Angesichts ihrer neugierigen Mienen verdrehe ich die Augen. »Wir haben uns geküsst.«

Gabi knautscht ihr Kissen zusammen und schiebt es sich unters Kinn. »Warum habe ich das Gefühl, dass du nicht komplett von den Socken bist? Wo bleiben die Schmetterlinge und das Herzklopfen?«

Ich seufze. »Keine Ahnung. Justin ist toll. Aber irgendwie hat es sich … komisch angefühlt.« Ich beiße mir auf die Lippe, zupfe am seidigen Bezug meines Kissens und ringe mit mir, wie viel ich meinen Freundinnen verraten soll. Die Bürde meiner Unaufrichtigkeit lastet schwer auf mir, aber wenn ich jetzt damit rausrücke, werden sie stinksauer auf mich sein.

Ich habe schon Brandon verloren. Das darf mir nicht auch noch mit Gabi und Kara passieren.

Aber die scharfen Krallen, die meine Kehle und mein Herz umklammert halten, lassen sich auch nicht länger ignorieren. Eigentlich muss ich ganz dringend mit meinen Freundinnen reden, damit sie mir sagen, dass diese Gefühle für Brandon wieder vergehen werden. Dass sich eines Tages die Scherben meines Herzens wieder kitten lassen und wir irgendwann sogar wieder Freunde sein können. Dass ich irgendwann wieder Luft bekomme, wenn ich an ihn denke. Wie gerne würde ich ihnen von dem Kloß in meinem Hals erzählen, wenn jemand nur seinen Namen erwähnt oder wenn ich ihn mir mit einem anderen Mädchen zusammen vorstelle.

Die Rüschen an dem Kissen reißen und ich starre auf den zerfetzten Stoff in meinen Händen. Das Mindeste, was ich tun kann, ist, ihnen meine wahren Gefühle anzuvertrauen. Ich setze mich auf, ziehe die Beine unter mich und gebe zu: »Ich brauche eure Hilfe.«

Als Gabi und Kara angesichts der Tränen in meinen Augen erschrecken und sich simultan vorbeugen, um mich in den Arm zu nehmen, fühle ich mich gleich noch schuldiger. Was für ein wunderbares Gefühl es wohl wäre, mit der ganzen Wahrheit rauszurücken, ihnen zu erzählen, wie schlimm ich alles vermasselt und wie viel ich verloren habe?

»Als Justin mich geküsst hat«, flüstere ich und wappne mich für das, was ich gleich vor ihnen enthüllen werde, »musste ich die ganze Zeit an Brandon denken.«

Kara blinzelt. »Ach du Schande. In Justins Haut möchte ich auch nicht stecken.«

Gabi streckt den Arm aus und verpasst ihr einen Klaps auf den Hinterkopf. »Gut gemacht, Miss Feingefühl. Wir sollten jetzt *Aly* unterstützen.«

»Nein, sie hat recht.« Stöhnend lasse ich mich nach hinten aufs Bett fallen und presse mir die Handballen auf die Augen. »Das bringt es so ziemlich auf den Punkt. Was ist mit mir los?«

»Nichts«, versichert mir Gabi und rüttelt an meinem Fuß. »Du bist einfach durcheinander.«

»Nein, ich bin einfach komplett bescheuert«, murmle ich und greife wieder nach dem Riesenbecher Eis. »Wer geht schon mit dem tollsten Typen der Schule und träumt davon, mit jemand anderem zusammen zu sein?«

»Ähm, ich will ja nicht unsensibel sein, aber Brandon ist auch ziemlich heiß«, mischt sich Kara ein.

Gabi wirft ihr einen bösen Blick zu. »Aly, ich bin mir sicher …«

»Außerdem macht sich derjenige, an den ich die ganze Zeit denken muss, überhaupt nichts aus mir«, fahre ich fort und grabe mit meinem Löffel ein herzförmiges Loch hinein. »Ich bezweifle stark, dass Brandon mein Gesicht vor Augen hat, wenn er mit seinen wöchentlich wechselnden Eroberungen rumknutscht.«

Gabi zieht meine Hand von der Packung weg. »Hast du ihn in letzter Zeit überhaupt mal mit jemandem gesehen? Ich kann mich an kein einziges Mädchen erinnern, das an seinem Arm hing, seit ihr zwei was miteinander hattet. Vielleicht gehst du ihm auch nicht aus dem Kopf.«

Kara macht sich neben mir lang und fährt mit ihren Fingern durch meine Haare. »Bist du echt so neben der Spur, nur weil du an Brandon denken musstest? Ich meine, jeder fantasiert doch mal rum und macht das Was-wäre-wenn-Spielchen, Aly. Das ist ganz normal.«

»Aber es ist Justin gegenüber nicht fair«, sage ich bedrückt. »Er war so lieb und verständnisvoll. Das hat er nicht verdient, dass ich an einen anderen denke, wenn er mich küsst.«

»Was ist mit dem anderen Zeug, also ich meine außer küssen?«, fragt Gabi. »Fühlt sich das auch seltsam an?«

Ich hebe eine Schulter. »Er bringt mich zum Lachen. Und er weiß definitiv, was Mädchen hören wollen. Um ehrlich zu sein, ist er fast zu perfekt.« Ich stocke. »Aber auch wenn er mir sehr offen einige persönliche Sachen erzählt hat, reden wir nicht wirklich miteinander oder haben viele Gemeinsamkeiten.«

Ganz anders als Brandon und ich.

»Reden wird überschätzt.« Kara sieht von meinen Haaren auf, die sie flicht, und zeigt mit zusammengekniffenen Augen auf mich. »Und ich kaufe dir immer noch nicht ab, dass das alles ist, was deine Augen so zum Überlaufen gebracht hat. Nun sag schon.«

Ich winde mich unter ihrem prüfenden Blick und sehe hilfesuchend zu Gabi, aber die guckt mich nicht minder forschend an.

Schnaubend lasse ich mich tiefer in die Kissen sinken. »Na ja, nachdem Justin mich geküsst hat, ist mir was echt Wichtiges klar geworden.«

Gabi nickt mit einem wissenden Grinsen im Gesicht und Karas Finger hören auf zu flechten.

»Ich bin in Brandon verliebt.«

»Sag bloß.«

»Bitte?«, frage ich.

Gabi verdreht die Augen. »Ich sagte: *Sag bloß.* Wie in: *Ach nee.* Eine Wendung, die den Gedanken zum Ausdruck bringt: *Was du nichts sagst!* und *Hast du das ernsthaft gerade erst kapiert?*«

Ich sehe Kara an, die nur mit den Schultern zuckt. »Moment mal, ich wusste, dass ihr alle gedacht habt, wir würden aufeinander stehen, aber es ist ein himmelweiter Unterschied dazwischen, jemanden gut zu finden oder richtig verliebt zu sein.«

»Ja, schon«, gibt Kara zu. »Aber als ihr erst mal zusammen wart, war das mit der Liebe ziemlich offensichtlich.«

Ich starre sie ungläubig an. »Und keiner ist auf den Gedanken gekommen, mir mal 'nen Tipp zu geben?«

»Süße, lass gut sein.« Gabi stützt sich auf die Ellbogen hoch. »Jedes Mal, wenn wir das Thema Brandon angeschnitten haben, hast du uns fast einen Kopf kürzer gemacht. Außerdem haben wir gedacht, es wäre dir klar. Wie Kara schon sagte: Es war ziemlich eindeutig.«

Na toll. Wenn es so eindeutig war, dann muss Brandon es auch mitgekriegt haben. Kein Wunder, dass er aus der Nummer rauswollte.

Kara rutscht noch näher und nimmt meine Hand. »Und was willst du jetzt machen?«

Ich seufze und lehne meinen Kopf an ihre Schulter. »Was kann ich schon tun? Brandon hat mit mir Schluss gemacht. Daran ändert auch diese weltbewegende Erkenntnis nichts. Aber es ist vermutlich nicht fair, weiterhin mit Justin zusammen zu sein, oder? Also, wenn ich in jemand anderen verliebt bin.«

Gabi schaufelt eine Riesenportion Eis auf den Löffel und hält ihn mir hin. »Ich will ja hier nicht in irgendwelche Rollenklischees verfallen, aber ich glaube nicht, dass es Justin wirklich was ausmacht, ob du ihn nur benutzt oder nicht, denn ich wage zu bezweifeln, dass er echt auf eine ernsthafte Beziehung aus ist. Du hast doch die Mädels gesehen, mit denen er normalerweise was hat.«

Ich lecke meinen Löffel ab und denke an Lauren.

»Außerdem spricht nichts dagegen, einfach mal ein

bisschen Spaß zu haben.« Kara stupst mich in die Seite. »Leb ein bisschen. Flirte, mach dich locker, hab ein Abenteuer. Mach *einmal* was völlig Verrücktes, was die normale Aly nicht machen würde.«

Fast muss ich laut lachen. Kara hat gerade exakt den Typ Mädchen beschrieben, der ich eigentlich werden wollte. Eine *Coole.*

»Kara, du hast recht. Wahrscheinlich sollte ich einfach die Klappe halten und es genießen.« Ich hole tief Luft. »Aber ich fange an zu glauben, dass ich für so was einfach nicht gemacht bin.«

Sobald die Worte heraus sind, wird mir klar, dass es das Ehrlichste war, was ich seit langer Zeit gesagt habe.

Montag, der 13. September

2 Wochen und 5 Tage bis zum Homecoming-Ball

ALY

Fairfield Academy, 12:00 Uhr

Gleich am ersten Tag der neunten Klasse hat sich die Cafeteria-Hierarchie etabliert. Sie ist in vielerlei Hinsicht daneben, genauso wie das dämliche Klassifizierungssystem der Jungs, und trotzdem gibt es sie nun mal. Und die letzten drei Jahre war das auch sehr bequem so. Das Mittagessen war der Teil des Tages, bei dem ich mich darauf verlassen konnte, dass ich mir mal *keinen* Kopf machen muss. Zumindest bevor ich mit Justin angebandelt habe.

Während ich mein Tablett auf der Edelstahlschiene der Essensausgabe entlangschiebe und den Geruch von fettiger Pizza und Pommes einatme, denke ich über das Durcheinander nach, das ich angerichtet habe. Meine ersten beiden Wochen, in denen ich zum Essen am Tische der Schönen und Beliebten saß, waren okay. Obwohl Brandon und ich ja nur zum Schein was miteinander hatten, hat es sich richtig angefühlt, neben ihm zu sitzen. Als würde ich dort hingehören, auch wenn es nicht so war.

Aber neben Justin zu sitzen – *mit dem ich ganz legitim zusammen bin* –, während ich über den Tisch hinweg zu Brandon rüberschiele – *in den ich wirklich verliebt bin* –, ist einfach nur bescheuert.

Justin greift an mir vorbei nach meinem Tablett und gibt mir einen Kuss auf die Wange.

»Könnt ihr eure Liebesbekundungen in der Öffentlichkeit bitte unterlassen, bis ich was im Magen habe?«, motzt Gabi hinter uns. »Ich würde heute lieber nicht trocken kotzen.«

Er lächelt und gibt mir mit einem Kopfnicken ein Zeichen, dass ich vorangehen soll. »Du bist echt witzig, Gabi. Wie kommt's, dass ich das gar nicht mitgekriegt habe?«

Sie zuckt mit den Schultern. »Vielleicht warst du zu beschäftigt damit, mit diversen dummen Zicken rumzuknutschen, um die wirklich großartigen Frauen um dich herum zur Kenntnis zu nehmen?«

Ich funkle sie böse an, doch Justin wirft den Kopf zurück und lacht.

Wenn ich die nächsten vierzig Minuten überlebe, wäre es ein Wunder.

Mit meinem Tablett in der Hand warte ich, während Justin zahlt. Der Weg zu unserem Tisch ist mit Plakaten für den bevorstehenden Homecoming-Ball und den Talentwettbewerb gepflastert. Als ich mich setze und spüre, wie meine Ballerinas eine heruntergefallene Fritte zermatschen, wird mir bewusst, dass Justin noch kein Wort über den Ball verloren hat. Und der Countdown läuft.

»Überlegt eigentlich jemand von euch, bei dem Talentwettbewerb mitzumachen?«, frage ich in die Runde und hoffe, das Gespräch so in Richtung Ball steuern zu können.

Gabi wischt ein paar Krümel von ihrem Platz und lässt sich neben mich fallen. »Ihr wisst ja, dass die ganze Sache auf Alys Mist gewachsen ist.« Sie stößt mich mit dem Ellbogen an, klappt dann ihr riesiges Pizzastück zusammen und beißt hinein.

»Nicht *ganz*«, stelle ich klar. »Es war Laurens Idee, aus der Talentshow eine Benefizveranstaltung zu machen und sie auf eine spätere Uhrzeit zu verlegen.«

Nachdem ich mich frühzeitig von der Klassensprecherversammlung verabschiedet hatte, haben die anderen meine Idee mit der Talentshow weiterentwickelt. Lauren hat vorgeschlagen, daraus einen Wettbewerb mit Eintrittsgebühr zu machen, um Geld für unsere Patenschule, eine hiesige Grundschule, zu sammeln. Außerdem hatte sie den Einfall, die Veranstaltung ein paar Stunden nach hinten zu schieben, um mit dem Verkauf von Getränken noch mehr einzunehmen.

Obwohl ich es ihr gegenüber niemals zugeben würde, hat sie meinen Vorschlag auf ein völlig anderes Niveau gehoben.

»Vielleicht werfe ich ja meinen Hut in den Ring«, sagt Carlos und lehnt sich an Justin vorbei zu mir. »Sollen wir uns zusammentun? Du singst und ich spiele Gitarre.«

Ich werde kreidebleich und schüttle hastig den Kopf. »Äh, nein. Das halte ich für keine gute Idee.«

»Ach, komm schon, beim Karaoke warst du super.« Carlos rückt mit seinem Stuhl zurück, um mich anzusehen. »Und du würdest damit einem guten Freund einen Gefallen tun. Wer will schon einem Typ zuhören, der drei Minuten lang nur so auf der Gitarre rumklimpert. Und du hast mich singen gehört, Aly. Ich brauche dich.«

Mir gegenüber scheppert ein Tablett auf den Tisch. »Bettelst du wieder mal um ein Date, Carlos?« Ich sehe hinüber und merke, dass Brandon mich ansieht, ehe er sich mit einem übertriebenen Seufzen an Carlos wendet. »Alter, ich hab dir doch gesagt, dass es bessere Maschen gibt, um ein Mädchen rumzukriegen.«

Neun Tage.

Seit diesem Tag im Kino sind neun lange Tage vergangen. Dem Tag meiner Party. Dem Tag, an dem wir zuletzt miteinander gesprochen haben.

Und drei Tage ist es jetzt her, dass ich herausgefunden habe, dass ich in ihn verliebt bin.

Gestern in der Kirche war es die reinste Qual – unsere Hände, die sich zufällig berührten, wenn wir uns hinsetzten oder aufstanden, ohne dass wir uns auch nur einmal angesehen hätten. Ich *konnte* ihn nicht ansehen. Sonst hätte er sofort gewusst, was ich für ihn empfinde – wenn er das nicht sowieso schon tut. Doch jetzt kann ich nicht anders. Da ist eine Anspannung in seinen Augen, eine Verkrampftheit in seiner Körperhaltung, die ich sonst von ihm nicht kenne. Aber er ist immer noch umwerfend. Dieselben makellosen Lippen, dieselben moosgrünen Augen. Und mein Herz reagiert genauso wie immer – indem es in meiner Brust herumpoltert, als wolle es herausspringen und ihm um den Hals fallen.

»Nicht witzig, Kumpel«, erwidert Carlos, obwohl das Lachen in seiner Stimme etwas anderes sagt. »Ich hab gerade versucht, Aly zu bequatschen, dass sie mit mir zusammen bei der Talentshow auftritt.«

Brandon sieht mir in die Augen und sein Blick trifft mich wie ein elektrischer Schlag. Mein Bauch krampft sich zusammen, als er eingehend mein Gesicht betrachtet, auf dem sich momentan vermutlich eher Schrecken als Herzschmerz spiegelt, denn nun schüttelt er den Kopf und meint: »Sorry. Meine Künstlerin singt nur bei Events, die im Voraus von ihrem Management geprüft und genehmigt wurden. Du musst dir wohl eine andere Partnerin suchen.«

Mit den Lippen forme ich ein stummes »Danke« und hoffe, dass er die Tränen nicht bemerkt, die mir in die Augen schießen. Wieder mal ist Brandon meine Rettung. Egal, was zwischen uns auch los ist, er ist immer da, wenn ich ihn brauche.

Während ich in sein vertrautes Gesicht sehe, dringt der chaotische Cafeteria-Trubel auf einmal nur noch wie aus weiter Ferne zu mir durch. Und in diesem Moment treffe ich eine Entscheidung. Es tut weh, verliebt zu sein und zu wissen, dass ich ihn niemals haben kann, aber ich will Brandon nicht ganz verlieren. Freundschaft ist immer noch tausendmal besser als gar nichts.

Justin rückt näher zu mir und legt mir die Hand aufs Knie. »Deine Künstlerin?«

Brandon bohrt einen Strohhalm in seinen Kakao. »Ich habe sie entdeckt«, sagt er mit einem gezwungenen Lächeln. »Folglich bin ich ihr Manager.«

Zwischen den beiden entspinnt sich eine Art wortloses Blickduell und Gabi räuspert sich leise und wirft mir grinsend einen Seitenblick zu. Ich ignoriere sie und mache mich über mein Mittagessen her.

»Mmm. Pizzatag ist einfach super«, schmatze ich mit einem großen Bissen im Mund.

Justin versteht den Wink und Brandon ebenfalls, und in der Stille, die daraufhin eintritt, sind meine genüsslichen Laute nur umso lauter zu hören. Die beiden schmunzeln über meine Überschwänglichkeit und einen Moment lang ist alles okay. Nicht toll, aber auch nicht katastrophal. Bis eine Frauenstimme sagt: »Danke, dass du mir einen Platz freigehalten hast.«

Brandon verkrampft sich sichtlich, als Lauren sich auf den leeren Stuhl neben ihm setzt und ihm ein verschwörerisches Lächeln zuwirft. Dann legt sie ihm die Hand auf den Arm, als würde sie dorthin gehören, und mir zieht sich vor Eifersucht der Magen zusammen.

Sind die jetzt zusammen?

Mit gerümpfter Nase betrachtet sie seinen Teller. »Isst du *immer* nur eine Sache?«

Die Art, wie sie fragt, impliziert eine verborgene Bedeutung, genauso wie der Blick, den sie in meine Richtung schießt, aber ich ignoriere beides.

»Du hast sein schmutziges, kleines Geheimnis ans Tageslicht gebracht«, meine ich und knülle meine Serviette zusammen. »Ich kann dir gar nicht sagen, wie oft ich den Kerl dazu überreden wollte, ein bisschen durcheinander zu essen. Erst einen Happen Pizza und dann, Gott bewahre, einen Bissen von einem Maiskolben, aber es ist, als könnte er sich rein körperlich nicht dazu überwinden.«

Ich grinse Brandon an und fordere ihn stumm dazu auf, in unser übliches freundschaftliches Gestichel zu verfallen, und er verschränkt die Arme auf dem Tisch und grinst ebenfalls. »Ach ja? Und was ist mit dir, Miss Keine-Eiswürfel-im-Getränk-und-muss-mich-jeden-Tag-mit-Keksduft-Bodylotion-eincremen-damit-meine-Haut-nicht-vorzeitig-altert?«

Laurens Lippen verziehen sich offenkundig genervt nach oben, aber ich fühle mich einfach nur durch und durch erleichtert. Wieder mit Brandon rumzualbern, ihn aufzuziehen, unsere gemeinsame Vergangenheit und die Insiderwitze – das fühlt sich so wunderbar vertraut an.

Gabi schnaubt und dreht sich auf ihrem Stuhl um, um auf mich zu zeigen. »Eins zu null für ihn.«

Ich grinse. »Ja, anscheinend habe ich auch so meine Macken. Aber wer mich mag, mag mich eben mit allem Drum und Dran.«

Justin legt seinen Arm um meine Stuhllehne. »Ich wusste, dass du ein paar Macken hast, Dummerchen.« Sein Lächeln kommt mir aufgesetzt vor, als er seinen Kopf neigt, um mich auf die Schulter zu küssen. »Und ich persönlich liebe den Duft von dieser Cookie-Bodylotion.«

»Dummerchen?«, fragt Brandon.

Justins gezwungenes Lächeln wird breiter. »Mein Spitzname für Aly«, erklärt er. »Sie nennt mich Blödmann.« Er hebt eine Hand, um mir damit durch die Haare zu fahren. »Niedlich, findest du nicht?«

Brandon gibt ein Murren von sich, und als seine grünen Augen in meine sehen, erkenne ich darin keine Spur mehr von unserem labilen Waffenstillstand und dem Witz von gerade eben. Zwei Schritte vor und fünf zurück.

Ich schiebe mein Tablett weg. Mir ist der Appetit vergangen.

Freitag, der 17. September

2 Wochen und 1 Tag bis zum Homecoming-Ball

ALY

Alys Haus, 21:25 Uhr

Statt auf dem großen Bildschirm an der Wand des Fernsehzimmers, ruht mein Blick auf Justin. Die Komödie, die an mir vorbei flackert, erleuchtet das kleine Grübchen in seiner Wange, und während er lacht, frage ich mich einmal mehr, wie es so weit kommen konnte.

Der Film ist fast vorbei, und ich könnte beim besten Willen nicht sagen, worum es darin ging. Die meisten Mädchen, die mit Justin Carter eine Verabredung hatten, würden das aus einem gänzlich anderen Grund behaupten. Aber nö, wir haben nicht rumgeknutscht. Ich habe mich damit aus der Affäre gezogen, dass ich vorgeschoben habe, von der Arbeit und dem Training fix und fertig zu sein. Und die Tatsache, dass ich überhaupt das Gefühl hatte, das tun zu müssen, hat mir einmal mehr bestätigt, dass ich das hier nicht durchziehen kann.

Was ist nur aus mir geworden? Wer auch immer dieses Mädchen ist, ich mag sie nicht besonders.

Meine sogenannte Beziehung mit Brandon war nicht real, aber es fühlte sich so an. Jedenfalls real genug, um mir zu beweisen, dass ich eine *richtige* Beziehung will. Brandon hatte recht. Unverbindliche Affären liegen mir nicht. Für so was investiere ich viel zu viel Gefühle.

Justin lässt seine Hand hinter meinen Rücken gleiten und zieht mich zu sich hinunter, sodass ich neben ihm auf dem kühlen Ledersofa liege. Er küsst mich auf die Nasenspitze und grinst. »Ich brauche eine Dosis Aly.« Zärtlich legt er seine Hand um meinen Hals und versucht, meinen Kopf nach hinten zu neigen.

Ich lege ihm die Hand aufs Handgelenk. *Jetzt.* »Justin?«

»Mmmhmm«, macht er und zeichnet gedankenverloren mit der Fingerspitze Muster auf meine Wange.

Ich schließe die Augen, und einen Moment lang erwäge ich, doch nichts zu sagen. Einfach stur nach Plan weiterzumachen und zu hoffen, dass meine Gefühle sich eines Tages ändern. Aber das wäre nicht fair.

Ich zwinge mich, ihn anzusehen. »Ich muss mit dir reden.«

Er drückt mir einen schnellen Kuss auf die Wange und stemmt sich auf einen Ellbogen hoch. »Okay, aber ich zuerst.« Er wirkt aufgeregt, woraufhin sich sofort mein Magen zusammenkrampft. Das kann nichts Gutes bedeuten. Er streicht mir die Haare hinter die Schulter, holt tief Luft und sagt: »Willst du mit mir zum Homecoming-Ball gehen?«

Mir fällt die Kinnlade runter. »Hä?«

Justin legt mir seinen Finger unters Kinn und klappt mir den Mund zu. »Es ist albern, ich weiß. Du bist meine Freundin, also gehen wir *natürlich* zusammen hin, aber ich wollte dich ganz offiziell fragen.«

»Freundin?«, frage ich ungläubig und mein Blick springt hastig zwischen seinen Augen und seinen Lippen hin und her.

Die Worte wirbeln mir wie wild im Kopf herum.

Er sieht zu mir runter und ein schüchternes Lächeln huscht über sein Gesicht. In diesem Augenblick sieht er jung und verletzlich aus und überhaupt nicht wie der große Herzensbrecher der Fairfield Academy.

»Also, wenn du willst«, sagt er leise. Er holt zittrig Luft und hebt den Kopf, um mir in die Augen zu sehen. »Ich möchte nämlich gern, dass du das bist. Aber es ist eine ganze Weile her, also musst du mir versprechen, es langsam angehen zu lassen.«

Das ist verrückt. Genau auf diesen Moment haben die letzten sechs chaotischen Wochen zugesteuert. Die glorreiche Erfüllung meiner ursprünglichen Ziele – von der männlichen Spezies beachtet zu werden und hoffentlich ein Nicht-Kumpel-Date für den Homecoming-Ball zu ergattern.

Wenn ich es schaffe, jetzt die Klappe zu halten, wird der Bann der Wand der Schmach gebrochen werden.

»Warum hast du mit Brandon gestritten?«

Oder auch nicht.

Die Frage entschlüpft mir ungewollt. Ich war darauf vorbereitet, mit ihm Schluss zu machen oder möglicherweise sogar die Scharade weiterzuführen wie ein charakterloser Waschlappen, aber mit diesen Worten hatte selbst ich nicht gerechnet. Zurücknehmen werde ich sie allerdings auch nicht.

Justin bleibt relativ gelassen, presst nur ein wenig die Lippen zusammen und streichelt nachdenklich meinen Arm. »Ist dir also aufgefallen, hm?«

Seit seiner Vorstellung beim Mittagessen am Montag, bei der er seine Besitzansprüche deutlich zum Ausdruck gebracht hat, haben Brandon und Lauren sich ans andere Tischende verzogen. Und wann immer wir ihnen auf den Gängen begegnet sind, war die Spannung fast zum Greifen.

Justin schiebt sich ein Kissen unter den Kopf und rückt ein wenig von mir ab, damit er mich besser ansehen kann. »Ich hab dir doch bei unserem ersten Date erzählt, dass ich euch beide zusammen beobachtet habe und dabei gemerkt habe, wie sehr du dich verändert hast«, sagt er. »Anfangs, das gebe ich zu, habe ich euch das nicht so ganz abgenommen.«

Du und alle anderen, denke ich, frage laut jedoch: »Warum nicht?«

»Aly, du bist vieles, aber ganz bestimmt nicht der Typ für eine lockere, unverbindliche Affäre.«

Fast muss ich lachen. Der Typ, den ich mir angeln wollte, um zu beweisen, dass ich mich ändern kann, ist nie darauf reingefallen. So viel zum Thema Imagewandel.

»Und Brandon war in dieser Hinsicht immer auf einer Wellenlänge mit mir. Als er also was mit dir angefangen hat, einem Mädchen, das sich was Festes wünscht, kam es mir vor, als hätte er mich hängen lassen für etwas, bei dem wir uns beide einig waren, dass wir es niemals wollten.«

Mit zusammengekniffenen Augen betrachtet Justin die Wand über meinem Kopf, als würde er noch immer versuchen, aus Brandons Meinungsumschwung schlau zu werden. »Brandon hat mehr als alle anderen Drew damit aufgezogen, dass er unter Sarahs Pantoffel steht, aber dann ist er völlig aus heiterem Himmel mit dir aufgetaucht.« Sein gezwungenes Lachen ist düster, aber als er mich ansieht, treffen mich die Emotionen in seinen Augen wie ein Schlag. »Als ich ihn so beobachtet habe, kam mir jedenfalls in den Sinn, dass es vielleicht an dir liegen könnte. Dass *du* den Unterschied machen könntest.«

Ich schäme mich in Grund und Boden. Justins aufrichtige Worte stehen in einem derart scharfen Kontrast zu allem, was ich seit Beginn der Operation Sexappeal gesagt und getan habe. Und das Schlimmste ist, dass er ein extrem wichtiges Detail übersehen hat, während er seine Schlussfolgerung gezogen hat: Das Ganze war ein Schwindel. Nicht das mit dem Umstyling, aber das mit Brandon und mir definitiv. Oder zumindest am Anfang. Justin hält *viel* zu große Stücke auf mich.

Ich öffne den Mund, um alles zu erklären, doch er legt mir den Finger auf die Lippen. »Falls du es noch nicht gemerkt haben solltest, bin ich nicht so der große Redner. Keiner weiß, dass meine Eltern sich so gut wie nie blicken lassen, und ich spreche nie über Gefühle oder so Zeug. Aber mit dir kann ich das irgendwie. Bei unserem ersten Treffen hast du gesagt, dass wir eigentlich nie richtige

Freunde waren, doch aus meiner Sicht waren wir das schon. Du warst das einzige Mädchen, mit dem ich befreundet war. Als ich dich mit Brandon zusammen gesehen habe, ist mir klar geworden, dass ich nicht wütend war, sondern eifersüchtig. Wenn jemand mich dazu bringen könnte, dass ich mich auf eine richtige, feste Beziehung einlasse, dann du. Und als Brandon Mist gebaut und auf der Party mit dir Schluss gemacht hat, sah ich meine Chance gekommen.«

Ein verblüfftes, ungläubiges Halblachen entschlüpft mir. »Ich weiß nicht, was ich sagen soll, Justin. Das ist echt lieb von dir.«

Und komplett unverdient.

Kopfschüttelnd verdrehe ich meinen Finger in dem weichen Stoff seines Shirts und spüre, wie sich seine harten Brustmuskeln unter meiner Berührung anspannen. Bevor ich ihm alles beichte, muss ich es erst verstehen. »Aber was genau hat das damit zu tun, dass ihr euch jetzt streitet?«

Justin schüttelt den Kopf und seufzt, als wäre ich ein Kind, das etwas Offenkundiges nicht kapiert. »Die Leiche war sozusagen noch nicht mal kalt, Aly. Er hat Schluss gemacht, und ich bin sofort vorgeprescht, ehe er die Möglichkeit hatte, seine Meinung zu ändern. Ich wusste, was ich wollte, und ich habe es mir genommen. Aber das bedeutet nicht, dass er nicht versuchen kann, dich zurückzugewinnen.« Er senkt den Kopf und legt seine Stirn gegen meine. »Ich zumindest würde das.«

Justin ist offiziell der perfekte Junge. Er ist ein toller

Typ und würde einen wunderbaren festen Freund abgeben. Mir ist klar, dass ich außer mir sein sollte vor Freude, aber mir schießt ständig durch den Kopf, dass ich mit dem falschen Jungen hier liege. Und dass ich ihm ganz bestimmt nicht wehtun will.

Nach einem solchen Geständnis hat Justin wirklich was Besseres verdient.

Ich kneife die Augen zu und flüstere: »Ich kann das nicht.«

»Zum Homecoming-Ball gehen?« Die Verwirrung ist ihm deutlich anzuhören. »Okay … Ich dachte, Mädchen fahren total auf so was ab, aber wir müssen nicht hin. Was würdest du denn stattdessen gern unternehmen?«

Ich schüttle den Kopf, drücke meine Wange an seine Brust und zwinge mich dazu, ehrlich zu sein. »Nein, ich meine nicht den Ball. Ich meine das mit uns. Ich kann das nicht.« Ich hebe den Kopf und öffne die Augen.

Die flackernden Schatten des Fernsehers huschen über sein verschlossenes Gesicht. »Was meinst du damit?« Er wählt seine Worte langsam und mit Bedacht. Bei dem abrupten Umschwung in seinem Tonfall zieht sich mir der Magen zusammen. Aber ich weiß, dass es besser ist, ihn *jetzt* zu verletzen als später. Und genau das tue ich. Ich verletze ihn.

Ohne es zu wollen, habe ich mit Justins Gefühlen gespielt und ihn benutzt, um ein dummes, selbstgestecktes Ziel zu erreichen. Was ich getan habe, war egoistisch und unverzeihlich, aber jetzt muss ich versuchen, es wieder in Ordnung zu bringen.

Ich nehme all meinen Mut zusammen und fahre fort, wobei ich mir die Fingernägel in die Handinnenflächen grabe. »Ich mag dich, Justin. Sehr sogar. Mehr als ich gedacht hatte, was schon was heißen will, wenn man in Betracht zieht, dass ich bis zu unserem Campingausflug ... ja man kann sagen, fast schon von dir besessen war.« Ich mache eine Pause, um Luft zu holen, und sehe, dass sein Mund ein wenig weicher wird. »Der Karaoke-Abend? All die neuen Klamotten? Das habe ich gemacht, damit du auf mich aufmerksam wirst.«

Seine Augenbrauen zucken erstaunt hoch und ich lächle ein klein wenig. »Ich dachte, wenn ich dich dazu bringen könnte, mich zu beachten, würde sich alles fügen. Und Justin, du sollst wissen: So oft ich mir auch ausgemalt habe, mit dir zusammen zu sein, die Realität übertrifft jede meiner Vorstellungen bei Weitem.«

Justin entspannt sich, was mir zeigt, dass ich vom Thema abgekommen bin.

»*Aber*«, sage ich und winde mich innerlich, als sich sein Gesicht wieder verschließt. »Es wäre nicht fair, weiterhin mit dir zusammen zu sein. Nicht, wenn es in meinem Kopf drunter und drüber geht.« Ich befeuchte nervös meine Lippen in dem Wissen, was ich gleich sagen muss. Zum ersten Mal seit sechs Wochen werde ich jetzt ehrlich sein. Doch ich fürchte mich vor dem Ausdruck auf seinem Gesicht. Ich schließe die Augen und sage: »Nicht, wenn ich eigentlich in Brandon verliebt bin.«

Es Justin gegenüber laut auszusprechen, ist fast genauso qualvoll und peinlich, wie es wäre, es Brandon zu gestehen, und als ich nichts außer ein paar flachen Atemzügen höre, kriege ich Bammel.

»Justin, ich … Es tut mir so furchtbar leid.« Aus lauter Angst vor dem, was ich da tue, vor meinen Gefühlen, davor, was ich alles aufgebe, schlinge ich die Arme um seinen Hals und vergrabe den Kopf an seiner Brust. »Gott, ich weiß nicht mehr, was ich tue. War es falsch, überhaupt was zu sagen? Es ist, als würde ich uns aus der Ferne zusehen und mich anschreien, die Klappe zu halten und dass du ein toller Junge bist. Aber ich kann das einfach nicht!«

Der weiche Stoff seines Shirts wird nass von meinen Tränen, und ich klammere mich an ihn und warte darauf, dass er irgendwas sagt oder tut – wohl wissend, dass ich es verdient habe, wie immer seine Reaktion auch ausfallen wird.

Wird er verletzt sein?

Natürlich.

Wird er wütend auf mich werden? Mich anbrüllen?

All diese Möglichkeiten machen mir Angst, aber dass gar nichts kommt, ist noch viel schlimmer.

Nach einer gefühlten Ewigkeit streicht Justin meine Haare zurück und legt mir einen Finger unters Kinn. Er wartet, bis ich widerstrebend die Augen aufschlage.

»Es war nicht verkehrt, etwas zu sagen.« Seine Stimme wirkt gepresst, aber in seinen Augen sehe ich Verständnis. »Ich glaube, ich wäre gerne noch ein wenig länger im Dunkeln getappt, aber ich finde es gut, dass du ehrlich bist.« Seine Stimme bricht irgendwo zwischen einem

Schluchzen und einem Lachen. »Shit. Beziehungen sind Scheiße.«

Zorn wäre besser gewesen.

Wenn er wütend geworden wäre, hätte ich mich vielleicht wenigstens verteidigen können. Und später, wenn ich in meine Oreo-Packung geheult hätte, hätte ich mir einreden können, dass es eigentlich gar nicht so schlimm ist. Dass er doch nicht so toll war, wie ich dachte.

Aber *das*?

Damit kann ich nicht umgehen.

Meine Kehle schnürt sich zusammen, und ich fühle mich, als hätte mir jemand in den Magen geboxt. Ich kann nicht mehr. Ein Schluchzen verhakt sich in meinem Hals und mir rauschen die Ohren. Ich schüttle heftig den Kopf. »Nein. Nein, das stimmt nicht, Justin. Bitte … bitte, denk nicht so was über Beziehungen, nur wegen mir. Ich habe dich benutzt und das war falsch. Du bist wunderbar.«

Ich drücke mein Gesicht wieder an seine Brust und meine Schultern beben unkontrollierbar. Nach ein paar stoßweisen Atemzügen frage ich: »Meinst du, dass du mir irgendwie vergeben kannst?« Ich sehe zu ihm auf und wische mir mit der Hand übers Gesicht. »Glaubst du, dass wir irgendwann wieder Freunde sein können?«

Justin stößt ein tiefes Seufzen aus und gibt mir einen Kuss auf den Scheitel. »Jetzt sind wir Freunde, Aly.«

Er umarmt mich fester und ich lächle ihn mit feuchten Augen an. Er versucht sich im Gegenzug an einem Grinsen und wir sehen uns schweigend an.

Ich möchte die Situation irgendwie auffangen, damit es

nicht ganz so bedrückend ist. Ich möchte, dass er mich nicht hasst, wenn er dieses Zimmer verlässt. Aber es gibt nichts, was ich tun oder sagen könnte. Es gibt kein Zurück. Ich kann es nicht wiedergutmachen.

Zumindest nicht heute Abend.

Justin schenkt mir ein kleines, angestrengtes Lächeln, dann steht er auf und steckt die Hände in die Taschen. Es ist ihm anzusehen, dass er sich nicht wohl fühlt in seiner Haut. Er geht seine Schuhe holen, die er neben dem Sofa von den Füßen gekickt hat, und schlüpft hinein. Als er sich umdreht, räuspert er sich und nickt. »Dann gehe ich mal, schätze ich.«

An der Tür fange ich ihn ab und schlinge die Arme ein letztes Mal um ihn. Das Ohr an seine Brust gepresst, halte ich ihn ganz fest, sodass ich seinen unregelmäßigen Atem hören kann, und meine Augen fangen wieder an zu brennen.

Er küsst mich auf den Kopf und schiebt mich sanft von sich weg. Dann geht er ohne ein weiteres Wort durch die Tür, macht sie hinter sich zu und ich bin allein.

Ich lasse mich gegen die Tür sinken und schluchze hemmungslos.

Samstag, der 18. September

2 Wochen bis zum Homecoming-Ball

BRANDON

Städtische Sportanlage, 12:20 Uhr

Die Metalltüren knallen zu. Die Arme so fest um sich geschlungen, dass man meinen könnte, es wäre Januar und nicht Spätsommer im höllisch heißen Texas, schlurft Aly über den quietschenden Boden, und ich beobachte sie unter meinen gesenkten Wimpern hervor.

Als sie sich auf den Platz neben mir am Tisch fallen lässt, blättere ich im Spielbuch und mache einen auf beschäftigt. Baylees und Kaities Lachen, das durch die Halle schallt, macht nur umso deutlicher, wie still wie beide sind.

»Sollte heute ein leichter Sieg werden«, sage ich und greife nach jedem Strohhalm. Sie hat mich nicht mal angesehen.

Aly nickt steif und hält den Kopf gesenkt.

Ich schnaube frustriert, werfe das Klemmbrett hin und gehe vor ihr in die Hocke. »Wie lange sollen wir …?« Beim Anblick ihrer rotgeweinten Augen halte ich inne und ändere sofort meinen Tonfall. »Was ist passiert?«

Sie zuckt mit den Schultern und sieht weg. »Allergie.«

»Allergie, hm?«

Sie nimmt sich das Klemmbrett und beginnt, wie wild etwas darauf zu schreiben, wobei sie den Bleistift so fest gepackt hält, dass nicht nur die Fingerknöchel weiß hervortreten, sondern dass man meint, der Stift bräche jeden Moment entzwei. Die unbeschwerte Aly so aufgewühlt zu sehen, ist schlimm genug, aber keine Ahnung zu haben, warum, zeigt, wie weit wir uns in den letzten Wochen voneinander entfernt haben.

Aly hebt den Blick und legt den Stift weg, als sie merkt, dass ich nicht vorhabe, es auf sich beruhen zu lassen. »Was willst du, Brandon?« Sie klingt müde und lässt die Schultern hängen.

Ich kauere mich noch ein wenig tiefer, um ihr in die rot geränderten Augen zu sehen. »Ich will wissen, was los ist. Bist du krank? Verletzt?« Aly weicht meinem Blick aus, und ich nehme sie am Kinn und zwinge sie, mir in die Augen zu sehen. »Erzähl mir, was los ist.«

Sie seufzt. »Mir geht's gut.«

Sie befreit sich aus meinem Griff und nimmt den Stift wieder. Offenbar denkt sie, ich würde es bei diesem kläglichen Versuch bewenden lassen. Während sie irgendwas kritzelt, huscht ihr Blick immer wieder zu mir, und ihr hektisch wippendes Bein lässt den ganzen Tisch erbeben.

Unsere Freundschaft hat immer auf Ehrlichkeit basiert und darauf, dass wir uns gegenseitig von unseren Problemen erzählt haben. Sie hat mich ständig auf meine angesprochen. Jeder Tag, den wir nicht miteinander reden, ist eine Qual. Ich muss das wieder in Ordnung bringen. Ich muss rausfinden, warum sie so von der Rolle ist, es wiedergutmachen und sie zurück in mein Leben holen.

»Wirklich?«, frage ich, und die Frustration und die Zweifel sind mir deutlich anzuhören. »Dein *Wort* drauf?«

Aly hebt ruckartig den Kopf. Es ist das erste Mal, dass ich das sage. Musste ich zuvor auch noch nie, weil Aly mir immer bereitwillig ihr Herz ausgeschüttet hat. Dass es jetzt nötig ist … das Wissen, dass sie etwas vor mir verbirgt, tut mehr weh als ihr Schweigen.

Diverse Emotionen flackern über ihr Gesicht, bevor sie schließlich antwortet: »Nein, nicht mein Wort drauf.« Sie lässt den Stift wieder sinken, verschränkt die Arme auf der Plastiktischplatte und legt den Kopf darauf. »Justin und ich haben uns gestern Abend getrennt.«

Das Hochgefühl, das mich bei diesen Worten durchzuckt, ist nur von kurzer Dauer, als ich ihre bleiche, fleckige Haut und ihre verquollenen Augen registriere. Als mit Adam Schluss war, war ich für sie da. Sie war ein Häufchen Elend und hat sich mit Unmengen von Frauenfilmen und Bergen von Schokolade getröstet, aber so schlecht hat sie nie ausgesehen. Dass das mit Justin sie so sehr mitnimmt, muss bedeuten, dass sie sich richtig in ihn verliebt hat.

»Ich wusste, dass das passieren würde.« Schon als ich die Worte ausspreche, ist mir klar, dass ich das falsch angehe, aber ich kann mich nicht beherrschen. Wie sich rausstellt, ist Eifersucht eine ziemlich bescheuerte Sache. Sie macht, dass meine Stimme hart und kalt klingt, als ich sage: »Ich hab dich gewarnt, oder? Aber du wolltest ja nicht auf mich hören. Du warst wie besessen von dieser bescheuerten Wand der Schmach, und jetzt schau, wohin dich das gebracht hat.«

Ein Eisbrocken legt sich auf meine Brust, sobald die Worte raus sind. Das eifersüchtige, blindwütige Monster hat sich endlich losgerissen und speit verbal seinen Hass auf den einen Menschen, der mir am allermeisten bedeutet. Ich sehe den Schmerz in Alys Augen und weiß, dass ich daran schuld bin. Dabei habe ich geschworen, sie zu beschützen. Und jetzt bin ich es, der ihr wehtut.

Sie springt so heftig auf, dass der Metallstuhl umkippt. »Und *du* weißt alles, stimmt's, Brandon?« Sie legt den Kopf in den Nacken, und ich sehe bestürzt, wie ihr die Tränen über die Wangen laufen. Es macht mich fix und fertig. »Verdammt noch mal, für wen hältst du dich eigentlich, dass du meinst, *du* könntest mir Vorwürfe machen? Hast du dich vielleicht *jemals* geöffnet und was riskiert?«

Ihre blauen Augen, die vor Tränen überquellen, treffen mich wie ein Schlag. »Nein«, murmle ich und schüttle den Kopf. Sie weiß besser als jeder andere, dass ich das nicht habe. »Aly, bitte, es tut mir leid. Es tut mir so leid. Ich weiß nicht ...«

Sie lacht und ein Schluchzen entringt sich ihrer Kehle. »Nein, du weißt gar nichts.«

Weil ich Angst habe, es noch schlimmer zu machen, wenn ich den Mund wieder öffne, mich zugleich aber auch davor fürchte, *nichts* zu tun, stehe ich auf und mache einen Schritt auf sie zu.

Sie streckt abwehrend die Hände vor. »Ich gehe nach Hause. Kommst du allein klar?«

Ich nicke. Mein Puls trommelt mir in den Ohren, meine Brust ist so eng, dass ich kaum noch Luft kriege.

Was zur Hölle ist geschehen?

Während Aly zum Ausgang stürmt, fahre ich mir mit den Fingern durchs Haar. Grelles Sonnenlicht fällt in die dämmrige Turnhalle, als sie die Tür aufreißt. Bevor Aly hinausgeht, wirft sie noch einen Blick zurück. Der Zorn ist verschwunden und durch einen Gesichtsausdruck ersetzt, den ich nicht so recht deuten kann.

Und ich kann nicht anders, als mich selbst zu hassen.

Wenn ich meine blöde Klappe gehalten hätte, wäre nichts davon passiert. Nicht unsere Scheinaffäre. Nicht der Kuss oder das Schein-Date. Auch nicht die Streitereien oder die Entfremdung zwischen uns.

Und Justin hätte nie eine Chance bekommen, sie zu verletzen.

Ich zittere am ganzen Körper, so stark wütet in mir der Drang, es ihm heimzuzahlen. Ich werfe einen Blick auf die Uhr an der Anzeigetafel und balle die Fäuste. Ich werde sie nicht noch einmal enttäuschen.

In etwas mehr als zwei Stunden treffe ich mich zum Footballspielen mit den Jungs im Oakdale Park. Vielleicht meint Justin, er könnte Mädchen einfach so benutzen und wegwerfen und käme ungestraft davon. Aber da hat er sich geschnitten. Zumindest wenn es um Aly geht.

BRANDON

Oakdale Park, 14:58 Uhr

Mein Pickup rumpelt, als ich am Rande des geschotterten Parkplatzes anhalte und in der Horde nach Justin Ausschau halte. Wie durch ein Wunder hat unsere Mannschaft das Spiel heute Mittag gewonnen, obwohl ein Coach gar nicht anwesend und der andere mit den Gedanken völlig woanders war. Wir haben diese Saison noch kein Match verloren, doch in meinem Kopf habe ich nur *ein* Ziel: Justin finden und es ihm heimzahlen.

Durch das offene Fenster höre ich Carlos lachen. Als ich mich weiter umsehe, entdecke ich Justin, wie er in der hinteren Ecke des Spielfelds Dehnübungen macht. Ich stelle den Motor ab, werfe meine Schlüssel achtlos in den Aschenbecher und knalle die Tür hinter mir zu.

Niemand bemerkt mich, wie ich über den Rasen marschiere, bis ich schon fast bei ihm bin. Carlos sieht mich als Erster und sagt irgendwas, woraufhin Justin und Drew verwundert aufblicken. Als Justin mir mit seinem Heuchler-Blick begegnet, spucke ich auf den Boden und er springt auf.

Carlos stürmt auf mich zu, packt meine Arme, dreht sie mir in einer Art Polizeigriff auf den Rücken und hält sie fest. »Hey, was soll der Scheiß?«

»Halt dich da raus, Carlos«, warne ich ihn. »Das ist eine Sache zwischen mir und ihm.«

Drew beißt die Zähne zusammen, und die Muskeln in seinem Kiefer treten hervor, während er sich bemüht, Justin zurückzuhalten, der Anstalten macht, sich an ihm vorbeizuschieben.

Ja, komm nur her.

»Brandon, was verdammt noch mal ist dein Problem?«, ruft Drew über die Schulter hinweg.

»Mein Problem ist, dass dieses Arschloch denkt, er kann Mädchen wie ein Stück Dreck behandeln«, sage ich, und das Blut rauscht mir in den Ohren. »Und dass er meint, er könnte sich das auch mit Aly erlauben.«

»Du weißt doch einen Scheiß über mich und Aly!« Justin reißt sich los. Drew packt ihn hastig wieder an den Schultern und zerrt ihn weg. Fluchend lehnt Justin sich an ihm vorbei und brüllt weiter. »Und genauso wenig über jedes andere Mädchen, mit dem ich was hatte. Halt dich verfickt noch mal aus meinen Angelegenheiten raus, Brandon.«

»Ah, ich weiß also einen Scheiß?«, brülle ich zurück und arbeite mich vorwärts, wobei ich Carlos hinter mir her schleife. »Ich weiß jedenfalls, dass du nur mit ihr gespielt hast. Und dass du sogar deinen Bruder benutzt hast, um ihr vorzumachen, du wärst eigentlich ein ganz Lieber und alle würden dich nur total falsch einschätzen.« Ich hole bebend Luft. »Und ich weiß, dass du sie hast fallen lassen, als du mit deinen Scheißspielchen mit ihr fertig warst.«

Justin schnaubt höhnisch. »Du bist doch einfach nur scheißeifersüchtig! Wenn jemand sie hat fallen lassen, dann warst das doch *du*!«

Ich stoße ein Knurren aus und Carlos packt meine Arme noch fester. »Ich hab sie vorhin beim Spiel gesehen. Sie war todunglücklich.« Beim letzten Wort versagt mir die Stimme und ich balle die Fäuste und will nur eins: ihm genauso wehtun wie er ihr. »Wegen dir.«

»Wegen mir?« Justin lacht düster. »Du bist ja so ein Arschloch.« Er befreit sich aus Drews Griff und stößt ihn weg. »So einen Scheiß muss ich mir nicht anhören.«

Damit steuert er auf den Parkplatz zu, und ich will ihm gerade hinterherbrüllen, als er sich noch einmal umdreht.

»Ob du es glaubst oder nicht ... Aly ist mir alles andere als egal. Und deshalb gebe ich dir einen kleinen Tipp: Der Typ, in den sie verliebt ist? Der Typ, wegen dem es ihr so dreckig geht? Das bist nämlich du, du Arschgesicht.«

Er spuckt aus und geht.

Meine Arme fallen schlaff herab, als Carlos mich plötzlich loslässt. »Sorry ... meine Mitfahrgelegenheit.«

Er rennt Justin hinterher, und ich lasse mich ins Gras sacken, während mir das Adrenalin durch die Adern jagt.

Aly in *mich* verliebt? Kann das stimmen?

Glücksgefühle und Fassungslosigkeit rumoren in meinem Magen um die Wette und Drew geht neben mir in die Hocke und packt mich an der Schulter. »Hör damit auf! Hör auf, mir Mist zu erzählen. Hör auf, so zu tun, als ginge es um Justin. Hier geht es um *dich.* Und dass du ums Verrecken nicht zugeben willst, was allen anderen vollkommen klar ist. Ich erkenne dich echt kaum wieder. Der Brandon, den ich kenne, geht nicht auf seine Freunde los.«

Während ich noch mit einem höhnischen Grinsen denke,

dass Justin ja nicht gerade ein toller Freund gewesen ist, schüttelt Drew schon den Kopf. »Nicht mal auf so Arschlöcher wie Justin.«

Am ganzen Leib zitternd versuche ich, meine Atmung in den Griff zu bekommen. Als ich langsam von dem Adrenalinrausch runterkomme, meldet sich mein gesunder Menschenverstand zaghaft zu Wort. »Du hast recht.« Ich schließe die Augen und werfe den Kopf zurück. »Verdammt, ich hab keine Ahnung, was da gerade in mich gefahren ist.«

Drew schnaubt. »Ich schon. Was ich wissen möchte, ist, warum. Rede endlich mit mir.« Er lockert seinen Griff. »Was ist mit Aly los? Warum hast du mit ihr Schluss gemacht, wenn du dich deswegen hinterher aufführst wie ein Verrückter?«

»Hab ich gar nicht«, sage ich und reibe mir mit der Hand übers Gesicht. »*Sie* hat es beendet.«

Drew sieht mich verblüfft an. »Alter, ich hab sie gesehen, bei der Schulparty, nachdem du weg warst. Glaub mir, wenn ich dir sage, dass sie der Meinung ist, *du* hättest sie abserviert.«

»Das kann nicht sein. Aly weiß doch, was los war. Sie war doch selbst dabei. Und ich glaube, ich merke es auch, wenn ich abgesägt werde. Nicht, dass das vorher je passiert wäre.«

Während Drew mich noch immer eigenartig anstarrt, kommt Carlos angerannt. »Justin ist ohne mich davongebraust. Schätze, das bedeutet, dass einer von euch beiden das Vergnügen hat, meinen Hintern nach Hause zu kutschieren.« Er lässt sich ins Gras plumpsen und schlägt mir auf den Rücken. »Mein Guter, du hast es echt raus, wie man eine Party sprengt.« Er wischt sich mit seinem Shirt übers Gesicht und sieht erst mich und dann Drew an. »Also, hab ich was verpasst?«

Drew nickt. »Brandon hat gerade behauptet, dass Aly bei der Party mit ihm Schluss gemacht hätte. Carlos, du warst doch auch da. Wie würdest du das beschreiben, was sich da abgespielt hat?«

»Als hätte jemand Aly das Herz rausgerissen und wäre darauf rumgetrampelt.« Drew und ich werfen ihm beide einen Blick zu und er zuckt die Achseln. »Ich weiß nicht. Sie sah aufgewühlt aus, okay? Wie ein Mädchen, das gerade abgeschossen worden ist. Ganz bestimmt nicht wie jemand, der gerade jemand anderem den Laufpass gegeben hat.«

Ich schüttle den Kopf. »Das kann nicht sein. Sie ist ganz besessen von Justin, und dadurch, dass sie mit mir Schluss gemacht hat, hat sie ihm die Vorlage geliefert … die er auch bereitwillig aufgegriffen hat«, füge ich durch die zusammengebissenen Zähne hinzu. »Sie hat gekriegt, was sie wollte.«

Drew greift nach einer Wasserflasche und nimmt einen großen Schluck. Dann fixiert er mich genervt. »Ich will ja nicht den Unmut von Brutalo-Brandon auf mich ziehen, aber wann hast du mal erlebt, dass Justin lügt, damit er selbst blöd dasteht? Er hat sich einfach so vor zwei weiteren Zeugen hingestellt und dir ins Gesicht gesagt, dass er sich wirklich mal ernsthaft für ein Mädchen interessiert hat und dass dieses Mädchen mit ihm Schluss gemacht hat, weil sie in dich verliebt ist.« Er sieht Carlos an, der zur Bestätigung nickt. »Das ist zumindest der Eindruck, den ich gewonnen habe.«

Carlos räuspert sich. »Und falls ich auch meine unbedeutende Meinung dazu abgeben dürfte – ich glaube, unserem Señor Scheißlaune hier geht es umgekehrt genauso.«

Drew grinst, und mir wird wieder ganz schwindelig bei der Vorstellung, dass Aly in mich verliebt sein könnte.

Aber ich weiß, dass es nicht so ist.

»Sie ist nicht in mich verliebt«, beharre ich und lege mich erschöpft ins kühle Gras. »Kann schon sein, dass sie das als Ausrede zu Justin gesagt hat, aber es stimmt nicht.«

»Okay, nur mal angenommen, du hast recht. Bleibst immer noch du«, sagt Drew und sieht mich aufmerksam an. »Bist *du* in *sie* verliebt?«

Ich mache den Mund auf, um es zu abzustreiten, aber ich kann nicht. Es wäre eine Lüge. Das weiß ich und sie wissen es auch. Ich bin nicht mehr nur *dabei*, mich in Aly zu verlieben – ich liebe sie. Ich habe die letzten drei Wochen damit zugebracht, dagegen anzukämpfen – in der ständigen Angst, mich in Aly zu verlieben und sie dadurch zu verlieren. Und beides ist eingetreten. Ich habe den Menschen verloren, der mir mehr bedeutet als alles andere auf der Welt, und ich werde alles tun, um sie zurückzubekommen.

Als könnte er meine Gedanken lesen, meint Drew: »Du musst es Aly sagen.«

»Nein, ich muss unsere Freundschaft retten. *Das* muss ich.« Drew schnaubt, aber ich stehe auf und ignoriere ihn. »Entweder wird es Aly verschrecken, wenn ich ihr sage, dass ich sie liebe, oder sie wird eine Beziehung wollen – und ihr wisst ja, wie ich dazu stehe. So oder so werde ich sie endgültig verlieren, und das wäre so, als würde ich meinen Dad noch mal verlieren. Lieber will ich sie als Freundin haben als überhaupt nicht.«

Drew blinzelt mit zusammengekniffenen Augen zu mir hoch. »Aber was ist, wenn es mehr sein könnte?«

Ich stecke meine Hände in die Taschen und schüttle den Kopf. »An mehr glaube ich nicht.«

ALY
Alys Haus, 15:20 Uhr

»Hab deinen Notruf erhalten«, ruft Gabi, als sie durch die offene Hintertür hereinkommt. »Und ich habe Verstärkung mitgebracht.«

Sie stellt einen Stapel DVDs und eine Packung Eis auf den Küchentresen, kickt ihre Schuhe von sich und geht auf Zehenspitzen zu dem Ledersessel, wo ich zusammengerollt in Embryonalstellung liege.

»Oh, ich sehe schon, das ist ein Fall für die schwere Artillerie.« Sie zieht ihr Handy aus der Hosentasche und klingelt bei Kara durch. »Hey, wo bist du? Gut, dreh um und hol eine Tüte Oreos, eine Gurke, roten Nagellack und eins von diesen neongrünen Schlammmasken-Dingern. Ja, es ist schlimmer, als ich dachte.« Sie beendet das Telefonat und quetscht sich in die Ritze zwischen der Armlehne und mir. »Chica, was ist denn los?«

Ich seufze und hebe den Kopf, um ihn an ihre Schulter zu betten. »Du hattest recht.«

»Das habe ich meistens.«

Ohne aufzublicken, weiß ich, dass sie grinst. Ich verdrehe die Augen. »Du hast gleich gesagt, dass Operation Sexappeal eine blöde Idee ist, und ich hätte auf dich hören sollen. Dieser ganze Irrsinn mit dem Ball und so ... Wo hat mich das hingebracht? Ich habe Liebeskummer *und* kein Date, und das nur zwei bescheuerte Wochen vor dem Fest.«

Gabi wiegt mich schweigend, während sie die Informationen sacken lässt. »Ich gehe mal davon aus, dass du dich gestern Abend mit Justin getroffen hast.«

»Ihn getroffen, auf seinem Herz rumgetrampelt, mit ihm Schluss gemacht und mir die Augen ausgeheult.«

»Hmm.« Ich hebe den Kopf und betrachte Gabis nachdenklich verzogenen Mund. Sie sieht mich an und zuckt mit den Schultern. »Ich verstehe das nicht. Ging es dir nicht die ganze Zeit um den Ball? Und darum, dir einen coolen Typen zu angeln? Du hattest beides, du hast beides verschmäht und jetzt bist du unglücklich. Was soll das alles, Aly?«

»Ich weiß!« Stöhnend ziehe ich meine Knie enger an die Brust. »Ich konnte es einfach nicht durchziehen, Gabi. Du hättest hören sollen, was er gesagt hat. Er wollte, dass ich seine feste Freundin bin, und hat mich richtig offiziell gefragt, ob ich mit ihm zum Homecoming-Ball gehe ...« Ich verstumme und lache über meine schrecklich schräge Situation, ehe ich mich seufzend wieder an Gabi schmiege.

»Wow. Das ist natürlich echt ätzend. Ich hasse es, wenn mir tolle, superbeliebte Typen so was antun.« Angesichts ihres ironischen Tonfalls trete ich genervt gegen den Beistelltisch. »Ich meine, *hallo* – er hat dich gefragt, ob du eine richtige Beziehung mit ihm möchtest? Klingt, als hätte er es verdient, dass du ihn in die Wüste schickst. Yeah, Girl-Power!«

Ich verpasse ihr einen Knuff in die Seite. »Tut mir leid, aber ich glaube, du hast dich im Programm geirrt. Selbstvorwürfe waren gestern angesagt. Heute ist Mitleid dran. Und Mitgefühl ... was überall, wo ich hinkomme, Mangelware zu sein scheint.« Mit einem Stich im Herzen erinnere ich mich an mein Gespräch mit Brandon. »Und jetzt sei so freundlich und halt dich an die Tagesordnung oder geh. Fertigmachen kann ich mich nämlich ganz prima auch selber.«

Gabi schmunzelt, nimmt mich in die Arme und gibt mir einen Schmatz auf die Stirn. »Entschuldige, du hast recht. Glaub mir, du tust mir leid.« Ich verpasse ihr noch einen Schlag und sie lacht. »Okay, Justin ist also Geschichte. Bedeutet das, dass Operation Sexappeal ebenfalls Geschichte ist?«

Ja. Nein. Äh!

Habe ich allen Ernstes vor, das Ganze zwei Wochen vor

dem legendären Event des Jahres abzublasen? Zugegeben – es war bislang das volle Desaster, aber warum jetzt aufgeben? *Ist ja nicht so, dass ich noch was zu verlieren hätte.*

»Nein. Ein guter Soldat gibt niemals auf, stimmt's? Bis ich mit einem Nicht-Kumpel-Date bei dem Ball auftauche, muss die Mission weitergehen.« Ich blinzle eine Träne weg und atme energisch durch. »Themenwechsel, bitte. Alles, nur nicht der Homecoming-Ball, Justin, Brandon oder Sexappeal.«

In diesem Augenblick geht die Hintertür auf, und Kara stürmt mit einem Arm voller Einkaufstüten herein, die ihr die Durchblutung abgeschnitten haben müssen. Sie hievt sie auf den Küchentisch und schnauft sich den Pony aus der Stirn. »Jetzt wird alles gut. Die Wellnessprodukte sind da.«

Grinsend streift sie ihre Flipflops ab und kommt zu uns rüber. Dann quetscht sie sich auf meine andere Seite, nimmt mein Gesicht in eine Hand und betrachtet mich mit gespitzten Lippen.

»Kara, wenn du versuchen solltest, mich zu küssen, muss ich dich warnen. Ich verursache nichts als Liebeskummer.«

Sie verdreht die Augen und zieht mein Gesicht zu sich, um mir einen Schmatz auf den Nasenrücken zu geben. »Das Risiko nehme ich in Kauf. Außerdem wissen alle, dass *ich* die Number-one-Herzensbrecherin bin. Also, wer ist heute unser Hassobjekt: Brandon oder Justin?«

Ich lasse mich gegen sie sacken und erwidere: »Weder noch. Wenn wir überhaupt jemanden hassen müssen, dann mich, aber mir wäre es lieber, wenn wir uns darauf konzentrieren, mich zu bemitleiden.« Ich höre meinen Magen grummeln, schäle mich aus dem Ledersessel und halte meinen Freundinnen die Hand hin, um ihnen hochzuhelfen. »Zeit, dass wir was zwischen die Kiemen kriegen. Sonst werde ich auch noch unausstehlich. Worauf habt ihr Lust?«

Kara grinst. »Wie wär's mit einer gigantischen Packung Eis, kiloweise Oreos und einem großen Glas Kakao?«

Ich muss schon genauer hinsehen, um sicherzugehen, ob nicht vielleicht eine außerirdische Lebensform von meiner sonst so gesundheitsfanatischen Freundin Besitz ergriffen hat.

Angesichts meines erstaunten Blicks inklusive offenem Mund verdreht Kara die Augen und wedelt mit der Hand. »Ich finde, du hast dir einen Tag mit ausschließlich Junkfood verdient, und was für eine Freundin wäre ich, wenn ich dich alleine leiden ließe?«

So mies es mir auch wegen Brandon und Justin geht, kann ich mir doch ein Lächeln nicht verkneifen.

Sie stemmt eine Hand in die Hüfte. »Also, jetzt steh hier nicht dumm rum. Her mit den Löffeln!«

Bevor sie ihre Meinung ändern kann, flitze ich zur Küchenzeile und werde von Gabis Handy begrüßt, das auf der Arbeitsplatte irgendwelche Zirp-Laute von sich gibt. Instinktiv nehme ich es und sehe, dass sie eine neue SMS von Carlos bekommen hat. Auch wenn sie noch immer ihre Gefühle verleugnet, sind sich die beiden seit dem

Camping definitiv nähergekommen. Vielleicht hat das ganze Desaster wenigstens *ein* Gutes.

»Dein Lover!«, rufe ich, während Gabi mir das Telefon aus der Hand reißt. Sie entfernt sich ein paar Schritte von mir, um die Nachricht zu lesen, und kriegt ganz große Augen. »Muss was echt Schweinisches sein«, ziehe ich sie auf.

Gabi schüttelt den Kopf. »Brandon ist gerade im Park auf Justin losgegangen.«

Montag, der 20. September

1 Woche und 5 Tage bis zum Homecoming-Ball

BRANDON

Fairfield Academy, 12:00 Uhr

Mit einem einzigen Ziel drücke ich die Türen der Cafeteria auf: Aly zu finden. Am Samstag habe ich sie in Ruhe gelassen, weil ich dachte, es würde uns beiden nicht schaden, ein bisschen runterzukommen. Als sie gestern nicht in der Kirche war, habe ich das als Zeichen betrachtet, dass sie noch ein wenig mehr Abstand braucht. Doch als sie erst Sekunden vor dem Gong im Klassenzimmer aufgetaucht ist, die Augen noch immer rot und geschwollen, habe ich beschlossen, dass ich sie jetzt genug in Ruhe gelassen habe.

Ich laufe an den wartenden jüngeren Schülern vorbei und mache dem Jungen, der hinter ihr in der Schlange steht, ein Zeichen. Sonst markiere ich nie den großen Macker, weil ich in der Zwölften bin oder Mannschaftskapitän des Baseballteams, aber heute erscheint mir ein guter Tag für eine Ausnahme. Der Kleine sieht wie ein Neuntklässler aus und macht schnell Platz. Nachdem ich ihm dankend zugenickt habe, wende ich mich an Aly. Sie hat die Nase in ein Buch vergraben, ist aber dermaßen angespannt, dass sie die Schultern quasi bis zu den Ohren hochgezogen hat. Sie weiß, dass ich hier bin.

»Aly, es tut mir leid.« Sie reagiert nicht. Ich werfe einen Blick nach hinten und stelle fest, dass der Kleine interessiert zuhört. Ich hebe zwei Finger zu einem angedeuteten Winken, fahre aber trotzdem fort. »Ich hab mich Samstag wie ein Vollidiot benommen. Du hättest jemanden gebraucht, der dir zuhört und keine Predigt hält. Und ich schwöre, ich habe es überhaupt nicht so gemeint, wie es sich angehört hat.«

Durch Alys Schultern geht ein Beben, als sie tief durchatmet und ein Eselsohr in ihre Seite macht. Sie dreht sich um und sieht mich mit undurchdringlicher Miene an. »Schon okay.«

Der Ausdruck in ihren Augen straft sie Lügen. Mit hämmerndem Puls versuche ich, es irgendwie wieder in Ordnung zu bringen. »Ist es nicht. Ich war ein Arsch, Aly. Aber du musst wissen, dass ich das alles nur gesagt habe, weil ich so wütend war. Du hast was Besseres verdient als Justin – du bist zu gut für ihn. Und dich so leiden zu sehen …« Ich schlucke schwer. »… das hat mich völlig fertig gemacht. Ich kann es nicht ertragen, dass dir jemand wehtut. Und ich schwöre dir …« Ich streiche ihr eine goldbraune Strähne hinters Ohr. »… ich wollte dich nie verletzen. Ich habe Mist gebaut und das tut mir leid.«

Ein Fünkchen Wärme glimmt in ihren Augen auf und ihre rosa Lippen öffnen sich. Sie wirkt verloren und verletzlich, und ihre Stimme klingt nicht so fröhlich wie sonst, als sie erwidert: »Ist kein bleibender Schaden entstanden.«

Ich möchte so gern glauben, dass das der Wahrheit entspricht.

Ich möchte glauben, dass sich durch eine Entschuldigung alles wieder einrenken lässt. Aber ich glaube es eben nicht. Aly starrt wieder nach vorne, und mir fällt überhaupt nichts ein, was ich sagen könnte – zumindest nicht ohne nachzubohren, ob Justin mir wirklich die Wahrheit gesagt hat. Doch das würde uns nicht weiterbringen. Es würde nichts ändern. Kann es gar nicht. Aber wenn dieses Thema tabu ist, bleibt mir nichts. Unsere Freundschaft war immer so unangestrengt und jetzt klammere ich mich an jeden Strohhalm.

Der Neuntklässler rempelt mich von hinten an und Tabletts knallen auf die Tische neben unserer Warteschlange. Als ich mir dieses Gespräch ausgemalt habe, fand es nicht in einer langen, lauten Schlange in der Cafeteria statt. Aly und ich waren alleine. Ich habe mich bei ihr entschuldigt und sie hat mir verziehen. Wir waren wieder Freunde wie früher und dieser ganze verkorkste, destruktive Liebeskram war wie weggeblasen.

Unrealistisch, schon klar. Aber ich hätte nie gedacht, dass mir der Arsch dermaßen auf Grundeis geht.

»Ich hab gehört, dass du am Wochenende Justin getroffen hast.«

Ich zucke zusammen. »Wo hast du das gehört?«

»Carlos hat Gabi eine SMS geschrieben.« Aly mustert

mich prüfend, als wir in der Warteschlange einen Schritt vorrücken. »Hat Justin dir irgendwas erzählt?«

Ich zögere, weil ich mir nicht sicher bin, was oder wie viel ich sagen soll. »Er meinte, ich hätte da was durcheinandergebracht und dass eigentlich du mit ihm Schluss gemacht hättest.«

Sie nickt bedächtig. »Hat er dir auch gesagt, warum?«

Eine ältere Dame mit Haarnetz schaufelt labbrige Nudeln auf das Tablett vor mir und ich wende den Blick ab. Justin hat mir zwar einen Grund genannt, aber ich glaube noch immer, dass er mich verarschen wollte. »Nicht wirklich. Er meinte, ich soll dich fragen.«

Aly rückt einen Schritt weiter und schiebt sich eine störrische Strähne hinters Ohr. »Wir haben einfach nicht zusammengepasst.« Sie hebt den Kopf und der kurze Anflug eines Lächelns huscht über ihr Gesicht. »Sieht aus, als hättest du recht gehabt.«

Ihr Lächeln ist unecht. Es beweist einmal mehr, dass zwischen uns eine Wand ist, ein Schutzwall, wie Aly noch nie zuvor einen errichtet hat. In ihren Augen sehe ich Schmerz, und es liegt mir auf der Zunge, zu fragen, warum sie überhaupt was mit ihm angefangen hat, wenn es ihr so mies damit geht. Aber ich tue es nicht. Ich habe auch meine Geheimnisse vor ihr. Stattdessen sage ich ehrlich: »Wenn dich das alles so traurig macht, dann wünschte ich, ich hätte falsch gelegen.«

Ich nehme das Tablett von der Metallschiene und folge Aly zur Kasse. »Das geht zusammen«, sage ich zu der Frau und wende mich mit einem nervösen Lächeln an Aly.

»Das ist das Mindeste, was ich tun kann dafür, dass ich am Samstag so ein Idiot war.«

»Danke.« Sie beißt sich auf die Lippen, während sie auf den Zehen auf- und abwippt und den Blick durch die Cafeteria schweifen lässt. »Das musst du nicht. Aber trotzdem danke.«

»Kein Problem.« Ich stecke mein Portemonnaie wieder ein und laufe zu unserem üblichen Tisch los. Aly kommt mir nicht hinterher. »Willst du dich nicht zu uns setzen?«

Sie stellt ihr Tablett auf einem der Tische in der Mitte ab. »Ähm, nein. Ich glaube, ich setze mich lieber hierher und lese«, sagt sie und hält wie zum Beweis das Buch hoch. »Aber danke, Brandon. Fürs Mittagessen. Und dafür, dass du dich entschuldigt hast. Ich habe auch überreagiert.« Sie streckt mir die Hand hin und ein echtes Aly-Lächeln huscht über ihr schönes Gesicht. »Freunde?«

Erleichterung durchströmt mich, gefolgt von einem kurzen Stich der Enttäuschung. Freunde, genau das sollten wir sein.

Ich nehme ihre kleine Hand in meine und wiederhole: »Freunde. Sehen wir uns dann später beim Training?«

Aly rückt einen Stuhl vom Tisch weg und nickt, während sie sich setzt. »Ja, bis später.«

BRANDON

Städtische Sportanlage, 16:05 Uhr

Es ist unser sechstes Training und die Mädchen kennen den Ablauf inzwischen. Sie kommen in die Turnhalle, haken ihre Namen von der Liste ab, nehmen in der vordersten Reihe der Tribüne Platz und warten auf das Signal. Wenn wir vollständig sind, bläst Aly in die Trillerpfeife, und wir traben in Zweierreihen hinaus, um uns zehn Minuten warmzulaufen.

Von Anfang an haben wir darauf geachtet, mit gutem Beispiel voranzugehen. Selbst genauso viel zu geben, wie wir von ihnen verlangen. Alles geben im Training und beim Spiel. Keine Ahnung, ob es für das Team wirklich so wichtig ist, aber heute bin ich froh, dass wir es so machen. Denn dadurch erhalte ich die Gelegenheit, mich mit Aly zu unterhalten.

Ich passe mich ihrem Tempo an, laufe neben ihr her und wir atmen im Rhythmus unserer Schritte auf der Hartplatzbahn. »Nicht zu fassen, dass am nächsten Wochenende schon unser letztes Spiel ist, oder?«, frage ich zwischen dem Luftholen. »Es kommt mir vor, als hätten wir gerade erst angefangen.«

Aly lächelt ein wenig. »Ich werde die Mädchen vermissen. Es hat Spaß gemacht mit ihnen.«

Ich lache. »Natürlich wirst du sie vermissen. Sie

vergöttern dich. Was wirst du nur ohne dein Gefolge tun?«

Ihr helles Kichern lässt meinen Puls noch mehr rasen. »Sie vergöttern mich doch nicht.« Sie wirft mir einen Seitenblick zu und grinst. »Na gut, vielleicht ein bisschen. Aber du hast definitiv deine eigenen rotznasigen Verehrerinnen in der Gruppe. Und möglicherweise nicht nur für dein Können auf dem Spielfeld.« Der neckende Tonfall ihrer Stimme kommt unserem normalen Geplänkel so nah, dass ich ganz euphorisch werde. »Aber ich schätze mal, du musst eben nehmen, was du kriegen kannst.«

Ich jogge näher zu ihr und remple sie leicht an. Sie taumelt übertrieben vor, verfällt dann wieder in ihr normales Schritttempo und wirft mir einen gespielt empörten Blick zu, der mir zeigt, dass sie nicht sauer ist. Ein weiterer Hinweis auf Normalität.

Wir umrunden die Bahn noch einige Male und kehren dann in die Halle zurück. Nachdem alle kurz was getrunken haben, mache ich mit den Mädchen mehrere Dehnübungen, bevor Aly mit dem eigentlichen Training loslegt.

»Okay, alle mal herhören«, ruft sie von der Vorderseite der Halle. »Wir arbeiten heute am Passspiel. Legt euch alle in Dreiergruppen mit dem Gesicht nach unten an den Spielfeldrand. Wenn Brandon euren Namen ruft, springt ihr auf, nehmt den Ball an und passt ihn möglichst schnell zu mir zurück. Alles klar? Als Erste brauche ich Baylee, Kaitie und Britney.«

Die Mädchen kommen bei der Übung zweimal an die Reihe, dann teilen wir uns für den Rest der Zeit zu einem

Trainingsspiel in Gruppen auf. Um halb sechs machen wir Schluss, und während Baylee und Kaitie zum Imbissstand gehen, um sich eine Kleinigkeit zum Futtern zu holen, sammeln Aly und ich unsere Ausrüstung ein und laden sie hinten auf meinen Pickup.

»Aufgepasst!«, schreit sie.

Ein Ball trifft mich im Rücken und ich lasse meine Tasche fallen. Ich packe mir einen zweiten Volleyball, drehe mich um und hebe ihn hoch, um ihn auf sie zu feuern. »Du hast es nicht anders gewollt.«

Aly rennt davon, geht in Deckung und wartet lachend darauf, dass ich ihn nach ihr werfe. Als ich es jedoch nicht tue, steht sie wieder auf und sieht mich fragend an.

»Hab mir schon gedacht, dass du hier bist«, sagt Lauren und stolziert mit übertriebenem Hüftschwung heran. »Überraschung!«

Ich lasse den Arm sinken und sehe, wie Aly wieder dichtmacht. Sie packt die zwei Volleybälle, die gleich neben ihren Füßen liegen, und geht schnurstracks zur Tribüne, um sie in einer Sporttasche zu verstauen. Als sie sich wieder umdreht, wirft sie mir ein gepresstes Lächeln zu.

»Tja, das war dann alles. Ich schnappe mir Kaitie und bin dann mal weg. Tschüss, Lauren.«

Ich sage nichts. Sehe ihr nur nach, wie sie sich mit voller Wucht gegen die Metalltür wirft und sie aufstößt. Gleich darauf knallt die Tür hinter ihr zu.

Mit einem frustrierten Seufzen schwinge ich mir die Sporttasche über die Schulter und angle meine Schlüssel aus der Hosentasche. Dann wende ich mich Lauren zu und mache eine Geste in Richtung Tür.

Das geht schon viel zu lange.

Draußen schleudere ich die Tasche in die Fahrerkabine meines Pickups und halte auf der Sportanlage nach Baylee Ausschau. Sie sitzt ein paar Meter entfernt auf einer Schaukel, mampft eine Essiggurke und starrt unverfroren zurück. Ich lehne mich gegen den Wagen und sage zum ersten Mal was zu Lauren. »Du wolltest mich überraschen?«

Sie drückt sich gegen mich. »Das ist doch okay, oder?«

Ich schiebe sie behutsam weg und hole Luft. Mädchen wie Lauren benutzen mich für dasselbe wie ich sie früher auch. Spaß. Abenteuer. Ein netter Zeitvertreib am Wochenende. Als Kapitän der Baseballmannschaft an einer Schule mit einem grottenschlechten Footballteam ist es für manche Mädchen eine Art Statussymbol, mit mir auszugehen. Es ist albern, schmeichelhaft und auch ein bisschen peinlich, aber es entspricht der Wahrheit. Lauren ist es egal, ob von meiner Seite aus Gefühle mit im Spiel sind – von ihrer jedenfalls mit ziemlicher Sicherheit nicht –, aber *mir* ist es nicht egal.

»Lauren, ich glaube, das mit uns …«, sage ich und deute zwischen uns beiden hin und her, »… da ist irgendwie die Luft raus.«

Sie legt den Kopf schief und betrachtet mich prüfend, vermutlich verwirrt. Vermutlich sogar angepisst. Es war nur eine Woche und ich bin kein einziges Mal mit ihr ausgegangen. Noch nicht mal geküsst habe ich sie. Wenn überhaupt irgendwas, dann habe ich Lauren benutzt, damit es aussieht, als wäre ich über Aly hinweg. Und obwohl ich keine Sekunde daran zweifle, dass Lauren mich ebenfalls benutzt hat, schäme ich mich dennoch.

Sie seufzt: »Wundert mich nicht.«

»Nein?« Ich hatte mit einem Tobsuchtsanfall inklusive jeder Menge Drama gerechnet, wie das bei den Mädels manchmal so ist. »Warum nicht?«

»Ich wusste, dass das wenig Aussicht auf Erfolg hat. Ich sehe doch, wie du Aly noch immer anschaust.« Sie verdreht die Augen. »Du *liebst* sie.« Ihr sarkastischer Tonfall kommt der Reaktion, die ich erwartet hatte, schon viel näher.

Ich mache die Ladeklappe auf, springe hinten auf den Pickup und bedeute ihr, sich neben mich zu setzen. Sie zögert, tut es aber schließlich doch, und ich sehe sie an. »Lauren, ich sage nicht, dass ich dich verletzt habe, weil ich nicht weiß, ob das überhaupt der Fall ist, und wenn ich einfach davon ausginge, wäre ich ein arrogantes Arschloch. Aber ich habe dich diese Woche benutzt und das hast du nicht verdient. Es tut mir leid.«

Lauren verengt die Augen. »Ist das dein Ernst?« Als ich feierlich nicke, lacht sie. »Verdammt, da hat Aly ja ganze Arbeit geleistet, hm?« Sie verzieht die Lippen und rümpft die Nase, als hätte sie was Ekliges gerochen. »Hör mal, Brandon, es ist eine nette Geste und so, aber du hast mich nicht verletzt. Ich habe dich genauso ausgenutzt.« Sie schnaubt. »Oder es zumindest versucht.«

»Was hast du dir denn davon erhofft?«

Ich weiß nicht, warum es mich interessiert, und ich bezweifle, dass sie es mir sagen wird, aber ich bin neugierig. So unausstehlich Lauren die letzten Monate auch war, sie hat auch ihre guten Seiten. Auf ihre Weise ist sie sexy und klug und amüsant. Ich hab sowieso nie verstanden, warum sie dermaßen hinter mir her war, wo sie doch jeden haben kann.

Laurens Blick ruht auf dem Spielplatz ganz in der Nähe, und zuerst glaube ich, dass sie nicht antworten wird, aber dann grinst sie und meint: »Du warst eine Herausforderung.« Sie zuckt mit einer Schulter. »Du hast dich nie an mich rangemacht, und du bist so ziemlich die einzige Sportskanone, die mir noch in meiner Sammlung gefehlt hat. Das hat mich gewurmt. Beliebt zu sein, bedeutet, mit den Topleuten zusammen zu sein. Und das bist neben Justin du, Brandon.«

»Dann lag es also nicht daran, dass du eine tiefe Seelenverwandtschaft zu mir verspürt hast«, ziehe ich sie lachend auf, und sie zuckt abermals die Schulter, diesmal allerdings mit einem Lächeln auf dem Gesicht, das tatsächlich mal echt aussieht. Es ist viel hübscher als die Plastikvariante. »Danke, dass du ehrlich zu mir bist. Und falls es dir irgendwie hilft, will ich es auch versuchen: Mir war bis gestern nicht klar, dass ich in Aly verliebt bin. Dabei bin ich mir aber ziemlich sicher, dass es ihr nicht so geht.«

Lauren schnaubt und lehnt sich auf die Ellbogen zurück. »Dann hast du nicht viel Ahnung von Frauen.«

»Tja, das ist wohl die traurige Wahrheit.«

Ein angenehmes Schweigen entsteht zwischen uns, während wir dem Lachen zuhören, das vom Spielplatz herüberweht. Nach ein paar Minuten stößt Lauren die Luft aus und lässt sich von der Ladefläche gleiten. »War nett mit dir, Brandon. Wenn's mit Aly nicht hinhaut, hast du ja meine Nummer.«

»Gebongt«, sage ich, obwohl wir beide wissen, dass ich sie nicht anrufen werde. Sie ist eine von den *Coolen*, und obwohl ich nicht an Liebe oder feste Beziehungen glaube, bin ich offiziell über dieses Stadium hinaus. Zumindest fürs Erste.

Sie beugt sich zu mir und küsst mich auf die Wange. »Aly hat ganz schön Glück.« Dann winkt sie mir zum Abschied fingerwackelnd zu, und ich sehe ihr nach, wie sie davongeht, und denke: *Ich bin der, der Glück hat.*

Donnerstag, der 23. September

1 Woche und 2 Tage bis zum Homecoming-Ball

ALY

Fairfield Academy, 12:05 Uhr

Der würzige Geruch von scharfem Essen und Nacho-Käse umfängt mich in dem Augenblick, in dem ich die Türen zur Cafeteria aufziehe. Ich liebe ja Essen an sich und Desserts im Besonderen, aber die mexikanische Küche nimmt einen ganz besonderen Platz in meinem Herzen ein. Beim Gedanken an die Leckereien, die mich erwarten, haste ich schnurstracks zu den Tabletts. Im Vorüberlaufen werfe ich einen Blick auf den Tisch der Schönen und Beliebten, weil ich neugierig bin, ob Brandon da ist. Es ist noch immer ein bisschen angestrengt zwischen uns, aber es geht bergauf. Die ganze Woche lang bin ich an anderen Tischen gesessen, doch heute Morgen habe ich beschlossen, mich wieder zu ihnen zu gesellen. Es wird vermutlich komisch sein, auch mit Justin an einem Tisch zu sitzen, aber ich habe es wirklich so gemeint, wie ich es gesagt habe. Er ist ein netter Kerl, und ich hoffe sehr, dass wir Freunde sein können.

Da ich im Gehen zur Seite schaue, sehe ich Lauren nicht kommen. In einer Sekunde denke ich noch darüber nach, was ich als Einstiegssatz sagen könnte, wenn ich am Tisch aufkreuze, und in der nächsten kriege ich ein Tablett voller Nachos gegen den Latz geknallt. Und da bin ich nicht die Einzige.

Als das Tablett scheppernd auf den Boden fällt, starrt Lauren auf den knallorangenen Käse, der von ihrem Oberteil hinuntertrieft. Mit einem Zucken signalisieren mir die Muskeln in meinen Beinen ihre Bereitschaft wegzurennen, während Laurens Gefolgsleute sich zu beiden Seiten formieren. Aber diesmal suche ich nicht das Weite.

Zumindest *noch* nicht.

»Du Miststück!« Bei ihrem wütenden Aufschrei wird es in der Cafeteria plötzlich ganz still. Es ist wie die Ruhe vor einem Sturm. Einem Sturm der Entrüstung namens Lauren. »Das war Absicht!«

Während sie einen Chip von ihrem Oberteil schnippt, schüttle ich den Kopf und sehe zu, wie das Stückchen auf dem Boden landet. Mein Puls donnert in meinen Ohren. Macht ja nichts, dass ich selbst über und über mit dicken Käsebatzen beschmiert bin. Laurens fieses Grinsen verrät mir deutlich, dass sie auf Rache sinnt.

»Nei…nein«, stammele ich wie der Oberschisser, der ich bin. »War es nicht.«

»Nein?«, fragt sie, kommt einen Schritt näher und verzieht verächtlich ihre Oberlippe. »Dann bist du wohl *blind* geworden bei deinen Bemühungen, ein *Mädchen* zu werden?«

Ihre Stimme betont das Wort *Mädchen* und es hallt durch den gesamten Raum.

Ruckartig ziehe ich die Luft ein und mir wird schwummrig vor Augen.

Bis zu einem gewissen Grad nehme ich das Flüstern um uns herum wahr, die hämischen Blick von Laurens Lakaien. Ich registriere sogar, dass Gabi und Kara plötzlich neben mir auftauchen und zweifellos gerade Anlauf nehmen, um zu einem vernichtenden Gegenschlag auszuholen. Aber es ist, als wäre ich all dem weit entrückt. Als befände ich mich in einer Blase, in der die einzigen realen Geräusche Laurens hasserfüllte Worte sind, die sich ein ums andere Mal wiederholen.

Deine Bemühungen, ein Mädchen zu werden.

Schau an, jetzt siehst du doch tatsächlich wie ein Mädchen aus.

Ziemlich traurig, dass du zu solchen Mitteln greifen musstest.

Du hast ihn dir nur dadurch angeln können, dass du dich komplett umgekrempelt hast.

Beim letzten Satz platzt die Blase. Und ich ticke aus. Die Last, um jeden Preis gefallen zu wollen, und die Angst, nie gut genug zu sein, wachsen mir über den Kopf. Es ist mir egal, ob ich mir damit selbst ins Bein schieße oder Lauren letztendlich nur noch mehr Munition für ihre Bosheiten liefere. Ich muss einfach *irgendetwas* sagen …

»Meine Nerven, Lauren, halt endlich die Klappe!«

Ihr bleibt der Mund offen stehen – wie auch allen anderen im Raum. Dann blinzelt sie, als könne sie nicht glauben, dass ich ihr tatsächlich die Stirn biete, und um ganz ehrlich zu sein: Mir geht es genauso.

»Du zickst in einer Tour nur rum«, setze ich noch eins drauf und werfe die Hände in die Luft, wobei ich keine Ahnung habe, woher die Worte kommen. Es ist, als wäre ich auf Autopilot und jemand anders hätte die Kontrolle über meinen Mund übernommen. »Ich meine, jetzt mal im Ernst, du solltest dir dringend ein neues Hobby zulegen. Denn mich und alle anderen zu terrorisieren, die es wagen, in deiner Nähe eine gute Figur abzugeben, das wird langsam echt öde.«

Ich schüttle den Kopf und realisiere, dass ich fertig bin. Fertig damit, hier zu stehen und darauf zu warten, dass sie sich wieder erholt und mich mit der nächsten geistreichen Bemerkung bombardiert, und fertig damit, sie meinerseits blöd anzumachen. Das ist sie überhaupt nicht wert.

Ich blicke an mir hinab und betrachte mein verklebtes Shirt.

Na ja, vielleicht bin ich auch erst fast *fertig.*

Ich tauche den Finger in einen besonders dicken Käsebatzen, kratze ihn ab und begegne ihrem eisigen Blick. Dann schnipse ich ihn auf sie. Ein Aufkeuchen zerreißt die Stille und ich wirble auf dem Absatz herum.

Gabi starrt mich mit aufgerissenen Augen an, während sie und Kara beide hastig neben mir herlaufen. Wir sind auf halbem Weg zum Ausgang, als Lauren aus ihrer Schockstarre erwacht.

»Wo willst du denn hin? Wir sind noch nicht fertig. Du kannst jetzt nicht davonrennen.«

»Ich laufe nicht davon«, rufe ich ihr über die Schulter zu und drücke die Tür auf. »Ich hab nur einfach keine Lust, noch länger mit dir zu reden.«

ALY

Karas Todesmobil, 12:20 Uhr

Ich schwebe im siebten Himmel. Und laufe mit Puddingknien. Ich kann mich nicht daran erinnern, wie ich den Schulhof überquert habe, und ich habe keinen Schimmer, warum wir hier sind. Mit der Fernbedienung ihres Autoschlüssels entriegelt Kara die Tür auf der Beifahrerseite und schubst mich hinein.

»W...wo fahren wir hin?«, stammle ich.

»Schwänzen!«, verkündet sie und steckt ihren Kopf herein. »Du hast Lauren in aller Öffentlichkeit auf den Topf gesetzt! Das ist ein Grund zum Feiern.«

Gabis Gesicht erscheint zwischen den Kopfstützen, dann legt sie mir eine Hand auf die Stirn und prüft, ob ich Fieber habe. »Jetzt mal im Ernst – wer zur Hölle bist du und was hast du mit meiner besten Freundin gemacht?«

Mit einem Lachen schlage ich ihre Hand weg – oder vielmehr einem versuchten Lachen. Nun, da ich am ganzen Körper wie verrückt zittere, kommt es eher wie ein Röcheln heraus. »I...ich weiß es nicht«, gebe ich zu und bin mir selbst noch immer nicht ganz sicher, was da gerade geschehen ist. Während Kara auf der Fahrerseite einsteigt und den Motor aufheulen lässt, sage ich: »I…ich kann meine Beine nicht spüren.«

»Das war's wert«, erklärt Kara und würgt den Rückwärtsgang rein. »Hast du ihr Gesicht gesehen?« Sie setzt einhändig zurück, während sie auf die Fingernägel der anderen Hand pustet und so tut, als würde sie sie an ihrem Shirt polieren. »Und *ich* war es, die dir alles beigebracht hat, was du weißt.«

Gabi schnaubt. »Ja klar, Kara, weil *du* die ganz harte Nummer von uns dreien bist.«

Als wir vom Parkplatz brausen, beuge ich mich vor und lege den Kopf aufs Armaturenbrett. Das Adrenalin rauscht so schnell durch meine Adern, als hätte ich eine Meisterschaft gewonnen. Ich atme durch meine klappernden Zähne ein, gebe mein Bestes, um mich zu beruhigen, und verkünde: »Das. War. Der *Hammer*.«

Kara stößt wieder einen Freudenschrei aus, und ich atme noch einmal tief durch, als ich mich langsam wieder aufsetze. Und dann fange ich an zu kichern. Unkontrollierbar. Mir treten sogar Tränen in die Augen. Aber zum ersten Mal seit gefühlten Wochen vor Freude und nicht aus Liebeskummer.

Kara fällt mit ein. Sie hängt mit dem Oberkörper halb auf dem Lenkrad, während sie fährt, und lacht so sehr, dass ich vorsichtshalber durch meine Freudentränen hindurch überprüfe, ob mein Gurt auch wirklich fest sitzt. Als mir auffällt, dass Gabi verdächtig still ist, wische ich mir die verlaufene Wimperntusche unter den Augen weg und drehe mich auf meinem Sitz um. Wenn man bedenkt, wie oft Hurrikan-Gabi selbst zugeschlagen hat und wie sehr Lauren ihr gegen den Strich geht, beunruhigt es mich, dass sie nicht lacht.

Bestürzt sehe ich sie an und frage: »War ich zu hart?«

Das vertreibt den merkwürdigen Ausdruck von ihrem Gesicht. »Was? Verdammt noch mal, nein! Wenn überhaupt, warst du noch zu nett. Ich wünschte nur, ich hätte auch die eine oder andere Spitze loslassen können«, gibt sie zu. »Dass du so hochgegangen bist, hat mich einfach komplett umgehauen.«

»Nicht nur dich.« In meiner Erinnerung spielt sich die Szene noch einmal vor meinem inneren Auge ab und ein weiterer Kicheranfall schüttelt mich durch.

Heilige Scheiße, ich hab gerade die Mannschaftskapitänin des Tanzteams abgekanzelt. In aller Öffentlichkeit!

So toll das auch ist – und das ist es wirklich –, hat Lauren doch in einem recht: Ich habe in den letzten zwei Monaten tatsächlich versucht, mich komplett umzukrempeln. Und habe in fast jeder Hinsicht versagt.

Während ich versucht habe, alles locker und unverbindlich anzugehen, ist mir bewusst geworden, dass ich eigentlich auf Verbindlichkeit stehe.

Als ich mir meinen Traummann geangelt habe, ist mir aufgegangen, dass er nicht der Richtige für mich ist.

Und in meinem Bestreben, wie eine von den *Coolen* auszusehen, wurde mir einmal mehr klar, was ich schon wusste: nämlich dass High Heels Teufelszeug sind.

Andererseits habe ich mir heute nichts gefallen lassen

und mich gegen die Schuloberzicke zur Wehr gesetzt – etwas, das ich mir selbst niemals zugetraut hätte. Und ich habe den Karaoke-Abend gerockt. So sehr ich auch Schiss hatte, vor so vielen Leuten aufzutreten, war es doch ein verdammt tolles Gefühl. Vielleicht bin ich also tief in mir drin doch ein bisschen *cool.* Vielleicht war ich es schon immer. Oder vielleicht ist es auch so wie in diesem 80er-Jahre-Film, dem *Breakfast Club*, wo jeder ein bisschen was von allem hat.

Niemand passt in nur *eine* Schublade.

Mit quietschenden Reifen hält Kara an einer Tankstelle. »Glaub mir, Aly, Lauren hatte es verdient.«

»Ja, irgendwie schon«, sage ich und drehe an meinem Ring. »Aber weißt du, sie hatte auch ihre Gründe.«

»Pah!«, macht Gabi vom Rücksitz aus. »Machst du Witze? Sie hat getan, als wärst du absichtlich in sie reingerannt. Sie hat komplett überreagiert und du hast dich großartig geschlagen. Lass dir das nicht ausreden.«

»Nein, mach ich nicht.« Ich löse meinen Gurt und drehe mich so, dass ich sie beide ansehen kann. »Das meine ich nicht. Ich meine, dass sie so auf mich losgegangen ist. Sie ist stinksauer, weil Brandon *mich* ihr vorgezogen hat, und das ist schon ziemlich krass.« Kara macht den Mund auf, um zu widersprechen, aber ich schüttle den Kopf. »Denn genau genommen hat er das gar nicht wirklich. Unsere ganze Affäre war nur ein weiterer Teil von Operation Sexappeal. Es war alles nur zum Schein.«

Abrupt stellt Kara den Motor ab und zieht die Handbremse, und die Stille, die nun eintritt, spricht Bände. Ihre

Augen sind geweitet und Gabi sitzt kerzengerade auf der Rückbank. Eine Diashow von Reaktionen flackert über ihre Gesichter, bis beide im Fassungslosigkeits-Modus hängen bleiben.

»Ich kapier das nicht«, sagt Kara leise, und ihre Stimme klingt gekränkt. »Warum hast du uns das nicht erzählt?«

Ich lasse den Kopf hängen und kneife mir in die Nasenwurzel. »Es war mir so unglaublich peinlich. Ich meine, eine vorgetäuschte Affäre? Wer macht denn bitte so was? Als ich mit dem Vorschlag angekommen bin, hätte ich nie geglaubt, dass Brandon sich darauf einlässt, und als er es doch getan hat … keine Ahnung … Ich hab einfach gedacht, ihr würdet versuchen, es mir auszureden. Oder mir sagen, dass ich es mit meinem Imagewandel übertreibe. Oder dass ich früher oder später die Krise kriegen würde. Alles Reaktionen, die im Nachhinein betrachtet absolut berechtigt gewesen wären.« Mit einer heftigen Bewegung fahre ich mir mit den Fingern durch die Haare. »Und als es vorbei war, konnte ich immer noch nicht zugeben, dass ich gelogen habe. Außerdem hatte ich mich zu diesem Zeitpunkt sowieso in ihn verliebt, sodass zumindest das keine Lüge war. Nur dass *er* auf *mich* stand, war gelogen.«

Gabi zerrt den Gurt von sich, beugt sich vor und krallt die Finger in meine Kopfstütze. »Aly, ich baue ja die ganze Zeit Mist. Egal, was für Dummheiten du anstellst – ich bin die Letzte, die dir deswegen einen Vorwurf machen wird. Es kotzt mich nur an, dass du das offenbar nicht weißt.«

»Doch, weiß ich«, sage ich und lege ihr meine Hand auf

den Arm. »Und es tut mir leid. Glaub mir, so was wird nie wieder vor kommen. Mit Lügen, Spielchen und Manipulationen und all dem Mist bin ich durch. Es ist mir zu anstrengend.«

»Dann war das alles also nur Show?«, fragt Kara immer noch verwirrt. »Sogar dieser Kuss, von dem ich so viel gehört habe?«

Meine Lippen kribbeln beim Gedanken daran, und ich merke, wie die Röte mir den Hals hinaufkriecht. »Nein. Na ja, es begann als Show, wie der Rest. Gabi hat uns das als Pflicht auferlegt, also kamen wir aus der Nummer nicht raus.« Ich beiße mir auf die Unterlippe. »Doch dann ist ein richtiger, echter Kuss daraus geworden. Es war nur dieses eine Mal, aber …«, ich ziehe den Kopf ein und grinse verlegen, »… es war echt unglaublich.«

Gabi kichert, aber Kara gibt sich damit noch nicht zufrieden. »Und was war bei der Party? Die Tränen in deinen Augen waren sehr real, wenn ich das so sagen darf.«

Mein Grinsen erlischt. »Wie gesagt, ich habe mich tatsächlich in Brandon verliebt. Keine Ahnung, wahrscheinlich hat er gemerkt, dass ich Gefühle für ihn habe, und hat die Reißleine gezogen.«

»Das nehme ich euch nicht ab«, erklärt Gabi und tauscht einen Blick mit Kara. »Also das mit der Scheinbeziehung schon, aber nicht, dass Brandon sich nicht auch in dich verliebt hat. Ich hab euch zwei schließlich zusammen gesehen, und du weißt, dass ich ihm seine unterirdische Laune gegönnt habe, als er mitbekommen hat, wie du was mit Justin angefangen hast. So ein guter Schauspieler ist kein Mensch, Aly. Und Brandon schon gar nicht. Glaub mir.«

Ich seufze. »Ich wünschte so sehr, du hättest recht, Gabi.«

Kara tippt sich mit dem Finger auf die Lippe wie ein Detektiv auf der Suche nach Anhaltspunkten. »Du hast gemeint, er hätte rausbekommen, dass du dabei warst, dich in ihn zu verlieben. Hat er dir das so gesagt oder reimst du dir das nur zusammen?«

»Nenn es eine Ahnung. Meine Gefühle haben total verrückt gespielt, alles wurde immer verkrampfter, er hat sich auch voll komisch benommen, und dann haben wir es beendet.« Ich werfe mich mit dem Rücken gegen die Tür, als die Erinnerung an diesen furchtbaren Abend wieder hochkommt. »Es ist die einzig logische Erklärung.«

Gabi verdreht die Augen. »Miss Reed, so süß es ist, aber manchmal bist du echt naiv.«

»Und du meinst, du wärst viel besser?«, gebe ich zurück und funkle sie böse an angesichts ihres überlegenen Getues. »Oder ist diese Woche endlich mal was an der Carlos-Front passiert?«

Im Nu ist ihr Grinsen verschwunden. »Um ganz ehrlich zu sein, haben wir uns erst heute Morgen unterhalten.«

»Und?«, frage ich, obwohl ich die Antwort bereits kenne.

»Und es war nett«, sagt sie ausweichend.

Jetzt ist es an mir, die Augen zu verdrehen. »Mit anderen Worten, du hast immer noch nicht zugegeben, dass du ihn magst. Weder ihm gegenüber, noch dir selbst.« Mitten in ihr Gebrummel hinein ertönt ihr Handy mit der

Titelmelodie von *Der weiße Hai*, die sie ihrer Mutter verpasst hat, und ich lächle zuckersüß. »Sieh einer an, vom weißen Hai gerettet.«

Gabi zerrt ihr Handy aus ihrer Tasche und leitet den Anruf auf die Mailbox um. Wenn ihre Mom anruft, bedeutet das, dass die in der Schule schon mitbekommen haben, dass wir fehlen. Es ist nur eine Frage der Zeit, bis es auch bei Kara und mir klingelt. Den Blick aufs Telefon gerichtet, sagt sie leise: »Wenn du es machst, mach ich's auch.«

Im ersten Moment denke ich, dass ich mich verhört haben muss, und reiße die Augen auf. »Was?«

Sie hebt den Kopf und wiederholt: »Wenn du es machst, mach ich es auch. Wenn du Brandon sagst, dass du ihn magst, sage ich es auch Carlos.«

Kara sieht mich so erwartungsvoll an, dass ich die Augen zukneife. »Ich kann nicht, Gabi. Ich hab's schon in der Neunten versucht und es hat nicht funktioniert. Verlang nicht von mir, dass ich das noch mal mache. Es tut zu sehr weh.«

ALY

Alys Haus, 20:50 Uhr

»Jenga, Jenga, Jenga.«

Mom ist der festen Überzeugung, dass ihr Singsang über magische Kräfte verfügt, die ihr dabei helfen, ihren

Spielstein sicher zu entfernen. Als der Turm nicht zusammenbricht, lächelt sie triumphierend. Mit einem Kopfschütteln hebe ich die Hand, weil jetzt ich an der Reihe bin. Langsam ziehe ich ganz ohne Beschwörungsformel meinen Holzklotz nach vorne heraus, während Mom mit einem *Tss* ihr Missfallen bekundet.

»Schon okay, mein Schatz, ich glaube so fest daran, dass es für uns beide reicht.« Dann trällert sie wieder ihre Beschwörungsformel und zwinkert mir dabei zu, damit ich weiß, dass sie nicht komplett eine Schraube locker hat.

Als ich gerade das letzte Stück des Klötzchens herausziehe, zuckt plötzlich meine Hand leicht. Der Turm gerät ins Wanken und wir halten zu viert kollektiv die Luft an. Als er nicht einstürzt, jubeln alle.

Ein Abend mit meiner durchgeknallten Familie ist genau das, was ich brauche. Natürlich hat die Schule wirklich bei meinen Eltern angerufen, aber als ich ihnen alles erzählt habe, was in den letzten Monaten passiert ist (na ja, die elterntaugliche Version), kam ich mit einem Wochenende Hausarrest davon. In Anbetracht der Tatsache, dass ich sowieso gesellschaftlich erledigt bin, schätze ich mal, dass ich damit extrem gut fahre. Außerdem ist es nett zu Hause. Dad grillt Steaks. Wir müssen Moms neueste Kreation testen – einen aufgepeppten Cajun-Spinat-Artischocken-Dip, und Kaitie und ich futtern, was das Zeug hält, und tun so, als wären wir traumatisiert von dem Geflirte unserer Eltern. Das fühlt sich so wunderbar normal an.

Und ich vermisse normal.

Die Küchenuhr für Moms Makkaroniauflauf klingelt und ich lege ihr die Hand auf den Arm. »Ich geh schon. Spiel du für mich weiter. Aber vergiss nicht zu singen.«

Als ich durch die Terrassentür ins Haus trete und mich der kalte Zug der Klimaanlage auf der warmen Haut trifft, krieg ich eine Gänsehaut. Ich reibe mir die Arme, tappe in die Küche und spähe in den Ofen. Da der Käse noch nicht so goldbraun ist, wie Mom ihn gerne mag, schließe ich die Backofentür wieder und stelle die Küchenuhr fünf Minuten weiter.

Es ist still in der Küche. Hier drin kann ich mich nicht vor mir selbst verstecken. Ich stemme mich auf die Arbeitsplatte hoch, lasse die Beine baumeln und gebe seufzend den Gedanken nach, die mir schon seit Stunden durch den Kopf wirbeln.

Operation Sexappeal war der dümmste Plan in der Geschichte der Menschheit. Na ja, was Äußerlichkeiten angeht, war er schon erfolgreich, aber ich habe dadurch nie das Selbstbewusstsein gewonnen, das ich mir davon erhofft hatte. Wahrscheinlich, weil das Mädchen, das auf einmal so viel Beachtung bekommen hat, nicht *ich* war. Ein bisschen was von diesem Mädchen steckt schon in mir, aber ich bin eben gleichzeitig auch der süße und lustige Kumpeltyp, das Mädchen, das auf feste Beziehungen steht und die Straße lieber nicht mit dem Gefühl entlanggeht, dass ihr Hinterteil aus den Hotpants raushängt. Ich bin ich, und das ist okay so. Eigentlich sogar mehr als okay. Es ist verdammt noch mal ziemlich super.

Ich setze mich aufrecht hin und verkünde der stillen

Küche: »Von nun an ist Operation Sexappeal aufgrund ihrer Dämlichkeit offiziell für beendet erklärt.«

Die Küche reagiert nicht, aber als ich die Worte laut ausspreche, fällt mir ein Stein vom Herzen. Sogar die Tatsache, dass es nur noch eine Woche bis zum Homecoming-Ball ist, ist mir egal. Es ist immer noch genug Zeit, sich ein Kumpel-Date zu verschaffen oder vielleicht sogar ein richtiges. Aber eigentlich will ich mehr.

Ich will eine Beziehung.

Und zwar mit Brandon.

Na ja, da wird nichts draus, Kleine. Also, was hast du sonst noch auf der Wunschliste?

Der Alarm geht wieder los und ich hüpfe hinunter. Ich hole die brutzelnden Makkaroni aus dem Ofen und summe dazu »Summer Nights« aus *Grease* vor mich hin, den Song, den ich mit Brandon beim Karaoke gesungen habe.

Als ich nach draußen gehe, trällere ich: *»He showed off, splashing around …«*, und Mom klatscht in die Hände.

»Oh, ich liebe diesen Film!« Ein wehmütiges Lächeln erscheint auf ihren Lippen. »Hab ich dir mal erzählt, dass ich in der Highschool die Rizzo daraus gespielt habe?«

»Was?!« Das Bild von meiner Mom, die die fiese Oberzicke von der Rydell High mimt, will mir nicht in den Kopf. Also so überhaupt nicht. Ich weiß, dass sie ein bisschen Theater gespielt hat, als sie jung war, und sie singt ständig bei den Songs im Radio mit, aber in einem Musical aufzutreten, ist eine ganz andere Hausnummer.

Sie nickt. »Ist lange her.« Dann schlingt sie sich die Arme um die Taille und ihre Augen nehmen einen versonnenen Ausdruck an. »Das einzige Mal, dass ich auf einer richtigen Bühne gesungen habe, aber das war der Wahnsinn. Wie ein Rausch.«

»Ja, ist es«, flüstere ich.

Sie reißt sich von ihren Erinnerungen los, tätschelt mir den Kopf und schaufelt mir eine große Portion Makkaroni auf den Teller.

Sie hat recht. Auf einer Bühne zu singen, ist ein Rausch – viel besser als meine abendlichen Ständchen für meine Zahnbürste. Plötzlich kommt mir ein Gedanke, und ich frage mich, ob ich den Mut habe, das auch durchzuziehen. Vielleicht ist das ein Wink des Schicksals, dass mir, wenn ich der Männerwelt entsage, meine Mission beende und das mit dem Ball abhake, trotzdem eine letzte Sache bleibt. Etwas, das ich für mich tun kann – *nur* für mich.

Vielleicht findet Operation Sexappeal doch noch so was wie ein gutes Ende.

Ich hole tief Luft und sage ganz beiläufig: »Hey, hab ich euch eigentlich erzählt, dass ich darüber nachdenke, bei der Talentshow in der Schule mitzumachen?«

Freitag, der 24. September

1 Woche und 1 Tag bis zum Homecoming-Ball

ALY

Fairfield Academy, 12:15 Uhr

Kara stellt ihr Tablett ab, setzt sich auf den orangenen Plastikstuhl mir gegenüber und betrachtet mit offenkundigem Abscheu die festgelegte Cafeteria-Hierarchie. Nach dem Showdown gestern haben wir, glaube ich, alle irgendwelche Konsequenzen erwartet. Dass irgendetwas anders ist. Wir haben gedacht … keine Ahnung, was. Stattdessen tut Lauren so, als wäre das alles nie geschehen, und die anderen spielen mit.

Kara schüttelt den Kopf, dass die Spitzen ihres niedlichen Bobs nur so fliegen, und meint: »Die müssten alle mal zu einem Beratungsgespräch bei meiner Mom. Die Leute hier brauchen ganz dringend eine Therapie.« Sie pickt eine Kirschtomate aus ihrem Salat auf und steckt sie in den Mund.

Ich schiebe meinen Kartoffelbrei auf dem Teller hin und her, türme ihn zu einem Hügel auf und drücke ihn dann wieder platt. Während ich mit der Gabel Zickzackmuster hineinmale, spüre ich Gabis Blick auf mir. »Was?«

»Nichts«, meint sie und lässt ihr zähes Steak zugunsten ihres Schokoladencookies liegen. Sie bricht eine Ecke davon ab und fuchtelt damit über meinem Teller rum. »Ich hab nur die hübsche Kartoffelkunst begutachtet, die du da kreierst. Schweben wir mal wieder mit dem Kopf in den Wolken?« Sie nimmt einen Bissen und grinst.

»Ich schwebe nicht«, stelle ich klar und schiebe seufzend mein Tablett weg. »Ich denke nach. Ich habe gestern Abend eine wichtige Entscheidung getroffen.«

Und heute Morgen habe ich beschlossen, mich auch wirklich an mein Küchen-Manifest zu halten, und das Resultat war erstaunlich. Während mir meine innere Veränderung gewaltig vorkommt – mich in meiner eigenen Haut wohlzufühlen, ist etwas, das ich seit Jahren anstrebe –, ist der rein äußerliche Wandel subtiler. Durch die Uniform, die wir alle tragen, sehe ich noch immer ziemlich aus wie die neue Aly, die meine Mitschüler jetzt kennen. Meine Haare sind offen und nicht zu einem Pferdeschwanz zusammengebunden, weil ich gemerkt habe, dass mir das besser gefällt, und heute Morgen habe ich einen goldenen Mittelweg beim Thema Schminken gefunden und dezentere, natürliche Farben verwendet. Es wundert mich also nicht, dass meinen Freundinnen die Veränderung entgangen ist. Aber ich will, dass sie es wissen.

Ich versichere mich, dass ich ihre Aufmerksamkeit habe, und verkünde: »Verabschiedet euch vom Umstyling-Part von Operation Sexappeal. Die Zeit, in der ich so getan habe, als wäre ich voll die Sexbombe, ist vorbei. Es ist eindeutig, dass ich mehr so das nette Mädchen von nebenan bin, und, oh Wunder, ich bin endlich zufrieden damit.«

Gabi lächelt – ein echtes Lächeln, kein Grinsen, und das hat Seltenheitswert. »Wurde aber auch Zeit, dass du das kapierst«, meint sie und knufft mich in die Seite.

Kara nickt. »Stimmt. Ich weiß, dass ich dir dabei geholfen und dich dazu animiert habe, aber Gabi hat recht. Das warst nicht du.«

Neben mir tut Gabi so, als würde sie an ihrem Keks ersticken. Sie saugt heftig am Strohhalm ihres Kakaos und sieht mit großen Augen auf. »Entschuldige, kannst du das noch mal wiederholen? Irgendwas von wegen, dass Gabi … *recht* hat?«

Kara wirft eine Gurkenscheibe nach ihr und grinst. »Aber die Mission war nicht komplett für die Tonne. Immerhin haben wir ihr durchaus ein paar unvergessliche Momente zu verdanken.«

»Da bin ich voll und ganz deiner Meinung«, erwidere ich und verfolge mit Blicken einen gewissen Jungen, der gerade sein Portemonnaie einsteckt und sich zu seinem üblichen Tisch aufmacht. »Hey, Carlos!« Er horcht erstaunt auf und ich lächle. »Kannst du mal kurz kommen?«

Er schlendert zu uns, stellt sein Tablett neben dem von Gabi ab und sieht zwischen uns beiden hin und her. »Jawohl, Miss Aly?«

»Du hast doch letzte Woche vorgeschlagen, dass wir uns für die Talentshow heute Abend zusammentun, und ich habe Nein gesagt«, beginne ich, und mein Hals wird ganz eng. *Ich kann nicht fassen, dass ich das tue.* Ich räuspere mich und fahre fort: »Ich hab drüber nachgedacht und wollte wissen, ob das Angebot noch steht?«

Carlos sieht genauso verblüfft aus, wie ich es bin. Er kratzt sich am Kopf, dann zucken seine Mundwinkel nach oben. »Ja, klar.« Er beschließt offenbar, bei uns zu bleiben, dreht den Stuhl neben Gabi um und setzt sich rittlings drauf. »Solange du singst, Aly, können wir alles machen, was du willst. Aber ist es nicht zu spät, um noch einzusteigen?«

Verstohlen werfe ich einen Blick auf meine schockgefrosteten Freundinnen und muss fast laut losprusten. »Nein. Man kann sich heute noch bis Schulschluss anmelden.«

Kara löst sich als Erste aus ihrer Erstarrung. »Ist das dein Ernst?« Sie trommelt auf den Tisch und wirft den Kopf mit einem enthusiastischen Jauchzen zurück. »Aly, das ist der Hammer! Echt jetzt, was immer du diese Woche auch zum Frühstück hattest, bleib dabei.«

Gabi packt mich, zieht mich näher zu sich und klatscht mir ihren Handrücken auf die Stirn. »Die Patientin kommt mir nicht fiebrig vor. Vielleicht bin *ich* diejenige, die halluziniert. Aly, du hast doch gerade gesagt, Operation Sexappeal wäre Geschichte.«

Bei dem Wort *Sexappeal* horcht Carlos interessiert auf und ich schlage mit einem Lächeln ihre Hand weg. »Nein, ich habe gesagt, der Part mit dem Umstyling ist vorbei. Das ist jetzt eine neue Phase und die ist nur für mich. Ich werde mir vor Schiss wahrscheinlich in die Hose machen, aber ich will das durchziehen. Ich muss es versuchen.«

Gabi starrt mich eindringlich an und nickt. Dann holt sie tief Luft und dreht sich um, um dem armen Kerl neben ihr ins Gesicht zu sehen, der bei unserer Unterhaltung überhaupt nicht mehr durchzublicken scheint. »Carlos, ich weiß, es ist schon nächste Woche, aber hast du vielleicht Lust, mit mir zum Homecoming-Ball zu gehen? Keine große Sache«, fügt sie schnell hinzu und fummelt an ihrer Kette herum. »Ich würde es total verstehen, wenn du schon eine Verabredung hättest oder so was öde findest oder so.«

Carlos strahlt übers ganze Gesicht. Er streckt die Hand aus, legt sie ihr behutsam unters Kinn und drückt ihr einen zarten Kuss auf die Lippen. Erst guckt Gabi erschrocken, dann schließt sie die Augen, und als sie sie mit einem benommenen Gesichtsausdruck wieder aufschlägt, antwortet Carlos: »Liebend gern.« Er hebt den Kopf, um mich anzusehen, und verkündet: »Wow! Ich hab keinen Schimmer, was zum Teufel da abgeht, aber heute ist voll mein Tag!«

Gabi kichert und schlägt sich dann die Hand vor den Mund. Kara stößt mich unter dem Tisch mit dem Fuß an und grinst begeistert. Ich gebe mir Mühe, einen klitzekleinen Anflug von Eifersucht zu unterdrücken. Ich freue mich für Gabi.

Wirklich.

Sie hat all ihren Mut zusammengenommen, ist zu ihren Gefühle gestanden und hat was riskiert. Das war Wahnsinn. Aber mich bringen keine zehn Pferde dazu, das auch zu tun. Brandon und ich finden endlich zu einer Art Normalität in unserem freundschaftlichen Verhältnis zurück. Das werde ich nicht wieder aufs Spiel setzen.

Ich beschließe ebenfalls, auf den pampigen Hauptgang zu verzichten und direkt zum Nachtisch überzugehen, und schnappe mir meinen Cookie.

Carlos legt seinen Arm um Gabis Rückenlehne und späht zu mir rüber. »Wie sieht's mit dir aus, Aly? Wer ist der Glückliche, der dich zum Ball begleiten darf?«

»Nee, lass mal, ich glaube, ich halte mich eine Weile lang von Jungs fern«, sage ich mit gesenktem Blick und schiebe mir ein Stück Keks in den Mund. »Ich glaube, dass ich diesen Ball mal auslasse.«

Kara keucht auf.

»Was?«, protestiert Gabi. »Du kannst doch nicht deinen letzten Homecoming-Ball verpassen. War das nicht überhaupt erst der Grund für den ganzen Irrsinn mit dem Imagewandel?«

»Ja, Aly, du musst mitkommen.« Kara sieht mich mitleidig an. »Daniel kann dich mit einem seiner Freunde verkuppeln … Oder, Carlos, gibt es jemanden aus dem Baseballteam, der noch eine Begleitung braucht?«

Carlos steht auf und lässt den Blick über den hintersten Tisch schweifen – auffälliger geht's ja wohl kaum. Mir schießt das Blut in die Wangen, so peinlich ist mir das alles. Aus dem Augenwinkel sehe ich, wie Gabi Kara irgendwas zuraunt (vermutlich, dass sie verdammt noch mal die Klappe halten soll), und als der erste Mittagspausengong läutet, springe ich von meinem Stuhl auf.

Normalerweise bleibe ich immer so lang wie möglich

sitzen, aber ich muss hier schleunigst weg. Ich schnappe mir mein Tablett mit dem kaum angerührten Essen und mache einen auf lässig. »Alles cool, Leute. Es ist mir nicht mehr wichtig. Wir haben massenhaft Partys das ganze Jahr, und mal ganz ehrlich – es ist doch nur *ein* Abend, stimmt's?«

Ich sehe quer durch die Cafeteria und begegne Brandons Blick. Wenn er mit mir hinginge, dann wäre es mehr als nur irgendein Abend. Es würde mir alles bedeuten. In einem angedeuteten Winken hebt er die Finger und plötzlich brennen mir Tränen in den Augen. Ich blinzle hastig, hebe ebenfalls die Hand und nehme Reißaus.

ALY
Fairfield Academy, 18:20 Uhr

Die Tribüne der Turnhalle ist brechend voll. Davor wurden zusätzliche Stühle aufgestellt, um den Andrang der Eltern, die zum Talentwettbewerb kommen, bewältigen zu können. Das Stimmengewirr, das Quietschen der Stühle auf dem Linoleum und die lautstarken Begrüßungen übertönen nur teilweise die Instrumente, die hinter der Bühne gestimmt werden. Während ich um den dunklen Bühnenvorhang herumspähe, spüre ich, wie eine leichte Panikattacke in mir aufkeimt.

»Wenn du dich nicht langsam einkriegst, kippst du uns

noch von der Bühne«, sagt Gabi und zerrt mich vom Bühnenrand weg. »Atmen. Ein und wieder aus. Du schaffst das. Dein Körper macht das normalerweise ganz von alleine.«

Die Lichter werden gedimmt und zeigen an, dass der Wettbewerb gleich losgeht. Ich wische mir die schweißnassen Handflächen am Vorhang ab. Aus den drei Kategorien von Beiträgen – Musik, Wort und Variété – ist unsere als Erste an der Reihe. Es sind fünf Acts – drei Sänger und zwei Instrumentalnummern – und Carlos und ich kommen als Zweite dran.

Julie McPherson, eine schüchterne Elftklässlerin, die man in erster Linie von ihrer Arbeit als Bibliotheks-Hilfskraft kennt, muss als Erste auf die Bühne. Als sie das Mikrofon auf die richtige Höhe einstellt, hallt ein Rückkopplungspfeifen durch den Saal.

Carlos hält sich das Programm dicht vors Gesicht, um im Dunkeln zu lesen. »›Somewhere Over the Rainbow.‹ *Der Zauberer von Oz*, oder?«

»Supersong, Scheißfilm«, wispert Gabi. Ich werfe ihr einen tadelnden Blick zu, doch sie zuckt mit den Schultern. »Die haben das Buch total ruiniert.«

Die Musik setzt ein, doch Julie versagt in der ersten Liedzeile die Stimme. Nachdem sie sich zaghaft geräuspert hat, fängt sie noch einmal von vorne an. Ihre Stimme ist zart wie eine Feder, und von der Tribüne erklingt Gekicher, was dazu führt, dass sie wieder ins Stocken gerät.

»Arschlöcher«, zischt Gabi und funkelt durch den Vorhang in die Menge. Aus dem Augenwinkel registriere ich, wie sie mich ansieht und auf Zustimmung wartet, aber ich konzentriere mich voll und ganz auf die Bühne. Jede Faser meines Körpers ist angespannt. Ich drücke Julie ganz fest die Daumen und fühle jeden Ton mit ihr mit.

Als Julie innehält, um tief durchzuatmen, merke ich, wie sie sich im Stillen gut zuredet. Sie macht den Rücken gerade, hebt das Kinn und setzt ein entschlossenes Lächeln auf. Dann schließt sie die Augen und hält das Mikrofon nicht mehr so krampfhaft fest. Mit jeder Liedzeile wird ihre Stimme kraftvoller und schwingt sich schließlich zu dem langgezogenen Abschlusston empor, den sie perfekt trifft.

Die Menge bricht in Beifall aus und ein strahlendes Lächeln erscheint auf ihrem Gesicht. Sie springt auf und ab, verbeugt sich dann und rennt von der Bühne.

Als sie vorbeisaust, strecke ich die Hand aus, halte sie am Arm fest und umarme sie. Wir kennen uns gar nicht richtig, und es kann gut sein, dass das Mädchen ziemlich verdutzt über meine Spontanaktion ist, aber dabei zuzusehen, wie eine schüchterne Elftklässlerin ihre Nervosität überwindet und nach einem verpatzten Start das Ruder herumreißt, beflügelt mich und lässt mich hoffen, dass ich vielleicht – nur vielleicht – dasselbe Wunder vollbringen kann.

Julie befreit sich aus meiner Umarmung und sieht mich erstaunt an.

»Entschuldige«, sage ich verlegen. »Ich freu mich einfach für dich. Endorphine, Angst, Adrenalin – die Kombi kommt dir ja vielleicht bekannt vor?«

Julie lacht. »Oh ja, die kenne ich *definitiv.*«

Eines der Mädchen, das sich um den reibungslosen Ablauf hinter der Bühne kümmert, kommt herüber und unterbricht uns. »Aly und Carlos?« Wir nicken und sie bugsiert uns Richtung Vorhang. »Ihr seid dran.«

Julie drückt meinen Ellbogen. »Viel Glück!«

Ich drehe mich zu ihr, um mich zu bedanken, doch sie ist schon in der Menge derer untergetaucht, die ebenfalls auf ihren Auftritt warten. Stattdessen wende ich mich an Gabi und halte ihr meine zitternden Hände hin. »Ich kann meine Hände nicht spüren.«

Sie nimmt sie, beugt sich zu mir und meint mit krächzender Stimme: »Ich auch nicht.«

Ich sehe ihr in die Augen und muss lächeln, als mir klar wird, dass sie genauso aufgeregt ist wie wir. So großartige Freundinnen habe ich. Wie bin ich nur je auf den schwachsinnigen Gedanken verfallen, ich müsste die Wahrheit vor ihnen verbergen? Ich schlinge ihr die Arme um den Hals und drücke sie ganz fest. »Du bist die Allerbeste. Das weißt du doch, oder?«

»Klaro«, bestätigt sie und drückt mich ebenfalls. Dann rückt sie von mir ab, küsst Carlos auf die Wange und schiebt uns beide nach vorne. »Und jetzt rockt das Ding, ihr zwei!«

Das Lächeln gefriert mir auf dem Gesicht, als ich in die Mitte der Bühne gehe, ohne überhaupt richtig den Boden unter meinen Füßen zu spüren. Hinter mir zieht Carlos sich einen Stuhl heran und setzt sich darauf. Versuchsweise lässt er seine Finger über die Saiten der Gitarre gleiten. Er nickt mir zu und wirkt völlig entspannt (was mich ganz wahnsinnig macht) und ich drehe mich um und lasse den Blick übers Publikum schweifen.

Schemenhafte Umrisse und Blitzlichter sind das Einzige, was ich in der Menge ausmachen kann. Wofür ich extrem dankbar bin. Irgendwo da unten sitzen meine Eltern, meine Schwester und vielleicht sogar Brandon. Zumindest hoffe ich, dass er da ist, denn ohne ihn wäre ich jetzt nicht da, wo ich bin. Ich stelle das Mikrofon noch etwas tiefer und hole ein letztes Mal Luft.

Das hier ist keine provisorische Bühne auf einem Campingplatz. Hier geht es nicht darum, zu versuchen, jemand anders zu sein. Das heute Abend tue ich für mich. Carlos schlägt die ersten Akkorde des Songs an, den ich ausgewählt habe – eine Akustikversion meines Lieblingsliedes von Natasha Bedingfield –, und ich schließe die Augen.

Einen Moment später öffne ich den Mund.

BRANDON

Fairfield Academy, 18:30 Uhr

»Brandon, mach dich locker«, meint Drew und haut mir auf den Rücken. »Aly wird das super hinkriegen.«

Ich recke den Hals, um zu den Leuten auf der Tribüne hinüberzusehen, und lasse dann den Blick durch die überfüllte Turnhalle wandern. Als ich Justin ein Stück entfernt entdecke, sehe ich schnell weg. Ich *weiß*, dass Aly das packt, aber das hier ist was völlig anderes, als auf einem Schulausflug Karaoke zu singen. Allein das Publikum ist so riesig, dass ich ins Schwitzen gerate, und dabei bin ich gar keiner von denen da droben.

Julie verbeugt sich, ehe sie hinter dem schwarzen Vorhang verschwindet, und Drew lässt sich wieder auf seinen Platz fallen. Alle anderen um mich herum setzen sich ebenfalls. Aber ich kann nicht. Mit schweißnassen Händen bleibe ich stehen und warte darauf, dass Aly erscheint.

Ein wunderhübsches Mädchen in Jeans tritt durch den dunklen Vorhang und ich schlucke den Kloß in meinem Hals hinunter. Sie geht zum Mikrofon und Carlos macht es sich hinter ihr auf einem Stuhl bequem. Aly lässt den Blick über das Publikum schweifen und ich pfeife, doch ihre Augen bleiben nicht an mir hängen.

»Es ist zu dunkel, als dass sie uns erkennen könnte«, flüstert Drew mir zu.

Ich nicke, ohne meinen Blick auch nur eine Sekunde von ihr abzuwenden. »Das ist gut so. Wenn sie uns nicht erkennen kann, kann sie den Rest der Meute auch nicht sehen. Echt jetzt, ich bin schon nervös genug für uns beide.«

Die ersten Akkorde setzen ein und Aly schließt die Augen. Ich halte die Luft an, hänge an ihren Lippen und warte darauf, dass sie sie aufmacht. Einen Moment später dringt ihre erstaunlich tiefe und volle Stimme durch die Halle.

Ich balle die Siegesfaust und unterdrücke den Drang zu jubeln. Schnell werfe ich einen Blick auf all die lächelnden

Gesichter und nickenden Köpfe um mich herum, dann drehe ich mich wieder nach vorne, um Aly zuzusehen.

Im Scheinwerferlicht der Bühne strahlt sie. Ihre Haare sind offen, doch statt eines knappen Neckholders, wie sie sie die letzten Wochen immer anhatte, trägt sie ein hellblaues lockeres Top, das dieselbe Farbe hat wie ihre Augen. Ich werfe einen Blick auf ihre Füße und muss lächeln, als ich die vertrauten abgewetzten Nikes entdecke.

Heißt das, Operation Sexappeal ist vorbei?

Erleichterung durchströmt mich, als Aly endlich ins Publikum schaut. Die komplette erste Strophe samt Refrain hat sie mit geschlossenen Lidern gesungen, aber jetzt habe ich das Gefühl, also ob sie mich direkt ansehen würde. Ihre Augen funkeln vor Aufregung.

Ich vergesse beinahe zu atmen.

Aly da oben auf der Bühne singen zu sehen, ist, als würde man ihr dabei zusehen, wie sie selbst entdeckt, dass sie dafür geboren ist. Sie hat sich einen Song darüber ausgesucht, wie man seine Hemmungen überwindet, und als sie damit fertig ist, hat auch sie einen riesigen Schritt dahin getan. Ihre Stimme ertönt sicher und klar, und als die letzten Töne verklingen, hält das Publikum nichts mehr auf den Plätzen und ein wahrer Begeisterungssturm bricht los.

Aly steht reglos mit offenem Mund auf der Bühne und ich kann nicht anders als lächeln.

Sie hat es geschafft.

Unter »Zugabe«-Rufen packt Aly Carlos' Hand und reißt sie hoch. Sie verbeugen sich gemeinsam, und dann tritt

Carlos zurück, damit sie den letzten Moment im Scheinwerferlicht für sich allein genießen kann. Aly kaut auf ihrer Lippe und wippt aufgedreht auf ihren Zehenspitzen.

Das ist *meine* Aly.

Mit einer letzten hibbeligen Verbeugung – das Gesicht strahlend vor Triumph – verlässt sie die Bühne und ich setze mich und warte gespannt auf die Resultate.

Nachdem die Gewinner verkündet wurden und alle Teilnehmer aus dem Bühnenausgang strömen, pirsche ich mich von hinten an Aly heran. Ihre Mom blickt von der Umarmung mit ihr auf, und ich lege schnell den Finger an meine Lippen, weil ich sie überraschen will. Mrs Reed nickt und lächelt ihre Tochter an.

»Mein Schatz, ich bin so stolz auf dich. Du hast da oben gesungen wie ein echter Star!« Sie greift nach dem Träger ihrer Tasche und ihre Augen glänzen, als wäre sie selbst auf der Bühne gestanden. Und als ich sehe, wie stolz ihre Mom auf sie ist, schnürt sich mir richtig die Kehle zu, als hätte *ich* irgendwas damit zu tun. Dabei war das Aly ganz allein.

»Bestimmt willst du jetzt zu deinen Freunden«, fährt ihre Mom fort, »also ist der Hausarrest für heute Abend ausgesetzt. Und morgen, bevor du zur Arbeit gehst, feiern wir daheim!«

Aly reckt die Nase in die Luft. »Ich werde veranlassen, dass mein Management Ihnen meinen vollständigen Vertrag mitsamt allen Zusatzklauseln gleich morgen früh zukommen lässt. Jetzt, da ich eine berühmte Musikerin bin, bestehe ich nur noch auf grünen M&Ms und immer mindestens zehn Packungen Oreos in der Speisekammer. Außerdem verlange ich einen Kühlschrank in meinem Zimmer – bis obenhin gefüllt mit Cola.«

Ihr Dad lacht. »Ist das alles? Erscheint mir akzeptabel.«

Aly wuschelt Kaitie durch die Haare und nickt. »Sehe ich auch so.«

Ihre Mom drückt fast unmerklich Mr Reeds Arm und zwinkert mir zu. »Wir sollten uns jetzt auf den Weg machen, aber ich erwarte morgen früh zwei Ausfertigungen dieses Vertrags.«

Aly lacht und umarmt sie alle noch einmal. Dann drehen sie sich um und gehen. Mit schief gelegtem Kopf blickt Aly sich suchend im Raum um und auf einmal bin ich nervös.

Hält sie nach mir Ausschau?

Ich umklammere den Blumenstrauß, den ich in der Hand halte, fester und bin mir auf einmal unsicher, was ich sagen oder tun soll. Sind die Blumen zu viel des Guten? Oder nicht genug? Wird sie es blöd finden?

Geben sie zu viel über meine Gefühle Preis?

Aly macht einen Schritt in die falsche Richtung – weg von mir –, und ich beende meine Grübelei, schlinge ihr einen Arm um die Taille und halte ihr den Strauß Margeriten direkt vors Gesicht. Mit einem Quietschen wirbelt sie auf dem Absatz herum, springt in meine Arme und vergräbt ihr Gesicht an meinem Hals.

Genau so kenne ich Aly – und auch wieder nicht, wenn man bedenkt, wie unser Verhältnis in letzter Zeit war.

Einen Moment lang erstarre ich, dann ziehe ich sie enger an mich und genieße es einfach, sie in den Armen zu halten. Die Wärme ihres Atems an meinem Hals zu spüren, die weichen, an mich gepressten Rundungen ihrer Brüste, den Rhythmus ihres Herzschlags an meinem. Ich schließe die Augen und atme ihren wunderbaren Keksgeruch ein.

»Du hast es da oben allen gezeigt«, sage ich zu ihr, und meine Stimme hört sich an wie ein Reibeisen. »Die Juroren sind Idioten, das war voll die Schiebung.«

Lachend hopst Aly hinunter und wirkt ein wenig verlegen. »Das macht nichts. Was zählt, ist, dass ich es geschafft habe. Ich hab's wirklich getan!«

Sie strahlt mich an, und das Verlangen, mich hinunterzubeugen und sie auf den Mund zu küssen, ist fast überwältigend. Stattdessen sage ich: »Ja, du hast es geschafft. Aber du hättest trotzdem gewinnen müssen.«

Sie hebt die Margeriten an die Nase und riecht daran, dann sieht sie mich über die Blumen hinweg an. »Zur Feier des Tages gehen wir heute Abend zu *Carmela's*. Kara und Daniel, Gabi und Carlos und ich – das fünfte Rad am Wagen.« Sie zögert und kratzt sich im Nacken. »Ähm, hättest du vielleicht Lust mitzukommen?«

Und wie.

Ich würde alles dafür geben, um mit ihr und unseren Freunden auszugehen, neben ihr zu sitzen und so zu tun, als wären auch wir beide nichts weiter als das: *Freunde.* Aber die Worte bleiben mir im Halse stecken. Sie auf dieser Bühne zu sehen – wie sie allen anderen die Show stiehlt und so unfassbar schön aussieht –, das hat etwas in mir ausgelöst. Und wenn ich heute Abend mitkomme, dann weiß ich, dass mich nichts und niemand davon abhalten kann, sie auf meinen Schoß zu ziehen, bis zur Besinnungslosigkeit zu küssen und ihr zu gestehen, dass ich in sie verliebt bin.

Und dieser überwältigende Drang jagt mir eine Scheißangst ein.

»Nein, sorry, ich muss heim«, sage ich und füge, als ihr Lächeln erlischt, schnell hinzu: »Baylee ist heute Abend allein zu Hause und Mom hat Spätschicht – wer weiß, was die Kleine alles anstellen würde. Aber ich wünsche dir einen tollen Abend. Du hast es dir verdient. Du hast wunderschön ausgesehen dort oben, Aly. Echt, ich bin voll stolz auf dich.«

Sie senkt den Kopf, um ihre Augen kräuseln sich winzige Fältchen, und das Grübchen in ihrer rechten Wange kommt zum Vorschein, als sie ihr Aly-Lächeln lächelt und dann ihre Hand ausstreckt, um meine zu nehmen. »Danke, dass du heute Abend da warst, Brandon. Es bedeutet mir wirklich viel.«

»Das konnte ich mir doch nicht entgehen lassen.«

Wir sehen uns an, und mir liegen so viele Worte auf der Zunge – Möglichkeiten, die ich beim Schopf packen könnte, Dinge, die ungesagt bleiben. Ich sehe auf, als Gabi auf uns zukommt, den Blick auf unsere sich haltenden Hände gerichtet. Ihr Gesichtsausdruck verrät, dass sie viel zu viel in die Geste hineininterpretiert. Sie schaut mich an und ich kann es an ihren Augen ablesen. Sie weiß Bescheid.

Zögerlich, widerstrebend lasse ich los.

Sonntag, der 26. September

6 Tage bis zum Homecoming-Ball

BRANDON
Brandons Haus, 18:40 Uhr

Erst klopft es leise an meiner Tür, dann entschlossener. Nachdem ich die Schraffur bei Alys Augen gerade so hinbekommen habe, dass ich zufrieden bin, rufe ich: »Komm rein!«, ohne von meinem Skizzenblock aufzusehen.

Die Tür schließt sich mit einem Klicken und gedämpfte Schritte nähern sich. Während ich noch hastig die Zeichnung unter mein Notebook schiebe, sehe ich schon Mom neben meinem Bett stehen.

»Können wir kurz reden?«

»Klar«, sage ich, und ein nervöses Kribbeln läuft mir über mein Rückgrat.

Papier raschelt und ich sehe hinunter und entdecke eine Zeichnung in ihren Händen. Ruckartig hebe ich den Blick zu der leeren Stelle über meinem Bett. Es ist das Vorher-Nachher-Bild von Aly, das ich vor Wochen gezeichnet habe.

Wie zum Teufel konnte mir entgehen, dass es verschwunden ist?

Sie hält mir das Blatt hin. »Warum habe ich das noch nie zuvor gesehen?«, fragt sie, und in ihrer Stimme liegt eine Mischung aus Verwirrung und Ehrfurcht. »Ich meine, ich wusste nicht mal, dass du Interesse am Zeichnen hast, geschweige denn so viel Talent.« Wehmütig betrachtet Mom wieder die Zeichnung und lächelt. »Mein Großer, das ist *richtig* gut.«

Ich greife unbehaglich nach meinem Bleistift und trommle damit einen Rhythmus auf mein Notebook. »Das ist nichts Besonderes. Hat mir Dr. Foster nur nach Dads Tod empfohlen. Es soll mir helfen, mir über Dinge klarzuwerden.«

Mom nickt und setzt sich auf mein Bett. Offenbar hat sie es nicht eilig, dieses komische Gespräch zu beenden. »Das ist gut. Ich bin froh, dass du dieses ... Ventil gefunden hast. Aber, Brandon, du weißt schon, dass du auch immer mit mir sprechen kannst, oder?« Sie legt die Zeichnung aufs Bett und sieht mir in die Augen. »Baylee meinte, dass du und Aly... dass ihr euch heute bei dem Spiel fast wieder normal verhalten hättet. Dabei wusste ich überhaupt nicht, dass es Schwierigkeiten gab. Ich habe das Gefühl, als würde mir niemand was erzählen.«

Verdammt.

Mom hat schon genug mit ihrem hektischen Arbeitsalltag zu kämpfen. Es darf nicht sein, dass ich sie jetzt auch noch mit meinen Problemen belaste. Ich gehe zu ihr und setze mich neben sie. »Das ist echt nichts von Belang«, lüge ich und verabscheue mich selbst dafür. Aber ich will sie damit ja nur schützen. Der Zweck heiligt die

Mittel, oder? »Wir haben einfach nur beschlossen, dass wir lieber Freunde sein wollen.«

»Freunde, hm?« Mom wirft einen langen Blick auf die Zeichnung. »Also wenn ich mir das hier so ansehe, würde ich sagen, ihr seid mehr als das.«

Ich starre das Bild an und denke an die Nacht zurück, als ich es gemalt habe, daran, wie ich es auf die neuen Klamotten geschoben habe, dass auf einmal alles so seltsam zwischen uns wurde. Der Umschwung von Schlabbershirts zu Stringbikinioberteilen. Doch als ich die zwei Bilder vergleiche, scheint es mir auf einmal völlig offensichtlich: Sie ist auf beiden dasselbe Mädchen. Dasselbe Aly-Lächeln. Derselbe kokette Blick. Derselbe verrückte Humor und das ansteckende Lachen.

Es hatte nie was mit den Klamotten zu tun. Das Einzige, was Alys Umstyling bewirkt hat, war, dass ich dadurch gezwungen war, den Arsch hochzukriegen und dieses Mädchen endlich richtig wahrzunehmen, das sie die ganze Zeit über war.

»Ich weiß nicht genau, wo wir stehen«, gebe ich zu. »Wir wollten unsere Freundschaft nicht kaputt machen, aber ich glaube nicht, dass es jemals wieder so sein wird wie früher. Es ist zu viel passiert.«

Ich starre auf das Blatt Papier in meinen Händen und weiß, dass das stimmt. Ich habe einen Vorgeschmack auf mehr bekommen, und jetzt bin ich mir nicht sicher, ob es mir reicht, was früher mal war.

»Liebst du sie?«, fragt Mom.

Die Frage ist so schlicht und aufrichtig, dass mir

nichts anderes übrigbleibt, als sie ebenso zu beantworten.

Ich seufze. »Ja.«

»Und ist das irgendwie schlimm?«

Ich nicke und zögere. Ich will sie nicht verletzen, aber das Zeichnen allein erfüllt seinen Zweck in diesem speziellen Fall nicht mehr. Ich muss mit jemandem reden, und die Person, an die ich mich sonst bei so was wende, ist genau die, mit der ich nicht darüber sprechen kann. Also treffe ich eine Entscheidung.

»Weil Beziehungen zu Ende gehen«, sage ich leise.

»Was?«

Mom wirkt verwirrt, und ich bereue, dass ich überhaupt etwas gesagt habe. Aber jetzt ist es zu spät. »Wenn ich Aly nichts von meinen Gefühlen sage, bleiben wir Freunde. Damit kann ich umgehen. Freundschaft ist etwas Konstantes, Handfestes. Sie hat Bestand und ist ungefährlich.«

Was ich nicht sage, ist, dass es früher oder später in die Binsen geht, wenn Liebe dazukommt. Tagtäglich trennen sich Paare auf der ganzen Welt.

Und ich habe es im Krankenzimmer meines Vaters gesehen.

Der Schrei meiner Mutter hallt in meinem Kopf wider und ich schließe die Augen.

Als ich sie wieder aufmache, starrt sie an die Wand. »Jemanden zu lieben und geliebt zu werden … das ist den Schmerz wert, wenn man denjenigen verliert.«

Ungläubig schüttle ich den Kopf. »Wie kannst du so

was sagen? Ich sehe doch, wie schwer das für dich ist, alleinerziehend zu sein. Wie du Dad vermisst. Würdest du dir das echt alles noch mal antun?«

Sie sieht mir in die Augen und nickt. »Jederzeit.«

Die Überzeugung in ihrer Stimme lässt meinen Atem stocken. Ich blicke hinunter auf die Zeichnung des Mädchens, das ich, wie mir bewusst wird, schon seit Jahren liebe. Ich hatte nicht vor, mich in sie zu verlieben, aber es ist nun mal passiert.

Und aus lauter Angst, sie zu verlieren, ist es genau so gekommen.

Die blauen Leuchtziffern auf meinem Wecker zeigen neunzehn Uhr an. Ich weiß, was ich zu tun habe.

»Danke, Mom.«

Ich gebe ihr einen Kuss auf die Wange, schnappe mir meine Schlüssel und stürme zur Tür hinaus.

ALY
Lonestar Kino, 19:35 Uhr

Quietschende Schritte verraten mir, dass ich nicht mehr allein bin.

»Wo hast du gesteckt?«, frage ich und sehe Gabi mit hochgezogenen Augenbrauen an, als sie eifrig anfängt, Hotdogs aufs Förderband zu schichten. Gabi ist sonst nie mit solchem Elan bei der Sache. Vor allem nicht, wenn es um die Arbeit geht. »Heimliches Rendezvous mit deinem Lover vielleicht?«

»Ach weiß du …«, sagt sie, wobei ihre Augen spitzbübisch funkeln, »… was bringt es, in einem Kino zu arbeiten, wenn man nicht mal die dunklen Säle ausnutzt?«

Sie dreht sich um, holt eine Tüte Brötchen aus dem Schrank und legt ein paar auf die Heizplatte. Auch wenn mir klar ist, dass sie nicht rumgeknutscht hat – Carlos hat erwähnt, dass er dieses Wochenende ein Familientreffen im Nachbarort hat –, führt sie eindeutig irgendwas im Schilde. Neugierig starre ich auf ihren Rücken, dann zucke ich angesichts ihres mysteriösen Getues mit den Schultern und fahre fort, den Süßigkeitenvorrat wieder aufzufüllen.

Die großen Blockbuster laufen jetzt schon alle mehrere Wochen lang und ohne einen einzigen Neustart ist es ruhig im Kino.

Zu ruhig.

Seit dem Mittagessen gestern habe ich mir ganz gezielt ständig irgendwelche Aufgaben gesucht, um jeden Gedanken an den anstehenden Ball, Brandon oder Brandon beim Ball mit einem anderen Mädchen aus meinem Kopf zu verbannen. Doch jetzt, wo es im Kino so gespenstisch leer ist und alle Vorräte an Bechern, Popcorn, Nachos und jetzt auch Süßigkeiten wieder aufgefüllt sind, habe ich nichts mehr, womit ich meine Gedanken in Schach halten könnte. Als ich mich aufrichte und gegen den Glastresen lehne, zieht sich mein Magen zu einem Knoten zusammen und der Druck unvergossener Tränen brennt mir in der Nase.

Am gegenüberliegenden Ende des Raums, wo ich gerade den Teppich blitzeblank gesaugt habe, geht die Tür des Ticketschalters auf. Unser Manager schließt sie wieder und rüttelt am Knauf, um zu prüfen, dass sie auch wirklich zu ist.

»Hey, Mark!«

Bei Gabis lautem Ruf sieht Mark ebenso erschrocken auf wie ich und rennt voller nervöser Energie und Red Bull zu uns herüber. »J...ja?«, stottert er, wirft einen Blick auf sein Klemmbrett und blättert fahrig in ein paar Unterlagen herum.

Gabi wirft mir einen Blick zu und grinst. Es ist ein Running Gag zwischen uns, dass Mark eine Freundin braucht – und zwar schleunigst, sonst bringt er sich noch selbst vor der Zeit ins Grab.

»Heute Abend ist total tote Hose«, erklärt sie und gibt sich *viel* zu viel Mühe, beiläufig zu klingen, was meinen Argwohn noch mehr anstachelt. »Aly hat sich den Arsch abgerackert, um alle Vorräte nachzufüllen und alles sauberzumachen. Man muss also später eigentlich bloß noch den Laden abschließen. Findest du nicht, du solltest ihren Fleiß belohnen und ihr erlauben, heute mal früher Schluss zu machen?«

Ich bekomme große Augen und sehe Mark erwartungsvoll an. Gabi mag ja was im Schilde führen, aber das fällt eindeutig zu meinen Gunsten aus. Ich kann laufen gehen, einen Film gucken, Hausaufgaben machen ... Verdammt, ich könnte sogar mein Zimmer aufräumen, wenn das bedeutet, dass ich nicht ständig an Brandon denken muss.

Mark streicht sich über den Bart und sieht auf seine Uhr. »Ich sehe da kein Problem. Wenn du sicher bist, dass du alleine zurechtkommst, Gabriella?«

Gabi schnaubt. »Ich glaube, das krieg ich hin«, sagt sie und macht eine ausladende Handbewegung ins menschenleere Foyer.

»Na schön.« Mark sieht mich an und nickt. »Aly, dafür, dass du so viel Einsatz zeigst, darfst du heute mal früher gehen. Aber gewöhne dich lieber nicht daran«, fügt er schnell hinzu. »Das ist eine absolute Ausnahme.«

Lächelnd ziehe ich meine Tasche unter der Kasse hervor. »Yes, Sir. Vielen Dank.«

Er eilt am Schalter vorbei in sein Büro, wo er höchstwahrscheinlich den Abend damit verbringen wird, über die Ticketverkäufe oder das perfekte Display für mehr Umsatz nachzugrübeln, und ich wende mich an Gabi.

»Und das macht dir auch bestimmt nichts aus?« Als sie nur entnervt die Augen verdreht, lache ich und schlinge ihr die Arme um den Hals. »Hast was gut bei mir. Eine riesige Ladung Chocolate-Chip-Cookies mindestens.«

Nachdem ich meinen Code in die Kasse eingetippt habe, um mich von meiner Schicht abzumelden, hetze ich zum Seitenausgang, der auf den verwaisten Angestelltenparkplatz hinausführt. Da die Luft für die Jahreszeit ungewöhnlich kühl ist, schlinge ich mir die Arme um den Oberkörper und eile mit gesenktem Kopf auf meinen Wagen zu. Kurz davor hebe ich jedoch instinktiv den Blick, weil ich spüre, dass jemand mich beobachtet.

Im goldenen Schein der Straßenlaternen sitzt Brandon

auf meiner Motorhaube. Er lächelt nicht. Er macht auch keine Anstalten aufzustehen, nur seine Brust hebt und senkt sich schwer und seine Augen blicken mich eindringlich an. Und genau diese Ruhe verleiht mir Mut. Wie von selbst werden meine Schritte schneller, um die letzten Meter, die uns noch trennen, zu überwinden, und ich verlangsame das Tempo nicht, bis ich meine Arme um seine Hüften geschlungen habe.

»Hi.«

»Hi«, erwidert er, und sein rechter Mundwinkel zuckt nach oben. »Hast dich früher abseilen können, wie ich sehe?«

Mit zusammengekniffenen Augen fixiere ich ihn und nehme sein breiter werdendes Lächeln, das Funkeln in seinen Augen und schließlich noch ein zusätzliches Zwinkern zur Kenntnis. Ich starre ihn an. »Du? Du hast das mit Gabi eingefädelt?«

Brandon nickt. »Schuldig im Sinne der Anklage.« Er fährt mit den Händen meine Arme hinauf und über meine Schultern und streicht mit den Fingern durch die feinen Härchen in meinem Nacken. »Ich muss dir unbedingt was sagen, und ich war zu ungeduldig, um zu warten.«

Furcht und Verlangen vermischen sich in meinem Bauch, während seine Finger weiter meinen Nacken massieren. *Was* will er mir sagen? Als ich ihm in die Augen sehe, treffe ich eine Entscheidung. Egal, ob es was Gutes oder Schlechtes ist – ich werde ihn nicht wieder fortlassen, ohne dass er weiß, wie sehr ich ihn liebe. Unsere Freundschaft hat schon einmal ein Liebesgeständnis überlebt, vielleicht verkraftet sie auch noch eins. Und selbst wenn nicht, nach allem, was ich durch Operation Sexappeal mitgemacht habe, bin ich es mir schuldig, etwas zu wagen. Mein Glück zu versuchen. Brandon ist es wert.

Aber ich werde ihm den Vortritt lassen.

»Was immer es ist, Brandon, du kannst mir alles sagen.«

Er holt tief Luft und legt seine Hände auf meine Schultern. »Aly …« Die Sehnsucht in diesem einen Wort trifft mich unvorbereitet und instinktiv halte ich mit meinen Händen seine Unterarme fest. »Ich *vermisse* dich.«

Hoffnung, schiere, naive Hoffnung regt sich in meinem Herzen, und dieses Gefühl ist so stark, dass ich die Augen schließen muss.

»Ich vermisse es, dich anzurufen«, sagt er, und ich schlage die Augen wieder auf. »Ich vermisse es, dir zuzuhören, wie du mir jede noch so kleine Einzelheit deines Tages erzählst. Ich vermisse es, hinter deinem Haus Körbe zu werfen und endlos lang Videospiele zu zocken. Ich vermisse es, deine neuesten Cookie-Kreationen zu probieren, und die Spieleabende mit deiner Familie. Ich vermisse unser gemeinsames Lernen und mit dir zu lachen und dass du mich wegen jedem Mist anrufst.«

Er holt langsam Luft und ein Sturm an Gefühlen flackert in seinen jadegrünen Augen auf. Ich mache schon den Mund auf, um ihm zu sagen, wie schrecklich auch ich ihn vermisst habe, doch er schüttelt den Kopf. Sanft fährt er mit dem Daumen über meine Lippen, die bei der Erinnerung an seine brennen.

Brandon schluckt so schwer, dass ich es hören kann. »Ich vermisse es, dich in den Armen zu halten«, sagt er, und seine Stimme ist merklich rauer als zuvor. »Und auch wenn es nur ein einziges Mal war ...« Seine Augen huschen zu meinen, ehe sie wieder zu meinen Lippen zurückkehren. »... vermisse ich es, dich zu küssen. Ich träume davon, Aly, und inzwischen ist es so weit, dass ich womöglich durchdrehe, wenn ich das nicht bald wieder darf.«

Mein ganzer Körper steht in Flammen bei der Vorstellung, in seinen Armen zu liegen. Ein heißes, überbordendes Gefühl schießt durch mich hindurch, während er zärtlich mein Gesicht liebkost, und ich muss mich schon sehr anstrengen, um bei dem Rauschen in meinen Ohren überhaupt einen Gedanken zu fassen. Am liebsten würde ich seine Worte immer und immer wieder durchspielen, aber ich weiß, dass er auf eine Antwort wartet. Dass er sich wünscht zu hören, dass ich genauso für ihn empfinde.

»Brandon, du hast ja keine Ahnung, wie es mir in den letzten Wochen ging. Ich hatte nicht nur das Gefühl, als hätte ich meinen besten Freund verloren – es fühlte sich an, als hätte ich einen Teil von mir selbst verloren.« Ich schließe kurz die Augen, um Kraft für den Rest meines Geständnisses zu sammeln. »Vor drei Jahren habe ich unheimlich für dich geschwärmt. Unserer Freundschaft zuliebe habe ich mir eingeredet, ich wäre darüber hinweg, über *dich* hinweg – und das dachte ich auch wirklich. Aber dann, als wir zusammen waren ...? Sich so zu verhalten, als wären wir mehr als Freunde, und dir dabei zuzusehen, wie du so getan hast, als würde ich dir mehr bedeuten? Brandon, das war die reinste Qual.«

Er runzelt die Stirn, und ich habe Angst, dass er meine Worte in den falschen Hals bekommen hat. Ich umklammere seine Arme so fest, dass sich meine Nägel in seine Haut bohren. »Diese dumme kleine Schwärmerei, mit der es angefangen hat … Brandon, das war gar nichts im Vergleich zu dem, was ich jetzt fühle.«

Er erstarrt und holt kaum Luft, als er fragt: »Und was fühlst du genau?«

Meine Beine zittern, und mein Herz pocht so schnell, dass ich fürchte, es könnte jeden Moment zerspringen. *Wird schon schiefgehen.* »Ich liebe dich.«

Nach diesen Worten scheint die Zeit stillzustehen. Ich frage mich, ob ich mich zu weit aus dem Fenster gelehnt habe. Jemanden zu vermissen und ihn küssen zu wollen, ist nicht dasselbe, wie jemandem seine *Liebe* zu gestehen. Aber es ist die Wahrheit. Genau so sind eben meine Gefühle für ihn, und ich bin es leid, etwas anderes vorzutäuschen. Ich will, dass er es weiß.

Als ich ausatme und der Luftzug sein Gesicht berührt, taut Brandon auf. Seine Schultern entspannen sich und ein breites Lächeln erstrahlt auf seinem schönen Gesicht. »Eigentlich wollte ich ja derjenige sein, der es zuerst sagt.« Er zieht mich an sich und nimmt behutsam meinen Kopf in seine Hände. Die Zärtlichkeit und die Bedeutung hinter seinen Worten lassen mir Tränen in die Augen steigen. »Aber dann bin ich egoistisch geworden. Ich wollte hören, wie du es sagst. Aber … oh Gott …« Er beugt sich vor und presst mir einmal, zweimal, dreimal die Lippen auf den Scheitel. »Ich liebe dich auch. So sehr.«

Meine Nerven. Wow!

Auf einmal kullern mir all die angestauten Tränen aus den Augen. Ich kann nichts dagegen tun. Sie durchtränken sein T-Shirt, als er mich enger an sich zieht, und ich wünsche mir aus tiefstem Herzen, ich könnte diesen Moment festhalten. Ihn mir für immer und ewig einprägen. Den Klang seiner Stimme, wie sich sein Körper an meinem anfühlt, die fernen Geräusche der Autos auf dem Highway und sogar den nicht ganz so fernen Geruch des Müllcontainers. In diesem Augenblick ist alles so *perfekt*, dass es fast schon wehtut.

Brandon liebt mich.

Er liebt mich!

Er legt einen Finger unter mein Kinn und hebt es an. »Ich hatte Angst, dass es alles zerstören würde, wenn ich es zugebe. Dass ich dich vergraulen oder deine Freundschaft verlieren würde. Aber es dir nicht zu sagen … es nicht mal vor mir selbst einzugestehen, das hat mich fix und fertig gemacht. Ich war die ganze Zeit wütend und eifersüchtig und verletzt.« Brandons Augenbrauen ziehen sich bei der Erinnerung daran zusammen und ich lege tröstend meine Hand an seine Wange. Unter meiner Berührung glättet sich seine Stirn und mit einem angedeuteten Kopfschütteln lächelt er zaghaft. »Ohne dich bin ich einfach zu nichts zu gebrauchen, Aly.«

Ich fühle mich, als würde ich schweben, und lache laut.

In dem Wissen, dass der Moment nicht mehr schöner werden kann, schlinge ich meine Arme um ihn.

»Aly?« Mein Name hallt in seiner Brust, und ich sehe zu seinen lieben, wunderschönen Augen auf. »Da gibt's noch was, was ich dich fragen wollte.« Das Lächeln, das er sich verbeißt, straft seine vorgespielte Nervosität Lügen, und ich harre neugierig der Dinge, die da kommen. »Würdest du mit mir zum Homecoming-Ball gehen?«

Wieder muss ich lachen und presse meinen Mund auf seinen. »Ja, ja, tausendmal ja«, antworte ich theatralisch und lehne mich zurück, während die Freude jede Faser meines Körpers durchströmt und mir ganz schwindelig wird.

Brandon dagegen lacht nicht. Seine Augen verdunkeln sich wieder und er beißt sich auf die Unterlippe. Mein Lachen erstirbt, als ich wieder daran denken muss, wie ich in diese Lippe gebissen habe, und diesmal bin *ich* es, die vergisst zu atmen, während mein Blick zwischen seinem Mund und seinen Augen hin- und herhuscht.

»Ist nicht böse gemeint«, sagt er mit heiserer Stimme. »Aber ich habe viel zu lange damit gewartet, dich wieder zu küssen ... und das eben ist nicht ganz der Erinnerung gerecht geworden.«

Brandon rutscht von meinem Wagen, packt mich um die Taille und setzt stattdessen mich auf die Motorhaube. Mit den Händen schiebt er meine Knie auseinander und drängt sich näher an mich, aber es ist mir nicht nah genug, und ich ziehe ihn an den Schultern heran. Dann greift er mit den Fingern in meine Haare, hebt mein Gesicht zu sich, und ich sehe ihm kurz in die Augen, ehe sich meine Lider flatternd schließen und ich seinen warmen Atem auf meinem Gesicht spüre.

Wenn er mich nicht bald küsst, ist es gut möglich, dass ich explodiere.

Dann spüre ich es – die Hitze seines Mundes, der direkt über meinem verharrt. Ich erschauere und dieser Moment *davor* erscheint mir wie eine Ewigkeit. Der Moment, bevor sich unsere Freundschaft für immer verändert. Bevor unsere echte Beziehung beginnt. Und dann überwinden wir endlich auch die letzten paar Millimeter zwischen unseren Lippen.

Unser erster Kuss war zögerlich, ehe unsere Instinkte die Kontrolle übernommen haben. Dieser jedoch ist anders. Diesmal beginnt es mit einem zarten Streichen, als Brandon mich küsst, aber es fühlt sich nicht wie Unsicherheit an, sondern eher so, als wolle er es voll und ganz auskosten.

Sein Mund liebkost meinen, und seine Zunge schmeckt ganz flüchtig meine Lippen, ehe sie sich zwischen sie drängt. Als er den Kuss vertieft, habe ich das Gefühl, unter seinen Berührungen dahinzuschmelzen, und ich bin froh, das Auto unter mir zu haben. Ich schlinge meine Beine um seine Taille, verkralle mich in seinem Shirt und ziehe ihn *noch* näher. Brandon gibt einen kehligen Laut von sich und scheint auch sehr dafür zu sein.

Kühle Finger gleiten über meine Wange, während er zarte Küsse auf meinen Hals regnen lässt. Ich lege den Kopf in den Nacken und ein Kribbeln tanzt meine Wirbelsäule hinunter. Als sein Mund wieder meinen findet, entschlüpft mir ein Stöhnen. Es ist laut, und es könnte mir peinlich sein, aber das ist es nicht. Ich will einfach nur mehr.

Ich hebe meine schweren Lider, um einen Blick zu riskieren, und die Erkenntnis trifft mich wie ein Schlag: *Ich küsse Brandon.* Das ist real, es passiert wirklich. Und es übertrifft jegliche Erinnerung an unseren letzten Kuss bei Weitem. Ich lächle an seinem Mund und verliere mich in seinen Lippen, seinem himmlischen Duft und seinen starken Armen.

Ein Wimmern entfährt mir, als er den Kopf hebt. Wie er mit benommenem Blick seine Augen über mich wandern und auf mir verweilen lässt, ist ebenso eine Liebkosung wie die seiner Finger und seines Mundes. »Ich liebe dich, Aly«, sagt er noch einmal, und das Staunen, die Freude und die Zärtlichkeit in seiner Stimme machen, dass mir wieder ganz schwindelig wird. »So sehr, dass es wehtut zu wissen, dass wir das schon die ganze Zeit hätten haben können.«

Er lacht ein tiefes, volles Lachen, und ich seufze, als ich sein Kinn zwischen die Finger nehme und seinen Mund wieder dorthin dirigiere, wo er hingehört. »Dann sollten wir schleunigst die verlorene Zeit reinholen, oder?«

Samstag, der 2. Oktober

Homecoming-Ball

ALY

Timberlake Country Club, 19:30 Uhr

Brandons Pickup kommt ruckelnd zum Stehen, und ich strecke schnell die Hand aus, bevor er die Tür öffnen kann. Mit gerunzelter Stirn dreht er sich zu mir und der Stoff seiner Anzughose raschelt leise über den Ledersitz. »Was ist los?«

»Einen Moment noch.«

Der Abend, auf den ich seit sechsundfünfzig Tagen so sehnlichst gewartet habe, ist endlich da. Ich trage ein wunderschönes Kleid, meine Haare sind zu einer komplizierten Hochsteckfrisur aufgetürmt, die ich nie wieder so hinkriegen werde, und ich bin verliebt. In diesem Augenblick ist alles perfekt. Wenn ich erst einmal aus dem Wagen steige und den schummrig erleuchteten Festsaal des Country Clubs betrete, könnte sich alles ändern.

Brandon rutscht auf der Sitzbank zu mir rüber und vergräbt seine Nase an meinem Hals. »Also, wenn's nach mir geht, können wir auch sehr gern den ganzen Abend hier drinnen verbringen. So wie du in diesem Kleid aussiehst, bin ich mir sowieso nicht sicher, ob ich dich mit den anderen teilen will.«

Eine Gänsehaut läuft meinen Arm hinunter, und ich neige den Kopf, damit er besser rankommt.

»Aber erst brauchen wir noch fotografisches Beweismaterial«, fährt er fort, und sein Atem ist ganz warm an meinem Hals. Er leckt mit der Zunge an meinem Ohrläppchen entlang, ehe er beginnt, sanft daran zu knabbern. Stöhnend lasse ich mich in seine Arme sacken. Mit verführerisch heiserer Stimme wispert Brandon: »Wir rennen rein, lassen das Bild schießen und kommen dann sofort wieder hierher und machen da weiter, wo wir aufgehört haben.«

Ich schließe die Augen, während sein Mund sich einen Weg von meinem Ohr zu meinen ungeduldig wartenden Lippen bahnt. Ich habe den Überblick darüber verloren, wie oft wir uns seit jenem Abend auf dem Parkplatz geküsst haben, aber es ist nicht genug. Nach ein paar seligen Momenten löse ich mich widerwillig von ihm.

»Dann lass uns gehen und das Bild machen«, murmle ich mit einem Seufzer.

Er grinst mich an, und mir bleibt nichts anderes übrig, als ihn wegzuschieben.

»Geh«, sage ich, streiche mir mit der Hand vorsichtig über die Haare und krame meinen Lipgloss aus der Handtasche. »Ich brauche dieses Bild für meine Wand, und wenn du mich weiter so anguckst, werden wir da nie reinkommen!«

Während Brandon den Pickup umrundet, um mich auf der Beifahrerseite abzuholen, höre ich ihn durch das geöffnete Fenster lachen. Ich ziehe noch einmal meine Lippen nach, klappe den Spiegel hoch und halte ihm die Hand hin, damit er mir hinunterhelfen kann.

»Ich liebe dieses Kleid«, flüstert er, hebt mich aus dem Wagen und lässt mich an seinem Körper entlang nach unten gleiten, bevor er sich vorbeugt, um mich wieder zu küssen.

In letzter Sekunde schießt meine Hand vor und gebietet ihm Einhalt. »Zuerst das Foto«, erinnere ich ihn lächelnd, streiche das Kleid an meinen Hüften glatt und betrachte mein Spiegelbild in der Seite seines auf Hochglanz polierten Autos. »Aber vielen Dank, ich mag es auch sehr.«

Mein smaragdgrünes Satinkleid, bei dem eine Schulter bedeckt und die andere frei ist, steht mir hervorragend, und ich fühle mich fantastisch darin. Eine Woche vor dem Homecoming-Ball so ein Kleid zu finden, grenzt an ein Wunder.

Als wir auf das Gebäude zulaufen, schwingt die Tür zum Country Club auf und Musik dringt zu uns heraus. Drinnen gehen Brandon und ich zu einem runden Tisch mit einer dunkelblauen Tischdecke, auf dem in der Mitte eine Metallkugel steht, in der eine Flamme durch ausgestanzte, kleine Mondsicheln und Sterne flackert. Mein Blick schweift über die Tanzfläche, wo sich eine Handvoll Paare im Takt wiegen, am DJ-Pult und den Riesenlautsprechern vorbei bis zur Fotokulisse in der hinteren Ecke.

Die Interpretation des Fotografen von »Sternenlicht-

Märchen« beinhaltet einen Vollmond, eine Handvoll Sterne und dezent beleuchtete Zweige vor einem goldenen Hintergrund. In Anbetracht der Tatsache, dass ich neben Brandon stehen werde, könnte es auch ein kitschiges Disney-Schloss vor einer Sternenkarte sein, und ich würde es großartig finden.

Brandon nimmt meine Hand und wir steuern ungeduldig die kurze Warteschlange an. Wir sind früh dran, sodass nur ein anderes Paar vor uns ansteht.

Justin und Lauren.

Als wir uns hinter ihnen anstellen, merke ich, wie Brandon sich neben mir versteift. Ich lasse meine Hand in seine gleiten und räuspere mich. »Du siehst toll aus, Lauren«, sage ich und bestaune ihr asymmetrisches One-Shoulder-Top mit Kimono-Ärmel. »Dieses Kleid ist … der Wahnsinn.«

Lauren blickt an sich hinab und zupft an ihrem Ärmel. »Danke.« In aller Ruhe mustert sie mein Kleid und dann – oh Schock! – lächelt sie. Und nicht mal ihr Plastiklächeln. »Du siehst auch super aus.«

»Oh, danke«, sage ich völlig perplex. Mit einem Nicken wirft sie Brandon einen flüchtigen Blick zu und dreht sich wieder um.

Ich drücke seine Hand und sehe ihn auffordernd an.

»Okay«, formt er mit seinen Lippen. Er reibt sich den Nacken und atmet tief durch, bevor er Justin auf die Schulter tippt.

Ehe er Brandon ansieht, lässt Justin den Blick über mein Kleid wandern. Brandon hält ihm die Hand hin.

»Tut mir leid wegen der Sache bei dem Footballspiel letzte Woche. Meine Reaktion war total daneben. Ich hätte nicht so auf dich losgehen dürfen.«

Langsam hebt Justin die Hand, um mit Brandon einzuschlagen. »Schwamm drüber«, sagt er mit einem wehmütigen Lächeln und sieht dann mich an. »Anscheinend ist alles so gekommen, wie es kommen sollte.«

Ich lächle dankbar und die Jungs lassen ihre Hände los. Als gleich darauf der Fotograf das nächste Paar zu sich ruft, steigen Justin und Lauren vorsichtig über die mit Klebeband befestigten Kabel hinweg zur Kulisse.

»Danke.« Ich stelle mich vor Brandon und lasse die Hände unter den Rücken seines Sakkos gleiten. »Das war sehr großherzig von dir.«

Er drückt mir ein Küsschen auf die Nasenspitze und grinst. »Für dich tu ich doch alles.«

Kurz darauf ruft der Fotograf uns zu sich und zieht angesichts unseres deutlichen Größenunterschieds eine Grimasse. Dann weist er Brandon an, sich auf ein Bein zu knien, während ich mich auf das andere setzen und mich an ihn schmiegen soll. Als der Blitz aufleuchtet, küsst Brandon mich auf die Wange, und ohne das Foto gesehen zu haben, weiß ich schon jetzt, dass es das beste an meiner ganzen Wand sein wird.

Klein zu sein, hat manchmal auch Vorteile.

Als wir an den Reflexschirmen vorbeilaufen, grinst Brandon schelmisch, verschränkt seine Finger mit meinen und beginnt, mich in Richtung Ausgang zu ziehen. Der Rhythmus des langsamen Songs, der von der Tanzfläche heranschwebt, kämpft gegen die Verlockungen an, die mich, wie ich weiß, in seinem Wagen erwarten. Aber der Pickup muss sich noch ein wenig gedulden, beschließe ich und zwinge mich, stehen zu bleiben.

Fragend hebt Brandon eine Augenbraue.

»Mein letzter Tanz mit dir hat ein recht abruptes Ende gefunden«, sage ich. »Und außerdem war es alles andere als ein Happy-End. Ich finde, wir sollten einen neuen Anlauf wagen.«

Brandon kommt ganz nah zu mir und hebt meine Hand. Lächelnd drückt er mir einen Kuss auf die Fingerknöchel. »Ich bin nicht so der Tänzer, aber in Anbetracht der Umstände hast du absolut recht.«

Er führt mich über das von Lichterketten beleuchtete, schimmernde Parkett zu einer etwas dunkleren, ruhigen Ecke der Tanzfläche. Dort legt er seine Arme um mich, und wir wollen gerade den ersten Schritt machen, da verklingt der letzte Ton. Doch als der nächste Song beginnt, lächle ich über den wunderbaren Zufall.

Adeles »Make You Feel My Love«.

Dasselbe Lied, auf das wir auch an jenem Abend getanzt haben. Ich hebe langsam den Kopf und sehe Brandon in die Augen, um zu ergründen, ob er sich auch daran erinnert. Er lässt einen Arm meinen Rücken hochgleiten und streicht sanft über meine Wange.

»Sieht aus, als würden wir unsere zweite Chance bekommen«, flüstert er.

Seine Lippen legen sich auf meine, und ich bekomme den Tanz, der mir schon lange hätte gehören sollen.

Danksagung

Bei diesem Teil werde ich immer rührselig. Außerdem macht er mir etwas Angst. Ihr könnt es auf mein chaotisches Autorinnengehirn schieben, aber ich werde bestimmt irgendeinen richtig wichtigen Namen auslassen. Für alle, die ich tragischerweise vergessen habe, gilt also: Ihr sollt wissen, ich finde euch so super, dass es mich von den Socken haut.

Und er steht doch auf dich war meine allererste Geschichte. Nachdem ich sie zu Papier gebracht hatte, habe ich mich noch mal drangesetzt und sie umgeschrieben. Wild entschlossen, das Beste aus diesem Buch herauszuholen, habe ich immer wieder daran gefeilt und Szenen hinzugefügt. Von allem, was ich je geschrieben habe, liegt dieses Buch mir am meisten am Herzen.

Was bedeutet, dass ich einer ganzen Schiffsladung Leute danken muss. Nancy Bowden und Natalie Markey, meinen ersten fabelhaften, kritischen Leserinnen dafür, dass sie mir Hoffnung gemacht und mich immer wieder dazu ermutigt haben, an mich zu glauben – nämlich, dass ich gar keine so schlechte Autorin bin – danke!

Mein Dank geht auch an Trisha Wolfe, die gleich *zwei* Versionen dieses Buchs begutachten durfte. Du bist meine

Göttin! Shannon Duffy und Victoria Scott, danke, dass ihr dafür gesorgt habt, dass dieses Baby so richtig strahlen kann. Ashley Bodette, für deine Vorschläge und dafür, dass du jedes Wort noch einmal unter die Lupe genommen hast. Paula Stokes, dein Werbetext hat mich vor Freude zum Quietschen gebracht – den poste ich jetzt überall (hihi). Ihr Mädels rockt.

Brooke Troxclair, du erinnerst dich wahrscheinlich nicht daran, aber du bist meine Baseball-Fakten-Patin. 2010 habe ich mich in einer »durchschriebenen« Nacht an die Sozialen Netzwerke gewandt und dort wegen Justins Date um Hilfe gebeten. Obwohl wir uns seit Jahren nicht mehr gesprochen hatten, hast du auf meinen Aufruf reagiert und mir damit den Allerwertesten gerettet. Für die Hilfe – und die seitdem wunderbare, neu aufgelebte Freundschaft – *danke.*

Staci Murden, Kayleigh von K-Books und Heather Self, ich bewundere euch ohne Ende. Kayleigh, vielen Dank dafür, dass du dich dieser Geschichte angenommen und sie und ihre Figuren ebenso ins Herz geschlossen hast wie ich. Heather, danke, dass du eine Schwäche für Brandon hast, und danke für deine wunderbare Freundschaft. Und Staci, danke dafür, dass du diese Worte so gründlich durchgegangen bist, und für all die witzigen SMS.

An die Cool-Kids-Mafia … verstohlener Händedruck, Zunicken, heimliches Zwinkern.

Cindi Madsen, Lisa Burstein, Tara Fuller, Melissa West, Megan Erickson, Stina Lindenblatt, Caisey Quinn, Rhonda Helms und Christina Lee – ohne euch Mädels wäre ich durchgedreht. Danke, dass ihr mich zum Lachen bringt, wenn mir zum Heulen zumute ist, und immer für mich da seid, wenn ich euren Rat brauche. Ihr seid die Besten!!

Cindy Thomas, du bist spitze. Du hast alles gegeben, um diesem Buch den bestmöglichen Start zu verschaffen, und du bist eine Meisterin in Google Hangout. Für all die lustigen Chats, das alberne Gekicher und die großartigen Resultate: danke.

Kelly Simmon, du bist der Hammer. Danke für all die unkonventionellen Brainstormings, den kreativen Input, Telefonate mit viel Gekicher und – am allerwichtigsten – für deine tolle Freundschaft. Dein steter Zuspruch gibt mir unheimlich viel Kraft. Du bist mein Sonnenschein.

Lauren Hammond, du warst eine der Ersten, die dieses Buch für toll befunden hat, und durch dich hat es sein Zuhause gefunden. Du bist einfach *klasse*!

Patricia Riley – von unserem allerersten Gespräch an, bevor es überhaupt einen Vertrag gab, wusste ich, dass du *die* Lektorin für dieses Projekt bist. Dein Enthusiasmus und deine Begeisterung waren unvergleichlich und deine Liebe zu Brandon lässt mich vor Freude im Kreis hüpfen. Ein schlichtes »Danke« wird dem nicht einmal annähernd gerecht, also hebe ich mir den Rest für eine dicke Umarmung bei BEA auf. DU BIST GENIAL.

Ein großes Dankeschön auch an all die Korrektoren, Presseleute und alle anderen Mitarbeiter von Spencer Hill. Kate Kaynak, danke für die tolle Verlagsheimat. Danielle Ellison, du bist eine wahre KÖNIGIN. Und Dahlia

Adler, du bist ein Sprachgenie. Wir ergänzen uns perfekt! (Grins).

An das *Flirt Squad*… ihr seid nicht nur Leserinnen und Fans, ihr seid meine Freunde. Eure unermüdliche Unterstützung, Begeisterung und Liebe sind unübertroffen – und ein wahnsinniger Glücksfall.

Katrina Tinnon, Jessica Mangicaro, Jennifer Staci, Jenna DeTrapani, Saleana Rae Carneiro, Meredith Johnson und Valerie Fink, ihr Ladys seid einfach nur großartig. Ich kann euch gar nicht genug danken, und bis Worte erfunden werden, das in angemessener Weise zu tun, habe ich vor, euch mit virtuellem Abknutschen zu bombardieren.

Christine (I love Big Books), Crystal Leach, Ali und Ciara Byars, Maliha Khan, Megan Rigdon, Maura Trice, Kathy Arguelles, Heather Love, Amy Logg, Shelley Bunnel, Melissa Casey Lemons, Zoe Miller, Amy Fournier, Wendy Hung, Chelsea Cochran, Vi Nguyen, Cindy Ray Hale, Veronica Bartles, Mindy Ruiz, Shari Drehs Bartholomew, Jessica Baker, Linda Townsend, Bette Hansen, Gaby Navarro, Denice Cordero und Jas Dela Cruz, ihr tut so viel, um mich zu unterstützen. Unzählige Male habt ihr Kommentare oder Nachrichten gepostet, die mir neue Energie verliehen haben, um mich wieder ins Gefecht zu stürzen. Euch zu haben, ist ein Segen.

An alle Blogger, Rezensenten und Leser von ganzem Herzen ein riesiges Dankeschön. Eure Mails, Posts, Rezensionen und Besuche bei meinen Signierstunden haben mich tief berührt. Vielen Dank für die Unterstützung, die Ermutigung und die Inspiration.

Zu guter Letzt vielen Dank an meine wunderbare Familie. Mein Mann Greg ist mein Fels in der Brandung. Er glaubt so unumstößlich an mich, dass mir gar nichts anderes übrig bleibt, als dasselbe zu tun. Meine Töchter, Jordan und Cali, ihr bringt mich zum Lachen und auf Ideen und macht FANTASTISCHE Fankunst. Danke an meine Eltern, Rosie und Ronnie, die Bücher für ihre Freunde und Klienten kaufen, sich meine endlosen Geschichten aus der Branche anhören und massenweise Babysitten umsonst anbieten! An meinen Bruder Ryan, der mir beim Fachjargon und allem, was mit Musik zu tun hat, mit Rat und Tat zur Seite steht. An meine Patentante Rhonda, die mich ständig aufbaut. Und an meine Schwiegermutter Peggy, die mein treuester Fan ist. Ohne euch wäre ich erledigt und müsste höchstwahrscheinlich nur von all dem träumen und es auf »irgendwann mal« verschieben. Ich liebe euch mehr, als man mit Worten sagen kann.

Jennifer Salvato Doktorski

Wie mein Sommer in Flammen aufging

ca. 350 Seiten, ISBN 978-3-570-31025-0

Einstweilige Verfügung? Nicht mit Rosie! Was kann sie denn dafür, wenn die Karre ihres Exfreunds in Flammen aufgeht und ihre Bemühungen um Wiedergutmachung als Stalking ausgelegt werden?! Rosie will doch nur eines: Joeys Herz zurückgewinnen. Zu blöd, dass ihre Eltern genau das verhindern wollen und sie mit Nachbarsjunge Matty und dessen Freunden auf einen Road Trip schicken. Und plötzlich steht schon wieder was in Flammen. Nämlich ihr Herz. Aber nicht wegen Joey ...

30225

cbt

www.cbt-buecher.de

Patrycja Spychalski

Auf eine wie dich habe ich lange gewartet

ca. 256 Seiten, ISBN 978-3-570-30973-5

Ab ans Ende der Welt, heißt es für Großstadtmädchen Laura – dort, wo sich höchstens die Wildgänse und Mamas neue Hühner gute Nacht sagen. Wie soll sie es da nur aushalten? Aber das piefige Kaff hat dann doch etwas zu bieten: Enzo, den süßen Sohn des Pizzeriabesitzers, und Irina, das hübsche, durchgeknallte Mädchen, mit dem Laura sich auf Anhieb versteht, Musik hört, am Bach herumliegt und ... dann passiert es: Auf einer Party küsst Irina Laura – und Laura küsst Irina. Doch so unerwartet schön, so schrecklich verwirrend sind ihre Küsse auch. Bin ich lesbisch?, googelt Laura. Und wenn ja, warum dann dieses irre Kribbeln, wenn sie Enzo sieht?

Sarah Ockler

Verlieb dich nie in einen Herzensbrecher

ca. 416 Seiten, ISBN 978-3-570-30970-4

Jude Hernandez hat eine Menge von ihren Schwestern gelernt, aber die wichtigste Regel lautet: Verlieb dich nie in einen Vargas! Sogar einen Blutseid hat sie darauf geschworen. Jetzt lebt Jude als einzige der Schwestern noch bei ihren Eltern, es ist der letzte Sommer vor dem College. Um ihren kranken Vater aufzuheitern, hat sie einen jungen Mechaniker angeheuert, der das Vintage-Motorrad ihres Vaters reparieren soll. Kann sie etwas dafür, wenn er gut aussieht? Und unerwartet süß ist? Und Emilio Vargas heißt? Schließlich handelt es sich um eine reine Geschäftsbeziehung und von einer Vargas-Flirtattacke lässt sie sich schon mal gar nicht durcheinander bringen. Aber Judes eiserne Abwehr erhält erste Risse. Wird zum dritten Mal ein Vargas das Herz einer Hernandez brechen?

30180

cbt

www.cbt-buecher.de